KB010011

봄,

거짓말

봄, 거짓말

1판 3쇄 찍음 2022년 10월 13일
1판 3쇄 펴냄 2022년 10월 20일

지은이 | 김제이
펴낸이 | 고운숙
펴낸곳 | 봄 미디어

기획 · 편집 | 정지은
표지 디자인 | 우물

출판등록 | 2014년 08월 25일 (제387-2014-000040호)
주소 | 경기도 부천시 소향로 14-11, 203호
영업부 | 070-5015-0818 **편집부** | 070-5015-0817 **팩스** | 032-712-2815
E-mail | bommedia@naver.com
소식창 | http://blog.naver.com/bommedia

값 9,000원

ISBN 979-11-6632-007-1 03810

※파본은 구입하신 서점에서 교환하여 드립니다.

※이 책은 봄 미디어를 통해 독점 계약되었습니다.
저작권법에 의해 보호를 받는 저작물이므로 무단 전재와 무단 복제를 엄금합니다.

봄, 거짓말

Spring Lies

김 제 이
장 편 소 설

contents

손만 닿으면 녹아내릴 무른 속내를 숨기느라
눈처럼 싸늘한 날을 세우는 너는 내겐 언제나 봄이었다.
그대로 파묻혀 죽어도 좋을 차가운 봄.

서장

눈은 끝도 없이 내렸다. 버스에 올라타기 전만 해도 겨우 진눈깨비에 불과하던 눈은 고속도로를 지나면서 함박눈으로 변하기 시작했다. 나는 아스팔트 바닥에 쌓여 짓뭉개진 눈을 벌거니 보다 버스터미널을 나왔다. 군수가 세금을 처발라 작년 새로 지었다는 터미널은 바다 비린내가 진동하는 이곳 해동과는 전혀 어울리지 않은 최신식이었다.

터미널 앞에는 손님을 기다리는 택시가 서너 대 서 있었다. 간만에 나타난 손님에 이야기를 나누던 기사들이 일제히 화색을 띠고 날 돌아봤으나 찰나였다. 그들은 이 날씨에 달랑 후드 티에 저지 차림으로 슬리퍼를 신고 있는 날 정신 나간 양아치 보듯 했고, 제정신이긴 하나 양아치가 맞았던 나는 그중 가장 똥 씹은 얼굴을 하던 기사의 택시에 가 섰다.

"화매. 밀리언 체육관."

"거기는 가면 나올 때는 빈 차라 좀 더 줘야 되는디."

이곳은 미터기가 아니라 흥정으로 요금을 계산했다. 탐탁찮은 표정으로 손가락 셋을 내미는 그에게 주머니 속 지갑을 꺼내 10만 원짜리 수표를 건넸다. 그는 수표와 내 얼굴, 그리고 수술 자국으로 흉투성이인 왼손과 어울리지 않게 옥반지를 낀 약지를 차례로 훑어보더니 바로 뒤 택시 기사가 다가오고 나서야 재빨리 뒷문을 열었다.

"안 타고 머 혀? 얼른 타. 눈 맞으면 고뿔 걸려서 고생 겁나 해 부려."

차에 타자마자 쓰러지듯 앉아 눈을 감았다. 칼에 벤 옆구리가 아팠고, 밟힌 등이 아팠고, 빗맞은 어깨가 쑤셨다. 히터를 올린 기사가 튼 라디오에선 트로트가 흘러나왔다. 핸들에 손가락을 두드려 가며 방정맞게 노래를 따라 부르는 기사는 완벽한 음치였다.

다 왔다는 소리에 눈을 떴을 땐, 보건소 앞이었다. 나는 황당해서 물었다.

"여기가 체육관입니까?"

"어린놈이 눈이 삐었나 벼. 보건소잖아. 보건소."

귀가 먹을 만큼 나이 들어 보이진 않았는데, 피로가 몰려왔다. 나는 목적지를 다시 말하는 걸로 언쟁을 끝내려고 했다.

"더 가요. 밀리언 체육관. 전방 500m에서 좌회전."

"더 가다간 체육관이 아니라 저승이나 골로 가겠구만 뭘 자꾸 가재."

"뭐요?"

"배때지에 구멍 뚫린 손님 싣고 가다 초상 치를 생각 없응게, 보건소 드가서 치료나 받드라고."

어떻게 알았냐고 물을 필요도 없었다. 무심결에 배를 누르고 있던 손바닥이 끈적했다. 치료 따윈 받을 생각도 없었을 뿐더러, 실랑이를 해 봤자 골치만 아플 것 같아 내리기로 했다. 걷기엔 꽤 먼 거리였으나 어떻게든 되겠지 싶었다.

문을 열고 내리려는 내게 기사는 만 원짜리 일곱 장을 내밀었다.

"뭡니까?"

"거스름돈."

"됐어요."

거절하자마자 선뜻 거둬 가는 손길엔 망설임이라곤 없었다. 예상했던 반응이라 웃음을 흘리기 무섭게 조수석 차창을 내린 기사가 소리쳤다.

"선상님! 서 선상님! 안에 없소?"

생각지 못한 상황에 나는 한쪽 다리는 밖에, 다른 다리는 차 안에 그대로 둔 채로 그를 쳐다봤다. 지금 뭐 하는 거냐고 묻기도 전에 보건소 안에서 흰 가운을 입은 여자가 나왔다. 이런 일이 한두 번은 아닌 듯 여유로운 걸음걸이였다.

"네, 황 기사님. 무슨 일이세요?"

"응급 환자 발생이요. 한시가 급하니께 얼른 치료해 주고, 이거는 치료비."

"또 이러시네. 이러면 나 잡혀간다니까."

"누가 우리 금쪽같은 서 선상을 잡아가, 나라님도 그라믄 안 되지. 이거는 그냥 용돈 개념으로다가."

"용돈 많아 봤자 여기선 쓸 데도 없어요. 슈퍼에서 초코파이나 사 먹으면 모를까."

"초코파이 사 먹으면 되지."

"7만 원 치 초코파이 사 먹다가 당뇨로 죽습니다."

나는 그 응급 환자는 방치한 채 내 돈 7만 원으로 실랑이 중인 두 사람을 어이없이 보다가 차에서 내렸다. 문을 닫고 나서야 고개를 돌린 여자와 마주쳤다.

"저거 봐봐. 곱상하게 생긴 놈이 어디서 뭘 하다 왔길래 배때지에 구멍은 뚫려 가지고 말이여. 상판대기 보아하니 당장이라도 시체 치를 것 같아서 내가 일루 데리고 온 거라니께. 병원은 못 가니께 저러고 자빠진 거 아니겄어? 뒈지면 우짤라고. 그니까 우리 서 선상님이 소크라테스 정신으로다가……."

흩날리던 눈이 여자의 머리카락 위로, 마른 어깨 위로, 뺨으로 내려앉았다. 귀신이라도 목격한 것처럼 얼어붙은 여자를 나는 홀린 듯이 바라보다가 정신을 차리곤 웃었다.

"오랜만이야. 누나."

1장

열여덟, 여름 _ 강일형

입하(立夏)

"아이고, 우리 복덩이 강아지."

사고로 죽어 버린 부모를 대신해 어렸을 때부터 날 키운 할머니는 입버릇처럼 그렇게 말하곤 했다. 네 살, 내가 똥과 된장을 구분하지 못할 때부터 열여덟, 된장이라고 스스로를 세뇌하며 똥을 퍼먹을 수밖에 없었던 그해 여름까지.

재수가 없었다고 했다. 왜 하필 그때 거길 지나가서 그런 일을 당했냐고. 1분, 아니 1초만 늦었더라도 살 수 있었을 텐데. 사람들은 혀를 차며 어린 나를, 그런 날 키워야 할 할머니를 동정했다.

흔한 교통사고였다. 장을 보고 돌아오던 부모님을 술 취한 운전자가 들이박았다. 아버지는 그 자리에서 즉사했고, 어머니는 겨우 붙어 있던 숨을 일주일 만에 놓았다. 그 사이에서 나는 상처 하나 없이 살아남았다. 운이 좋았다고, 기적 같은 일이라고 다들 말했다.

재수 없는 부모 사이에서 살아남은 운 좋은 아이.

그게 나였다.

할머니는 부모님이 살고 있던 도시에서 본인이 사는 어촌 해동으로 날 데리고 갔다. 부모의 운을 빨아먹은 덕분인지 나는 무럭무럭 잘도 자랐다. 마을 사람들은 속으론 어땠을지 몰라도 겉으론 별다르게 굴지 않았고, 가끔 애비 애미 없는 놈이라 놀리는 철없는 애새끼들이 있긴 했으나 무시할 수 있을 정도였다.

아버지를 닮아 똑똑할 거라 할머니는 기대했지만, 내 머리는 돌이었다. 내가 공부를 안 해서, 관심이 없어서 그런 거라고 그녀는 믿고 있었으나 관심이 있었대도 크게 잘했을 것 같진 않다. 다만 타고 나길 운동 신경이 있었고, 그걸 일찍이 발견한 밀리언 체육관의 백 관장 덕분에 자연스럽게 운동을 시작했다.

펜대 잡아 판검사가 되어야 한다고 노래를 부르던 할머니는 탐탁잖아 했다. 체육관비를 평생 공짜로 해 주겠다고 해도 미동 않던 그녀는 여덟 살, 내가 날 놀리던 놈의 이 두 대를 부러뜨리고 오자 그 길로 체육관에 보냈다.

이제 와 짐작컨대 할머니는 백 관장이 입이 닳도록 칭찬하던 내 운동 신경이 다른 사람을 해할까 봐 걱정이 되었던 것 같다. 선견지명이었다.

해동의 유일한 체육관이지만 원생은 손에 꼽는 밀리언 체육관 맞은편에는, 해동의 수많은 정육점 중 유일하게 밀리언 셀러를 가지고 있는 영오 정육점이 있었다. 백 관장은 좋은 일이나 나쁜 일이 생겼을 때, 영오 정육점에서 고기를 잔뜩 사 와 내게 먹이곤 했다. 나는 그 대가로 술주정을 들어야 했는데, 그때 알았다. 그가 영오 정육점의 주인, 공해숙 여사를 짝사랑하고 있다는 걸.

서영오는 공해숙 여사의 외동딸이었다. 나보다 한 살이 많았고, 턱걸이로 겨우 같은 고등학교에 진학한 돌대가리인 나와는 다른 수재였다. 매일같이 체육관을 오가다 보면 하루에도 몇 번은 우연히 마주치곤 했지만 우린 인사조차 하지 않는 사이였다. 가끔 백 관장이나 할머니의 심부름으로 고기를 사러 갈 때면, 제 엄마 대신 가게를 지키고 있던 서영오와 맞닥뜨릴 때도 있었다. 그러나 우리의 대화는 흔한 가게 주인과 손님 정도도 못 됐다.

"소고기 국거리 한 근."

"특등급은 4만 천 원. 며칠 전부터 올랐어."

그게 전부였다. 수고하라거나 또 오란 형식적인 인사는커녕 눈도 마주치기 힘들었다.

서영오는 단어장이나 참고서, 소고기나 저울, 가끔 내 등 뒤를 날아다니는 파리를 볼지언정 내 얼굴은 거들떠보지도 않았는데, 처음엔 그게 습관이라 여겼던 나는 며칠 뒤 같은 반 녀석을 우연히 정육점 앞에서 만나고 알았다. 서영오는 사람과 눈을 맞출 줄도, 잘 가란 인사도, 또 오란 말도 할 줄 알았다. 그러니까 그 앵두처럼 빨간 입술과 자칫하면 오해할 만큼 늘 젖어 있는 눈동자는 내게만 매정한 거였다.

나는 서영오가 날 싫어한다고 생각했다. 별다르게 충격 받을 일도 아니었고, 신경 쓰이지도 않았다. 사람이 사람을 싫어하는 건 좋아하는 것보다 쉬운 일이었다. 쟤도 내가 어떤 이유로 싫겠지. 대수롭지 않게 넘기고 잊고 있었다. 상상도 못한 장소에서 서영오와 다시 만나, 엮이기 전까진.

할머니는 바다에 나가 물질을 하는 걸로 돈을 벌었다. 젊었을 때는 대기업 직장인보다 많이 벌었다고 그녀는 자랑했지만, 지금은 생활을 하기에도 빠듯했다. 혼자라면 충분히 먹고 살 만한 돈이었으나 군식구가 달려 있으니 문제였다. 자식 모두를 출가시키고 홀로 사는 감나무 집 할머니는 일주일에 겨우 이틀 나가는 물질을, 할머니는 닷새, 엿새를 해야 했다. 나 때문이었다.

허튼 생각 말고 공부나 하라는 할머니의 반대에도 불구하고 나는 아르바이트를 시작했다. 체육관에서 몇 안 되는 유치원생 애들에게 태권도를 가르치는 것이었는데, 말이 사범이었지 까 보면 보모였다. 쥐방울만한 아이들은 말이라곤 들어 처먹질 않았고, 가끔 내 등에 올라타거나 머리를 쥐어뜯어 인내심의 한계를 느끼게 했지만 참을 만했다. 아이들은 날 목마나 장난감으로 볼지언정, 대개의 어른들처럼 동정하거나 편견을 가진 눈으로 보진 않았으니까.

아카시아가 흐드러지게 피던 5월 말. 뭍으로 나오던 할머니가 쓰러졌다. 그걸 처음 발견하고 구급차를 불러 병원에 데려간 사람이 서영오였다. 나는 종례가 끝난 줄도 모르고 학교에서 자빠져 자다가 휴대폰 진동에 잠에서 깼고, 군내의 가장 큰 병원으로 달려갔다.

폐가 터질 것 같이 달려온 게 무색하게 할머니는 멀쩡히 깨어 있었다.

"우리 복덩이 강아지 왔는가?"

침대맡에 앉아 있던 서영오는 그 복덩이 강아지의 정체를 확인하고 고개를 돌려 앉았다. 기분이 좋진 않았지만 스스로도 강아지보단 짐승에 가깝다고 생각했기에 뭐라고 할 수도 없었다.

"어떻게 된 거야? 쓰러졌다며? 괜찮아?"

"그럼 괜찮고 말고. 칠십 줄 노인네가 쓰러질 수도 있지, 별것도 아닌 걸 가지고."

"그게 왜 별 게 아니야!"

"아이고, 이놈아. 할미 귀청 떨어져."

화를 내는 나 보란 듯 할머니는 귀를 막더니 내게 서영오를 소개했다.

"인사해라. 알지? 영오 정육점 딸내미 서영오. 열아홉이니께 너보담 한 살 누나지."

이 상황에 인사하는 것도 웃겨서 고개만 까딱했다. 할머니는 쓰러졌다는 사람 같지 않게 호통을 치며 날 나무랐다.

"아니, 이눔이. 사람 목숨을 구해 준 사람한테 인사가 그게 뭐여. 제대로 안 혀?"

"칠십 줄 노인네가 쓰러질 수도 있지. 별것도 아닌 일로 내가 왜?"

뒤통수가 잡혔고, 내 의지와는 상관없이 고개가 앞으로 꺾였다.

"고맙습니다 누나, 해. 얼른."

몇 안 되는 응급실 안의 사람들이 전부 날 주시하고 있었다. 망신도 이런 개망신이 없다고 생각하면서도 나는 할머니가 원하는 대로 해 줬다.

"고맙습니다. 누나."

영혼이라곤 없이 말하고 고개를 들었다. 시선을 내리깐 서영오의 입술이 얼핏 호선을 그렸다. 가끔 볼 때마다 늘 무표정에 세상 재미없던 얼굴이 오늘은 좀 사람 같아 보였다.

의사를 만나보겠단 나를 할머니를 등을 떠밀어 밖으로 내보냈다. 근처 버스 정류장까지 서영오를 배웅하고 오라는 이유였다. 나는 서영오와 함께 병원을 나왔다. 서영오가 앞장서고 내가 뒤를 따르는, 괴상한 포지션이었다.

멀리 보이는 바다 너머로 해가 넘어가고 있었다. 푸르게 빛나는 물결 위로 붉은 노을이 번졌다. 서영오는 병원 정문을 통과하기도 전에 걸음을 멈추고 돌아섰다.

어깨 즈음에서 흔들리는 서영오의 단발머리를 멀거니 보며 걷던 나는 그녀와 박치기를 하기 전에 가까스로 멈춰 섰다. 코앞에 서영오의 얼굴이 있었다. 그녀는 당황한 듯 마주쳤던 눈을 피하곤 급하게 뒤로 물러섰다. 언제 그랬냐는 듯 무표정으로 돌아온 얼굴이 인형처럼 인간미가 없었다.

"협심증이야."

"뭐?"

"너희 할머니 협심증이라고. 자세한 건 의사한테 들어."

높낮이라곤 없는 무미건조한 말투로 말한 서영오는 돌아섰다. 메마른 등은 데려다 줄 필요 따위는 없다고 온몸으로 외치고 있었으나 데려다 달라 매달렸어도 이젠 내가 그럴 수 없었다. 몸을 틀어 병원으로 향했다. 느긋함을 가장하던 걸음은 병원 입구의 자동문을 통과하자마자 빨라지기 시작했다. 데스크에 가서 의사를 찾고, 할머니의 이름을 대고 상태를 물었다.

심혈관에 좌선하행가지 협착이니 뭐니 하는데 좆도 모르겠고, 결론은 하나였다. 시술이건 수술이건 하지 않으면 앞으로

도 이렇게 쓰러질 테고, 더 나아가 목숨을 잃을 수도 있다는 것.

시술 얘기를 꺼내자 할머니는 펄쩍 뛰었다.

"멀쩡한데 뭣 하러 몸에다 칼을 대?"

"요즘은 몸에 칼 안 대."

"됐어. 병원에 있으니까 기가 빨리는가, 피곤하네. 집에 가자."

"할머니."

"그래, 우리 강아지. 배고프지? 집에 가서 할미랑 밥 먹자."

시술을 하지 않으면 여기서 굶어 뒈지겠다고 드러누웠어야 했는데, 그러지 않았다. 돈 때문이었다. 할머니가 수술을 마다할 이유는 그것뿐이라는 걸 누구보다 잘 알고 있으면서도, 당장 그 돈이 없어서 모른 척했다. 그깟 돈이 뭐라고, 필요하면 장기라도 팔아서 구했어야 했는데.

주의 사항을 듣고 약을 처방 받은 뒤, 집으로 돌아왔다. 의사는 소소한 집안일은 몰라도 물엔 절대 들어가면 안 된다고 신신당부했다. 알았다고 말한 할머니는 다음 날부터 다시 바다로 향했다.

"의사 말 못 들었어? 그러다 골로 간다잖아."

"팔팔해서 가고 싶어도 못 간다, 이눔아. 근데 이눔의 새끼가 할미한테 말버릇이 그게 뭐여! 고 앵두 같은 주둥이를 곡

갱이로 조사 버릴라."

다행인지 불행인지 한동안은 문제가 없었다. 할머니는 물질을 하는 것 빼곤 의사의 지시를 아주 잘 따랐다. 삼시 세끼를 잘 챙겨 먹을 것. 약을 빼먹지 말 것. 무리하지 말 것. 별다를 것 없는 평범한 일상에, 찰나의 가슴 덜컹한 사건은 서서히 잊혀 갔다.

야간 자율 학습을 해 봤자 자빠져 자 면학 분위기를 해칠 뿐인데다가 명색이 전 태권도 도 대표였던 나는 훈련을 위해 늘 정규 수업만 듣고 학교를 나왔다. 곧장 체육관으로 가 일주일에 세 번, 세 시간은 아이들에게 치이고 나머지 시간엔 쉴 틈도 없이 운동만 했다.

"이번에도 도 대표, 아니 국대 해야 할 거 아니야. 나도 매스컴 한 번 타 보자."

체육관 관장 백만수(만 48세, 미혼)는 본인의 미래를 위해 그날도 날 혹사시켰고, 밤 9시가 넘어서야 나는 그에게서 벗어날 수 있었다.

주저앉다시피 해 씻고 겨우 걸어서 체육관을 나왔다. 머리를 말릴 힘 같은 건 없어 대충 털어 내기만 했더니 교복 셔츠의 뒷목이 순식간에 젖어 들었다. 6월이 다 되었음에도 밤바람은 선뜩했다.

병 주고 약 주는 것도 아니고, 골격근량이 줄면 안 된다며 백 관장이 쥐여 준 우유를 입에 문 채로 정류장으로 걸었다.

9시 반에 있는 차를 놓치면 한 시간을 기다려야 했고, 그마저도 놓치면 집까지 걸어서 가야 했다. 요즘 메시지 보내는 법을 배운 할머니는 30분 전부터 언제 오냐고 성화였다. 문장은 오타 투성이였는데 신기하게도 욕은 받침 하나도 틀리지 않았다.

〈만수 그 쌍노메 새키눙 남의 손주르ㄹ 부답고 보나지도 안코〉

나는 웃으며 답장을 보내다가 희미하게 들려오는 신음 소리에 멈춰 섰다. 근처에 겨우 하나 있던 PC방이 망해 나가고 폐가가 되어 버린 건물 안 쪽에 사내애들 네댓 명이 우르르 몰려 있었다. 소문으로만 듣던 학교 폭력의 현장이었다.

일진이라 일컫지만 실은 혼자선 아무것도 못하는 찌질이 새끼들은 꼭 무리를 지어 다니며 꼴값을 떨었다. 자기들끼리 지랄하면 좋겠지만 거기엔 늘 희생양이 존재한다는 게 문제였다. 지금 저기서 반항 한번 못한 채 맞고 있는 재처럼.

구겨진 종잇장처럼 바닥에 너부러진 남자애를 잠시 보던 나는 멈췄던 걸음을 다시 옮겼다. 희생양에게는 미안하지만 지금의 난 내 앞가림을 하기에도 바빴다. 괜한 폭력 사건에 더럽게 얽혔다간, 도 대표는 고사하고 선발전에 출전조차 하지 못하게 될 수도 있었다.

관장님은 말하셨지. 무시해라. 환자는 119. 범죄는 112. 그것도 안 되면, 차라리 맞아.

"맞으면 깽값이라도 받지. 때려? 때리면 니 인생 요 도다리, 도다리처럼 낚여서 끝장나는 거여."

과격한 수저질에 도다리 쑥국 속에서 산산이 부서진 살점은 죄다 그의 입속으로 들어갔다. 그날 이후로 내가 도다리를 쳐다보지도 않는다는 걸 그는 알까. 어제도 맛있는 걸 사 주겠다고 도다리 쑥국을 시켜 놓고 왜 안 먹냐고 묻던 걸 보면 모르겠지. 아마 평생 모를 거다. 나도 모르겠다. 코앞에 정류장을 두고, 왜 다시 돌아가고 있는지.

전화는 귀찮았고, 메시지로 112에 신고했다. 경찰이 올 때까지만 기다릴 생각이었다. 그러나 경찰은 소재 확인을 위해 내 번호로 다시 전화를 걸었고, 하필 벨소리 모드였던 휴대폰은 세상이 떠나가라 내 존재를 알렸다. 쓰러진 녀석을 일으켜 앉혀놓던 놈들이 동시에 날 봤다. 어두워서 몰랐는데 같은 학교 교복이었다. 그것도 3학년.

그새 빈 우유갑을 근처 쓰레기 더미에 던져 넣었다. 오라기에 갔고, 가서 보니 죄다 눈높이가 내 아래였다. 생각보다 큰 내 키에 당황한 녀석들이 날 희생양 곁에 같이 꿇어앉혔다. 얌전히 앉자, 녀석들은 더 당황해했다.

"뭐야, 이 새낀. 강일형? 어디서 많이 들어봤는데?"

교복 셔츠에 걸린 내 이름표를 확인한 녀석들이 의아한 듯 말했다. 조회 때마다 가끔 나가서 메달을 타 왔으니 들어봤기도 했겠다. 나는 대꾸하지 않았다. 피곤했고 무엇보다 졸렸다. 무서운 일진님들께선 자신들을 코앞에 두고 졸린 눈을 하고 있는 내가 탐탁지 않았나 보다. 주먹이 날아왔다. 맞아 준다는 게 반사적으로 피했다.

"이 새끼 봐라?"

녀석은 여유로운 척 웃었지만 끌어올린 입꼬리가 경련하고 있었다. 손목을 들어 시계를 봤다. 3분 이내 출동이라더니, 차를 만들어서 타고 오나. 턱이 잡혔고, 이번엔 맞았다. 그 뒤로는 난타전이었다. 습관처럼 나가려는 팔다리를 막느라고 바닥에 누워 개고생을 하고 있는데, 발소리가 들렸다. 경찰인가 싶어 고개를 들었더니, 예상외의 인물이 거기 서 있었다. 서영오.

나와 눈이 마주친 서영오의 눈이 순간 커졌다. 괜히 끼어들어서 일이 커지면 어쩌나 걱정했는데 기우였다. 찰나 낯을 굳혔던 서영오는 이내 가던 길을 갔다. 바닥에 너부러진 나보다 손에 든 영단어장을 보는 눈빛이 인간적이어서 순간 웃음이 터졌다.

"웃어? 또라이 아니야. 이거."

몸을 만 채 큭큭대고 있자니 어두컴컴한 건물 구석에서 다른 놈 하나가 나타났다. 어른인 양 담배를 끼고 있는 꼬락서니가 유치했는데 얼굴이 묘하게 익숙했다.

"이게 누구세요? 태권도 도 대표. 강일형 선수 아니세요? 해동의 아들, 해동이 낳은 고아 새끼."

김남훈. 같은 학년이 아님에도 기억을 할 수 있었던 건 녀석의 모자란 친구들이 날 익숙해하는 이유와 같았다. 내가 해동이 낳은 고아 새끼라면 김남훈은 해동의 자랑이었다. 메달을 받으러 조회에 불러 나갈 때마다 매번 마주치던 학생회장.

내 셔츠 가슴팍에 달린 이름표를 억지로 잡아뗀 김남훈이 날 보며 웃었다. 나는 삐뚤어진 조소를 지어 봤자 심심해 보이긴 마찬가지인 허연 얼굴을 마주한 채 따라 웃어 줬다. 김남훈은 제 노력에도 기분 나빠하지 않는 내 반응이 기분 나쁜 것 같았고, 이내 물고 있던 담배를 내 손등에 눌러 끄려 했다. 그러나 내 인내에도 한계가 있었다. 보이는데 흉터 생기면 우리 할망구 가슴 찢어진다고. 싸가지 없는 손모가지를 붙잡고 꺾어 버리려던 참이었다.

"니희들, 거기서 뭐 하는 거야!"

경찰이 나타났다. 나는 일어나 옆 골목으로 달렸다. 처음엔 깽값이라도 받아 할머니 병원비에 보태자고 생각했었는데, 내 이 꼬라지를 할머니가 목격했다간 이번엔 병원이 아닌 저승으로 그녀를 보내 버릴 것 같았다.

경찰들을 따돌렸다 싶었을 땐, 체육관 앞이었다. 마침 할머니에게 전화가 왔다. 나는 내일은 주말이니 체육관에서 자고 가겠노라 얼버무렸다. 다행히 할머니는 믿는 듯했다.

갈 곳은 없고, 잠은 자야겠고. 하는 수 없이 다시 체육관 안으로 들어가려고 했지만 그새 문이 잠겨 있었다. 늘 들고 다니던 스페어 키도 하필 오늘은 챙겨 오질 않은 데다, 도둑이 두렵지 않은 백 관장의 열쇠 수납장인 계단참 화분 아래도 오늘따라 텅 빈 채였다.

혹시나 싶어 체육관 주인에게 전화를 했다. 용무가 바쁘신 백만수 씨께서는 역시나 전화를 받지 않았다.

"미치겠네."

더는 서 있을 힘도 없어 체육관 입구 계단에 주저앉았다. 최대한 얼굴을 피한다고 피했건만 뺨엔 멍이 들어 있었다. 입 안에 고인 피를 뱉어 내곤 재수 옴 붙은 스스로의 하루를 욕했다. 왜 안 하던 짓거리를 해선.

피로에 멍한 머릿속으로 어째서인지 서영오가 떠올랐다. 바닥을 뒹구는 쓰레기를 보듯 무감한 시선. 남이야 죽든 말든 관심 없어 보이는 그녀가 어째서 할머니 일엔 발 벗고 나섰는지 알 수 없었다. 굳이 알고 싶은 마음도 없었고.

잠시 앉아 있다 어디로든 가려고 했는데 깜빡 잠이 들었다. 어깨를 흔드는 손길에 눈을 떴을 땐, 익숙한 얼굴이 걱정스러운 듯 날 내려다보고 있었다.

"세상에, 일형아. 너 꼴이 그게 뭐니?"

서영오의 어머니, 공해숙 여사였다.

그녀는 막 가게 문을 닫고 집으로 가려는 길에, 체육관 앞에서 웬 교복 입은 남자애를 봤고, 죽었는지 미동도 않기에 걱정이 되어 와 봤다고 했다. 대답을 기다리며 날 살피는 눈길이 이른 봄 햇볕처럼 따뜻했다.

나는 휴대폰을 보고 내려오다 발을 헛디뎌 계단에서 굴렀다는 헛소릴했다. 그러냐고, 조심하지 그랬냐고 맞장구치는 아주머니의 시선은 내 교복 셔츠 정중앙에 뚜렷하게 찍힌 발자국에 꽂혀 있었다.

"집에 가야지. 할머니 걱정하셔. 얼른 일어나."

"네."

집에 들어갈 생각도 없었지만 있다 해도 갈 수 없었다. 손목시계를 확인하니 벌써 11시였다. 막차는 30분 전에 이미 떠났다. 서영오의 어머니는 나를 따라 시간을 봤고, 내 표정을 어떻게 이해한 건지 나로서는 고마운 제안을 해 왔다.

"아줌마 집에 가사. 할머니한테는 내가."

"아뇨. 할머니한테는……."

"왜? 계단이랑 싸웠다고 혼내실까 봐?"

장난스레 휘어지는 눈매가 서영오와 똑같았다. 물론 서영오가 저렇게 웃는 모습은 본 적이 없다.

"요즘엔 발이 달린 계단도 있네. 아줌마는 오늘 처음 알았다, 얘."

가게에서 걸어서 10분 거리인 집으로 가면서 아주머니는 자꾸 날 놀렸다. 가라앉은 내 기분을 알아채고 그러는 걸 알아서 억지로나마 입술을 끌어올렸다.

서영오의 집은 골목 구석의 단독 주택이었다. 작았지만 마당도 있었고, 울타리 안의 화단엔 이름 모를 꽃들이 줄지어 피어 있었다. 서영오는 골목 어귀에 마중을 나와 있었다. 아주머니를 보고 반가운 듯 커진 눈동자가 곁에 선 불청객을 확인하자마자 차게 굳어졌다.

"뭐야? 쟤가 왜……."

"막차를 놓쳤다지 뭐니. 애를 길바닥에 재울 수도 없고."

왜 못 재워. 얼어 죽을 날씨도 아닌데. 서영오는 그렇게 말하고 싶은 것 같았지만 내뱉진 않고 돌아섰다. 찬바람이 부는 등에 대고 아주머니가 소리쳤다.

"너는 동생 보고 인사도 안 하니?"

"나한테 동생이 어디 있어?"

"쟤가 저렇게 모가 났다. 어쩌겠어. 너그러운 우리가 이해해야지."

문전박대당한 내가 민망할까 아주머니는 딸을 욕했다. 나는 어설프게 따라 웃으며 그녀를 따라 안으로 들어갔다.

밝은 곳에서 본 내 모습이 꽤 봐 줄만 했는지 아주머니는 말을 잇지 못했다.

"병원에 가야 하는 거 아니니? 누가 그랬는지 물어도 말안 할 거지? 아니 격투기하는 애가 왜 맞고 돌아다녀? 일단

씻자. 씻어야 약이라도 바르지."

여자 둘만 사는 집에서 씻는 것도 민폐였지만, 이렇게 거지 같은 꼴로 남의 집에 머무는 것도 민폐라는 생각에 못 이긴 척 욕실로 들어갔다. 발자국에 흙투성이 교복 대신 아주머니가 미리 건넨 옷을 입었다.

"집에 남자 옷이 이것뿐이네."

놈팡이처럼 밖으로 나돌더니, 결국 여자랑 바람나 애까지 배게 해 집을 나갔다고 사람들이 말하던 서영오 아버지의 옷이었다.

머리를 대충 말리고 밖으로 나갔다. 아주머니는 어디 가고 서영오가 부엌에서 물을 마시고 있었다. 서영오는 내 쪽은 거들떠보지도 않은 채 소파 위 구급상자를 손으로 가리켰다.

"발라. 반창고도 거기 들었어."

그리고 보니 서영오가 날 제대로 본 건, 병원에서 누나라고 인시하던 그때뿐이었다. 그나마도 스치듯 마주쳤을 뿐 금세 피했다. 습관인지, 아니면 나만 쓸 보기 싫어 그러는 건지. 나는 괜한 반발심에 얼굴을 서영오의 얼굴 가까이 들이댔다. 서영오가 기겁하며 뒤로 물러났다.

"뭐 하는 짓이야?"

"보이나 봐."

"뭐?"

"그냥 가기에, 나는 내가 안 보이는 줄 알았지."

아까 널 봤다는 말을 돌려 말했다. 서영오는 금세 알아듣고는 표정을 굳혔다. 너무 자연스럽게 무시하고 지나가서, 이번에도 별다른 반응을 보이지 않을 줄 알았더니.

나는 서영오의 손에서 서서히 기울어지는 컵을 빼앗아 식탁에 내려놓고 소파로 갔다. 구급상자를 열어 약을 꺼내 바르자니 날선 목소리가 뒤통수를 넘어왔다.

"나야말로 처맞는 게 취미인 줄 알았으면 경찰 안 불렀을 텐데."

의아해 고개를 들었을 때 서영오는 문을 열고 제 방으로 들어간 후였다.

경찰을 불렀다고? 상황 파악을 하느라 멍청히 서영오의 방문만 쳐다보고 있자니 안방에서 아주머니가 나와 내 손에서 연고를 빼앗아 갔다.

"아이고, 연고를 아주 작살을 내놨네. 소독부터 해야지!"

"제가 할게요."

"아니. 영오 얘는 동생 약 좀 발라 주랬더니 어디 갔어?"

"아주머니. 제가……."

"가만히 좀 있어 봐. 아주 그냥 애를 넝마를 만들어 놨어. 백 관장님 보시면 좋아하시겠다. 그치?"

말리려는 나와 발라 주겠다는 아주머니 사이에 몇 분간 대치가 있었지만 결국은 내가 졌다. 아스팔트 바닥에 긁혀 피투성이인 내 팔을 조심스레 소독하는 아주머니를 보고 있자니,

이젠 얼굴도 기억나지 않는 어머니가 떠올랐다.

"잠은 저쪽 방에서 자면 돼. 이부자리 다 깔아 놨어. 밥은
먹었어? 안 먹었으면 차려 주고."

"먹었어요."

"그래. 근데 일형이 넌 어떻게 애가 갈수록 잘생겨지니? 너
희 할머니랑은 눈곱만큼도 안 닮은 걸 봐선 틀림없이 외탁이
야. 어머니가 되게 미인이셨나 보다. 참, 이 얘기 느이 할머니
한텐 하면 안 된다? 아줌마 죽어."

다들 함구하는 내 부모 이야기를 아주머니는 거리낌 없이
했다. 그게 오히려 편했다. 나는 감사하다는 인사를 하고는
방으로 들어가 누웠다. 낯선 집, 낯선 잠자리인데도 희한하게
잠이 쏟아졌다.

매일 새벽, 체력을 기를 겸 조깅하는 습관이 든 몸은 주말
이라고 다를 것 없이 5시에 깨어났다. 망치로 두드려 맞은 것
처럼 아픈 몸을 일으키자니 절로 신음이 나왔다. 옷을 갈아입
기 위해 티셔츠를 벗자 멍투성이인 상체가 드러났다. 인생이
끝장나지 않으려고 참았더니 몸뚱어리가 끝장났다.

옷을 벗어 개어 놓고는 걸레짝인 내 교복으로 갈아입었다.
발소리를 죽이며 거실을 지나쳐 집을 나왔다. 대문을 닫고 돌
아서는데 시선이 느껴졌다. 혹시 깨운 건가 싶어 바라본 서영
오의 방 창문은 굳게 닫힌 채였다. 잘못 닫았는지 문틈 사이
로 낀 커튼은 서영오와는 전혀 어울리지 않는 꽃무늬였다.

첫차를 타고 집으로 돌아왔다. 할머니는 다른 노인들 같지 않게 아침잠이 많았다. 일단 옷을 갈아입으면 어떻게든 넘어갈 수 있을 것 같아 숨도 안 쉬고 대문을 여는데 방에 있어야 할 할머니가 마당에 서 있었다.

"이제 들어 오냐?"

놀란 나머지 내 꼴을 가릴 생각조차 못했다. 그새 내 몰골을 확인한 할머니의 낯이 시멘트처럼 회백색이 됐다.

"상판이 왜 그 모냥이여?"

"계단에서 굴렀어."

"무슨 놈의 계단에 발이 달렸냐?"

"신발장에서 넘어졌거든."

무슨 놈의 계단이랑 신발장이 그런 게 있냐고 내가 직접 가서 보고 조사 버리든지 해야겠다고 달려가는 할머니를 끌어안아 말렸다. 내 힘에 밀려 마루에 주저앉은 할머니가 멍이 든 내 뺨을 어루만지더니 걱정스레 물었다.

"근디 일형아."

"응."

"너 이렇게 만든 그 쌍놈의 새끼, 아니 신발장이랑 계단 말이다. 뒈져 버린 건 아니지?"

뒈지게 패 줬다고 거짓말을 하면 우리 할망구 심장 떨어질까 봐, 아니라고 그 쌍놈의 신발장과 계단은 멀쩡하다고 이실

직고했다. 그럼 됐다고 고개를 끄덕이던 할머니는 곱씹으니 다시 화가 난 모양이었다. 뉘 집 자식인지 낯짝이나 봐야겠다 며 달려 나가는 걸 말리다가 명치를 얻어맞고 주저앉았다. 대문을 통과하던 할머니가 부리나케 되돌아왔다.

"어디 봐? 코 깨진 거 아니여? 그게 얼마짜리 코인디, 어디 한번 봐봐."

맞은 건 명치인데 할머니를 내 얼굴을 뜯어 살피느라 열심이었다. 나는 이때다 싶어 그녀를 끌어안아 붙잡았다.

"망할 놈들이 애 낯짝을 아주 걸레짝을 만들어 놨구만."

"이렇게 잘생긴 걸레 보셨어?"

"속도 없는 놈. 처맞고도 웃음이 나오냐?"

"깽값 받아서 효도 하려고 그랬는데 짭새 떠서 망했네."

"효도 같은 소리 허네. 기껏 운동 가르쳐 놨더니 처맞고나 다니고. 그래도 잘 참은거. 남 줘패서 깡패 새끼 소리 듣는 것부다는, 좀 처맞고 발 뻗고 지는 게 낫지, 임. 잘했나. 잘했어, 우리 깅아지."

아무것도 모르는 할머니는 신기하게도 늘 내가 듣고 싶은 말을 했다. 어이없게도 메는 목을 감추느라 나는 해를 거듭할 수록 작아지는 어깨에 얼굴을 묻었다. 새벽녘부터 밭에 다녀왔다는 할머니에게선 이슬 냄새가 났다.

할머니의 성화에 아침밥을 한술 뜨고 눕자마자 백 관장에게서 전화가 왔다. 어젯밤엔 왜 그렇게 전화질을 해 댔고, 지금이 몇 신데 아직도 집구석에 처박혀 있느냐는 거였다. 나는 할 말이 아주 많았지만 설명하기 귀찮아 대꾸 않고 전화를 끊었다. 전원을 꺼 버릴까 했으나 그건 예의가 아닌 것 같아 무음으로 바꾸고 이불을 뒤집어썼다.

시끄러운 소리에 잠에서 깼을 땐 마당에서 백 관장과 할머니가 싸우고 있었다. 이런저런 욕이 오갔지만 요지는 하나였다. 자는 애를 왜 깨우냐, 그럼 도 대표 선발전이 코앞인데 자게 내버려 두랴. 고집쟁이 할머니도 막무가내 백 관장을 당해 내진 못했다. 방문이 열렸고 이불이 젖혀졌다.

"이 놈의 새끼가 빠져 가지고. 해가 중천인데 아직까지 자빠져 자고 말이야. 너 작년에 도 대표로 메달 따 왔다고 올해도 딴다는 보장 있냐, 세상은 넓고 신동은 많……, 너 인마. 얼굴이 왜 그래? 누가 그랬어?"

"발 달린 계단에서 넘어졌습니다."

"그걸 말이라고."

"피곤해. 잘래요."

누우려는 날 백 관장이 다시 일으켰다. 그는 내 팔다리 여기저기를 살피더니 안도한 듯 한숨을 쉬었다.

"부러진 데는 없구만. 근데 너 이렇게 만든 놈은."

"놈은 뭐요?"

"괜찮은가 해서."

"당연히 반 죽여 놨죠."

"그래, 잘했…… 뭐? 농담하지 말고 인마. 잘못 엮이면 너 출전도 못해."

자초지종을 전부 들은 다음에야 백 관장은 안도했다. 잘하긴 했는데, 좋은 일 한 건데, 앞으로는 그러지 말라는 당부도 덧붙였다.

"경찰이 왜 있냐? 사람 일 모르는 거다. 재수 없으면 불난 집 앞을 지나갔을 뿐인데 불 지른 놈으로 몰린다고."

"네."

"아침 아직이지?"

"저는 먹었으니 혼자 드세요. 안 나갑니다."

"그럼 점심이라고 치면 되지. 이럴수록 잘 먹어야 돼. 소고기 먹자. 소고기."

소고기고 뭐고 싫다고 드러눕는 나를 백 관장은 부득불 일으켰다. 옷을 갈아입을 새도 없이 골목 어귀에 주차되어 있던 승합차에 타야 했다. 그는 마침 마당에 있던 할머니에게도 같이 가자 권유했지만, 할머닌 단칼에 거절했다.

"마을 회관에서 다른 할망구들이랑 커피 마시기로 했어."

할머니에게 백 관장의 수다는 소고기로도 상쇄하지 못할 피로였다.

운전석에 올라탄 백 관장이 시동을 걸었다. 아이들을 픽업할 때나 쓰는 노란 색의 승합차는 아스팔트가 발리지 않은 흙

길을 잘도 달렸다.

바람이 불 때마다 차 옆면에 달린 플랜 카드가 펄럭거렸다. 백 관장 본인이 아니라 내 수상 경력이 인쇄된 플래카드였다. 불법이니 떼라고도 해 보고, 몰래 훔쳐다 쓰레기통에도 처박아 봤지만, 화수분도 아니고 다음 날이면 나타나는 통에 더는 실랑이할 의지를 잃었다.

"쪽팔리게. 진짜."

"뭐라고."

"잘 테니까, 도착하면 깨우세요."

잠시 눈만 감고 있었을 뿐인데 벌써 체육관 앞이었다. 귀찮은 기색이 역력한 채로 차에서 내리는 나를 백 관장은 건너편 영오 정육점으로 떠밀었다.

"계산 다 해 놨으니까 고기 받아 와. 난 옥상에 가서 세팅을 해 놓을 테니까는."

어제 일로 아주머니를 보기가 껄끄러웠지만 방법이 없었다. 나는 한숨을 한 번 쉬고는 가게 안으로 들어갔다.

"어서 오세……."

서영오는 날 보더니 인사를 하다 말고 입을 다물었다. 아주머니는 어디 가셨는지 없고 서영오 혼자였다. 난데없는 서로의 등장에 우리는 눈을 맞춘 채 몇 분간 멀뚱히 서 있었다. 시선을 먼저 피한 건 이번에도 서영오였다.

내가 말을 꺼내기도 전에 서영오는 알아서 고기를 가져와 담았다. 미리 포장된 고기론 모자랐는지 냉동고에서 새 고기를 꺼내 써는 손길이 살벌했다. 그녀는 말 한마디 없이 고기 봉투를 내밀었고, 나 역시 별말 않고 고기를 받아 가게를 나왔다.

체육관 옥상에는 고깃집 저리가라 할 만큼의 음식과 도구들이 준비되어 있었다. 평상에 앉았는데도 고기를 굽지 않기에 이상하다 했더니, 얼마 가지 않아 아주머니와 서영오가 나타났다. 억지로 온 듯 서영오의 표정이 도살장에 끌려가는 소처럼 어두웠다.

"원래 이 괴기란 건 다 같이 모여서 먹어야 제맛이지."

님을 만난 백 관장이 신이 나 콧노래를 불렀다. 저렇게 티가 나니 시장 사람들이 전부 다 알지. 나는 산적처럼 거친 외모와는 달리 소년처럼 순수한 백 관장이 귀여워서 몰래 웃었다.

두 어른이 화기애애하게 대화를 나누는 동안 서영오와 나는 말없이 고기만 먹었다. 소주를 한 잔씩 주거니 받거니 하던 백 관장이 서영오와 내 앞에도 술잔을 났다.

"너희들도 한 잔씩 해."

"그래, 한 잔은 괜찮아. 술은 어른한테 배워야지."

말릴 줄 알았던 아주머니마저 동조했다. 술 따위는 거들떠보지도 않을 것 같은 서영오는 냉큼 소주를 털어 넣었다. 동양화처럼 고운 눈썹 한번을 찌푸리지 않은 채. 누가 보면 물이라도 마시는 사람처럼 평온한 표정이었다.

"아이고, 우리 영오. 멋져 부려. 여자란 자고로 저렇게 멋있어야지. 일형이 너는 뭐 하냐. 고사 지내냐?"

음주 운전이라는 게 뭔지 알 만큼 머리가 크고 나서는 술 자체를 경멸했다. 배우고픈 생각도 없었다. 이성을 마비시킬 무언가를 자의로 먹는다는 게 도무지 이해가 되질 않았다. 그런데 나는 오늘 그 이해 안 되는 짓을 처음으로 했다.

고작 넉 잔을 마셨을 뿐이었다. 어느 순간 머리가 어질하더니 이유 없이 웃음이 나왔다. 미친놈처럼 실실거리는 나를 보고 백 관장은 취했다고 말했다. 하지만 취했다기엔 난 멀쩡했고, 너무나 제정신이었다.

"눈웃음까지 살살 치는 거 보니 맛탱이가 갔네. 아주 가 버렸어. 안 되겠어. 얼른 치워 버려야지."

날 체육관 쪽방에 데려다 눕히겠다고 일어서는 백 관장을 아주머니가 말렸다. 계단 내려가다 둘 다 골로 가고 싶냐고 했다.

"영오야, 네가 일형이 좀 데려다 주고 와."

싫다고 정색할 줄 알았으나, 서영오는 별 대거리 없이 내 곁으로 왔다. 작은 손이 내 팔을 제 어깨에 두르고, 허리를 감싸 안았다. 얄팍한 티셔츠 사이로 느껴지는 온기, 괜스레 기분이 오싹했다.

남녀칠세부동석이라, 취한 와중에도 최대한 닿지 않으려고 했건만 몸이 마음 같지 않았다. 계단을 내려갈 때까지는 어떻게든 버텼는데 방에 들어간 순간, 온몸에 힘이 빠졌다. 바닥으로 넘어지는 나를 서영오가 끌어안고 함께 굴렀다.

억지로 눈을 떠올리자 서영오의 얼굴이 거기 있었다. 나 같은 새끼랑 붙어 있는 것 자체가 소름 끼치는지 표정이 마네킹처럼 굳어 있었다. 나는 솔직해도 너무 솔직한 그녀의 반응이 재밌어서 소리 내 웃다가 서서히 의식을 놓았다.

"내가 그렇게 싫은가. 난 네가⋯⋯."

그렇게 싫진 않은데.

손가락 사이로 서영오의 머리카락이 부드럽게 빠져나갔다. 뺨 근처에서 느껴지는 온기에 잠시 정신이 들었을 땐 서영오는 방을 나서는 중이었다.

취기 때문인가, 쏟아진 머리카락 사이로 보이는 서영오의 목덜미가 새빨갰다.

황금 같은 주말은 난생 처음 겪는 숙취와 집단 폭행의 후유증으로 모두 날려 버렸다. 월요일, 학교에 도착하자마자 책상에 엎어져 못다 한 잠을 자고 있는 나를 담임이 호출했다.

"이름표는 어디 갔어?"

"잃어버렸어요."

"다른 선생님들한테 한 소리 듣기 전에 얼른 달아."

"네."

"도 대표 선발전이 코앞이라며?"

"네."

"기말고사도 코앞인 거 알지?"

거짓말은 하고 싶지 않아 대답을 하지 않은 날 보며 담임은 웃었다.

"아무리 그래도 백지는 너무하지 않냐? 이번엔 줄이라도 세워라, 줄이라도. 내 처자지 말고 푸는 시늉이라도 좀 하고."

운동부가 성적은 안 본다지만 빵점이 뭐냐고, 수행평가 아니었으면 넌 전 과목 빵점이라고 담임은 잔소리를 했다. 나는 얌전히 듣는 척하고 있었으나 눈은 담임의 어깨 너머 서영오에게 가 있었다.

서영오는 막 교무실로 들어오는 길이었는데, 의외의 인물과 함께였다. 나는 지금이 담임의 앞이라는 것도 잊고, 고개를 들어 녀석의 얼굴을 재확인했다.

맞았다. 김남훈. 그날, 내 손등에 담배빵을 놓으려 했던 우리 학교의 자랑, 잘나신 학생회장님.

"근데 일형이 너 금요일 밤에 뭐 했냐?"

그러고 보니 아버지인가 할아버지가 군수라고 애들이 지껄이는 소리를 들었다. 요즘엔 있는 것들이 일진 짓까지 한다더니, 부지런도 하다 싶어 코웃음이 터졌다.

"야, 인마. 강일형."

"네?"

"금요일 밤에 뭐 했냐고."

"체육관에 있었는데요."

"그래. 네가 운동하고 자는 거 말고 할 게 뭐 있겠냐."

최 선생님도 의심할 애를 의심해야지. 담임은 어이가 없다는 듯 웃으며 책상 위에 뒤집어 놓은 증명사진을 서랍에 밀어 넣었다. 언뜻 본 사진 속의 녀석은 상처 하나 없는 멀쩡한 얼굴이었고, 그래서 그날 밤 얻어터져 엉망이 된 모습과는 괴리가 있었다.

그래서 몰랐다. 낚시 바늘에 아가미가 꿴 도다리처럼 내 모가지에도 바늘이 꿰일지 모르는 상황이었다는 걸.

길지 않은 담임과의 면담을 끝내고 교무실을 나오던 참이었다. 서영오와 김남훈도 볼일이 끝난 듯 문 잎으로 걸어왔다. 프린트물을 나눠 들고 있는 게 아무래도 같은 반이지 싶었다. 김남훈은 누가 봐도 스테레오 타입의 모범생을 연기 중이었는데, 그런 녀석을 향한 서영오의 눈빛이 나를 볼 때와는 딴판이었다.

"똑똑한 척은 혼자 다 하더니."

혼잣말이라기엔 큰 목소리에 서영오가 날 올려다봤다. 나는 황당해하는 서영오와 뒤늦게 날 알아 본 김남훈을 마주하곤 웃어 줬다. 표정 관리를 못한 김남훈의 얼굴이 찰나 굳어 졌다. 내가 해동이 낳은 고아 새끼라는 건 알았어도, 그 고아 새끼가 서영오와 아는 사이란 걸 몰랐던 모양이지.

"방금 뭐랬어?"

돌아서는 내 팔을 서영오가 붙잡고 물었다. 나는 그녀의 손을 잡아 부드럽게 떼어 내곤 복도로 나왔다.

"무슨 말? 난 아무 말도 안 했는데."

서영오가 양아치 새끼를 만나건, 찐따를 만나건 나와는 상관없는 일이었다. 그런데도 이상할 정도로 그게 마음에 걸려 수업 내내 잠을 설쳤다. 수업 시간에 멀쩡하게 깨어 앉아 있는 날 확인한 선생들은 헛것이라도 본 듯 눈을 크게 떴다. 4교시 수업이었던 담임은 혹시 눈 뜨고 자는 거 아니냐고, 다가와 손까지 흔들어 안 그래도 산란한 내 정신을 더 산만하게 만들었다.

점심시간, 식당에 가서 밥을 먹고는 디저트로 딸기 우유를 물고 나왔을 때 김남훈 없는 김남훈 무리와 마주쳤다. 고매하신 김남훈 회장님께서는 학교에선 양아치들과 어울리지 않는 모양이었다. 혹시나 싶어 살폈지만 그들 사이에 맞고 있던 개는 없었다.

"최상우 그 새끼 입원한 병원이 어디라고?"

"몰라. 알아서 뭐 하게?"

"문병 가게."

"지랄하고 자빠졌네. 그 찐따 새끼가 퍽도 반겨 주겠다."

"근데 그 새끼 은근 의리 있다? 경찰한테 불어 버릴까 봐 졸았는데. 지금까지 소식 없는 거 보면 앞으로도 말 안 하겠지."

이유 없이 사람을 패 입원까지 시킨 놈들에게선 죄책감이라곤 찾아 볼 수 없었다. 더 들어봤자 기분만 잡치지 싶어 돌아서는데 어깨가 붙잡혔다.

"어디서 많이 봤다 했더니, 그 새끼네. 넌 선배를 보고 인사도 안 하냐."

"그때 보니까 이 새끼 달리기 존나 빠르더라. 우사인볼트인 줄."

인해전술하는 중국도 아니고 대가리 수만 채우면 이길 수 있다고 생각하는 건가. 무리만 지으면 기고만장해 날뛰는 사내새끼들을 나는 이해할 수가 없었다.

귀찮은 일은 만들고 싶지 않아 어깨를 붙든 손을 털어 내고 가던 길을 가려 했지만, 이런 새끼들은 대개 집요하고 끈질겼다.

"이 새끼가 사람을 졸로 보나."

멱살이 잡혀 섰지만 동요를 하기엔 상대가 너무 같잖았다. 멀뚱히 절 내려다보는 내 눈빛에 자존심이라도 상했는지 녀석의 얼굴이 시뻘개졌다.

"너 이 씨발 새끼 따라와. 오늘 뒈질 줄 알아."

"여기서 얘기하세요."

"뭐?"

"할 말 있으면 여기서 하라고."

그때쯤 급식으론 배를 채울 순 없었던 아이들이 속속들이 매점으로 들어오기 시작했다. 불구경만큼 재밌는 싸움 구경에 신이 난 아이들은 관객이 링을 둘러싸듯 우리를 빙 둘러 섰다. 튀는 걸 세상에서 제일 싫어하는 나는 이쯤에서 대화를 끝내고 싶었으나, 눈이 뒤집힌 녀석은 이미 주먹을 치켜들고 있었다.

맞아 주자니 그때 맞은 뺨이 아직 아팠고, 피해자든 뭐든 교무실을 들락거리는 것도 질색이었다. 무엇보다 여기서 또 맞고 들어가면 우리 할망구가 이 새끼들을 가만두지 않을 것 같았다. 적당히 피하고 끝내야겠다 생각하는데, 누군가 다가 와 녀석을 막았다.

"그만해. 가만히 있는 후배한테 왜 시비야."

내 편을 드는 김남훈은 정말이지 건실하고 모범적인 학생의 얼굴을 하고 있었다. 녀석들은 아는 척을 하려다가 아차 싶은 듯 입을 다물곤 내게서 떨어졌다. 배를 잡고 뒹굴고 싶을 만큼 웃긴 광경이었는데 그럴 수 없어 아쉬웠다.

"괜찮냐?"

친절하게 내 안부를 물으며 구겨진 셔츠를 털어 주는 김남훈의 손을 쳐 내고 돌아섰다. 우릴 둘러싸고 있던 아이들이 모세의 기적처럼 길을 터 줬다. 그 끝에, 서영오가 있었다.

나는 쥐고 있느라 엉망이 된 우유갑을 쓰레기통에 던져 넣고는 그녀를 지나쳤다. 들이치는 바람에 서영오 냄새가 났다. 흔해 빠진 샴푸 냄새. 문득 궁금했다. 지금 서영오가 보고 있는 사람이 저 새끼일지, 아니면 나일지.

학교를 마치자마자 체육관으로 향했다. 아직 부모님이 데리러 오지 않은 아이들과 잠깐 놀아주고는 내내 운동했다.

대회가 가까워질수록 훈련 강도는 세졌다. 오늘 분량의 운동이 끝나고도 한참을 매트에 뻗어 있던 나는 멀쩡한 통로를 놔두고 내 배를 짓밟고 지나가는 백 관장 때문에 일어났다. 상습이라 한 소리 하려 했더니 중량 치는 것보단 이게 복근 운동에 좋다며 눈도 깜빡하지 않고 헛소리를 하기에 전의를 상실했다.

"어디 가요?"

"알아서 뭐 하게. 키 있지? 씻고 문 잠그고 가라."

손가락 하나 까딱할 힘조차 없어 한참을 누워 있다 마지못해 일어났다. 씻고 나왔더니 막차 시간이 코앞이었다. 물기도 제대로 닦지 못한 채 옷을 입고 체육관 계단을 뛰어 내려오는데 건너편 정육점이 소란했다. 영업시간은 끝난 지 오래였으니 기껏해야 청소나 정리를 하고 있을 텐데, 이렇게 시끄러울 까닭이 없었다.

미심쩍은 마음에 가게 앞으로 다가가자마자 뭔가 박살 나는 소리와 함께 깨진 쓰레기통이 열린 문밖으로 굴러 나왔다. 나는 귀퉁이가 날아간 쓰레기통을 발로 걷어 내고 안으로 들어갔다.

"이혼해 줬으면 됐지. 감히 양육비까지 요구해? 그 계집애한테 여태 들어간 돈이 얼만데!"

뒷모습 밖에 보이지 않았으나 대화로 짐작할 수 있있다. 남자는 서영오의 아버지였다. 가까이 가지 않았는데도 술 냄새가 진동했다.

가게 안에는 아주머니 뿐 서영오는 없었다. 입구에 선 나를 뒤늦게 알아챈 아주머니의 눈빛에 안도와 당혹감이 연달아 비쳤다. 나는 물건이란 물건은 죄다 박살 낼 요량인지 화분을 치켜든 남자의 손부터 붙잡아 막았다.

갑작스레 등장한 불청객에 뒤를 돌아본 남자가 인상을 구겼다.

"뭐야, 넌? 아, 네가 걔구나? 백 관장 그 자식이 키운다는 고아 자식. 애미 애비 없이 할머니한테 컸다기에 삐쩍 말라 비루먹게 생겼을 줄 알았더니 겉모습만 보니까 부잣집 도련님 같다. 이야. 부티가 줄줄 나."

내 위아래를 훑어 내리며 빈정거리는 남자야말로 겉만 보면 번지르르했다. 모녀 눈에서 눈물 빼고 집을 나간 호로 새끼치고는 잘 먹고 잘 산 것 같아 속이 뒤틀렸다.

"어른들 일에 애들은 참견 말고 이만 집에 가라. 어?"

남자가 한눈을 판 사이 경찰에 메시지로 신고를 한 아주머니가 카운터를 돌아 내게로 왔다.

"그만 가. 다칠라. 여기는 내가 알아서 할 테니까."

아주머니는 나를 걱정했지만 나는 내가 사라진 후의 아주머니가 걱정이었다. 그 와중에도 남자는 내 손에서 제 팔을 빼내려 안간힘을 썼다. 나는 화분을 빼앗아 바닥에 내려놓고 나서야 남자를 놔줬고, 그러자마자 뺨을 맞았다.

"미쳤어!?"

"미친 건 이놈이지. 지가 뭔데 남의 가정사에 끼어들어서는. 이래서 출신은 못 속인다니까. 애미 애비 없이 커서는 싹수가……."

물벼락이 쏟아졌다. 난데없이 쏟아진 구정물 세례에 놀란 남자가 입을 다물었다.

"양육비 필요 없으니까 꺼져."

서영오는 성큼성큼 걸어와 작은 체구로 내 앞을 가로막고 섰다. 손엔 가게 앞에 늘 놓여 있던 주홍색 물통이 들려 있었다. 대걸레를 빨 때나 쓰던 물통이었다.

"당신 돈 따위는 줘도 안 가질 테니까, 꺼지라고."

"배은망덕한 년이 키워 준 은혜도 모르고!"

남자는 제 딸에게도 망설임 없이 팔을 쳐들었다. 놀란 아주머니가 달려왔지만 그보단 내가 빨랐다. 나는 서영오를 감싸 안았다. 남자의 손을 붙잡아 손가락을 부러뜨리는 대신 얼굴을 내줬다. 왼쪽 뺨만 벌써 두 번째였다.

품에 안긴 서영오가 토끼 눈으로 날 올려다봤다. 내가 왜 이런 짓을 했는지 이해가 안 된다는 눈빛이었는데, 나도 모르겠다. 몸이 하는 일을 머리가 죄다 알 수는 없지.

꽤 세게 맞았는지 이명이 울려 고개를 털어 내는 도중에 바닥의 화분을 들어 올리는 아주머니가 보였다.

"씨도 모르는 걸 데려다가 키워 놨……."

그녀가 화분으로 남자의 머리를 내리친 것과 백 관장이 들어온 것은 동시였다.

"너 이……, 씨."

다행인지 불행인지 화분은 도자기가 아니라 플라스틱이었고, 그럼에도 서영오의 아버지는 정신을 잃고 쓰러졌다. 상황 파악을 못하고 굳어 있던 백 관장이 달려와 비틀거리는 아주머니를 부축했다.

"대체 무슨 일이예요? 해숙 씨. 괜찮아요?"

"괜찮아요. 근데 저 인간, 죽은 건 아니겠죠?"

백 관장은 아주머니를 데려다 앉힌 후 신속하게 서영오의 아버지에게로 갔다. 투박한 손이 신속하게 남자의 눈을 까뒤집고, 숨을 확인하고, 목에 맥이 뛰는지를 살폈다.

"죽기는, 괜찮해, 괜찮해. 사람은 그렇게 쉽게 죽지 않아. 잠깐 기절한 거야."

침묵한 채 백 관장의 말만 기다리고 있던 우리 세 사람의 입에서 안도의 한숨이 흘러나왔다.

"니들은 언제 그렇게 친해졌어? 아주 남매가 따로 없구만."

눈을 가늘게 뜬 백 관장이 건네는 농에 그제야 서영오를 아직도 안고 있다는 걸 알았다. 서영오는 길가다 똥이라도 밟은 사람처럼 날 밀어내고 멀찍이 떨어지더니 물었다.

"머리는요? 안 깨졌어요?"

"걱정 마. 스크라치 하나 안 났더라. 저게 사람 머리야, 돌이야."

그 말을 들은 서영오는 어쩐지 아쉬운 기색이었다.

서영오가 탐탁지 않은 기색으로 제 아버지 머리에서 꽃이며 흙을 털어 내고 나서야 경찰은 도착했다. 신고한 지 7분 만이었으니 지난번에 비하면 장족의 발전이었다.

자초지종을 묻는 경찰에게 서영오는 취해 난동을 부리던 남자가 제풀에 넘어져 화분에 머리를 박고 쓰러졌다고 설명했다. 경찰은 개판 오 분 전인 정육점 상태와 내 얼굴을 보고는 납득하곤 서영오의 아버지를 부축해 일으켰다.

"심심하면 찾아와 저 지랄인데 처벌은 없습니까?"

분이 가시지 않는 목소리로 백 관장이 물었다.

"그게 기물 파손에 해당되긴 한데, 크게 다친 사람도 딱히 없고 해서."

"다친 사람이 왜 없어요? 쟤 봐. 저 꼬라지 좀 봐봐. 잘나서 손대기도 아까운 상판에 상처 난 거 저거 어쩔 거야? 아니, 술을 처먹었으면 집구석에 처박혀 곱게 잠이나 처잘 것이지. 허구한 날 전 부인 집에 찾아와서는 꼴값 똥을 싸고. 씨도 안 발라먹을 새끼가. 씨를 발라 버릴라."

말을 하다 보니 점점 열이 받았나 보다. 급히 경찰을 쫓아간 백 관장이 그들이 데리고 나선 서영오 아버지의 머리를 쥐어뜯기 시작했다. 놀란 경찰이 서영오의 아버지를 뒷좌석에 급히 밀어 넣자, 이젠 닫힌 경찰차 문짝을 날라 차기에 이르렀다. 공공 기물 파손의 위기에 놀란 아주머니가 급히 소리쳤다.

"그만해. 그만! 그만하라고! 백만수 이 자식아!

어지럼증이 인 듯 휘청이는 아주머니를 보고서야 백 관장은 급히 정육점으로 돌아왔다.

"소리치면 머리 울려요. 해숙 씨. 가뜩이나 빈혈도 있는 사람이."

"누워야겠어요. 나 좀 방에 데려다 줘요."

"업어 줄까요?"

"그냥 부축이나 해요."

경찰차가 떠나고, 두 사람까지 가게 안 쪽방에 들어가자 밖엔 서영오와 나, 단둘만이 남았다. 여태 정신이 없어 알아차리지 못했는데, 상황이 정리되고 나니 느껴졌다. 아까 서영오가 쏟아 부은 대걸레 빤 물은 그녀의 아버지만 맞은 게 아니었다. 씻은 지 반 시간도 지나지 않은 몸에서 구정물 썩은 내가 났다. 어제 세탁해 오늘 처음 다려 입은 교복도 엉망진창이었다.

막차는 벌써 떠났고, 하는 수 없이 오늘밤도 체육관 신세를 져야 할 모양이었다. 구역질이 나오기 전에 씻어야겠다는 생각에 걸음을 빨리 하는 나를 서영오가 붙잡았다.

"우리 집으로 가."

내 옷깃을 손가락 두 개로 붙잡은 서영오는 처음으로 내 시선을 피하지 않고 말했다.

"체육관에 온수도 안 나오잖아. 감기 걸려. 엄마가 그러래."

체육관 보일러는 고친 지 오래고, 꼭 온수로 샤워를 해야만 하는 날씨도 아니었지만 잠자코 따랐다. 잠을 자기에 체육관은 불편했고, 지금의 나는 너무 피곤했다. 그리고 궁금했다. 방에 있는 엄마 핑계를 대 가며 날 붙잡은 서영오의 저의가.

언젠가처럼 서영오가 앞장서고 내가 그 뒤를 따라 걸었다. 서영오는 잘 가다가 한 번씩 고개를 돌려 내가 잘 따라오고 있는지 확인했다. 그 모습이 꼭 주인과 산책 중인 강아지를 연상케 해서 몰래 웃었다.

집에 도착하자마자 곧장 욕실로 향하는 내게 서영오가 옷을 건넸다.

"내 건데 실수로 사이즈를 크게 사서. 맞을 거야."

서영오가 쓰는 흔해빠진 샴푸와 바디워시로 씻고, 서영오가 알려 준 수납장에서 새 칫솔을 꺼내 쓴 뒤 서영오의 옷을 입었다. 그녀가 걸쳤다면 포대 자루 같았을 박스 티는 어느 정도 맞았지만 바지는 정강이에서 잘렸다. 드라이어로 머리를 대충 말리고 나오자, 서영오가 거실 소파에 앉아 있었다. 탁사엔 구급상자를 둔 채였다.

어디서 많이 본 광경이었다. 서영오의 위치만 빼고.

"약 안 발라도 돼. 다친 데 없어."

"맞았는데 어떻게 다친 데가 없어?"

나는 서영오의 앞에 다가가 섰다. 말이 되는 소리를 하라는 듯 정색하는 서영오에게 말이 된다는 걸 보여 주기 위해 허리를 숙이고 얼굴을 들이밀었다. 서영오는 놀라 고개를 뒤로 뺐지만 지난번처럼 뭐 하는 짓이냐고 소리치지 않았다.

"다친 덴 여기뿐이야."

입가를 손가락으로 한번 가리키곤 입을 조금 벌려 터진 입 안을 보여 줬다. 아직 피가 멎지 않았는지 혀끝에서 피비린내가 풍겼다.

"손가락 쑤셔 넣긴 좀 그렇지?"

질 나쁜 말장난에 서영오는 굳은 얼굴로 내 입술을 고요히 응시하기만 했다. 나는 그러니 약 같은 건 바를 필요 없다는 말을 삼킨 채 일어서려 했지만 저지당했다.

가느다란 손이 내 뒷목을 당기고, 보드라운 입술이 입술에 부딪혔다.

　종잇장 같은 서영오를 떼어 내는 건 숨 쉬는 것만큼 쉬는 일이었으나 잠자코 있었다. 맞닿은 입술이, 내 목을 끌어안은 손이, 안쓰러울 만큼 덜덜 떨리고 있었기 때문에.

　꼭 감은 서영오의 눈꺼풀이 파리하게 질려 있었다.

하지(夏至)

대문 열리는 소리가 났다. 밤도 늦었는데 자고 가면 안 되냐는 백 관장의 목소리와 개수작하지 말라는 아주머니의 음성이 연이어 들렸다.

나는 조심스레 서영오의 팔을 쥐어 떼어 냈다. 넋 놓은 사람처럼 그때까지도 입술을 붙이고 있던 서영오는 그제야 정신을 차린 듯 다급히 내게서 떨어졌다.

"개수작이 아니라 피곤해도 너무 피곤하니까 그러지. 아이고 삭신, 뭐야. 일형이 네가 왜 여기 있냐?"

과장되게 허리를 두드리던 백 관장이 날 보곤 황당한 듯 물었다. 아주머니는 잠시 멈칫했으나 이내 당연한 걸 왜 묻느냐는 듯 백 관장을 타박했다.

"그럼 그 걸레 썩은 물 뒤집어쓴 애를 어디로 보내요? 막차도 끊겨서 갈 데도 없는 애를."

"갈 데가 왜 없어요? 제 집이나 다름없는 우리 밀리언 체육관이 있는데."

"거기 보일러도 고장 났다면서?"

"그때가 언젠데, 서비스 센터 불러서 고친 지······."

"나 피곤해. 잘게."

멍청히 앉아 있던 서영오가 벌떡 일어나며 말을 끊었다. 백 관장은 하던 말은 잊은 듯 우리 영오 잘 자라며 웃었고, 서영오는 도망치듯 제 방으로 들어갔다.

"많이 아프지? 미안해서 어떡하니. 괜히 우리 때문에."

멍이 가실 날 없는 내 뺨을 살피며 아주머니는 사과했다.

"괜찮아요."

"괜찮긴. 맞고 괜찮은 사람이 어딨어? 고마워, 너 아니었으면 정말 큰일 날 뻔했어. 이래서 집에 남자가 있어야 하나 봐."

백 관장은 기회를 놓치지 않았다.

"내 말이 그 말이에요. 이래서 집에 남자가 하나는 있어야 한다니까는."

소매를 올려 난데없는 근육 자랑을 하는 백 관장을 무시한 채 아주머니에게 인사하곤 방으로 들어왔다. 고작 하룻밤 만에 익숙해진 방에는 이불과 베개가 정갈히도 놓여 있었다.

나는 이곳에 들어왔을 서영오를 생각했다. 접힌 이불 귀퉁이를 가지런히 펴고, 어긋남 없이 그 위에 베개를 놓았을 서영오를. 장난스레 벌린 내 입술을 빤히 보다가 무작정 제 입술을 붙여 오던 서영오를. 요즘은 초등학생도 코웃음을 칠 뽀뽀 하나를 하면서 대단한 나쁜 짓을 하는 것마냥 파르르 떨던 서영오. 뺨부터 목까지 새빨개져선 방으로 도망치던 서영오를.

서영오가 나와 눈을 맞추지 않았던 이유, 유독 내게만 차갑게 굴었던 이유, 가끔 마주칠 때마다 벌레 보듯 굳은 얼굴을 하던 이유를 나는 그제야 알았다.

"남자 보는 눈 하곤."

비죽 흘러나온 웃음은 오래가지 못했다. 모든 걸 다 가진 인성 쓰레기 모범생과 가진 건 몸뚱이 하나뿐인 미래가 불투명한 고아 새끼. 전자나 후자나 엮여 봤자 하등 도움 될 것 없는 인간인 건 마찬가지였다.

휴대폰이 울려 받았더니 할머니였다. 시간이 몇 신데 아직도 안 들어오고 자빠졌냐고 화를 내던 할머니는 운동 하다 보니 막차를 놓쳤단 내 거짓말에 백 관장을 욕했다.

—근데 목소리가 왜 그랴? 감기 걸려 부린 거 아니여? 백 관장 그놈의 자식은 괴기 사 먹을 돈으로다가 체육관 보일라나 일찌감치 고칠 것이지. 남의 금쪽같은 새끼를 데려다가 찬

물에 목욕을 하게 하고.

"할머니."

─응?

"부모님…… 말이야. 어떤 사람이었어?"

단 한 번도 물은 적 없는 질문에 수화기 너머 할머니는 침
묵했다. 물은 내가 놀랐으니 할머니는 오죽했을까. 뒤늦게 웃
으며 말을 돌리려는 찰나, 할머니가 이야기를 시작했다.

─네 엄마는 말이여, 엄청나게 예뻤쟈, 얼굴도 예뻤고, 맘
씨는 더 예뻤쟈. 실은 네 반지르르한 상판, 그거 네 엄마 닮은
거여. 네 아빠도 잘나긴 했지마는 고로코롬 곱상한 타입은 아
니었제.

누가 들으면 안 되는 비밀이라도 말하는 듯 소곤거리는 목
소리였다.

─그치만 네 아부지도 말이다. 얼굴이 복사꽃처럼 뽀야니
멀끔했고, 코도 버선처럼 오똑하고 말이여, 눈은 초롱초롱 해
가지고는. 그러고 보니 네 그 코는 아부지를 닮았나 부다. 네
아버지가 다른 건 몰라도 코 하나는 말이지, 대한민국 아니
세계 일등이라고 이 할미는……. 내 말 듣고 있냐?

"어."

─네 엄마나 아부지나 맘씨는 또 얼마나 착했는디. 불쌍한
짐승들을 그냥 못 지나치고…….

왜 그 말에 서영오가 떠올랐는지 알 수 없다. 불쌍한 짐승

들은 몰라도, 짐승처럼 맞고 있던 나는 눈 깜빡하지 않고 지나치던 서영오가.

할머니는 30분 동안 어머니 자랑을, 나머지 30분은 아버지 자랑을 하더니 내 칭찬을 반쯤 하다 말고 잠이 든 것 같았다. 벽에 기대앉은 채 얌전히 그녀의 얘길 듣고 있던 나는 통화를 종료하곤 뜨거워진 휴대폰을 놓았다.

"출신은 못 속인다니까. 애미 애비 없이 커서는 싹수가……."

서영오의 아버지에게 맞았던 뺨이 뒤늦게 아팠다.

피곤했지만 잠은 오지 않았고, 결국 새벽녘까지 뒤척이기만 하다 일어나 밖으로 나왔다. 거실 소파에 누워 곯아떨어진 백 관장을 보고 놀라 멈춰선 나를 아주머니가 불렀다.

"벌써 일어났어? 운동을 해서 그런가 부지런하네. 씻고 와. 밥 먹게."

"저는 그냥 갈……."

"밥 먹어야 아줌마가 교복 줄 건데?"

자꾸 거절만 하는 것도 예의가 아니라 못 이긴 척 그러겠다 했다. 씻은 후 옷을 갈아입고 나오자마자 마침 부엌에 있던 서영오와 마주쳤다. 울기라도 했는지 눈이 퉁퉁 부은 서영오는 나를 보자 안색이 창백해지더니 급히 눈을 피했다.

"영오야, 백 관장님 좀 깨워라. 무슨 놈의 잠을 아직까지 자고 자빠졌어."

"엄마가 깨워."

"엄마는 아침 준비한다고 바쁘잖아."

"제가 깨울게요."

서영오는 기다렸다는 듯 욕실로 들어가 문을 닫았다. 닫힌 문 안으로 사라지는 여린 등에 잠시 시선을 두던 나는 곧 소파로 방향을 틀었다. 제 집처럼 편안히 숙면 중이던 백 관장은 어깨를 흔들고 뺨을 두드려도 꿈쩍 않더니, 늘 그렇듯 고기 사러 정육점 가잔 소리에 번쩍 눈을 떴다.

"고기, 고기 좋지!"

"아침부터 무슨 고기 타령이야."

"아니, 왜 우리 집에서 해숙 씨 목소리가."

"여기 우리 집이거든요?"

그제야 사태 파악을 하고 일어나는 백 관장의 움직임은 제비보다 날랬다. 소파 위 이부자리를 정리할 때까지도 서영오는 여전히 욕실 안에 있었다. 벌써 15분 째였다.

걸레 물이 들고 썩은 내가 나던 교복은 세탁에 다림질까지 된 채 방에 걸려 있었다. 교복을 갈아입고 나왔을 땐, 식탁엔 아주머니와 백 관장뿐이었다.

"해숙 씨. 영오는요?"

"볼일 있다고 먼저 나갔어요."

"밥도 안 먹고?"

"그러게 말이야. 이왕 차린 거 먹고 가면 좀 좋아. 일형아, 뭐 해? 얼른 앉아."

백 관장의 옆자리에 앉아 수저를 들었다. 솜씨가 좋은 아주머니의 음식은 뭐든 맛있었다. 그럼에도 입이 껄끄러웠던 건, 서영오 때문이었다. 막무가내로 입술을 들이댈 땐 언제고 이젠 날 보지도 않으려는 모양이지.

서영오는 알까. 시답지도 않은 그 입맞춤이 내겐 첫 키스였다는 걸.

곧장 학교에 갔다가 귀가했다. 사흘이 멀다 하고 상처를 달고 온 나를 보고 할머니는 펄쩍 뛰었다. 이 보살 그게 네 사주에 올해 살이 꼈다기에, 젊은 것이 벌써 노망났느냐고 머리채를 잡았는데. 이 보살 말이 맞나 보다, 굿은 못해도 부적이라고 써야겠다, 난리였다.

나는 내 존재 자체가 살이라고 말하고 싶은 걸 참고 할머니를 달랬다.

"부적 살 돈으로 고기나 사 드셔."

"어제 정육점 영오네 집에서 잤대며?"

물을 따라 마시던 나는 갑작스레 들린 익숙한 이름에 사레가 들려 쿨럭댔다. 할머니는 등을 두드리곤 맨손으로 내 입을 닦아 줬다.

"새벽에 해숙이한테 전화가 왔드라고. 아침 밥 맥이고 학교까지 보낼 테니 걱정 말라고. 듣자 하니 서기섭이 그 해삼만도 못한 새끼가 뒈지지도 않고 찾아와선 또 깽판을 쳤대며? 도와주는 건 좋은디, 몸 사려, 이눔아. 지 애미 애비 닮아선 착해 빠져 가지고."

당신 손주는 당신이 생각하는 것만큼 착하지 않다고 말하고 싶었다. 정말 착했다면, 오늘 아침 학교 뒤뜰에서 또 맞고 있던 최상우를 못 본 척 지나치지 않았을 거라고. 더 엮여 봤자 내 앞길만 피곤해질 뿐이니 앞으로도 무시하자고 결심하지도 않았을 거라고.

마지막으로 봤던 최상우의 눈빛이 자꾸만 떠올라 마음이 안 좋았다. 병원에 입원한 김에 계속 입원해 있지. 전학이라도 가지. 왜.

최상우는 이튿날 학교 옥상에서 뛰었다. 유서 한 장 발견되지 않았으나 온몸에 남은 폭행의 흔적은 지워지지 않은 채였나.

경찰 수사가 시작됐고, 최상우와 접점이 있던 모든 아이들이 조사를 받았다. 그중엔 나도 있었다. 바로 앞 김남훈을 웃으며 보내 주던 형사가 아직 상처투성이인 내 꼴과 생활 기록부를 보곤 눈빛을 바꿨을 때, 그때 깨달았다.

세상은 모든 걸 다 가진 인성 쓰레기보다 가진 건 몸뚱이뿐인 고아 새끼에게 더 냉정하다는 걸.

좆같은 기분이었다.

새삼스러울 것 없이 누구보다 잘 알고 있었던 사실인데도.

밤바다가 집어등을 밝힌 어선들로 반짝이고, 서영오의 집 담장으로 만개한 장미가 타 넘어오던 7월 초. 나는 내 사주에 살이 끼었다는 사기꾼이 보살의 말을 믿지 않을 수 없었다.

할머니가 또 쓰러졌다. 원인은 협심증이었으나 문제는 다른 곳이었다. 무방비 상태로 쓰러진 할머니는 시멘트 바닥에 머리를 박았고, 뇌출혈이 생겼다. 곧장 병원으로 이송돼 응급처치는 했지만 징후가 좋지 않았다. 의식 없는 할머니의 중환자실 생활은 그렇게 시작됐다.

눈을 감았다 뜰 때마다 쌓이는 괄목할 만한 병원비보다 할머니를 잃는 게 더 두려웠다. 하루하루가 고비인 할머니를 걱정하느라 코앞에 닥친 도내 선발전 따위는 안중에도 없었다.

보름에 걸쳐 계속되던 최상우 자살 사건의 수사도 막바지에 이르렀다. 말해 봤자 믿어 주지도 않을 것 같아 김남훈의 존재 따위는 입에 담지도 않은 나완 달리, 의리라곤 모르는 김남훈의 떨거지들은 겁에 질려 숨기고 있던 제 우두머리의 이름을 실토했다. 당연하게도 김남훈은 혐의를 부인했다. 김남훈의 부모뿐만 아니라, 선생들, 교우들까지도 김남훈 편을 들었다. 형사가 누구를 믿었을지는 뻔했다.

병원에 있겠다는 나를 백 관장은 강제로 밖으로 떠밀었다.

"너 이러고 있는 거 할머니가 봤으면 벌써 처맞아도 한참 처맞았어, 인마. 오늘은 내가 있을 테니까 집에 가. 내일부터는 학교도 가고 체육관도 다시 나와. 혹시 아냐? 메달이라도 따 오면 할머니가, 아이고, 내 강아지 하고 좋아서 벌떡 일어나실지."

할머니 흉내를 내며 엉덩이를 두드리는 백 관장의 손을 쳐 내고 마지못해 병원을 나왔다. 정오의 쏟아지는 햇살에 눈을 찌푸리던 나는 병원 현관 기둥 옆에 선 서영오를 보고 걸음을 멈췄다. 초조한 듯 발장난을 하고 있던 서영오가 내 시선을 느꼈는지 고개를 들었다. 반가운 듯 커지는 눈을 보고도 나는 돌아섰다.

그맘때쯤 나는 모든 게 싫었다. 구름 한 점 없이 맑기만 한 하늘도, 지천에 흐드러지게 핀 꽃들도, 뭐가 그리 좋은지 웃고 있는 사람들도, 나 같은 새끼가 뭐가 좋다고 여기까지 찾아와서는 외면당하고 상처받은 눈을 하는 서영오도.

성큼성큼 앞서가는 나를 서영오가 쫓아왔다. 도로를 건너기 전에 팔이 잡혔다.

"미쳤어? 빨간 불이잖아!"

"그런데?"

"뭐?"

"그게 너랑 무슨 상관인데?"

비틀린 내 말에 서영오는 얼어붙었다. 그 사이 신호등이 초록 불로 바뀌었다. 나는 날 붙든 그녀의 손을 떼어 내고 횡단보도를 건넜다.

그쯤하면 알아서 떨어질 줄 알았던 서영오는 다시 날 따라왔다. 대놓고 쫓아오고 있었으니 미행은 아니었고, 대여섯 보의 간격을 지키고 가까워지진 않았으니 동행은 더더욱 아니었다.

정류장에 도착해 때마침 도착한 버스에 올라탔다. 서영오도 따라 탔다. 빈 좌석에 대충 구겨 앉았다. 서영오는 버스를 한번 훑더니 당연한 듯 내 앞에 자리를 잡았다.

창밖을 향하던 시선이 저절로 서영오를 향했다. 더웠는지 서영오는 어깨를 겨우 넘는 머리를 질끈 묶은 채였다. 조금만 힘을 주면 부러질 것처럼 연약한 목덜미에 땀에 젖은 머리카락 몇 가닥이 붙어 있었다.

얼굴을 보지 않았는데도 긴장하고 있다는 게 느껴졌다. 부자연스러울 정도로 꼿꼿하게 세우고 있는 고개. 경직된 어깨. 숨은 제대로 쉬고 있는 건지 궁금해질 무렵, 등이 오르내렸다. 소릴 죽인다고 했겠지만 버스가 워낙 조용했던 탓에 들렸다. 참았던 숨을 토해 냈다 들이쉬는 호흡 소리가.

쳐다만 봐도 목석이 되는 주제에, 그날은 무슨 용기로 내게 입까지 맞춘 건지.

버스는 정육점과 체육관이 있는 시장을 지나쳤다. 서영오는 그때까지도 꼼짝 않고 있더니, 일곱 정거장 후 내가 벨을 누르고 나서야 일어나 날 따라 내렸다.

버스는 흙먼지를 내뿜고 떠나갔다. 아스팔트가 끊기고 시멘트를 부어 만든 인도가 시작되는 마을 초입에서 나는 멈춰섰다.

"언제까지 따라올 거야?"

"집까지."

황당한 내가 무슨 소리냐고 되묻기도 전에 서영오는 앞장섰다. 손엔 커다란 도시락 통 하나를 든 채였다. 나는 몇 걸음만에 그녀를 따라잡아 앞을 가로막고 섰다. 내 가슴팍만 응시하고 있는 서영오의 동그란 정수리를 보며 말했다.

"집에 가."

서영오는 그제야 고개를 꺾어 날 올려다봤다. 양 뺨은 상기되어 있었고, 어이없게도 눈엔 걱정이 가득했다. 나는 누가 봐도 아주머니가 싸 줬을 게 분명한 도시락 통을 서영오의 손에서 받아들고 다시 얘기했다.

"됐지? 가, 이제."

대답 않는 서영오를 남겨둔 채 등을 돌렸다. 구불구불한 돌담길을 지나 집으로 들어올 때까지 단 한 번도 뒤돌아보지 않았다.

냉장고에 도시락만 집어넣고는 공구함을 챙겨 대문 밖으로 나왔다. 삐걱이는 소리가 듣기 싫다며 틈만 나면 고치라고 할머니가 노래를 부르던 대문을, 그 소리조차 들을 수 없게 된 지금에야 고치고 싶은 마음이 들었다.

녹슨 경첩에 기름을 바르고, 풀린 나사를 조았다. 그것만 했는데도 소음은 반절로 줄어들었다. 워낙 낡아빠진 터라 새 것처럼 매끄러워지긴 무리였다. 적당히 타협하고 공구를 챙겨 드는데 노란 들꽃 하나가 시야에 들어왔다. 깨진 시멘트 틈을 뚫고 악착같이 살아남은 게 용했지만, 그래 봤자 들꽃이었다. 살아남으면 그만이고, 여차하면 밟혀 죽을 운명인.

지천이 바다인 이곳은 여름이 되면 찜통처럼 습했다. 증발한 바닷물을 머금은 공기에선 짠 내가 풍겼다. 대문과 씨름하느라 끈적이는 몸을 찬물로 씻고는 마루에 뻗었다.

백 관장의 너스레로 아침을 몇 술 뜬 게 다였지만 허기는 느껴지지 않았다. 할머니가 쓰러지고 난 후에는 늘 그랬다. 서영오의 어머니는 집 나간 아들 챙기듯 살뜰히 끼니를 챙겨 줬으나 늘 3분의 1도 먹지 못했다.

나도 모르게 잠이 들었다 눈을 떴을 땐, 메마른 바닥에 빗방울이 떨어지고 있었다. 시간은 밤 10시가 훌쩍 넘어 있었고, 하늘은 먹구름으로 음산했다. 일어날 생각도 않은 채 송장처럼 누워 있자니 휴대폰이 울렸다. 무시하려다 발신자를 확인하고 받았다.

—일형아, 늦은 시간에 미안한데.

사과로 운을 띄운 서영오의 어머니는 내게서 서영오를 찾았다.

—너 줄 도시락 챙겨 간 게 점심때인데 이 계집애가 아직까지 소식이 없잖아. 아니, 거기도 없으면 대체 어딜 간 거야? 연락도 없이 이럴 애가 아닌데.

원하는 답을 듣지 못한 채 아주머니는 전화를 끊었다. 나는 일어나 슬리퍼를 신고 우산을 챙겨들었다. 혹시나 해서였다.

쏟아지는 비가 시멘트 바닥에 물줄기를 만들었다. 바짓단으로 튀어 오르는 물 따위는 아랑곳 않고 걷던 나는 곧 서영오와 헤어진 장소에 이르렀다. 서영오는커녕, 개미 새끼 한 마리도 보이지 않았다.

"……그럼 그렇지."

정신이 나가지 않고서야 서영오가 그럴 리 없다고, 다행이라고 생각했다.

한숨을 쉬곤 돌아서려는 순간, 짙은 해무로 뿌연 도로에 헤드라이트 불빛이 들이쳤다. 터미널에서 서영오의 집과 가게가 있는 시장, 우리 집을 도는 버스였다. 이제 막 11시가 되었으니 막차일 것이다.

버스는 해풍으로 페인트가 삭아 내린 정류장에 잠깐 멈췄다가 다시 출발했다. 내리는 이도 타는 이도 없어 의아해하던 나는 다음 순간 발목이 묶여 섰다.

서영오는 아무도 없는 정류장에 우두커니 앉아 있었다. 버림받은 줄도 모르고 주인을 기다리는 멍청한 개처럼, 쫄딱 젖은 채 들이치는 비를 피할 생각도, 그곳을 떠날 생각도 없어 보였다.

멍하니 도로를 응시하던 서영오의 고개가 서서히 들리더니 날 향했다. 거리가 먼 탓에 표정까지 읽을 순 없었다. 나와 헤어진 시간이 2시쯤이니 어림짐작해도 여덟 시간은 저러고 있었단 뜻이었다.

"등신같이."

치받치는 화를 억누른 채 정류장 쪽으로 걸음을 떼자마자 마른 몸이 휘청 기울었다. 나는 우산을 버린 채 뛰었다.

다행히 서영오는 쓰러지진 않은 채 의자에 버티고 앉아 있었다. 곁에 앉기 무섭게 창백한 얼굴이 내 어깨로 처박혔다. 차가운 뺨을 두드리며 이름을 부르자 눈을 뜨긴 하는데, 상태가 안 좋았다. 구급차를 불러야겠다는 생각에 주머니를 뒤졌으나 휴대폰을 집에 두고 나온 모양이었다. 서영오의 전화라도 써야겠다는 생각에 무례하지만 젖은 몸을 뒤져 주머니를 찾았다. 그런 날 멀거니 보던 서영오가 내 손을 붙들어 멈추게 했다.

"……갈래."

"뭐?"

"집에 갈래."

"택시 잡긴 글렀고 막차 끊겼어. 휴대폰 어딨어? 아주머니한테 연락……."

"우리 집, 말고…… 너희 집."

이 와중에 또 집 타령이라니. 정신이 나간 거냐고 소리치고 싶었지만 서영오는 이미 제정신이 아닌 것 같았다. 나는 휴대폰 찾기를 포기하고 서영오를 등에 업었다. 그새 잦아든 빗줄기를 뚫고 도로를 건너 인도에 뒹구는 우산을 주워 들었다. 서영오가 비를 맞지 않도록 우산을 뒤로 뺐다.

"자지 마. 가서 약 먹고 옷 갈아입고 자."

"나 너 안 좋아해."

귀를 기울이지 않으면 들리지 않을 만큼 작은 목소리로 서영오는 말했다. 내가 절 버리기라도 할까 봐 불안한지 가는 팔로 내 목을 숨이 막히도록 꼭 끌어안은 채였다.

"……알아."

잠시 멈췄던 걸음을 다시 걸으며 나는 대답했다.

"나도 너 안 좋아해."

서영오의 뺨이 닿은 목덜미가 축축했다.

내 방에서 서영오가 옷을 갈아입는 사이, 할머니 방에 이부자리를 폈다. 시간이 지나도 소식이 없기에 이상해 노크를 하곤 문을 열어 봤다.

서영오는 맨바닥에 모로 누워 있었다. 혹시 쓰러진 건 아닌가, 급히 다가가 확인했다. 고른 숨소리가 들렸다. 이마를 만

75

져 봤다. 미열이 있었으나 걱정할 정도는 아니었다.

베개를 가져와 머리를 뉘이고 이불을 덮어 줬다. 불을 끄고 나가려는 나를 서영오가 붙잡았다. 옷깃을 붙잡은 힘은 미약했지만 환자라기엔 셌다.

서영오는 가물가물한 시선으로 오로지 나만 보고 있었다. 달싹이는 입술이 무슨 말을 하려고 하는지 뻔히 알고 있었지만 모른 척하고 손을 떼어 냈다.

"깼으면 약 먹고 자."

약과 물을 가지고 돌아왔을 때 서영오는 잠들어 있었다. 바닥에 쟁반을 내려 두곤 밖으로 나왔다. 아주머니에게 전화를 했다. 버스가 끊겨 지금 우리 집에 있는데 혹시 걱정되시면 백 관장님한테 연락해서 데리러 오시라고.

─영오는? 지금 자니?

"네. 비를 좀 맞았나 봐요."

─그래, 알겠어. 그럼 오늘 하루만 우리 영오 좀 부탁할게. 가뜩이나 심란할 텐데 자꾸 뒤치다꺼리하게 해서 미안해.

하나밖에 없는 딸이 시커먼 사내새끼와 단둘이 있다는데도 아주머니의 목소리엔 한 치의 불안도 느껴지지 않았다. 그만큼 나를 믿어서겠지만, 가끔은 그들의 그 순수한 믿음이 버거웠다.

그새 비는 그쳐 있었다. 곧장 할머니 방으로 가려다 방향을 틀어 서영오가 있는 내 방으로 향했다. 불을 켜지 않은 채 서영오의 앞에 앉았다. 조심스레 뺨에 손등을 댔다. 아까보다 열이 내려 있었다. 잠든 얼굴이 평온했다.

"생각보다 튼튼하네."

쓴웃음을 흘린 나는 밖으로 나가려던 마음을 바꿔 벽에 기대앉았다. 잠시만 더 지켜보다 자리를 뜰 생각이었는데 졸음이 몰려왔다.

일어났을 땐 새벽이었다. 앉아서 잔 탓인지 온몸이 두드려 맞은 것처럼 아팠다. 제 집처럼 곤히 잠든 서영오를 확인하곤 마루로 나왔다. 일출이 빨라진 탓에 5시가 조금 넘었는데도 밖은 대낮처럼 환했다.

바다에 들어갔다 온 것마냥 젖어 몸에 달라붙어 있던 옷은 밤새 말라 있었다. 샤워를 하곤 교복으로 갈아입었다.

부엌으로 들어가 죽을 끓였다. 따로 넣을 식재료가 없어 쌀로만 만든 흰죽이었다. 할머니가 자주 쓰던 소반에 죽 그릇과 물, 수저를 놓고 방으로 가져갔다. 서영오는 아직 잠든 채였다. 손목시계로 시간을 확인했다. 6시 반. 학교에 가려면 지금쯤은 일어나야겠지만 저 상태의 서영오는 학교에 가긴 무리로 보였다.

곁에 앉아, 잠든 서영오를 내려다봤다.

제 아버지에게 걸레 빤 물을 들이붓던 깡패 서영오. 무작정 입술을 부딪칠 땐 언제고 벌벌 떨던, 겁이 많은 건지 없는 건지 알 수 없는 서영오. 나 같은 건 좋아하지 않는다면서 내가 올 때까지 비를 맞고 기다리던, 남자 보는 눈이라고는 쥐뿔도 없는 바보 서영오.

넌 대체, 나 같은 놈이 어디가 좋아서…….

땀에 젖어 동그란 이마에 달라붙은 앞머리가 거슬려 한참을 망설이다 넘겨주려던 참에 서영오는 눈을 떴다. 상황 파악을 하지 못한 채 가까이 있는 내 얼굴을 빤히 보고만 있던 그녀는 뒤늦게 모든 게 떠오른 듯 벌떡 일어났다.

"아, 그, 저기. 미……, 어?"

어지러운지 휘청거리는 걸 팔을 붙잡아 앉혔다. 서영오는 제 팔을 붙잡은 내 손을 멍하니 보다가 사과했다. 평소의 서영오답지 않게 자신 없고 위축된 목소리였다.

"미안해. 어제는 내가……."

"밥 먹고 약 먹어. 이왕이면 병원도 가고."

가만히 뒀다간 죽과 평생 눈씨름을 할 기세기에 숟가락을 쥐여 줬다. 서영오는 한술을 입에 떠 넣는가 싶더니 물었다.

"너는?"

"됐어. 나는."

말이 끝나기 무섭게 서영오가 숟가락을 놓았다. 무슨 짓이냐는 듯 쳐다보자, 돌아온 대답이 가관이었다.

"나도 안 먹어."

그럼 먹지 말라고 하려다 참았다. 환자와 싸워 봤자 뭐 하나 싶어서였다. 내가 일어나 밖으로 나가자 서영오는 움찔하더니, 냉장고에 넣어 뒀던 제 어머니표 도시락을 들고 오자 표정을 풀었다.

우리는 그렇게 마주 앉아 아침을 먹었다. 아주머니의 음식은 언제나처럼 맛있었겠지만 근래의 나는 어떤 음식을 먹어도 맛이 느껴지질 않았다. 서영오의 속도에 맞춰 기계적으로 씹고 넘겼다.

서영오와 함께 밖으로 나왔을 땐 8시가 다 되어 있었다. 어젯밤 비를 쏟아 냈던 게 무색하게 하늘은 구름 한 점 없이 맑았고, 태양은 뜨거웠다.

버스 정류장까진 10분을 족히 걸어야 했다. 솔직히 움직일 수나 있을까 걱정이었는데, 자고 일어난 서영오는 어느 정도 생기를 되찾은 것 같았다.

날 따라잡느라 종종거릴 게 뻔해서 걸음을 늦췄다. 서영오는 딱 한 보 뒤에서 따라왔다. 뒤가 뜨거웠다. 내리꽂히는 햇살 때문이 아니었다. 내 뒤통수와 목덜미, 등을 부산하게 오가는 서영오의 노골적인 시선 때문에. 헛웃음이 나왔다.

저렇게 티가 나는데, 왜 몰랐을까.

배차 시간을 맞춘 모양인지 얼마 기다리지 않고 버스에 탈 수 있었다. 앉은 자리 몇 없이 가득 찬 게 의아해서 보니, 가는 날이 장날이었다. 할머니와 할아버지 몇이 서영오와 나를 알은 체했다.

"근디 어쯔케 둘이 같이 올라탄디야?"

"어쯔케 올라타기는, 학교 갈라고 그러겠지."

"여름 방학 아닌감?"

"이 영감이, 아직 7월 초인디 방학 같은 소리허네."

노인들은 편견이 없었다. 등교 시간이 한참 지났다는 것, 사이즈가 큰 내 옷을 입어 학교에 가기엔 영 아닌 몰골의 서영오 따위는 개의치 않았다.

남은 자리라곤 두 좌석이 붙어 있는 곳뿐이었다. 내가 먼저 걸어가 앉자, 서영오가 조심스레 곁에 앉았다. 떨어진다고 떨어져 앉았겠지만 버스가 커브를 돌 때마다 서영오는 내게 밀려왔고, 그럴 때마다 팔이나 허벅지가 닿았다.

바다를 목전에 둔 가장 큰 커브 길에서 서영오는 좌석 밖으로 쏟아지다시피 했다. 내게 안 닿으려고 지나치게 용을 쓴 결과였다.

꼴사납게 바닥을 구르지 않기 위해 서영오는 한 손으로는 내 뒷목을, 다른 한 손으로는 내 셔츠 가슴팍을 쥐었다. 미안하다고, 개미만 한 목소리로 그녀가 사과하기 무섭게 내 셔츠 윗 단추가 떨어져 나갔다. 그깟 단추 하나 떨어진 게 뭐라고, 큰일이라도 저지른 것처럼 흔들리는 동공이 웃겨서 속으로 좀 웃었다.

커브 길이 끝나자마자 서영오는 단추를 찾아 몸을 굽히곤 바닥을 더듬기 시작했다. 저러다 고꾸라지지 싶어 그만하라고 했다. 그러나 약 기운 때문인지 아니면 수다 삼매경에 빠진 다른 승객들 때문인지 서영오는 대답이 없었고, 결국 나는 수고로움을 마다 않고 허리를 숙여 서영오의 손을 붙잡았다.

"그러다 다친다니까."

갑작스런 스킨십에 놀라 치떠진 눈동자가 홀린 듯 내 가슴팍을 향했다. 떨어진 단추 탓에 속이 드러나 보인다는 걸 그제야 알았다.

황급히 시선을 피한 서영오는 내게 잡힌 손을 빼고는 제자리에 앉았다. 고개를 외로 꼰 채였다.

"못 찾겠어. 수선 집에서 같은 거 사서 달아 줄게."

"일부러 그런 거 아니었어?"

"아니야, 내가 찾아서……, 뭐?"

"다 왔어. 내려."

정신을 못 차리는 서영오를 이끌고 시장에서 내렸다. 혹시나 멀뚱히 있다 차에 치이기라도 할까, 차가 다니지 않는 골목 안쪽까지 데려다 놓고는 돌아섰다.

서영오는 다급히 내 옷자락을 붙잡아 세웠나.

"옷은 내가 나중에 세탁……."

"됐어. 가져."

차가운 내 말투가 주문이라도 된 양 서영오는 얼어붙었다. 나는 아까와는 다른 빛으로 흔들리는 서영오의 눈을 응시하며 마저 말했다.

"어제 같은 머저리 짓은 다신 하지 마. 간다."

내 셔츠를 잡고 있던 가는 손가락이 시든 꽃잎처럼 매가리 없이 떨어져 나갔다.

어차피 지각이라 학교에 가기 전 병원부터 들렀다. 병실로 가려면 지나칠 수밖에 없는 원무과 수납 코너에서 백 관장을 봤다. 무슨 일로 거기 있나 했더니, 할머니의 밀린 병원비 때문이었다.

"더도 덜도 말고 딱 일주일만 더 시간을 주시면……. 어, 일 형아. 아침부터 네가 여긴 왜."

당황한 기색이 역력하던 백 관장은 이내 평정을 되찾더니 말길부터 돌렸다.

"가라는 학교는 안 가고 왜 또 여길 오고 자빠졌어? 아무리 그래도 출석 일수는 채워야 할 거 아니야. 기다려, 내가 데려다 줄 테니까, 일단 지금은 학교 가고, 저녁에……."

"신경 쓰지 마세요."

"응?"

"할머니 병원비. 제가 알아서 할 테니까 관장님은 신경 끄시라고요."

백 관장은 한동안 나를 말없이 쳐다보기만 하더니, 손을 올렸다. 처음으로 맞는가 싶었는데, 그는 다른 손까지 들어 내 양 볼을 붙잡아 당겼다.

"이놈의 자식이 말이야. 버릇없이 말이야. 아침부터 뭘 잘

못 처먹었나. 왜 짜증이야. 짜증이. 짜증은 네가 시합에서 졌을 때, 모자란 네 실력이랑 훈련량을 탓할 때나 내는 거라고 말했냐, 안 했냐. 처먹지도 않고, 운동도 안 하더니. 팔뚝 봐라. 몸 만드는 건 어려워도 망가지는 건 한순간이라고 내가 말 했어, 안 했어?"

"아프니까, 놓죠."

"아프겠지! 너도 사람이니까."

실은 시늉만 하고 있을 뿐 힘은 하나도 들어가 있지 않은 터라 전혀 아프지 않았다. 슬쩍 밀자 백 관장은 기다렸다는 듯 손을 물리고 내 어깨에 팔을 걸었다. 원무과 직원과 대화를 시도하는 나를 억지로 데리고 나가는 그의 손길은 억셌지만 다정했다.

"병원비 걱정 말고, 선발전 걱정이나 해. 이 자식아. 국대해서 메달 따면 연금이 얼마냐. 로또가 따로 있냐."

아버지가 있었다면 비슷하지 않았을까. 어울리지 않는 감상에 빠져 있던 나는 언금 받으면 나한테 몇 할 줄 거냐, 적어도 '4'는 받아야겠다는 백 관장의 헛소리에 정신을 차리고 그의 품에서 빠져나왔다.

"할머니 안 보고 가냐?"

"학교 마치고 보러 올게요."

"그래. 오늘은 학교 가야지. 이따 보자."

침대에 누운 할머니는 뿌리가 썩은 고목처럼 점점 쇠약해져만 갔다. 그런 할머니를 지켜보는 건 또 다른 고통이었다. 나를 떠맡지만 않았어도 할머니가 저렇게 쓰러지진 않았을 거라는 자책이 머릿속을 떠나지 않았다.

10시가 넘어 학교에 도착했다. 운동장 구석 벤치에 앉아 수업이 끝나길 기다렸다가 쉬는 시간에 교실로 들어갔다. 때마침 수업을 마치고 나오던 담임이 날 보고 반가워했다.

"야, 강일형. 인마. 너 얼굴 잊어버리는 줄 알았다."

그는 어쭙잖은 위로는 건네지 않았다. 그저 내 어깨를 두어 번 두드린 후에 출석 일수 채우려면 여름 방학까진 꼬박꼬박 나와야 된다는 말을 했다.

"조퇴는 되는데, 결석은 안 돼. 잠은 자도 되는데, 학교는 나와라."

속편하게 책상에 엎어져 자던 일이 먼 옛날 같았다. 나는 책상에 앉은 채 다른 생각들로 시간을 흘려보냈고, 그 생각들 중에 서영오도 끼어 있었다.

점심시간, 갈수록 피골이 상접한다던 백 관장의 잔소리가 떠올라 식당에서 억지로 밥을 먹고 나왔다. 소화가 되질 않아 오후 수업 내내 양호실에 처박혀 있다가 종례를 하자마자 학교를 나왔다. 그늘이라곤 없는 뙤약볕의 운동장을 가로지르는데, 주차장 입구의 고급 세단에서 중년 남자가 내리더니 앞을 가로막았다.

은테 안경 속의 처진 눈꼬리가 묘하게 익숙하다 했다.

"듣던 것보다 훨씬 훤칠하네. 일형이 맞지? 반갑다."

백 관장과 비슷한 연배였지만 백 관장과는 비교하는 게 미안할 정도로 멀끔한 남자는 자신을 김남훈의 아버지라고 소개했다. 엿같이 더운 날씨에, 기분도, 컨디션도 죄다 엿같은데, 왜 김남훈의 아버지까지 찾아와 머릿속을 엿같이 만드는지 알 수 없었다.

대꾸 없이 자신을 쳐다보는 내게 그는 뒷좌석 문을 열어 보였다.

"시간 많이 안 뺏을 테니까, 잠깐 타렴. 아저씨가 할머니 문제로 할 말이 좀 있다."

지극히 친절한 말투였지만 어째서인지 인간미라곤 느껴지지 않았다. 무시한 채 지나치려던 나는 그의 입에서 나온 할머니라는 단어에 발을 멈추곤 차에 올라탔다.

"말씀하세요."

이래저래 시간을 쓰는 것도, 머리를 싸매는 것도 달갑지 않아서 본론부터 요구했다. 그는 기다렸다는 듯 명함 하나를 내밀었다. 김태석. 흔해 빠진 이름보다는 그 위의 직함에 시선을 빼앗겼다. 그는 할머니가 입원해 있는 병원의 이사장이었다.

"많이 편찮으시다고 들었다. 병원비 때문에 고생한다지. 특히 중환자실 같은 경우는 눈 깜짝할 새에 눈덩이처럼 불어나서 감당이 안 되는 경우가 많지."

"그래서요."

차 안은 에어컨으로 손끝이 시릴 정도였다. 그럼에도 가시지 않는 더위를 느끼며 나는 물었다.

"바쁘실 텐데, 밑밥 그만 까시고 말하세요. 조건이 뭔지."

맹랑하다는 듯 날 보는 눈빛에서 경멸과 동정이 느껴졌다.

애기를 끝낸 김태석은 내 목적지를 물으며 데려다 주겠다 했지만 거절했다. 문을 열고 차에서 내리자마자 햇볕에 달아오른 운동장에서 열기가 올라왔다. 꽤 비밀스런 일이었는지 운전기사를 동행하지 않는 김태석이 나와 같이 있던 뒷좌석에서 내려 운전석으로 갈아탔다.

세단은 순식간에 학교를 떠났다. 햇살도 미끄러질 듯 번쩍거리는 차체의 후미를 바라보며 나는 김태석의 제안을 곱씹었다.

"똑똑한 것 같으니 단도직입적으로 애기하마. 남훈이가 친 사고, 네가 대신 덮어 주는 조건이다. 검찰에 아는 사람이 있어 기소 유예 처분 받을 거고, 적당히 입방아에 오르내리다 말 거야. 물론, 네가 선수로 매스컴을 탄 전적이 있어 시끄러워질 가능성도 없지 않아 있다만 최대한 막아 주마. 할머니 치료에도 최선을 다할 거다. 병원비만으론 섭섭하니, 사는데 어렵지 않게 용돈도 줄 거고. 원한다면 더한 것도 해 줄 거야."

그 적당한 입방아와 기소 유예가 내 선수 생명을 끊어 놓을 거라는 얘기를 김태석은 하지 않았다. 당연했다. 그는 내 아버지가 아니라 김남훈의 아버지였으니까.

빈 웃음이 입술을 비집고 나왔다. 발등에 못이라도 박힌 사람처럼 우두커니 서 있던 나는 뒤늦게 옮기려던 걸음을 멈췄다. 교문 근처의 별관 입구에서 익숙한 얼굴이 날 보고 서 있었다. 서영오였다.

찰나 헛것인가 했다. 지금쯤 집에서 쉬어야 할 서영오가 교복을 입고 학교에 있을 리 없다고. 그런데 다시 생각해 보니 서영오 같이 공부에 미친 독종은 그럴 수도 있을 것 같았다. 떨어지지 않으려는 시선을 애써 거두곤 교문을 향해 걸었다.

어쩐 일인지 날 보고도 꿈쩍 않던 서영오는 내가 교문을 통과하기 직전에 달려와 내 앞을 가로막았다.

"김남훈 아버지가 너한테 무슨 일이야?"

걱정 섞인 음성에 감동은커녕, 서영오가 김남훈의 아버지를 안다는 사실에 배신감부터 느꼈다.

"아버지까지 알 정도로 친한 김남훈한테 물어봐."

서영오는 말문이 막힌 듯 입을 다물더니 자신을 피해 가려는 날 붙잡고 변명하듯 말했다.

"김남훈 아버지가 요즘 학교에 자주 찾아와서 알게 된 거야. 걔는 그냥 같은 반……"

"관심 없어. 네가 김남훈이랑 붙어먹든 말든."

아무 죄도 없는 서영오에게 막말을 퍼붓는 나는 김남훈과 다름없는 쓰레기였다. 그 쓰레기의 말이 뭐라고 서영오는 상처받아 하늘이 무너진 얼굴을 한다. 그런 서영오를 볼 때마다 두 가지 마음이 공존한다. 안쓰러워 안아 주고 싶은 마음과,

"그러니까 그만 질척대. 싸구려처럼."

짓밟아 울리고 싶은 마음.

오늘의 승자는 후자였다.

숨만 붙어 있을 뿐, 식물처럼 생동감이라곤 없는 할머니를 보며 처음으로 나쁜 생각을 했다. 차라리, 그날 가셨다면. 할머니도 나도 지금보단 덜 힘들지 않았을까 하는. 졸지에 날 떠맡게 된 할머니도 같은 생각을 했을까. 메마른 몸에 힘겹게 매달린 장치들을 멀거니 보다 일어섰다.

간만에 들른 체육관은 인기척이라곤 없이 텅 비어 있었다. 내가 아르바이트를 그만두는 바람에 아이들 반이 없어진 데다, 그나마 있던 중·고등학생 회원들도 시내에 생긴 신생 체육관에 뺏기기 시작하면서 체육관은 적자 상태였다. 영업을 뛰어도 모자랄 판국에 어딜 돌아다니는 거며, 당신 밥벌이하기도 힘들 텐데 남의 할머니 병원비라니.

고물 에어컨은 틀 생각도 않은 채 운동을 시작했다. 숨을 돌릴 참이면 자꾸만 뇌리를 파고드는 잡생각을 죽이느라 중간에 쉬지도 않았다. 이러다 뒈지겠구나 싶을 때쯤 매트에 뻗었다. 갈증과 피 맛이 도는 목구멍에 물을 채워 넣는 대신 휴대

폰을 들어 그새 외워 버린 전화번호를 눌렀다.

—네, 김태석입니다.

"할게요. 그거."

경찰은 이튿날 학교로 찾아왔다. 현장 조사차 체육관 뒷골목으로 갔던 하필 그날, 하필 거기, 하필 누가 봐도 눈에 띄는 자리에 내 이름표가 있었다고 했다. 공교롭게도 핏방울이 묻어 있었는데 그게 내 피가 아니라 죽은 최상우의 피였다고.

"심증보다는 물증이 우선인 거 알지? 진술보다는 증거가 우선이고. 일단, 법이 그래."

범죄자를 잡으러 온 경찰치고는 묘하게 미안한 말투였다. 그게 무얼 뜻하는지 너무 잘 아는 나는 그저 웃었다. 아들을 구하기 위해 물밑에서 헤엄치는 고니처럼 밤새 고군분투했을 김태석의 부정에 감동해서.

그러나 김태석의 노력에도 불구하고 나는 김남훈의 죄를 뒤집어쓰는데 실패했다. 때마침 교무실 문을 부수듯 열고 나타난 서영오 덕분이었다.

학교에서 이러시면 어쩌냐고, 애 말도 들어봐야 하지 않느냐고, 경찰에게서 나를 보호하던 담임이 놀라 서영오에게 물었다.

"지금 수업 중일 텐데, 무슨 일······."

"진술에다 증거까지 있다면요."

"뭐?"

"진술할게요. 증거도 있어요."

다들 무슨 소린지 이해하지 못해 머저리 같은 표정을 짓고 있는 가운데 서영오가 날 봤다. 평정을 가장하고 있지만 불안과 긴장에 띨고 있는 새카만 눈.

"그날 거기 있었어요."

군내 학교 최초로 범죄자를 배출할 업적에 놀라 들이닥친 교장부터, 선생들을 상대로 카드 가입 실적을 올리려던 설계사 아저씨, 마침 요구르트를 배달 중이던 아주머니까지 숨을 죽이고 서영오의 이야기를 들었다. 날 쓰레기 보듯 하고 지나간 줄 알았던 서영오가 실은 경찰의 등장으로 내가 도망가기 직전까지 주변에 있었다는 걸 그제야 알았다.

정해진 스토리에 갑작스레 던져진 짱돌에 경찰들은 당혹스러워했다. 한참을 말없이 있더니 겨우 꺼낸 말이 아까 했던 말이었다.

"심증보다는 물증이 우선이고, 진술보다는 증거가 우선이야. 너는 잘 모르겠지만, 일단 법이 그래."

서영오는 말없이 휴대폰을 꺼내 파일 하나를 재생했다.

"효자비라도 세워 줘야 하는데. 다들 몰라서 어떡하냐. 근데 너도 참

너다. 다 죽어 가는 중늙은이 하나 때문에 남의 죄까지 뒤집어쓰고 말이야. 아닌가, 돈 때문인가? 아버지가 너한테 얼마 준대? 최상우 그 새긴 등신같이 왜 돼져선."

불과 한 시간 전 점심시간. 우연히 만난 김남훈과 내가 나눈 대화의 녹음본이었다.

생각지도 못한 반전에 황당해진 나는 작게 웃음을 터뜨렸고, 그런 날 보며 담임과 서영오는 웃지 않았다.

상담실로 끌려가 담임에게 두 시간 동안 잔소릴 들었다. 처음 겪는 부조리에 흥분한 담임의 얘기는 길고, 산만했지만 요지는 간단했다. 한 번의 좆같은 선택이 네 인생을 얼마나 좆같이 만들 수 있는지 알고 있느냐고.

김남훈과 김남훈의 아버지 김태석이 학교로 소환됐다. 그깟 여자애가 한 말을 어떻게 믿느냐고 비웃던 김태석은 그와 내가 처음 만났던 날 운동장 CCTV에 찍힌 영상과 자백 수준의 김남훈의 음성이 녹음된 파일을 접하곤 표정을 굳혔다. 나는 김남훈의 멍청함보다 서영오의 집요함에 감동했다.

김남훈이 조사를 위해 경찰서에 출석한 것과 할머니의 상태가 나빠진 것은 거의 동시였다. 달려온 의사는 할머니의 가슴뼈가 부서지도록 애썼지만 이미 멈춰 버린 심장은 다시 뛰지 않았다.

사망 선고가 내려졌다. 통곡하는 백 관장과 아주머니, 기어이 눈물을 보인 서영오의 곁에서 나는 울지 않았다.

할머니를 죽인 건 나였다. 살아 있는 내가 힘들다고 죽어 가는 할머니를 탓했던 나. 반대의 입장이었다면 할머니는 당신의 심장을 잡아 뽑아서라도 날 살렸을 것이다.

장례는 삼일장으로 치러졌다. 기억은 안 나지만 두 번째 상주였다. 손님을 맞을 때마다 인사와 절은 했지만 넋은 나간 채였다. 아직도 실감이 나지 않았다. 더 이상 내 곁에 할머니가 없다는 게.

교우 관계가 좋지 않은 손자와는 달리 누구와도 두루 잘 지냈던 할머니의 마지막 길에는 많은 사람들이 찾아왔다. 그들은 졸지에 세상을 등진 할머니를 안타까워했고, 이젠 정말 고아가 된 나를 안쓰러워했다. 아주 오래전에 먼저 우리를 떠난 부모님에 대한 동정은 덤이었다.

"청천벽력이여. 사람이 재수가 없으믄 뒤로 자빠져도 이빨이 나간다더니. 울 중에 최고로 팔팔한 순자 할미가 세상에."

"그러게 말이여. 미신이고 어쩌고 해도 사람이 팔자라는 게 있나 벼. 일형이 쟈 부모도 새파랗게 젊은 나이에 그렇게 갔잖어."

"나도 요새 꿈자리가 뒤숭숭한 것이 아무래도 이 보살 한번 찾아가 봐야 쓰겄어."

"근디 우리가 아니라 일형이 저 자슥부터 굿이라도 해 줘야 하는 거 아니여? 부모도 부모고 할미도 할미지만 혼자 남은 저 자슥 팔자도 보통 팔자는 아니제."

혹시나 내가 들을 세라 그들은 목소리를 낮췄지만 자리가 워낙 가까웠던 터라 전부 들렸다. 나야말로 그리 용하다던 이 보살에게 묻고 싶었다. 대체 난 어떤 팔자를 타고 났기에 부모와 조모까지 잡아먹이 버린 건지. 가족의 운을 빨아 살아남을 팔자라면 네 살, 멋모르던 그때 그냥 뒈져 버렸으면 좋았을 텐데.

"그치, 할머니?"

작게 물었지만 영정 사진 속의 할머니는 대답이 없다. 나는 메마르다 못해 텅 비어 버린 머릿속으로 멍청히 생각했다. 혹시 이게 꿈은 아닐까. 현실과 구분되지 않는 지독한 악몽.

"여긴 내가 지키고 있을 테니까, 넌 들어가서 눈 좀 붙여. 얼굴 봐라. 그게 사람 얼굴이냐. 송장 얼굴이지."

백 관장은 이틀 째 잠을 자지 못하고도 여전히 자리를 지키고 있는 날 억지로 일으켰다. 나는 마지못해 장례식장 구석의 쪽방으로 향했다. 불을 끈 채로 얼마나 앉아 있었을까. 문이 열리더니 빛이 들이쳤다. 서영오였다.

문은 닫은 서영오는 아무 말도 하지 않고 내 곁에 앉았다. 짙은 향냄새가 가득한 방 안에 옅은 샴푸 향기가 퍼졌다.

너 때문이라 탓하고 싶었다. 그날 네가 날 위한답시고 진실을 말하지 않았더라면, 나와 김태석의 거래는 성사됐을 테고,

할머니도 죽지 않았을 거라고. 그것과 이건 아무 상관이 없다는 걸 아는데도 그렇게 믿고 싶었다. 그래 봤자 죽은 할머니는 돌아올 수가 없는데.

숨까지 죽여 쉬던 서영오가 내 손을 잡은 건 둘이서 묵언 수행을 한 지 10여 분이 지났을 때였다. 차가운 손등 위로 퍼지는 온기와 부드러운 손바닥의 감촉. 돌아본 서영오는 부러 날 보지 않으려는 듯 정면만 응시하고 있었다. 바짝 긴장한 주제에 잡은 손은 놓지 않는 게 용했다.

나는 손을 빼내는 대신 다른 손으로 서영오의 얼굴을 당겨 입을 맞췄다. 뻣뻣하게 굳은 서영오는 놀란 기색이 역력했는데도 날 밀어내지 않았다. 어둠에 적응한 시야로 서서히 눈을 내리감는 서영오가 보였다. 꽃대처럼 하염없이 떨고 있는 속눈썹, 어쩔 줄 몰라 꽉 쥔 작은 주먹도.

갑작스레 닥친 비극과 뇌가 충동적으로 벌인 짓거리에 나도 모르게 진심이 되어 갈 무렵, 밖에서 노크 소리가 났다.

"일형아, 자냐?"

문이 열리기 직전 서영오에게서 떨어졌다. 열린 문틈으로 수염이 까칠한 백 관장의 얼굴이 불쑥 들어왔다.

"아직 안 자네. 담임 선생님 오셨더라. 다른 사람이면 모르겠는데, 담임 선생님한테는 인사…… 어, 영오도 있었어?"

서영오는 누가 봐도 부자연스러운 자세로 얼어 있다가 뒤늦게 고개를 끄덕였다.

"아, 그. 저도 이제 나가려고요."

일어서다 다리가 저렸는지 휘청하는 걸 허리를 붙잡아 부축했다. 서영오는 내 손과 제 허리를 새삼스레 보더니 빠르게 방을 나섰다. 팔다리의 움직임이 고장 난 로봇처럼 뻣뻣했다.

백 관장과 함께 밖으로 향했다. 침울한 표정의 담임은 정성스레 절을 하고는 다른 선생들이 있는 곳으로 가는가 싶더니 다시 돌아와 날 껴안았다. 담배 냄새가 나는 아저씨에게 안겨 봤자 기분 좋을 리 없었지만 얌전히 안겨 있었다. 할머니는 늘 착한 손주가 누군가에게 뒤통수를 맞을까 걱정했지만 세상 사람들은 대개 나보다 착했다. 담임도 그중 하나였다.

잠자긴 그른 것 같아 상주석을 지키고 앉아 있었다. 자정이 넘어가면서 문상객의 발길도 점차 끊겼다. 그럼에도 나는 자리를 떠나지 않았다. 그곳은 할머니와 가장 가까운 자리였고, 서영오가 가장 잘 보이는 자리이기도 했다. 서영오는 제 일처럼 문상객 접대를 하는 아주머니를 돕다가, 아는 사람들을 만나면 인사를 나누다가, 목이 마른지 물을 마시다가, 이따금씩 날 돌아봤다.

눈이 마주쳤고, 나는 피하지 않았다. 그때마다 서영오는 도둑질을 하다 들킨 아이처럼 화들짝 놀라 얼굴을 돌렸지만 같은 짓을 또 반복했다.

나는 똑똑한 서영오가 하는 멍청한 짓에 어이가 없어 웃었다. 꽃으로 둘러싸인 제단 위의 할머니가 날 보고 웃고 있었다.

제단이 걷히고 관이 들렸다. 할머니의 사진을 들고 앞서 가는 나를 관을 든 운구자들이 따랐다. 곡이 시작됐다. 고작 사진 한 장이 든 액자의 무게가 관처럼 무겁게 느껴져 나는 자꾸만 사진을 고쳐 안았다.

납골당은 장례식장에서 한 시간 거리에 있었다. 외진 곳이라 차가 몇 대 다니지 않는 도로를 버스는 막힘없이 달렸다.

사람을 가루로 만드는 일은 꽤 지난한 작업이었다. 할머니는 불가마 속에서 여섯 시간을 견디고, 다시 한 시간을 뼈가 갈리는 고통 끝에 작은 도자기에 담겨 나왔다.

납골당 내의 할머니 자리는 바닥과 제일 가까운 맨 아래 칸이었다. 백 관장은 조금만 견디시라고, 나중에 제가 곧 로얄층으로 옮겨 드리겠다고, 도자기 속의 할머니에게 얘기했다.

아주머니와 백 관장이 쪼그려 앉아 납골당 유리를 사진과 꽃으로 장식하기 시작했다. 나는 한 걸음 뒤에 선 채 두 사람을 지켜보기만 했다. 곁에 있던 서영오가 한참을 머뭇거리더니 내 손을 잡았다. 서영오는 자신을 쳐다보는 내 시선을 모른 척하며 죽어라 앞만 보고 있었는데, 갈수록 새빨개지는 목과 귀는 숨길 수가 없었다.

내 손의 겨우 반이 넘는 작은 손이었다. 나는 잡힌 손을 쉽게 풀었다. 서영오는 제게서 떨어지는 내 손에 표정을 굳히면서도 아닌 척 외면하고 있더니, 내가 제 손을 다시 깍지 껴 붙잡자 드디어 고개를 돌려 날 봤다.

"그걸 왜 거기다 붙여요? 밸런스가 안 맞잖아. 밸런스가."

"에이, 해숙 씨, 요즘은 이런 게 유행이에요. 촌스럽게, 누가 좌우를 맞춰 붙여요."

"지금 나보고 촌스럽다고 한 거예요? 백 관장님?"

"아니, 해숙 씨. 해숙 씨보고 한 말이 아니라……."

"됐어요. 그럼 세련된 밀리언수 씨 혼자 자알 해 보시던가."

마음이 상해 일어나려는 아주머니를 백 관장이 붙잡았다. 싫다고 밀어내는 아주머니의 힘에 백 관장이 엉덩방아를 찧고, 놀란 아주머니가 괜찮냐며 백 관장을 일으키는 그 난리 통에도 서영오의 눈은 여전히 내게 꽂힌 채였다.

나는 백 관장과 아주머니가 만들어 놓은 팔목할 만한 장식에 시선을 둔 채 짐짓 모른 척 물었다.

"왜?"

"아냐. 아무것도."

서영오는 작게 말하곤 고개를 숙였다. 맞은편 유리에 비친 서영오의 입가에 수줍게 미소가 번졌다.

이틀을 내리 잠만 잤다. 정신을 차리고 일어난 후에는 할머니의 유품부터 정리했다. 좁은 방 안에 켜켜이 쌓여 있는 물건들은 끝이 없었지만 그걸 모두 합한들 한 달 치 생활비조차 나올 것 같지 않았다.

몇 시간에 걸쳐 버렸다가 다시 가져오는 머저리 같은 짓을 반복했다. 닳아빠진 옷가지들과 소금기 섞인 잠수복을 차마 태우지 못한 나는 그게 할머니라도 된 양 한참을 끌어안고 있었다. 너무 오래 내버려 둔 탓인가, 할머니의 체취는 전부 날아간 후였다.

할머니의 휴대폰은 내 방 한구석에서 나왔다. 할머니의 병실을 중환자실로 옮기던 날 간호사에게 받아 놓고는 여태 잊고 있었다.

배터리가 나가 먹통인 휴대폰을 충전시켰다. 전원을 켜기 무섭게 메시지가 쏟아졌다. 열에 아홉은 스팸이었다.

낡은 휴대폰에 쌓인 메시지를 하나하나 지워 나가던 내 손은 할머니와 내가 나눈 대화에서 멈춰 움직이지 않았다. 세줄이 넘는 할머니의 물음에 겨우 한마디로 대꾸하던 나. 사진첩에는 죄다 내 사진뿐이었다. 사진 속의 나는 얼굴 반이 잘려 있거나, 3등신이거나, 귀신인지 사람인지 모를 몰골이었는데, 할머니는 그걸 지우지도 않은 채 모두 보관하고 있었다.

비죽이 흘러나온 웃음은 어느 순간 흐느낌으로 변했다. 이젠 텅 비어 버린 할머니의 방 안에 홀로 남은 나는 아이처럼 울었다. 세상이 떠나가라, 아니 세상과 함께 떠내려갔으면 하는 마음이었지만 그러기엔 나는 너무 컸다.

초저녁 다시 잠이 들었다가 이튿날 새벽에 깼다. 씻고 교복을 챙겨 입었다. 학교 따위 때려치워도 상관없었고, 도 대표 선발전 따위 어떻게 되도 좋았지만, 할머니는 그렇지 않았을 것이다. 그녀는 여느 부모들처럼 학구열에 불탔고, 내가 누구보다 잘 되길 바랐다. 할머니를 실망시키고 싶진 않았다.

쓰러지던 날 깨진 모양인지 할머니의 휴대폰은 액정 곳곳에 금이 가 있었다. 더 망가지기 전에 시내에 나가 고쳐야겠다 싶어 가방에 챙겨 넣고 집을 나섰다. 내 키보다 한참이 작은 대문을 고개 숙여 통과하는 길에 오랜만에 들꽃을 봤다. 그새 키가 자란 꽃은 누군가에게 밟혔는지 모가지가 꺾여 죽어 있었다.

일주일 만의 등교였다. 고작 며칠이 지났을 뿐인데 모든 게 낯설었다. 아니면 그걸 보는 내 눈이 변했는지도.

조례 시간, 내 존재를 확인한 담임은 눈에 띄게 반가운 기색이었으나 미소를 짓는 걸로 인사를 대신했다. 수업 시간은 지루했고, 선생들의 목소리는 자장가 같았지만 이틀 동안 죽어라 잔 탓에 잠은 오지 않았다.

점심시간, 식당에서 억지로 밥을 몇 술 떠 넣고는 교실로 돌아와 책상에 엎어졌다. 할머니의 휴대폰을 꺼내 이것저것 뒤져 봤다. 통화 목록 최상단의 번호로 전화를 건 건, 실수였다. 곧장 끊으려던 손을 멈췄던 이유는 할머니의 주소록에 저장도 되어 있지 않은 그 번호가 낯설지 않았기 때문이었다.

—여보세요.

귀에 익은 음성이었다. 어딘가에서 들어 본 것 같았지만 곧장 떠오르지는 않았다.

의아해하던 상대가 일방적으로 통화를 끝내고 난 후, 그러고 나서도 한참이 지난 다음에야 나는 그가 누군지 기억해 냈다.

"야, 김남훈 오늘 보니까 학교 왔더라."

"눈깔 삐었냐. 어제도 왔었거든. 아버지가 병원 이사장에, 할배가 군순데, 고작 학교 폭력으로 잡혀가겠냐?"

"사람이 죽었잖아. 근데 진짜 김남훈이 그런 건 맞아? 누굴 괴롭힐 것 같진 않아 보이던데."

"원래 그런 놈들이 무서운 법이야. 연쇄 살인범 봐라. 주변에서 다 그럴 놈 아니래. 웃겨. 그럴 놈은 뭐 따로 있나?"

"그거랑 이거랑 같아? 이 새낀 왜 이렇게 매사에 부정적이야. 부정맥 걸릴 새끼."

쉬는 시간, 할머니의 휴대폰을 가지고 복도로 나와 다시 전화를 걸었다. 아까 일 때문인지 상대는 신호가 몇 번 울리기도 전에 전화를 받았다.

—네, 김태석입니다.

어떻게 이 인간을 기억 못 할 수가 있지. 나는 스스로의 멍청함에 감동해서 웃었다. 내 웃음소리를 들은 김태석의 음성이 싸늘해졌다.

—누구야? 대체 새끼가 아침부터 장난 전화질······.

"자기가 먼저 걸었을 땐 언제고, 기억도 못하시네."

—뭔 소릴 하는 거야?

"왜 했어요?"

—아침부터 재수가 없으려니까 별 거지······.

"우리 할머니한테 전화 왜 했냐고."

그제야 날 알아챘는지 김태석은 전화를 끊지 않았다. 잠깐의 침묵 끝에 낮은 웃음소리가 넘어왔다.

—그 나물에 그 밥이라더니. 할망구나 손주 새끼나 멍청한 건 똑같구나. 잘 생각해 보렴. 내가 왜 걸었을지.

처음 만났을 때 정중하고 젠틀했던 모습은 온데간데없는 천박한 말투였다. 따져 물으려 했지만 통화는 종료됐고, 김태석은 다시 전화를 받지 않았다. 치받는 화를 참지 못해 불구덩이가 되어 가는 머릿속으로 언뜻 무언가 떠올랐다. 나는 급히 통화 목록을 뒤져 김태석이 처음 할머니에게 전화를 한 날짜를 찾았다.

할머니가 쓰러졌던 날이었다.

6교시를 알리는 수업 종이 쳤다. 어디 가냐고 소리치는 담임을 뒤로 한 채 복도를 돌아 나왔다. 애비에게서 들을 수 없다면 그 자식에게 들으면 됐다.

김남훈이 몇 반인지 몰랐지만 서영오의 반은 알았다. 둘은 같은 반이었다. 계단을 올라가자마자 보이는 3학년 1반.

운이 좋았는지 자습 중인 교실에 선생은 없었다. 나는 뒷문을 열어젖히고 안으로 들어갔다. 갑작스런 불청객의 침입에 다들 행동을 멈추고 날 돌아봤다. 의도하지 않았는데도 가장 먼저 눈에 띤 서영오의 굳은 얼굴에서 시선을 거두곤, 창가 가장 끝자리 김남훈에게로 향했다.

"무슨."

김남훈은 답지 않게 당황한 기색이 역력했다. 나는 멱살을 쥐어 김남훈을 일으키곤 창문에 처박았다.

"말해."

"갑자기 왜 이러는지는 모르겠는데, 일단 이건 좀 놓고 얘기해."

김남훈은 난처한 표정으로 상냥하게 말했다. 연기가 수준급이라 다들 속을 만했다. 끝이 처져 순해 보이는 눈매와 선한 인상은 누가 봐도 피해자였지 가해자로는 안 보였다. 거기에 속은 머저리 몇몇이 김남훈 편을 들었다.

"그래, 수업 시간에 여기까지 와서 무슨 짓이야? 그것도 선배한테."

"쟤 걔잖아. 태권도. 이번에 할머니 돌아가신."

"아, 그래서."

손바닥만 한 어촌에선 소문이 빨랐다. 어디에 외지인 누가 왔는지, 누가 죽고, 어딜 다쳤는지 듣고 싶지 않아도 들렸다. 그들은 할머니의 죽음과 내 행동을 나와는 다른 이유로 연관

지었지만 알 바 아니었다.

보기 드문 자극적인 상황에 아이들이 저들끼리 떠들어 대는 사이, 김남훈이 내 귀 가까이 입술을 들이밀고 속삭였다.

"너희 할머니 돌아가신 건 나도 애석하게 생각해. 그러게, 너희 할머니나 너나 우리 아버지 말 들었음 좋았잖아. 노인네 성격도 나쁘지. 손주 좀 팔면 어떻다고, 그 말 한마디 듣고 혼자 넘어가서는……."

김남훈의 그 말은 뱀처럼 똬리를 틀어 내 목을 졸랐다. 숨을 쉴 수가 없어서 나는 주먹을 내질러 녀석을 입 다물게 했다. 지켜보던 여자애 하나가 비명을 질렀고, 교실 도처에 있던 아이들이 우르르 몰려왔다.

나는 휘청거리는 김남훈을 일으켜 다시 쳤다. 녀석은 반항한번 없이 맞고만 있었다. 비릿한 웃음이 입가에 걸리는 걸보고, 녀석의 의도가 무언지 알았다. 그러나, 멈출 순 없었다.

새빨개진 시야로 만년필 하나가 걸렸다. 돈 꽤나 처발랐을 만한 물건이었다. 이사장 아비나 군수 할아비를 둔 도련님이나 쓸 만한. 손을 뻗어 쥐어 드는 순간, 근처에 있던 서영오와 눈이 마주쳤다. 언제부터 거기 서 있었을지 모를 서영오는 시체처럼 창백한 얼굴에 울 것 같은 눈으로 달려와 내 팔을 붙잡았다. 필사적인 힘이었다. 이렇게 작은 손에서 어떻게 그런힘이 나올까 싶을 만큼.

서영오는 고개를 저었다. 벌어진 서영오의 입술에서 내 이름을 부르는 소리가 아이들의 비명과 함께 터져 나왔을 땐, 이미 난 서영오의 손아귀에서 벗어난 후였다. 마주한 김남훈의 얼굴이 잿빛이 됐다. 연기는 아니었을 것이다. 만년필에 모가지가 뚫려 뒈지긴 누구라도 싫었을 테니까.

열린 앞문으로 선생들이 들이닥쳤다. 익숙한 목소리로 보아 그중 하나는 담임이었다.

"강일형! 뭐 하는 짓이야. 내려 놔. 얼른."

"그래, 일형아. 너답지 않게 왜 그러냐. 제발 좀 내려놔라. 놓고 말로 하자. 어?"

인질극을 벌이는 범인을 설득하려는 경찰들처럼 담임은 호소했다. 망설이는 틈을 타, 김남훈이 제 모가지에 칼처럼 겨눈 만년필을 내 손에서 빼앗았다. 역전한 김남훈은 의기양양해 했다. 방금 전 오줌이라도 지릴 듯한 표정 따위는 지운 지 오래였다. 사태가 끝났다고 생각한 선생들이 아이들을 가르고 다가오고 있었다.

운동을 시작했던 여덟 살, 머리가 여물지 않았던 그때부터 지금까지 백 관장이 귀에 딱지가 앉도록 하는 말이 있다.

"이기고 있다고 방심하지 마라. 자만하지 말고, 여유 부리지도 마. 그 순간, 너는 끝이야. 시합이니까 지고 마는 거지. 전쟁 중이면 모가지 따이는 거야."

김남훈은 방심했고, 자만했으며, 여유를 부렸다. 전쟁 중은 아니었지만 목을 따고 싶었다. 하지만 그러지 않았다. 김남훈의 목을 따 바친들 죽은 할머니는 돌아오지 않을 것이다. 기뻐하지도 않을 것이다. 당신이 먼저 가 그랬노라 자신을 탓할 것이다.

나는 만년필을 쥔 김남훈의 손을 움켜쥐었다. 놀란 김남훈은 만년필 촉이 제 몸에 닿을 세라, 기겁하며 버텼지만 내 과녁은 녀석이 아니었다.

"강일형!"

코앞에 도착한 담임이 내 이름을 불렀고, 서영오가 다가와 날 껴안았다.

무덤가처럼 고요해진 교실로 뒤늦게 퍼지는 비명들.

만년필은 책상에 놓인 내 왼 손등 위를 정확히 꿰뚫었다. 나는 만년필에서 손부터 떼려는 김남훈의 팔목을 부여잡은 채 말했다.

"다음엔 이걸, 네 목에 꽂을 거야."

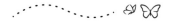

학교 폭력 혐의로 도내 선발전 출전은 무산됐다. 그러지 않았더라도 나가진 못했을 것이다. 만년필은 생각보다 깊게 손등을 파고들었고 뼈와 신경을 걸레짝으로 만들어 놨다. 두어 번의 수술을 했지만 흉터만을 남긴 채 왼손 약지의 감각은 돌아오지 않았다.

함께 그 소릴 들은 내 유일한 보호자 백 관장은 예상외로 무덤덤한 반응을 했다. 서운하지 않았다면 거짓말이겠지만 다른 누구도 아닌 내 손으로 날 이렇게 만들었으니 엉터러지지 않은 게 다행이었다.

모두가 잠든 새벽, 잠이 오지 않아 뒤척이던 나는 바람이라도 쐴 겸 밖으로 나왔다가 화단 구석 벤치에서 흐느끼고 있는 몽달귀신 하나를 발견했다. 백 관장이었다.

아주머니에게 차이기라도 한 건가, 걱정했는데 그를 울게 한 이유는 따로 있었다.

"바보 같은 자식. 찌르려면 그 새끼를 찔러야지, 왜 지 손을 찌르고 지랄이여. 지랄이."

나 때문에.

태산 같은 덩치로 백 관장은 소녀처럼 울었다. 나는 모른 척 돌아서려다 방향을 틀어 그에게로 향했다.

"손가락 하나쯤, 인생에 아무것도 아니라며?"

백 관장이 놀라 날 쳐다봤다. 뒤늦게 눈물을 닦고 근엄한 표정을 지었지만 이미 모든 걸 본 뒤에 그래 봤자.

"안 자고 왜 나왔어?"

"어디서 총각 귀신 우는 소리가 나서."

"야."

"꼴이 그게 뭡니까? 노숙자야 뭐야. 우리 해숙 씨 놀라서 도망가겠네."

"해숙 씨가 왜 너희 해숙 씨야? 우리 해숙 씨지."

"집에 가서 씻고 옷이나 갈아입어요. 면도도 좀 하고. 누구 죽었어? 왜 그래. 다들."

마시다 만 소주병이 보이기에 병째 들이켰다. 자기 꼴이 뭐 어때서 그러냐고, 구겨진 옷과 까치집인 머리를 정리하던 백 관장이 기겁하고 내게서 소주병을 빼앗아 갔다.

"이 자식이, 어른 앞에서 병나발을 불고 앉아 있어. 버릇없이."

"나한테서 왜 버릇을 찾아."

"꼴값 그만 떨고 들어가 자라."

"아저씨 들어가면 나도 들어갈게."

"이 자식이."

"그러니까 얼른 꺼져 주세요. 병원에 소문났어. 내 보호자 부랑자라고."

"뭐? 이 백만수를 뭘로 보고."

자고 가겠다고 버티는 걸 억지로 보냈다. 그가 택시를 타는 걸 확인하고 나서야, 빈 벤치에 올라가 누웠다. 새벽 2시였다.

본격적으로 더위가 시작되었다지만 밤공기는 아직 서늘했다. 가로등 불빛이 해인 줄 아는지 뜨거운 줄도 모르고 달려드는 벌레들의 숫자를 세다가 잠이 들었다. 불면증 약보다는 소주가 효과가 좋은 것 같았다.

부랑자처럼 너부러진 나를 깨운 이는 서영오였다. 나는 쏟아지는 햇빛에 손으로 눈을 가리며 물었다.

"무슨 일이야? 아침부터."

"설마, 여기서 잔 거야?"

서영오의 눈빛이 어젯밤 백 관장을 보던 내 눈빛과 비슷했다. 그보단 좀 더 심각하고, 좀 더 걱정스럽고, 좀 더 불안하고, 조금 더.

"애정이 넘치네. 새벽부터 내 얼굴 보러 여기까지 오고."

"10시야."

말 안 듣는 개를 가르치는 훈련사처럼 단호한 말투에 웃음이 터졌다.

나는 나무늘보처럼 느리게 일어나 앉았다. 나무 벤치에 혹사당한 여파로 꿍 소리를 내자 앞에 선 서영오가 움찔했다.

"왜 그래?"

"잠깐만 이리와 봐."

"왜?"

"조금만 더."

의심스러운 기색을 감추지 않으면서도 서영오는 순순히 거리를 좁혀 다가왔다. 좋게 말하면 순진한 거고 나쁘게 말하면 숙맥이었다. 나쁜 놈 만나면 간이고 쓸개고 다 털어 주고, 그러고 나서도 원망도 안 할 바보.

나는 서영오의 허리를 끌어안고 얼굴을 묻었다. 척추부터 굳는 게 느껴졌으나 서영오는 오늘도 날 밀어내지 않았다. 뒤늦게 내 머리를 쓰다듬는 손길이 어색하고 조심스러웠다.

"내가 말했었나."

고개를 꺾어 서영오를 마주봤다. 뒷말을 예감한 듯 휘청이는 까만 눈동자에 가슴이 죄어들었다. 언제부터 내가 이렇게 감상적이 됐나. 자꾸만 가라앉는 기분을 빈 웃음으로 덮으며 말했다.

"나는 너 안 좋아한다고."

서영오는 아무런 대답도 하지 않았다. 나는 동상처럼 굳어버린 그녀를 버려둔 채 일어서 병원 안으로 향했다. 미지근한 바람이 서영오의 향기를 실어 날랐다. 고작 나 좋다는 계집애하나 떼어 냈을 뿐인데 왜 이렇게 가슴이 타들어 가는 것 같은지 알 수 없었다. 돌아가고 싶은 충동을 억누른 채 도착한 병실에선 낯익은 남자 둘이 날 기다리고 있었다. 경찰이었다.

그들은 얼마 전 학교로 날 찾아왔을 때처럼 증거니 진술이니 운운하며 날 협박하지 않았다. 그저 어색한 얼굴로 웃으며 내 안부를 물었다.

"몸은 좀 괜찮니?"

시선이 붕대가 감긴 내 왼손에 꽂혀 있었다. 나는 대꾸 없이 그들을 따라 병실을 나섰다.

좁아터진 깡촌에서 군수님의 위력은 대단했다. 내가 병실에 처박혀 재활 아닌 재활을 하는 사이, 김남훈은 가해자에서 피해자로, 나는 친구를 폭행하는 파렴치한으로도 모자라 자해까지 하는 미친놈으로 낙인 찍혀 있었다. 여태껏 조개처럼 입을 다물고 있던 지방 언론은 수사가 진행되기도 전에 너 나 없이 고귀한 군수님의 손자인 김남훈이 만년필에 목이 뚫려 뒈질 뻔한 일을 떠들어 댔다.

애미 애비 없는 고아 새끼에게 죄 하나를 더 씌우는 것쯤은 일도 아니었다. 답은 정해져 있었고 내 대답 따위는 중요하지 않았다. 조사가 끝났을 때 나는 김남훈 폭행 및 살인미수 사건과 최상우 자살 사건의 주요 가해자가 되어 있었고, 장기 소년원 2년 송치 처분을 받았다. 그렇게 해동의 아들, 해동이 낳은 고아 새끼는 은혜도 모르는 호로 새끼가 되었다.

백 관장과 아주머니는 항소하라 날 설득했지만 거절했다. 3일이 멀다하고 찾아오는 면회도 모두 거부했다. 그러니까 서영오를 본 건, 그날이 마지막이었다.

경찰차에 타던 그날, 날 보던 네 눈빛. 기어이 경찰서까지 찾아와 날 변호하던 단호한 네 표정. 피해자 대면으로 김남훈을 마주하고 욕을 씹어뱉던 네 고운 목소리.

"내가 말했었나."

영오야.

"나는 너 안 좋아한다고."

우린 만나지 말 걸, 그랬지.

2장

스물여섯, 가을 _ 서영오

추분(秋分)

비람이 찼다. 해가 있을 땐 기승을 부리던 더위는 저녁이
되면 언제 그랬냐는 듯 자취를 감췄다. 가을을 시샘한 여름이
쉽게 물러날 기세를 보이지 않는다고, 일교차가 심하니 외투
는 꼭 챙기라고, 건너편 빌딩 꼭대기의 거대한 전광판에서 기
상 캐스터가 이야기했다.

─너 좋아하는 반찬들 택배로 보냈어. 오늘쯤 도착할 거야.

"번거롭게, 보내지 말라니까."

─번거롭긴, 우리 의사 선생님 드시는 건데.

"의사는 무슨."

─의사지. 그럼.

정육점 일로 바쁠 텐데도 엄마는 일주일에 한 번씩 음식이며 식재료를 꼭 택배로 보냈다. 스물, 내가 집과는 다섯 시간이나 떨어진 도시의 의대에 진학하고 나서부터였으니 벌써 6년째였다.

―의대생은 휴학하는 거 아니라는데. 엄마가 어떻게든 돈 구해 본다니까."

"쉬고 싶어서 쉬는 거야. 그러니까 내 걱정 말고 해숙 씨 걱정이나 하세요."

―영오야.

"버스 왔어. 끊을게."

엄마는 늘 미안해했다. 등록금을 내주지 못한 걸, 생활비를 보내지 못하는 걸, 하나밖에 없는 딸이 해외여행 대신 과외로 동분서주하는 것도, 이혼을 한 뒤에도 이따금씩 찾아와 골치 아픈 짓거리를 해 대는 망나니 아버지를 둔 것까지 전부 자신의 탓이라 여겼다. 내가 이만큼이나 자란 게 누구 덕분인 줄도 모르고.

버스에 올라타 빈자리에 앉았다. 버스는 확장 공사가 끝난 도로를 시원하게 달렸다. 차창 밖으론 빌딩들이 높이를 다투며 서 있었다. 그 시절 보던 광경과는 전혀 다른 모습이었지만, 나는 자연스레 또 네 생각을 한다.

도복을 입고 지나가는 어린애들을 봤을 때, 해부학 실습에서 손 마디마디를 열어 해체했을 때, 매스컴에 국가 대표 선

수들이 나왔을 때, 교수의 가운 안에 꽂힌 만년필을 봤을 때, 소고기를 먹을 때, 술을 마실 때, 비가 올 때, 하늘이 구름 한 점 없이 맑을 때, 덥거나 추울 때.

그러니까…….

매일.

소년원에 송치된 그날부터 하루도 빠짐없이 찾아갔지만 일형은 날 만나 주지 않았다. 에이스 없는 도 대표 선발전은 시시했고, 우승을 한 선수는 전국 체전 예선에서 탈락했다. 스포츠 뉴스는 이니셜로 일형의 일을 보도했다.

태권도 국대 유망주의 학폭 연루.

사람들은 좋은 일은 한 번, 나쁜 일은 지겨워 입에 단내가 날 때까지 얘기했다.

이듬해 봄, 나는 바라던 의대에 합격했다. 시간을 내 집으로 돌아올 때마다 면회 신청을 했지만 번번이 거절당했다. 본인이 원하지 않으니 어쩔 도리가 없다는 교도관의 말을 들을 때마다 발밑이 무너졌다.

잎사귀를 잃은 나무가 앙상한 가지를 떨고, 새벽녘 숨을 쉴 때면 입김이 뽀얗게 나오던 겨울, 일형은 사라졌다. 1년 4개월 만의 가퇴원이었다.

할머니와 살던 집의 물건은 단 하나도 손대지 않은 채였다. 사정을 모르는 마을 사람들은 낯짝이 있으면 얼굴 들고 못 다닌다는 말로 일형을 욕했다. 주인을 잃은 빈 집, 온기라곤 없이 싸늘한 일형의 방에선 그가 딴 메달들만 열없이 반짝이고 있었다. 나는 한 품에 안으면 넘쳐 나는 메달들을 가방에 쑤셔 넣고 고속버스를 탔다. 처음으로 한 도둑질이었다.

올해, 4년 만에 치러진 지방 선거에서 김남훈의 할아버지는 재당선됐다. 엄마와 백 관장님은 원통해 가슴을 쳤지만 세상은 쉽게 변하지 않았다.

너도 그럴까.

정차한 버스에서 내린 내 앞으로 교복 차림의 남자애가 스쳐 지나갔다. 키가 훌쩍 크고, 어깨가 넓었다. 너는 이제 스물다섯일 텐데, 내 안의 너는 여전히 열여덟 그 시간에 멈춰 있다.

세상이 무너진 얼굴을 한 날 보며 마지막으로 네가 웃어 줬던 그날.

"나 없는 동안 납골당에 우리 할망구 좀 챙겨 주라."

그 순간에 멈춰 버린 내 마음처럼.

오늘 마지막 과외였다. 고작 하루에 두 타임이었지만 세 시간을 내리 떠들다 보면 체력은 금세 바닥났다. 피곤할 텐데 수업 시간을 바꿔 준 게 고맙다며 학생의 어머니는 흰 봉투를 건넸다. 엘리베이터에서 열어 본 봉투에는 100만 원이 들어 있었다.

대체 어떤 사람들이 주인인가 싶은 이곳 고급 빌라에는 이렇게 써도 되나 싶게 돈을 펑펑 쓰는 사람들이 살았다. 처음에는 액수에 놀라 거절하기도 했는데, 몇 번 겪다 보니 익숙해졌다. 그들 나름의 호의 표시에.

가방에 봉투를 넣고 물병을 꺼냈다. 과외하는 내내 에어컨은 풀가동이었고, 주스나 간식은 원 없이 먹었지만 갈증이 가시지 않았다. 얼마 가지 않아 멈춘 엘리베이터 밖으로 내리고 보니 1층 로비가 아니라 지하 주차장이었다.

내 정신도 참.

다시 타려고 했지만 엘리베이터는 문을 닫은 채 상승했다. 투명한 유리문 너머로 주차장 내부로 진입하는 차 한 대가 보였다. 이곳에선 낯익은 엠블럼. 족히 집 한 채 값일 차에선 슈트 차림의 젊은 남자가 내렸다.

세상에서 제일 부러운 부자가 젊은 부자라더니. 자수성가하기엔 앳된 남자의 실루엣을 바라보며 나는 쓰게 웃었다. 하지만 주차장을 가로질러 점점 가까워지는 남자의 얼굴을 확인한 후에는 더 이상 웃을 수 없었다.

먼 거리임에도 느껴졌다.

남자는 일형과 너무 닮아 있었다.

홀린 듯 남자에게서 눈을 떼지 못하는 사이 지하에 도착한 엘리베이터가 알림 음을 내며 입을 벌렸다. 멍청히 서 있던 나는 엘리베이터에서 나오는 이를 피하지 못해 어깨가 부딪혔고, 물병을 떨어뜨렸다. 죄송하다는 내 말에 상대는 짜증스레 옷을 털었다.

바닥을 구르는 물병을 줍고 급히 고개를 들었을 때, 어쩐 일인지 남자는 오던 걸음을 멈춘 채 돌아서 있었다. 전화를 받는 옆얼굴이 까칠했다. 뒷일은 생각지도 않고 자동문을 통과해 주차장으로 나왔지만 남자는 이미 차에 올라탄 후였다.

점이 되어 사라지는 차의 꽁무니를 망연자실한 채 바라보다 다시 안으로 들어왔다. 확인하나 마나 잘못 본 게 분명하다고, 일형이 어떻게 저런 차림으로 저런 차를 끌고 이곳에 살겠냐고.

말도 안 돼.

처음 일형이 사라졌다는 걸 알게 되어 그를 찾아 헤맬 때는 이런 일이 잦았다. 낯선 남자에게서 조금이라도 일형과 닮은 모습이 보이면 쫓아가 꼭 얼굴을 확인하곤 했다. 시간이 지나 이젠 더 이상 헛것 따위는 안 보게 됐는데.

잠을 못 자서 그런가 보다, 스스로를 달래며 얼굴을 쓸었다. 6309. 그 와중에도 스토커처럼 남자의 차번호를 외워 버린 스스로가 어이없어서 웃자니, 시선이 느껴졌다. 얼굴을 돌리자 사람을 쳐 놓고도 사과 따윈 하지 않던 싸가지가 날 보고 인사를 했다.

"닮은 사람인가 했더니, 맞지? 서영오. 기억해? 나?"

절로 표정이 굳었다. 김남훈이었다.

신이 하는 일이란 게 이따위였다. 보고 싶은 사람은 갖은 애를 써도 만날 수 없는데, 다신 보지 말았으면 하는 인간은 별의별 우연을 핑계 삼아 어떻게든 만나게 한다.

어떻게 널 기억하지 않을 수가 있겠어.

입 밖으로 나오려는 비틀린 말은 거둔 채 녀석을 모른 척하고 서영오가 아닌 척했다. 김남훈은 전혀 믿지 않는 것 같았지만 상관없었다.

더 이상 말을 섞기도 싫어 도착한 엘리베이터에 재빨리 올라타 문을 닫아 버렸다. 7년 전, 일형의 일로 내게 따귀까지 맞고도 알은 척 인사하는 김남훈의 저의가 뭔지 알 수 없었다.

버스를 타고 집으로 돌아왔다. 정류장에 내려서도 한참을 걸어 올라가야 하는 6층짜리 원룸의 지하가 내 집이었다. 휴학을 하며 기숙사에서 나오느라 급하게 구한 곳이었다. 지은 지 20년이 넘은 낡은 건물은, 치안도 좋지 않고 접근성도 떨어졌지만 돈을 아끼려면 선택권이 없었다.

문 앞엔 엄마가 보냈다는 택배 상자가 이미 도착해 있었다. 문을 열고 상자를 들었다. 뭘 이렇게 많이 넣은 건지, 무게가 김장용 절인 배추만큼이나 무거웠다.

개봉한 스티로폼 상자 안에는 정성껏 포장한 음식들이 가득 차 있었다. 소고기 장조림이나 돼지갈비. 엄마는 고기를 못 먹으면 내 입에 가시라도 돋아날 것처럼 굴었다. 날 처음 집에 데려갔던 그날도 그랬었다.

엄마는 아이를 가지지 못하는 사람이었다. 당시에는 시험관 시술 같은 것도 흔치 않았고, 있었더라도 할 형편은 못 되었다고 엄마는 말했다. 아버지와는 중매로 결혼했다. 조실부모하고 친척 집을 전전하던 엄마는 유지의 외동아들이란 말에 배는 곯지 않겠구나, 하는 생각이 가장 먼저 들었다고 했다. 스물, 어린 나이의 공해숙은 그렇게 유부녀가 됐다.

재산은 많았지만 재벌이 아닌 이상 돈을 물 쓰듯 쓰는 데는 장사 없었다. 아버지는 능력은 없는데 부지런하기만 해서 사업한답시고 집안의 재산을 죄다 날려 먹었다. 할아버지는 그 충격으로 돌아가셨고, 잘난 아들이 너 만나서 팔자가 꼬였다고 허구한 날 엄마를 구박하던 할머니는 치매로 몇 년을 고생하다 결국 할아버지 뒤를 따랐다. 끈이 떨어진 부부는 푼돈만을 돈에 쥔 채 고향을 떠났다.

전국을 전전하며 별일을 다 했다. 떡볶이 장사, 가사 도우미, 식당일. 남들 앞에 서는 게 면이 안 선다며 뒷짐 지고 있는 아버지 덕분에 엄마는 배로 고생했다.

가게를 차릴 만큼 돈이 모였을 때 부부는 해동에 정착했다. 처음 접하는 정육점 일은 어려웠지만 엄마는 악착같이 해냈다. 그맘때쯤 엄마에게도 소원이 하나 있었으니 아이를 갖는 것이었다. 싫다는 아버지를 부득불 설득해 보육원으로 향했다. 아이를 입양하기 위해서였다. 그때의 내 나이가 일곱 살.

친부모에 대한 기억이 전무한 내게 추억이 될 만한 일이란 두 번의 입양과 두 번의 파양뿐이었다. 첫 번째 양부모는 고아를 입양한 대가로 나라의 혜택을 좀 볼 수 있을까 했지만 그게 여의치 않자 날 돌려보냈고, 두 번째 양부모는 말라 빠진데다 골골거리는 날 탐탁지 않아 했다. 병원비가 더 들어가겠다고. 하다못해 애완동물을 팔 때도 이렇게 허약한 건 안 판다고. 양아버지란 사람은 전화통을 붙들고 그런 말을 했었다.

나는 별로 충격 받지 않았다. 마치 그럴 거라는 걸 알고 있었던 것처럼. 그래서 지금의 부모님이 다시 날 데려간다고 했을 때도 기대하지 않았다.

입양되었던 첫날, 엄마는 한 상 가득 진수성찬을 차려 냈다. 식탐 따윈 부리지 않는 나인데 그날은 왜 그랬는지 모르겠다. 나는 음식에 환장한 것처럼 밥이며 고기를 밀어 넣었다. 그런 날 안쓰럽게 보는 어머니와는 달리 아버진 묘하게 경멸스런 기색이었다.

밤새 배를 앓았다. 아픈 걸 가까스로 참으면서 이제 또 보육원으로 돌아가겠구나 생각했다. 난 언제까지 이 짓을 반복해야 하는 걸까, 그런 생각도 했었다. 홀로 화장실에 가 토하길 반복하다가 결국 기절했고 눈을 뜨자 병원이었다. 내 손을 잡은 엄마는 금방이라도 울음을 터뜨릴 것 같은 표정이었다.

"왜 아프다고 말하지 않았니."

나는 나를 개 취급하던 두 번째 양아버지의 통화를 떠올렸다. 이젠 인처럼 박힌 사과를 반복했다.

"죄송해요."

잠자코 있던 아버지가 얼굴을 일그러뜨리며 말했다.

"한 번만 더 그러면, 정말 혼날 줄 알아."

밤중에 일어나 뒤치다꺼리를 한 게 귀찮아서였는지, 정 없는 그의 눈에도 내가 불쌍해 보이긴 해서 그랬는지는 지금도 잘 모르겠다. 다만 당시의 내겐 그 소리조차 다정하게 들렸다.

퇴원한 나는 보육원이 아니라 '우리' 집으로 향했다. 그리고 정확히 일주일 뒤, 지명의 이름을 따 해동 정육점이었던 간판은 영오 정육점으로 교체됐다.

머리가 어느 정도 크고 난 후 물은 적이 있다. 하고 많은 아이들 중에 왜 하필 더럽고 골골거리던 나를 데려왔냐고. 엄마는 별소릴 다 한다는 듯 말했다.

"엄마가 자기 딸 알아보는 게 당연하지. 근데 네가 그때 좀 드럽기는 했어. 어디 구정물에서 놀다 왔는지 꼬질꼬질해 가지고서는. 네 친척 할머니들은 너랑 내가 똑 닮았다고 하더라만, 그럴 리가. 엄마는 날 때부터 깍쟁이, 깔끔쟁이였어. 방이 돼지우리 같은 너랑은 요만큼도 안 닮았다니까."

사람을 울지도, 웃지도 못하게 하는 건 엄마의 주특기였다.

엄마에게 택배를 잘 받았단 안부 전화를 하고 늦은 저녁을 먹었다. 머릿속엔 여전히 아까 봤던 6309 차주 생각뿐이었다. 일형이 사라지고 난 뒤, 습관처럼 지금은 어디서 무얼 하고 있을까, 상상하곤 했지만 오늘 봤던 그 모습은 그중에 없었다.

로또에라도 당첨되었다면 모를까. 고등학교 중퇴에 전과자라도 자수성가하지 말라는 법은 없지. 도무지 따라 주지 않던 운이 지금 몰렸을 수도 있고. 갖가지 가정을 동원해 아까 그 남자가 일형일 확률을 재 봤지만 실은 터무니없는 생각이란 걸 누구보다 잘 아는 나는 체념한 채 기도했다.

그 남자가 일형이길 바라는 가능성 없는 바람 대신, 지금 어딘가에 있을 일형이 잘 살고 있기를. 그때 그 거지 같은 일들은 모두 잊고 행복하게 살고 있었으면 좋겠다고.

떠오른 김에 백 관장님에게도 연락해 일형의 소식을 물었다. 여전히 포기를 모르고 일형을 찾고 있는 그는 웃으며 말했다.

—무소식이 희소식이지. 걱정 마라. 그놈 어디서 굶어 죽을 놈은 아니잖아. 얼굴만 뜯어먹어도 살 텐데. 혹시 찾게 되면 내가 우리 영오한테 1등으로 연락할 테니까, 전화 꼭 받아. 알았지? 참, 해숙 씨는 내가 잘 케어하고 있으니, 그것도 걱정 말고.

"고마워요. 아저씨."

—고맙긴, 당연한걸.

전화를 끊고 선풍기를 켰다. 인도에 맞닿은 반쪽짜리 창이 있긴 했지만, 밤엔 열 수 없었다.

9월임에도 날씨는 여전히 더웠다. 거추장스러운 머리를 묶고 탁자에 앉아 책을 폈다. 휴학하는 동안 뒤처지지 않으려면 남들보다 배는 공부해야 했다.

더운 열기에 눈을 떴을 땐 벌써 아침이었다. 쪽창을 필사적으로 통과한 손바닥만 한 햇볕이 하필 내 뒤통수에 내리 꽂히고 있었다. 책상에 엎드려 잔 탓에 삐걱거리는 몸이 끈적했다. 물을 마시고 샤워를 했다. 오랜만에 과외가 없는 휴일이었다.

창을 열어 환기부터 했다. 4계절 같은 자리에 있는 선풍기를 끌어다 머리를 말리며 배터리가 나간 휴대폰을 충전시켰다. 전원이 들어오기 무섭게 전화가 왔다. 저장하기도 싫어 외워 버린 번호. 아버지였다.

　스팸 등록과 차단을 하지 않는 이유는 엄마 때문이었다. 내가 응하지 않으면 그 화살이 어디로 돌아갈지 뻔했다.

　한참 만에 전화를 받자 그는 답지 않게 안부를 묻더니 돈 얘길 꺼냈다. 의대에 진학했다는 사실은 어떻게 안 건지, 의대생은 마이너스 통장도 잘 만들어 준다고, 더도 덜도 말고 딱 5백만 빌려달라고 했다.

　돈이 그렇게 궁하면 장기라도 파세요.

　씹어뱉듯 찍던 답은 결국 보내지 못한 채 지웠다. 임신한 여자와 살림을 차린 게 내가 열아홉 때였으니 애가 지금은 여섯은 됐겠다. 그 애를 생각해서였다. 갈잖은 효심 때문이 아니라.

　과외며 공부를 하느라 돼지우리가 된 집안을 청소하고 밀린 빨래를 해치웠다. 못다 한 공부를 좀 더 하다 저녁때가 되어서야 집을 나섰다. 이 도시에서 산 지 벌써 7년이 넘었는데도 여전히 적응이 되지 않는 건, 사방 어디를 봐도 바다가 없다는 거였다. 들이치는 바람에선 옅은 먼지 냄새가 났고, 습기 없이 건조했다.

편의점에 가겠단 핑계로 외출한 주제에 나는 처음부터 그러기로 마음먹은 사람처럼 버스를 탔고, 익숙한 정류장에서 내렸다. 굳이 오늘 오지 않아도 모레면 과외를 하러 들러야 할 이곳에 온 이유는 하나였다. 6309. 그 남자.

외부인 출입이 엄격히 차단되어 있는 곳이라 빌라 내부로 들어가긴 여의치 않았다. 갈 수 있었다 해도 괜히 학부모와 마주쳐 좋을 건 없었다. 나는 빌라 입구의 정돈된 화단 옆에 자리를 잡았다. 스스로도 어이없는 짓거리라고 생각했지만 어쩔 수 없었다. 이렇게 해서라도 확인해야 단념할 수 있을 것 같았다. 그 남자는 일형이 아님을.

세 시간이 훌쩍 지난 11시. 빌라 입구에서 죽치고 있는 내가 수상했는지 보안 요원이 밖으로 나왔다. 그는 뭐라고 하려다 내 얼굴을 알아채고 의아한 듯 물었다.

"501호 새봄이 과외 선생님, 맞으시죠? 왜 안 들어가시고."

"아, 오늘은 과외 때문이 아니라 잠깐 기다리는 사람이 있어서. 이제 가려고요."

혹시 6309 차주에 대해 아느냐고 묻고 싶었지만 참았다. 지금의 행태도 충분히 수상한데 더 수상해 보이고 싶지는 않았다. 인사를 하고 돌아서며 깨달았다. 고작 몇 시간을 이러고 있는다 해서 그 남자를 다시 볼 확률이 얼마나 되겠냐고. 몇 날 며칠을 잠복한 형사들도 범인 머리카락조차 못 보는 경우가 대다수인데.

빈 웃음이 입가에서 부서졌다. 선물 받길 고대했다 빈손으로 돌아가야 하는 아이처럼 땅만 보고 걷던 나는 문득 걸음을 멈췄다. 옷깃이 닿을 듯 곁을 스쳐 지나는 남자에게서 풍기는 술 냄새. 고개를 숙이고 있던 탓에 제대로 보지 못했는데도 본능적으로 알아챘다.

마취제를 맞은 사람처럼 멍청히 선 채로 남자를 돌아봤다. 취기 때문인지 남자는 걸음이 느렸다. 모델이라 해도 될 만큼 장신이었고 처음 봤을 때와 다름없이 검은 슈트 차림이었다. 빌라 입구에 다다른 남자를 놓치기 직전이 되고 나서야 나는 조급해졌다.

생각할 새도 없이 몸이 먼저 튀어 나갔다. 겁이 없었고 이성은 더 없었다. 무례하지만 매달려서라도 남자의 얼굴을 봐야겠다는 결심으로 그의 팔을 붙잡으려 했을 때였다.

돌아선 남자가 날 먼저 잡아채 벽으로 밀었다. 처음으로 마주한 남자의 얼굴을 보느라 나는 날카로운 무언가가 내 목을 누르고 있다는 사실도 눈치채지 못했다. 새카맣게 가라앉아 있던 남자의 눈동자가 서서히 커졌다. 취기가 완전히 가신 얼굴이었다.

남자가 내 목을 꿰뚫었다 해도 나는 비명조차 지르지 않았을 것이다. 남자는 일형이었다. 7년 전 헤어졌던 그 얼굴 그대로였다. 무감한 눈 아래 어울리지 않게 앙증맞게 찍힌 점까지 전부.

굳어진 입술을 겨우 열어 이름을 부르려고 한 순간, 보안 요원이 달려왔다.

"무슨 일……, 어. 새봄이 선생님?"

말이 끝나기도 전에 일형은 내 목에 겨눈 물건을 거두고 내 게서 떨어졌다. 찰나 눈길이 내 목과 얼굴에 머물렀다. 뒤늦 게 만년필이 흉기처럼 쓰였다는 걸 알게 된 보안 요원의 낯빛 이 사색이 됐다.

"사정은 모르겠는데 어떻게 여자 분에게……."

심각한 표정의 보안 요원을 일형은 말없이 스쳐 지나갔다. 왼손을 확인하고 싶었지만 그러기엔 주위가 너무 어두웠다. 뒤늦게 그를 따르려는 나를 보안 요원이 막아섰다.

"다치신 덴 없으세요? 혹시 기다린단 분이 저 분이세요? 701호?"

"네, 잠깐만."

"경찰에 신고부터 하는 게 어떠세요? 데이트 폭력도 폭력 이에요. 게다가 701호 저 분, 평범한 일 하는 분도 아니시라 솔직히 걱정돼요."

눈치 없는 보안 요원을 온 힘을 다해 밀쳐 내려던 나는 그 말에 손을 거뒀다.

"평범하지…… 않다니요?"

설마 모르셨던 거냐고, 보안 요원은 난처한 듯 웃었다. 멀 리 보이는 빌라 현관으로 일형이 사라졌다. 동시에 보안 요원이 주먹을 흔들어 보이며 속삭였다.

"그러니까, 이런 일?"

넋을 놓고 집으로 돌아온 후에도, 그 말이 계속 머릿속을 맴돌았다. 굳어진 내 표정을 어떻게 이해한 건지 보안 요원이 서둘러 덧붙이던 얘기도.

"그런 쪽 같지 않게 잘생기고 또 사람들 대하는 걸 보면 까칠하긴 해도 좋은 사람은 맞거든요. 근데 오늘도 그렇고, 가끔 다쳐서 들어오는 거 보면 살벌해요. 근데 아까는 대체 무슨 일로 그러신 거예요? 그분이 그럴 분이 아니긴 한데."

나는 묻는 말에 대답은 않고 되물었다. 다치다니, 어딜 다쳤냐고.

"못 보셨어요? 손이 피투성이던데."

새벽녘까지 잠들지 못하다가 겨우 한 시간 선잠을 자고 일어났다. 그 짧은 시간 동안 꿈을 꿨다.

나는 일형을 아홉 살에 처음 봤다. 학교를 마치고 집으로 가던 길에 운동장 미끄럼틀 옆 씨름장이 소란했다. 호기심에 다가가 확인한 그곳에 일형이 있었다. 자신보다 덩치가 큰 남자애들에게 독 안에 든 쥐처럼 둘러싸인 채로.

131

"네가 내 동생 때렸다며?"

퉁퉁한 얼굴이 익숙하다 했더니 그중 하나는 우리 반이었다. 치사하게 형 뒤에 숨어 있던 남자애가 기다렸다는 듯 고자질했다.

"맞아, 쟤가 나 때렸어. 복수해 줘."
"네가 뭔데 내 동생 때려? 엄마 아빠도 없는 고아 새끼 주제에."

우리 반 녀석이 일형의 어깨를 밀쳤다. 일형은 대거리 한마디 없이 가만히 서 있었다. 꽉 쥔 주먹을 보고서야 참고 있다는 걸 알았다. 그러나 그걸 눈치챌 만큼 섬세하지 못한 아이들은 기세등등해져 일형을 몰았다. 그 어떤 말에도 미동 않던 일형이 반응한 건, 할머니 얘기가 나왔을 때였다.

"으, 꼬부랑 할머니랑 살아서 할머니 냄새 나."

아이들은 순수했고 그래서 본인의 말이 얼마나 악독한지 몰라 잔인해질 수 있었다. 본인들보다 백배는 멀끔한 일형의 몸에 얼굴을 가까이 댄 녀석들은 너나없이 코를 쥐고 낄낄거렸고, 다음 순간 일형은 주동자인 우리 반 남자애를 밀쳐 넘어뜨리고 그 위에 올라탔다.

놀란 아이들이 뜯어 말렸지만 일형을 당해 낼 순 없었다. 억지로 떨어뜨리면 결국 다시 올라탔고, 한 대를 맞으면 두 대를 때렸다. 자그마한 체구에서 어떻게 그런 힘이 나오는지 알 수 없었다. 악에 바친 일형의 눈이 젖어 가고, 그 아래 깔린 남자애의 얼굴에 상처가 늘어 갔다.

지켜만 보고 있던 나는 뒤돌아 달리기 시작했다. 일형에게 맞은 남자애가 죽을까 봐 그런 건 아니었다. 사람은 생각보다 쉽게 죽지 않았다. 보육원에 있으면서 그걸 알게 됐다.

부모에게 버림받아 오는 아이들 중 몇은 지금까지 살아 있는 게 용할 만큼 아픈 애들이 많았다. 온몸이 멍투성이거나, 팔다리가 부러지거나, 머리가 빠졌거나, 간혹 화상 자국이 있는 애들도 있었는데, 그게 담뱃불에 지진 흉터라는 건 아주 나중에야 알았다.

보육원 선생님들은 이런 부모들은 없는 게 낫다고 울먹이곤 했는데 당시의 어린 나는 이해하지 못했었다. 자식을 학대하는 부모는 내 사전엔 없었다. 텔레비전 속 부모님들은 꿈에 그릴 만큼 상냥했고, 주변을 인식하기 시작한 나이부터 부모가 없었던 나는 그게 당연한 건 줄로만 알았다. 동화 속 악역은 늘 계모였다.

나는 죽어라 달렸다. 제 친구가 맞는 걸 본 다른 아이가 교무실로 뛰어가는 걸 봤기 때문이었다. 어려 조막만 한 머리로

도 선생님은 일형의 편을 들어주지 않을 것 같았고, 그래서 나는 내 엄마를 부르기로 했다.

산발이 되어 돌아온 딸이 헉헉거리며 하는 얘기를 들은 엄마는 급히 가게 밖으로 뛰쳐나갔다. 백 관장님이 함께 학교로 향했다. 아버지는 그때부터 밖으로 나돌기 시작했으므로 나는 그들이 돌아올 때까지 가게 안에서 얌전히 기다리기로 약속했다.

잠결에 엄마에게 업혀 집으로 돌아가며 들었다. 일형에게 맞은 녀석은 이 두 대가 나갔고, 할머니가 물질해 모아 놓은 돈이 죄다 그놈 이빨 값으로 나가게 생겼노라고.

"근데 일형이 고놈 보면 볼수록 맘에 든다니까."

"할머니 쌈짓돈이 다 털리게 생겼구만, 웃음이 나와요? 관장님은?"

"두고 봐요. 해숙 씨. 12년 내에 내가 그놈 국가 대표로 만든다!"

"10년이면 10년이지 12년은 또 뭐야."

"10년이면 열여덟인데? 스무 살까지는 시간을 줘야지."

이튿날부터 일형은 체육관에 나왔다. 집으로 곧장 가도 될 걸, 학교를 마치면 나는 꼭 엄마의 정육점에 들렀다. 겨우 어른 허리춤을 넘던 일형의 키가, 190cm에 가까워질 때까지.

이따금 후회한다. 네가 여덟 살이었던 그때 엄마를 부르러 가지 말고 같이 싸워 줄 것을. 열여덟 네가 남을 대신해 맞아

주고 있던 그 순간, 모른 척 신고하지 말고 달려가 소리라도 질러 줄 것을.

그랬다면 최상우도 죽지 않았을지 모르고, 너도.

꿈속의 나는 오늘도 과거를 되돌리고, 흉터 하나 없이 매끈한 손의 너는 더할 나위 없이 행복하게 웃고 있다. 네 그 얼굴이 현실처럼 생생해서 꿈에서 깨어난 후에도 나는 한참을 누워 있다.

"못 보셨어요? 손이 피투성이던데."

꿈과는 전혀 다른, 날 선 눈의 일형이 떠올라 잠을 이룰 수가 없었다.

일주일이 지났다. 그중 이틀은 과외를 위해 빌라에 들렀지만 일형을 볼 수는 없었다. 엘리베이터를 타면 본능적으로 7층에 시선이 머물렀다. 701호. 보안 요원은 일형을 그렇게 불렀었다.

마음 같아선 하루 24시간을 써서라도 일형을 만나고 싶었지만 목구멍이 포도청이었다. 사흘 전 연락을 해 온 집주인은 계약 갱신 의사를 물으며 월세 인상을 요구했다. 시간은 빨리도 흘렀다. 집주인을 설득해 단기로 한 6개월 월세 계약이 이번 달로 끝이었다.

─세금이 오르는데 월세도 올라야지. 어째 이놈의 나라는 있는 놈 돈
만 빼앗아 가려고 혈안이야. 세금 다 내고 나면 나는 뭐 먹고 살라고.

　　세입자에게 먹고 살 걱정을 늘어놓는 그는 가지고 있는 건
물만 해도 열 채가 넘는 부자였다.
　　지금도 각종 공과금에 생활비까지 제하고 나면 등록금 모
으기도 빠듯했다. 그런데 30만 원이나 올려 달라니. 나가라는
소리나 마찬가지였다. 이 건물을 포함한 주변이 재개발될 예
정이라는 건 한참 뒤에나 알았다.
　　돈은 돈대로 벌고, 공부는 공부대로 하며, 짜투리 시간엔
조건에 맞는 집까지 찾느라 시간이 모자랐다. 일형을 다시 만
나야 한다고 생각은 했지만 내 입에 풀칠하는 게 먼저였다.
일형에 대한 내 절절한 사랑은 딱 그만큼이었다. 내 안위 앞
에선 늘 뒷전인.
　　7층은 빌라의 최상층이었다. 복층의 펜트 하우스라 가장 비
싼 매물이라고 언젠가 중개인들이 하는 이야기를 들었었다.
몸뚱이 하나만 가지고 떠난 일형이 가장 노른자위 땅에 좋은
차를 몰며 부유하게 살고 있는데도 전혀 기쁘지가 않았다. 잘
벼른 칼처럼 날이 서 있던 눈동자와 목에 닿던 펜촉의 서늘한
촉감이 떠올랐다. 피투성이였다는 네 손.
　　나는 그 피가 네 피이길 바라야 하는지 아니길 바라야 하

는지 알 수 없었다. 둘 중 어느 하나 네가 상처받지 않는 길이 없는데. 나는 행운의 숫자가 들어간 7층에서 시선을 거둔 채 5층을 눌렀다.

휴일이었고, 오랜만의 오전 과외였다. 최대한 수업에 집중 하려고 했지만 자꾸만 정신이 흩어졌다. 올해 열일곱인 새봄 이 문제를 풀다 말고 내 얼굴을 빤히 바라보며 물었다.

"선생님, 무슨 일 있어요?"

"어, 미안. 선생님이 잠깐."

"아니아니, 아파 보여서 그래요."

"괜찮아. 조금 피곤해서 그런가 봐."

"그럼 다행이구. 참, 이거."

내 미소에 마주 웃어 보인 새봄이 기다렸다는 듯 작은 상자 하나를 내밀었다.

"선물이에요. 선생님 곧 생일이시잖아요. 그간 잘 가르쳐 주셔서 성적도 많이 올랐고, 무엇보다 친언니처럼 챙겨 주셔 서 너무 좋았어요."

어조가 마치 작별 인사 같아 이상하다 생각은 했다. 보름이 넘게 남은 생일 선물을 미리 챙겨 주는 것도 그렇고.

얼른 풀어 보라며 재촉하기에 리본을 풀고 상자를 연 나는 그 안에 든 목걸이보다 새봄의 말에 더 당황했다.

"당장 다음 주부터 선생님을 못 보다니. 진짜, 진짜 보고 싶을 거예요. 돌아오자마자 선생님한테 제일 먼저 연락할 테니까."

"잠깐, 새봄아. 그게, 무슨."

"어? 엄마가 아직 말 안 했어요?"

다음 주에 가족 모두가 아버지가 있는 영국으로 떠난다고 했다. 내년이 되어야 돌아올 거라고. 굳어진 내 표정을 어떻게 이해한 건지, 새봄은 나도 선생님이랑 헤어지는 게 너무 싫다고 울먹였다. 그녀를 달래며 나는 애써 웃었다. 이 와중에도 아이를 돈줄로 보고 있는 스스로가 역겨웠다.

과외가 끝나자 새봄의 어머니가 나를 불렀다. 새봄을 통해 모든 걸 이미 들은 터라 평정을 유지하긴 쉬웠다. 그녀의 인사에 예의 바르게 응하고 있었지만 머릿속은 줄어들 수입과 나갈 지출을 가늠하느라 바빴다.

"그래서 말인데, 선생님께서 관리를……."

"네?"

딴 생각을 하다 말을 놓쳐 되물었을 뿐인데, 그녀는 난처하고 미안한 얼굴로 사과부터 했다.

"미안해요. 통화를 엿들을 생각은 아니었는데 들렸어요."

그녀는 내가 집주인과 통화하는 걸 우연히 들었다고 했다. 그러면서 혹시 아직 집을 구하지 않으신 거면 자신들이 집을 비우는 1년 동안 여기 사시는 건 어떠냐고. 어차피 관리인을 구해야 하는데, 선생님이면 더할 나위 없이 좋을 거라고 했다.

"물론, 청소 같은 집 관리는 지금처럼 용역을 쓸 거고요. 선생님 보수도 따로 드릴 거예요."

갑자기 하늘에서 떨어진 지푸라기, 아니 황금 동앗줄에 나는 정신이 하나도 없었다. 새봄의 어머니는 그런 날 살피더니, 재차 사과했다.

"아무래도, 무리한 부탁이었죠? 죄송해요. 방금 제가 했던 말은 그냥 못 들으신 걸로……."

"아뇨. 아뇨. 저에겐 감사한 제안이죠."

황급히 손을 내저으며 나는 웃었다. 로또에 당첨되면 이런 기분일까. 사람이 죽으란 법은 없나 보다. 죽기 직전엔 꼭 누군가 손을 내미니까.

너무 힘들고 간절해서 그 행운이 작위적이라고는 생각지 못했다. 아니 어쩌면, 생각하고 싶지 않았는지도.

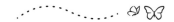

나흘도 안 되어 일은 진행됐다. 어제 새봄이네 식구는 영국으로 떠났고, 나는 그 전에 보안 카드를 비롯해 집과 관련된 모든 것들을 인계받았다. 방은 손님방으로 마련해 둔 가장 끝 방을 쓰면 된다고 했고, 보수는 통장으로 매달 오늘 입금될 거라고 했다. 가사 도우미 아주머니는 일주일에 두 번 들릴 거며, 식비와 관리비는 알아서 처리될 테니 선생님은 몸만 계시면 된다고.

이른 새벽 메시지 하나가 도착했다. 별 생각 없이 내용을 읽은 나는 통장에 입금된 가공할 만한 액수의 돈에 놀라 몇 번을 확인했다.

하는 일 없이 집을 지키는 대가로 받기엔 너무 큰돈이었다. 혹시 입금을 잘못한 건 아닌가, 시차 따윈 생각도 못한 채 새봄의 어머니에게 연락했다. 찰나 당황한 것 같던 그녀는 이내 웃었다.

—저희가 그 정도 드릴 능력은 있어요.

"아뇨. 거기서 지내게 해 주시는 것만으로 감사한데 이렇게까지 안 주셔도."

—걱정 마세요. 능력 안 되면 알아서 줄일게요! 그래도 부담스러우시면 나중에 우리 새봄이 과외 공짜로 해 주시면 되죠.

"어머님. 그래도 이건……."

—선생님, 여긴 지금 잘 시간인 건 아시죠? 제가 너무 피곤해서.

죄송하다는 사과를 하고 통화는 끝냈지만 찜찜함은 쉽게 사라지지 않았다. 과분한 돈을 받는 게 이렇게 부담일 줄 알았다면 선뜻 하겠다고 수락하지 않았을 텐데. 하지만 배부른 후회는 얼마 가지 않았다.

이 돈이면 부모 잘 만나 버릇없고 머리 나쁜 10대들 비위를 더 이상 맞추지 않아도 되니까. 선생님 목선이 사슴 같니 어쩌니 하며 희롱하는 그 애들 아비의 인사를 더는 웃으며 넘기지 않아도 되니까. 당분간은 잘 걱정, 먹을 걱정, 돈 걱정 안하고 하고 싶은 대로 살 수 있으니까.

곱씹어 봤자 심란할 뿐인 생각은 거기서 끝내기로 했다. 지긋지긋한 과외도 이번 달을 마지막으로 그만두기로.

이른 아침 집을 나섰다. 짐은 단출했다. 캐리어 둘과 박스 넷이었는데 그마저도 캐리어를 빼곤 모두 전공 서적이었다. 아파 죽기 직전까지는 타질 않던 택시를 잡아타고 지하 주차장에서 내렸다.

기사 아저씨의 도움을 받아 엘리베이터까지 짐을 옮겼다. 감사 인사를 하고 벽에 기대서기 무섭게 엘리베이터가 상승했다. 버튼을 누르지 않았다는 걸, 목적지인 5층을 지나고 나서야 깨달았다.

엘리베이터는 7층에서 멈췄다. 문이 열렸다. 이곳엔 한 층에 한 세대가 거주했다. 그러니까 7층에서 엘리베이터를 기다리고 있던 사람은 단 한 명뿐이었다.

그렇게 나는 일형과 재회했다.

처음 마주쳤던 그날과 달리 일형은 평범한 차림이었다. 티셔츠에 운동화. 젖은 머리카락에선 옅은 샴푸 냄새가 났다. 열여덟, 체육관에서 운동을 마치고 나오던 일형도 같은 모습이었다. 눈빛은 저렇지 않았지만.

통화를 하던 채로 일형은 엘레베이터 안으로 들어왔고, 그 제야 날 봤다. 찰나 눈이 마주쳤지만 당황하거나 놀란 기색이라곤 없었다. 마치 낯익은 입주민을 만난 사람처럼 시선을 거둔 그는 손을 뻗어 1층을 눌렀다. 그때까지도 나는 버튼을 누르지 않은 채였다.

문이 닫히고, 엘리베이터 안에는 우리 둘만 남았다. 일형은 엘리베이터에 들어서자마자 일방적으로 전화를 끊었다. 계속해서 진동하고 있는 휴대폰은 무시했다.

내 눈은 여전히 일형을 향해 있었다. 익숙한 눈, 코, 입을 훑은 시선은 서서히 내려가 그의 왼손으로 향했다. 흉터 가득한 손등을 마주하는 순간 숨을 쉬기가 힘들어졌다.

피투성이였다는 오른손은 다행히 상처 하나 없이 깨끗했다. 아무래도 그의 피는 아니었던 모양이라고, 다행이라고 생각하는 스스로가 어이없었다. 일형이 다치지 않았다면 다른 누군가가 다쳤다는 의미인데도.

일형은 마치 이곳에 저 혼자 있는 사람처럼 굴었다. 시선이 느껴질 텐데도 내 쪽은 단 한 번도 돌아보지 않았다.

널 만나면 하고 싶은 말이 아주 많았는데, 막상 만나고 나니 도무지 입술이 떨어지지 않았다. 당연했다. 내가 생각한 재회는 이런 게 아니었다. 매일 밤, 너와 재회하는 모습을 수백 번 상상하곤 했지만 이런 그림은 없었다. 나 혼자 널 알아보고, 너는 날 모른 척하는.

긴 망설임 끝에 입을 열려던 순간, 엘리베이터가 멈춰 섰다. 부드럽게 열린 문 밖으로 일형은 미련 없이 떠났다. 멀어지는 등만 하염없이 보고 있던 나는 그가 사라지고 나서도 멍청히 서 있었다.

심장이 입 밖으로 나올 것처럼 뛰어 댔다. 속이 안 좋았고, 어지러웠다. 문이 닫혔지만 갈 곳을 잃은 엘리베이터는 나와 함께 1층에 머물러 있었다.

얼마 가지 않아 문이 열리더니 사람이 올라탔다. 그때까지도 미동 없이 서 있던 나는 낯익은 목소리에 정신을 차렸다.

"선생님? 여기서 뭐 하세요? 어디 안 좋으세요?"

보안 요원이었다.

괜찮다고 했지만 그는 캐리어와 짐 상자를 5층, 집 입구까지 가져다주었다. 나는 고개 숙여 인사했다.

"고마워요. 덕분에 살았어요."

"뭘요. 그럼 저는 이만 가 볼게요."

"주스라도 대접하고 싶은데 제가 아직 집에 적응이 안 돼서."

"괜찮아요. 다음에 두 잔 주세요."

사람 좋게 웃으며 돌아서는 그의 가슴팍엔 이름표가 달려 있었다. 고지욱. 가까이 보니 앳된 얼굴이었다. 많아 봐야 일형의 또래.

100평에 가까운 집은 넓다 못해 횡했다. 층고가 높은 거실에 멀뚱히 서 있자니 무인도에 홀로 남겨진 것 같은 고립감이 들었다.

새봄의 과외를 시작한 지가 올해로 3년째였다. 이 집 역시 3년 동안 일주일에 두 번씩은 왔던 곳인데, 늘 있던 사람들이 없어서인가, 묘하게 낯설었다.

갈증에 물을 마시며 냉장고 안을 확인했다. 오늘이 가사 도우미 아주머니가 오는 날이라더니, 냉장고 안은 방금 만든 반찬과 국, 식료품들로 가득했다.

밤을 새다시피 하곤 해가 중천에 뜬 지금까지 쉴 새 없이 움직였건만 식욕은 없었다. 사과 한 알을 씻어 물고는 현관 밖의 캐리어를 하나씩 방으로 가져다 날랐다. 책 상자까지 나를 여력은 없었다.

사계절 입을 옷과 신발이 고작 캐리어 두 짝에 들어가는 단출한 인생이었다. 허무하리만치 빨리 정리를 끝낸 캐리어 안에는 보자기 하나만이 남았다. 일형의 가장 빛나던 순간이 거기 있었다. 수십 개의 메달들. 상처받은 네가 가장 먼저 버리길 택했던, 네 희망.

잠자리를 옮길 때면 늘 그랬듯 여기서도 쉽사리 잠은 오지 않았다. 새벽까지 뒤척이다 겨우 잠들었고 일어났을 땐 오후였다.

늦은 점심을 차려 먹고 밀린 공부를 했다. 저녁 무렵 엄마에게서 전화가 왔다. 좋은 고기가 들어와 택배로 부쳤단 말에 집 얘길 하지 않을 수가 없었다.

"이제 거기로 택배 보내면 안 돼. 나 이사했어."

—갑자기? 왜? 집 주인이 세 올려 달랬어?

"아니. 공짜로 좋은 집에서 살 수 있는 기회가 생겨서."

—그게 무슨 말이야? 세상에 공짜가 어딨어?

세상에 이런 공짜도 있더라고, 나는 자초지종을 얘기했다. 모든 걸 다 들은 후에도 엄마는 일말의 의심을 감추지 못했다.

—그래도 너무 넋 놓고 있진 말어. 공짜로 살게 해 준 것까지는 그렇다 쳐도 무슨 돈까지 그렇게 준대니? 너무 잘해 주니까 더 의심스럽네. 무슨 일 있으면 당장 엄마한테 연락해. 혼자 끙끙 앓지 말고.

"하여튼 우리 해숙 씨 걱정도 팔자야."

웃으며 전화를 끊긴 했지만 나 역시 이해할 수 없는 부분은 남아 있었다.

새봄의 가족에겐 난 일개 과외 선생일 뿐이었다. 내게 이렇게 잘해 줘서 그들이 얻는 건 뭘까. 그들이 돌아올 내년 가을이 되면, 더 이상 과외를 할 수도 없는 나를.

결국 나는 이번에도 그들을 이해하길 포기하기로 했다. 가난한 사람이 부자를 이해하는 건, 카데바가 살아 있는 사람을 이해하는 것만큼이나 힘든 일이었다.

택배 기사님의 연락에 집을 나섰다. 가을 더위가 기승이었다. 아이스 팩을 아무리 **빽빽**하게 채웠다 해도 음식이 상하기 쉬운 날씨였다.

버스를 타고, 옛집으로 갔다. 주인을 잃은 택배는 문 앞에 덩그러니 놓인 채였다. 금방 내려온 계단을 아이스박스를 품에 안은 채 다시 올라갔다.

정류장에 도착했을 땐 이미 지친 상태였다. 넋 놓고 앉아 있다 버스 한 대를 놓치곤 다음 버스에 올랐다. 빈자리에 앉자마자 창부터 열었다. 내일은 비가 올 모양이었다. 부는 바람에 흙냄새가 났다.

깜빡 조는 사이 버스는 목적지에 도착했다. 근처 편의점에 들러 맥주 두 캔을 샀다. 술만큼 사치스런 음식이 없다고 생각하는 내겐 최고로 멍청하고 과분한 소비였다.

고작 맥주 두 캔을 더 들었을 뿐인데 팔이 **빠질** 것 같았다. 왜 이런 짓을 한 건지 후회하며 빌라 입구에 겨우 도달했을 무렵이었다. 누군가 내 팔을 잡아챘다. 가까스로 택배 상자는 사수했지만 맥주는 지킬 수 없었다. 봉투째 바닥에 떨어진 맥주가 튀어나와 바닥을 굴렀다.

"한동안 안 보인다 했더니 이사 간 거였어? 그것도 이렇게 좋은 데로?"

몇 년 만에 해후한 아버지란 인간은 또 취한 채였다. 그 모습에 내가 술을 경멸했던 이유를 새삼 자각했다. 원래도 인간 같지 않던 인간이 뇌의 해마마저 녹아 버리면 어떻게 되는가를.

"키워 줬으면 보답을 해야지. 억 소리 나는 데 살면서 그깟 돈 5백을 안 빌려줘?"

"당신이 날 키웠어?"

"뭐?"

"뭐라도 하고 보답을 바라면 황당하지는 않지."

방심한 틈을 타 팔을 비틀어 빼냈다. 떨어뜨린 맥주는 주울 생각도 안 했다. 내가 미쳤지. 저 따위 걸 뭐 하러 마시겠다고. 걸음을 떼기 무섭게 다시 붙잡혔다.

"이 빌어먹을 계집애가, 이래서 누구 핏줄……."

"네, 누구 핏줄인지도 모르는 년 데려오지 말걸 그러셨죠? 이제라도 신경 끄시고 본인 핏줄이나 잘 간수하고 사세요."

"이게 진짜 보자보자하니까."

머리채가 잡혔다. 헐겁게 묶여 있던 싸구려 고무줄이 끊어져 나갔다. 화는 나지 않았다. 그저 거추장스러운 머리카락 진작 잘라 버릴걸 그랬다고 후회했다.

"대체 어떤 새끼를 붙잡았기에, 모가지엔 이리 비싼 걸 걸고는."

나이에 비해 고운 손이 새봄이 준 목걸이를 갈고리처럼 걸고 잡아당겼다. 목걸이 따위 빼앗겨도 상관없었지만 거기 걸린 다른 건 죽어도 빼앗길 수 없는 물건이었다.

"내가 고마워서 그려, 고마워서. 이 할미 목숨도 구해 주고, 싹퉁머리 없는 우리 일형이 그렇코롬 예뻐해 주니 너무 고마워서. 우리 일형이한테 너 같은 누나만 있었어도 내가 원 없이 눈을 감을 텐디."

언젠가, 일형의 할머니가 내게 쥐여 줬던 옥반지였다. 사이즈가 맞지 않아 간직만 하고 있다 목걸이가 생긴 김에 어제부터 지니고 다니기 시작했다. 난 항상 왜 이렇게 재수가 없는 건지.

목걸이는 쉽게 끊어지지 않았고, 그만큼 목이 아팠다. 흩어지려는 정신을 다잡고 아버지의 발을 발꿈치로 찍고, 팔을 개처럼 물었다. 공격당한 아버지가 다른 팔을 쳐들었다.

"지 애미 닮아서 되바라진 년."

엄마를 닮았다니, 최고의 칭찬을 그가 욕으로 내뱉던 순간이었다. 맞아도 지지는 않겠다고 두 눈을 흡뜨고 있는 내 앞을 너른 등이 가로막았다. 보이는 건 뒷모습뿐인데도 알 수 있었다. 아무것도 볼 수 없었다고 해도 알았을 것이다. 익숙한 향기. 네게서만 풍기던 바람 냄새.

"가세요."

예전엔 전혀 맡을 수 없었던 담배 내음을 몸에 묻힌 채 일형은 말했다. 오른손으로 아버지의 팔을 틀어쥔 채였다.

"너 이 새끼, 어디서 많이 봤다 했더니……."

"그런가, 내가 흔한 얼굴은 아닌데."

"설마, 너희 둘."

아버지의 눈동자가 나와 일형의 얼굴을 부산하게 오갔다. 무슨 생각을 하는지 너무 투명하게 보여서 어이가 없을 정도였다.

"정신 사나우니 눈알은 그만 굴리시고."

"뭐?"

"내가 이 손 놓으면 아저씬 집에 가는 겁니다."

"이 새끼가 지금 누구한테 오라가……."

따박따박 대거리하던 아버지가 입을 다물었다. 말을 하지 않은 게 아니라 할 수 없기 때문이란 걸 일그러진 표정을 보고 나서야 알았다. 일형의 손은 아버지의 팔을 휘감고도 남을 만큼 컸다. 그 손으로 일형은 아버지의 손가락을 비틀어 꺾고 있었다.

"어떻게, 가는 길 가벼우시게 손모가지라도 잘라 드려요?"

정해진 메뉴얼을 읽는 프랜차이즈 아르바이트생처럼 감정 없는 목소리였다. 아버지는 붉으락푸르락하는 얼굴로 필사적으로 고개를 저었고, 그제야 일형은 손을 놓았다. 제풀에 힘이 풀린 아버지가 바닥으로 나동그라졌다.

"너 이씨, 경찰 부를 거야! 경찰 어딨어! 경찰!"

돌아서 내 쪽으로 오던 일형이 그 말을 듣고 다시 아버지 앞으로 갔다. 세상이 떠나가라 소리치던 아버지는 단박에 병어리가 됐다. 일형은 그 앞에 무릎을 굽혀 앉더니 주머니에서 머니클립을 꺼냈다. 긴 손가락이 하얀 수표 몇 장을 빼내 아버지의 티셔츠 주머니에 꽂았다. 100만 원 권 다섯 장.

갑작스레 떨어진 눈 먼 돈에 아버지는 화색을 감추지 않았고, 일형은 그림처럼 웃으며 명함 하나를 건넸다.

"돈 필요하시면, 쟤 말고 날 찾아와요."

티끌 하나 없이 흰 명함에 푸르게 빛나는 새싹 문양이 눈에 익었다. 이제는 금지되어 텔레비전에서 사라진지 오래였지만 몇 년 전만 해도 늘상 보던 그 광고 속 새싹이었다.

시멘트 바닥에서도 꽃을 피울 수 있게 돕겠습니다.

공익 광고처럼 고상한 멘트가 유명했던, 그러나 연이율이 36%에 육박해 사람들을 죽음으로 몰아넣었던, 사채 광고.

새싹금융 고객관리 부장 강일형

명함에 박힌 일형의 이름 석 자에서 나는 눈을 떼지 못했다.

일어선 아버지가 때마침 도착한 택시를 타고 도망치듯 떠나고 나서야 일형은 돌아섰다. 방금 전 도와줬던 일은 기억에서 지운 것처럼 무감한 시선이 스치듯 날 한번 훑고 지나갔다. 새카만 눈동자에 찰나 깃든 걱정을 나는 놓치지 않았다.

맥주는 버려둔 채 엄마가 보낸 택배 상자만을 주워 들고 일형의 뒤를 따랐다. 어차피 목적지는 같건만, 마음이 바빠 걸음이 빨라졌다. 입구를 통과할 때 보안 요원 고지욱을 만났다. 어떻게 두 분이 같이 오시냐고 웃으며 고개를 숙이는 고지욱의 인사를 일형은 차갑게 받아쳤다.

"관리를 어떻게 하는 겁니까?"

"네?"

"궁금하면 입구 CCTV 돌려 보세요."

어리둥절해하는 고지욱에게 어설프게 웃어 주곤 현관을 통과했다. 엘리베이터는 금세 도착했다. 일형은 먼저 올라탔다. 나는 따라 타지 않은 채 밖에 우두커니 서 있었다. 여태 그랬듯 지금도 넌 날 버리고 가겠지. 아니나 다를까, 서서히 닫히기 시작하는 엘리베이터 문을 보고 그럼 그렇지, 체념했다.

혹시 날 못 알아보는 건 아닐까, 어이없는 가정도 했었는데, 겨우 7년 전 내 얼굴을 잊어버린다는 건 기억 상실증에 걸리지 않는 이상 불가능했다. 잊고 싶었겠지. 나도, 해동도. 그일도.

기대하지 않았다면 거짓말이다. 네가 내 앞을 막아서던 그 순간, 재회한 지 얼마 되지도 않아 꼴사나운 모습을 보였다는 수치심보다 네가 날 무시하지 않았다는 설렘과 반가움 때문에 가슴이 다 뛰었다.

그런데 넌 나를 잊고 싶었구나.

나는 네가. 네가 너무.

보고 싶었는데.

긴장이 풀린 탓인가. 아니면 하루에 너무 많은 일을 겪은 탓이었을까. 그것도 아니면 엄마가 보낸 이 망할 놈의 택배 상자가 너무 무거워서 그랬는지도 모르겠다. 나는 박스를 품에 안은 채로 바닥에 무너지듯 쪼그려 앉았다.

아버지가 채 가려던 목걸이에 긁힌 목이 너무 아팠다. 잡혔던 머리채가 아팠고, 팔을 물어뜯느라 터진 입술도 아팠다. 이게 다 너 때문이라고, 어울리지도 않게 술은 왜 샀고, 왜 이사했다고 엄마에게 미리 말하지 않았냐고. 전부 자업자득이라고 스스로를 탓하며 이를 악물었다. 눈물은 나오지 않았다. 울 일도 아니었다. 이게 뭐, 별일이라고.

올라갔던 엘리베이터가 그새 아래로 내려왔다. 나는 박스를 보듬고 일어섰다. 남의집살이를 하는 주제에 다른 입주민들 눈에 띄어서 좋을 건 없었다. 문이 열렸다. 내리는 사람들에게 거치적거릴까, 옆으로 비켜섰다. 머리는 산발에 입술은 터진, 누가 봐도 한바탕하고 온 내 꼬락서니가 뒤늦게 부끄러워서 땅만 보고 서 있었다.

그런데 아무리 기다려도 내리는 이는 없었다. 문은 여전히 열린 채였다. 이상하다는 생각에 고개를 든 나는 고장 난 로봇처럼 굳어 버렸다.

"뭐 해? 안 타고."

일형이 서 있었다. 열여덟 그때처럼 삐딱한 웃음을 입가에
달고.

정신을 차리고 보니 엘리베이터 안이었다. 멍청히 선 날 대
신해 일형이 엘리베이터 버튼을 눌렀다. 7층과 5층. 어떻게
내가 사는 곳을 알고 있느냐고 묻지 못했다. 머릿속이 엉망진
창이었다.

엘리베이터는 금세 5층에 도착했다. 문이 열렸지만 나는 내
리지 않았다. 닫히는 문을 일형이 버튼을 눌러 멈추게 했다.

"내려."

일형은 말했다. 나는 여전히 거기 서 있었다. 옆얼굴로 시
선이 쏟아졌다. 무시했다. 일형은 그런 나를 한동안 보고만
있더니, 긴 한숨과 함께 날 불렀다.

"서영오."

내 이름을.

마치 어제 헤어졌다 오늘 다시 만난 사람처럼 자연스러운
어조였다. 나는 그제야 고개를 들어 일형을 마주봤다.

7년 만에 처음으로 제대로 보는 얼굴이었다. 어쩌면 너는
여전히 그대로인지. 세월의 풍파를 겪은 사람 같지 않게 소년
처럼 청량한 외모가 어이없을 정도였다.

일형은 그 외모와는 어울리지 않는 어두운 눈동자로 터져

엉망이 된 내 입술과, 목걸이에 긁혀 부어오른 내 목을 차례로 훑었다.

"그냥 줘. 그깟 게 뭐라고 지키느라 등신같이 맞고 있어."

할머니의 옥반지는 티셔츠에 가려 보이지 않았다. 그러나 보았대도 넌 같은 말을 했을 것이다. 나는 고운 말도 못되게 하는 재주가 탁월한 그의 모양 좋은 입술을 물끄러미 올려다보다가 물었다.

"왜…… 아는 척 안 했어?"

처음 말을 배운 아이처럼 느리게 흘러나오던 말은,

"왜 나 무시했어? 왜 모르는 사람인 척 보고도 그냥 지나갔어?"

점점 속도를 더하더니,

"처음부터 너 나 알아봤잖아. 그날 취한 널 내가 붙잡은 날에도, 오늘 아침 엘리베이터에서도, 나인 줄 알아봤으면서 그랬으면서 왜!"

이내 무너진 댐처럼 쏟아져 나왔다.

나 무시하면서 재밌었냐고, 마주칠 때마다 바보처럼 말도 못 걸고 끙끙거리는 날 보면서 기분 좋았냐고, 되지도 않은 억지를 부리는 나를 일형은 잠자코 보기만 했다.

문이 닫힌 엘리베이터가 다시 상승했다. 일형은 내게서 시선을 거둔 채 빈 허공을 응시하며 말했다.

"난 네가 날 잊어버린 줄 알았지."

"그걸 지금……."

"아니면 잊고 싶었거나."

7층. 문이 열렸다. 곧장 제 집 현관으로 통하는 복도로 내려서며 그는 덧붙였다.

"양아치 새끼랑 엮여서 좋을 거 없어. 그러니까 계속 모른 척해."

"……."

"7년이면, 이젠 잊을 때도 됐잖아?"

절교 인사라기엔 마주보고 웃는 얼굴이 장난스러웠다. 서서히 닫히는 엘리베이터 문이 돌아서는 일형의 뒷모습을 집어삼켰다. 그가 완전히 사라지기 직전에 나는 문을 열고 밖으로 나왔다.

긴 복도를 걸어가던 일형이 고개를 돌려 날 돌아봤다.

"내 인생이야. 엮일지 말지는 내가 판단해."

어처구니없다는 듯 날 보는 그의 시선을 피하지 않은 채 나는 여태 들고 있던 택배 상자를 바닥에 내려놨다. 머리채가 잡히면서도 악착같이 사수했던 엄마의 음식들.

"재회 선물이야. 먹기 싫으면 버려."

대답은 듣지 않은 채 멈춰 있던 엘리베이터에 올라탔다. 주저앉고 싶은 걸 간신히 버티고 있던 나는 뒤늦게 상기했다. 머뭇거림이라곤 없이 내가 사는 5층 버튼을 누르던 긴 손가락을.

일형과 엘리베이터에서 마주쳤던 건 7층이었고, 그때의 정신없던 난 버튼을 누르지도 못한 채 그와 함께 1층까지 내려왔다. 그런데 넌 어떻게 내가 5층에 산다는 걸 알고 있는 걸까.

닫히기 시작한 엘리베이터 문 너머로 일형의 구둣발이 어느새 다가와 섰다. 택배 상자 앞에 멈춰선 그의 발끝에 머물던 내 시선이 얼굴에 이르기 직전에 문은 완전히 닫혔다.

7년 전에도 널 모르던 나는, 7년이 지난 지금도 아직 널 모르겠다. 그런데 어떻게 넌, 나를 그렇게 잘 알고 있는 건지 정말 모르겠어.

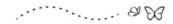

5층 집에 들어서자마자 엄마에게서 전화가 왔다. 엄마는 왜 이렇게 연락이 안 되냐고 다그쳤고 그제야 나는 휴대폰을 진동으로 해 놓고 있었단 걸 알았다.

"미안, 진동이라 못 들었나 봐."

—택배는 잘 찾아왔어?

"어."

—특등급 소고기야. 너 먹으라고 엄마가 제일 좋은 부위로 넣어 놨어. 그건 구워 먹고, 아래쪽엔 국거리 있거든. 그건 네 생일날 엄마 올라가면 미역국 끓이려고 미리 보낸 거니까 잘 얼려 놔.

"힘들게 뭐 하러 올라와."

—힘들긴, 올라간 김에 엄마도 가을 나들이 좀 하고 그러는
거지. 너 설마 이 엄마가 귀찮니?

"하나밖에 없는 우리 엄마를? 누가? 내가?"

요즘 내내 돈타령을 하던 아버지가 떠올라 넌지시 물었다.

"우리 해숙 씨, 별일 없지?"

—별일? 무슨 일?

"아니, 그냥."

—너야말로 별일 없는 거지?

"당연하지. 좋은 집에서, 좋은 음식 먹고 오랜만에 호강하
는 중인데."

—근데 목소리에 왜 이렇게 기운이 없어?

내 목소리는 원래 기운 없지 않냐고 웃어넘겼지만 엄마는
미덥지 않은 눈치였다. 통화가 길어지면 내 상태를 들킬까 봐
배터리 핑계로 전화를 끊었다. 물소 가죽 소파에 스크래치라
도 날까 통화하는 내내 바닥에 쪼그려 앉아 있던 나는 그제야
일어나 방으로 향했다. 씻기 위해 욕실 거울을 마주한 후에야
내 꼴이 생각보다 심각하다는 걸 깨달았다. 도중에 다른 사람
을 만나지 않은 게 천만다행이었다.

샤워를 하고 나왔지만 약은 바르지 못했다. 챙겨 온 짐 중
에 비상약은 없었고, 이 넓은 집 어디에 구급상자가 있는지도
알지 못했다. 굳이 약을 사러 나가는 것도 귀찮았다.

터진 입술이야 금방 아문다 쳐도, 목의 상처가 눈에 띄어 걱정이었다. 아무리 돈에 눈이 멀었기로서니 남의 목에 있는 목걸이까지 뜯어 가려고 할 줄은 몰랐다.

"대체 어떤 새끼를 붙잡았기에, 모가지엔 이리 비싼 걸 걸고는."

비싸다고? 이게?

돈 백 정도는 껌 값으로 여기는 부자 부모를 뒀지만 새봄인 겨우 열일곱이었고, 나는 과외 선생에 불과했다. 걔가 아무리 날 언니처럼 따랐다 해도 설마. 그럴 리가.

머리를 말리지 않은 채 침대에 누웠다. 지금쯤 일형의 집 어딘가에 처박혀 있을 국거리용 한우가 떠올랐지만, 이제 와 서 그것만 도로 내놓으라고 할 수도 없는 일이었다. 포기했 다.

포기와 체념은 내 전문이었다. 부모 없이 고아원에 버려져 유년기를 보내는 동안 깨달았다.

헛된 희망을 품고 가질 수 없는 걸 원할수록 고통스러워지 는 건 나라는 걸. 그럼에도 포기할 수 없는 게 있었다. 노력해 도 놓을 수 없는 게 있었다.

"말했잖아. 나는 너 안 좋아한다고."

날 보며 웃었던 게 무색하게 냉정하던 네 목소리와 눈빛. 그러나 날 껴안고 있던 네 손이 얼마나 뜨거웠는지 너는 모르지.

나는 그냥 그 손이면 돼. 차갑게 나를 밀어내던 네 말들과는 달리, 늘 따뜻하기만 했던 네 손.

인간은 적응하는 동물이었다. 나는 배고픈 소크라테스보다 배부른 돼지에 쉽게 적응했다.

혼자 있기엔 너무 넓어 소리가 울리는 이 집도, 매달 통장에 들어오는 괄목할 만한 액수의 보수도, 다른 걸 신경 쓸 필요 없이 종일 공부만 할 수 있는 이 상황이 처음엔 꿈같았는데, 이제는 언젠가 이 꿈에서 깨어날 순간이 두려울 만큼 익숙해졌다.

일형과는 며칠 동안 만나지 못했다. 장 보는 일 외에는 밖으로 나가지 않은 탓이었다. 늦은 새벽, 잠이 오질 않아 테라스에 몇 시간을 앉아 있다가 빌라 안으로 들어서는 일형의 차를 한 번 보기는 했다. 그때 깨달았다. 너는, 내가 노력하지 않으면 볼 수 없는 사람이구나. 같은 곳에 살고 있는데도.

평소 조용하다 못해 적막한 집이 소란스러웠다. 정확히는 위층에서 나는 소리였다. 잠에서 깨 밖으로 나갔더니 집안일을 해 주시는 아주머니께서 벌써 출근해 있었다. 지난 주 처음 봤을 때 긴가민가했는데 다시 보니 알겠다. 아주머니는 새봄이네서 늘 봤던 분이 아닌 다른 사람이었다.

"안녕하세요."

"아이고, 일어났어요? 내가 깨운 건 아닌가 미안하네."

"아뇨. 위층이 시끄러워서."

"아, 위층에 오늘 이사 온다더라고. 일어난 김에 아침 먹어. 금방 해서 맛있을 거야."

엄마가 아닌 타인이 해 준 아침밥을 먹는 건 처음이었다. 과분한 호사에 살이 쪄도 모자랄 판국에 요즘 나는 자꾸 몸무게가 줄고 있었다. 혹시나 다른 문제가 있는 건 아닌가 싶었지만 특별한 증상은 없었다.

내가 밥 먹는 걸 뿌듯하게 지켜보던 아주머니가 한마디 했다.

"선생님은 도다리 쑥국 잘 먹네. 우리 총각은 입에도 안 대는데."

"네?"

"아니, 요즘 젊은 사람들 이런 거 잘 안 먹는데 선생님은 잘 먹는다고."

많이 먹으라고 국을 그릇에 더 가져다 덜어 준 아주머니는 서둘러 부엌으로 돌아갔다. 나는 별 생각 없이 밥을 마저 먹고는 일어섰다.

일하시는 동안 불편하실까, 집을 나섰다. 주말내 밖으로 나가지 않았으니 이틀 만에 직접 보는 해였다. 입구에서 보안 요원 고지욱을 만났다. 그는 아버지가 깽판을 치던 날, 날 지켜 주지 못한 걸 내내 미안해하고 있었다.

"어디 가요, 누나?"

"어, 그냥 주변 산책?"

뒷날 대화하며 그가 나보다 두 살 어린 스물넷이란 걸 알았다. 어쩌다 보니 말을 놓게 됐다. 사실 선생님도 아닌데 선생님이란 존칭을 듣는 게 불편했었다.

"오늘 6층에 이사 들어올 거예요."

"들었어."

"남자 혼자더라고요. 누나는 아직 못 봤……. 어, 저 사람이에요."

고지욱이 입을 다물고 눈짓했다. 그 시선을 따라가 6층의 새 주인을 확인한 나는 눈을 의심했다.

김남훈이었다.

나를 본 김남훈은 별로 놀란 기색도 없이 다가와 인사했다.

"아침부터 시끄럽게 해서 미안. 점심 전엔 끝날 거야."

너무 황당해서 아무런 대꾸도 못했다. 그런 내게 김남훈은 묻지도 않은 얘기를 늘어놨다.

"원래 세 줬던 건데, 이제 내가 들어와서 살까 싶어서. 우연히 아래층에 첫사랑도 살고 말이야."

잠자코 듣고 있던 고지욱이 그 말에 입을 벌렸다. 나는 어이가 없어서 헛웃음을 흘렸다. 더 들어 봤자 잡소리만 할 것 같아서 고지욱에게만 인사한 채 돌아섰다. 팔목이 잡혔다.

"근데 그 목걸이, 누가 준 거야? 액세서리로 낄만한 물건은 아닌데. 남자 있어?"

고지욱이 다가와 도우려 했지만 저지하고 내 스스로 팔을 빼냈다. 김남훈은 팔을 놓고는 미안하다며 웃었다.

"미안. 내가 성질이 급……."

"그래, 남자 있으니까 신경 꺼."

"뭐?"

못들을 말이라도 들은 것처럼 되묻는 걸 씹고는 인도를 걸어 내려왔다. 가뜩이나 어지럽던 머리가 터질 것 같았다. 김남훈과 일형이 마주치면 어떤 일이 일어날지 상상조차 하고 싶지 않았다.

세상에, 이런 악연도 있을까.

한숨을 쉬며 걸음을 재촉하던 나는 얼마 가지 않아 발을 멈췄다. 빌라 근처 상가들 사이에 보석 가게가 있었다. 액세서리로 낄 물건이 아니라는 김남훈의 말이 마음에 걸렸다.

가게에 들어가 반지를 빼내곤 목걸이를 건넸다. 주인은 목걸이와 거기 달린 큐빅을 보고 또 보더니 내 얼굴을 다시 봤다.

"프러포즈 받으셨어요? 다이아인데, 이 정도면 차 한 대 값정도?"

"차 한 대…… 값이요?"

"천에서 2천이요. 자세한 건 이 제품 매장 가서서 여쭤 보시면 될 것 같은데요. 남자 친구가 부자이신가 보네."

넋이 나간 채로 가게를 나왔다. 차 한 대 값이라는 목걸이는 차마 다시 목에 걸지 못한 채 주머니에 고이 넣어 둔 채였다.

과외 선생에게 다이아 선물이라니. 이건 뭔가 잘못 되도 단단히 잘못됐다. 해외 전화로 나갈 비용 따윈 생각지도 않은 채 새봄이에게 전화했다. 몇 번을 걸었지만 새봄인 감감무소식이었다. 당연했다. 영국은 지금 새벽이었다.

새봄이와 목걸이 생각에 빠져 있던 나를 현실로 꺼낸 건, 사흘 만에 본 일형이었다. 일형의 차는 횡단보도 앞 정지선에 정확히 정차해 있었다. 나는 정류장에 서 있는 택시에 무작정 올라탔다. 신호가 바뀌어 달리기 시작하는 일형의 차를 쫓아가 달라고 했다.

"돈이라도 떼였어요?"

마음이 급했던 나는 그렇다 했고, 기사님은 벨트 단단히 매라며 당부까지 했지만, 그리 노력하지 않아도 일형의 차를 놓치진 않았을 것이다. 일형은 느리게 달렸다. 나중에야 생각났다. 일형의 부모님이 어떻게 돌아가셨는지.

일형의 차는 시내의 고층 건물 지하 주차장으로 들어갔다. 새싹금융. 돈 떼어먹었다는 놈이 국내 굴지의 사금융 건물로 들어서자 기사님은 의아해했다.

"돈이 아무리 필요해도, 사채는 쓰는 거 아니에요. 아가씨가 내 딸 같아서 하는 말이야."

요금을 지불하고 내리는 날 붙잡으면서 덧붙이는 목소리가 따뜻했다.

건물 안으로 들어가지는 않은 채 밖에 섰다. 겉으론 다른 대기업에 버금갈 만큼 번지르르한 이 건물 안에서 어떤 일이 벌어지고 있는지 알기 때문에, 보고서도 인정하고 싶지 않았다. 일형이 이곳에서 일한다는 걸.

아침나절 들어간 일형은 저녁이 될 때까지 밖으로 나오지 않았다. 나는 그때까지 거기 있었다. 10시가 넘어서야 포기하고 집으로 향했다. 종일 굶었지만 배는 고프지 않았다. 버스 몇 대를 멍청히 보낸 탓에 빌라 근처 정류장에서 내렸을 때는 자정이 다 된 시간이었다.

편의점 파라솔에서 젊은 남녀 한 쌍이 앉아 맥주를 마시고 있었다. 지나치려다 방향을 틀어 편의점으로 들어갔다. 마시고 싶은 맥주 대신 진통제를 사 두 알을 삼켰다. 두통이 심했다.

빌라 입구를 100m쯤 앞두고서였다. 땅만 보고 힘없이 걷던 내 팔을 누군가 잡아챘다. 고개를 들자, 서늘한 얼굴의 일형이 날 내려다보고 있었다. 굶었더니 헛 걸 다 본다고 생각하자마자 지음의 목소리가 날 깨웠다.

"뒈지려면 다른 데 가서 뒈져."

연달아 울리는 클랙슨 소리가 고막을 찢었다. 그제야 녹색이었던 횡단보도 신호가 붉은색으로 바뀐지 오래라는 걸 깨달았지만 다른 게 먼저였다. 일형의 한쪽 뺨이 붉게 부풀어 있었다. 입가는 터진 채였다.

아무 말 없이 제 얼굴만 쳐다보고 있는 나를 일형은 도로 밖으로 데리고 나왔다. 제 집처럼 도로를 가로지르는 우리를 본 운전자들이 클랙슨을 눌러 대며 욕을 퍼부었지만 일형은 눈 하나 깜빡하지 않았다.

도로가에 정차된 차에 다가선 일형이 조수석 문을 열었다. 어깨를 안고 밀어 넣는 걸 버티고 섰다. 지금 뭐 하냐는 듯 날 보는 그에게 다짜고짜 물었다.

"맞았어?"

일형은 주정뱅이라도 대하듯 눈을 구긴 채 나를 보다가, 내가 제 뺨에 손을 가져다 대자 표정을 굳혔다.

"누가……."

때렸냐는 질문은 하지 못했다. 적당히 거리를 두고 있던 일형이 성큼 다가왔다. 좁혀진 거리에 그를 올려다보느라 고개가 절로 뒤로 꺾였다. 그는 제 뺨을 보듬은 내 손등을 뒤덮듯 붙잡고는 부드럽게 떼어 냈다.

"왜? 알면 가서 때려 주게?"

"그……."

"타. 너 아니어도 피곤에 모가지 매달기 직전이니까."

웃는 얼굴로 일형은 길게 한숨을 내쉬었다. 여전히 잡힌 팔목으로 전해지는 체온이 지나치게 뜨거웠다. 나는 놀란 기색을 감춘 채 조수석에 탔다. 차 안은 생활감이라곤 없이 깨끗했다. 금방 공장에서 나온 차라고 해도 믿을 정도였다.

차는 얼마 지나지 않아 빌라 주차장에 도착했다. 엘리베이터 안에 들어서자 일형의 상태가 한눈에 들어왔다. 셔츠 위로 곧게 뻗은 목에 긴 상흔이 나 있었다. 보자마자 알았다. 누군가가 살의를 가지고 만든 상처라는 걸.

심장이 덜컥했다.

깊진 않았지만 얕지도 않았다. 셔츠 깃이 피범벅이었다. 언제 생겼는지 모르겠지만 지혈이 쉽게 되지 않은 걸 봐선 보통 상처는 아니었다. 운이 좋았다. 위치가 조금 더 위였거나 상처가 깊었다면 일형은 지금 이렇게 걸어 다닐 수 없었을 것이다.

"뭘 그렇게 노려봐. 흥분되게."

절 보는 내 시선을 무시한 채 벽에 기대 서 있던 일형이 농담했다. 눈은 여전히 내가 아닌 엘리베이터 문에 꽂은 채였다.

왜 자꾸 맞고, 다치고, 피를 묻히고 다니는 거냐고 묻고 싶었지만 이미 알고 있는 일형의 직업이 입을 틀어막았다. 5층에서 문이 열렸다. 집까지 쫓아가 치료해 주고 싶은 걸 참고 복도로 내려섰다. 그는 날 붙잡긴커녕 인사조차 하지 않았다.

예상은 했었지만 그때마다 실망에 가슴이 아렸다.

느린 걸음으로 문 앞에 도착한 나는 도어 록을 누르다 말고 결국 돌아섰다. 여느 때보다 무겁게 잠겨 있던 일형의 목소리와 손바닥에서 전해지던 열기가 자꾸만 뒷덜미를 잡아챘다. 엘리베이터는 꼭대기인 7층에 머물러 있었다. 고작 두 층을 내려오는 그 찰나가 내겐 억겁처럼 길게 느껴졌다.

엘리베이터에 오르자마자 닫힘 버튼과 7층을 동시에 눌렀다. 금세 두 층을 오른 엘리베이터가 문을 열기 무섭게 밖으로 튀어 나갔다. 한 세대가 단독으로 쓰는 복도는 엘리베이터에서 현관까지 길게 이어져 있었다. 일형은 그 복도 중간쯤에 주저앉아 있었다. 아래로 힘없이 꺾인 고개는 내가 코앞에 도착하고 나서도 움직일 생각을 하지 않았다.

일형의 앞에 쪼그리고 앉아 뺨으로 손을 가져갔다. 마네킹처럼 미동 없던 일형은 내 손이 닿기도 전에 팔을 잡아채 막았다. 악력에 팔목이 아릴 정도였지만 아픔을 느낄 새는 없었다. 처음 재회했던 날, 겨우 옷깃 하나를 붙잡았던 내 목에 날카로운 만년필을 들이대던 일형이 떠올랐다. 얼마나 살얼음판 같은 인생을 살면 본능적으로 방어를 위한 공격을 하게 되는지, 짐작조차 할 수 없었다.

일형은 멍한 눈으로 한참을 날 보다가 빈 웃음을 흘렸다. 느리게 열린 입술로 흘러나온 목소리가 쉬어 있었다.

"……이젠, 헛 게 다 보이네."

"진짜 많이 아픈가 봐. 현실이랑 꿈도 구분 못 하고."

날 붙잡고 있던 손을 힘없이 풀던 일형이 그 말에 다시 나를 봤다. 새카만 눈동자 속의 동공이 놀라울 만큼 확장됐다.

"너……."

"열이 높아. 아프면 병원에 가야지, 왜 병을 키워."

그토록 바라던 일형의 시선이 숙인 내 얼굴로 쏟아지고 있었지만 기쁘지는 않았다. 나는 꿈쩍 않는 그의 팔을 어깨에 두르고 허리를 끌어안았다.

"일어날 수 있겠어?"

일형은 겨우 버티고 섰다. 웬일로 잠자코 내 말을 듣나 싶더니만, 현관 앞에 도착하자마자 내게 기대 있던 몸을 곧장 떼고 등을 돌렸다.

"됐어. 이제 가."

"병원에 안 갈 거면 내가……."

"네가 뭔데?"

도어 록 패드 위에 손가락을 대 지문으로 문을 연 일형이 고개를 돌려 날 보고 말했다. 좀 전의 무방비하던 표정은 깨끗이 지워 버린 차가운 얼굴이었다.

"머리도 안 여문 어릴 때, 입술 몇 번 문댔다고 해서 대단한 사랑이라도 한 것처럼 착각하나 본데. 그럼 나랑 섹스한 여자는 세기의 사랑이게?"

일형은 웃는 얼굴로 비수를 꽂았다.

"대단한 사랑 하시는 서영오 씨는 제발 그만 가시죠. 세기의 사랑 부를 테니까."

듣는 족족 심장이 부서지는 것 같았지만 참을 수 있었다. 일형이야말로 착각하고 있었다. 7년이었다. 내가 너 없는 7년을 어떻게 견뎠는데, 그깟 개소리 몇 마디에 나가떨어질 거라고 생각하다니. 그보다 더한 것도 이겨 내며 살았어.

매몰차게 돌아선 게 무색하게 문고리를 돌리는 일형의 손은 자꾸 헛돌았다. 나는 찰나 무너졌던 표정을 정리하곤, 죽지도 않고 찾아오는 거지처럼 끈질기게 그를 따라가 부축했다. 허리를 끌어안고 문고리를 쥔 커다란 손 위에 내 손을 겹쳐 쥐자 그가 거짓말처럼 움직임을 멈췄다.

"멍청하게 구는 건 여전하네. 서영오."

귓전에 떨어지는 낮은 웃음소리. 고개를 들자, 일형의 얼굴이 닿을 듯이 가까이 있었다. 가슴이 내려앉았지만 아무렇지 않은 척 문부터 열었다.

일형은 그쯤에서 입을 다물었다. 맞닿은 몸이 자꾸 처지는 걸로 보아 더 이상은 그럴 힘도 없는 것 같았다. 나는 얌전해진 그를 부축해 집 안으로 데리고 들어왔다.

거실로 가는 데만 한참이었다. 자꾸만 앞으로 고꾸라지는 그를 가까스로 안아 소파에 눕히는데 성공했다.

거추장스러운 재킷을 벗기고 약의 행방부터 물었다. 그는 턱짓으로 현관 쪽 협탁을 가리켰다. 뛰다시피 달려간 나는 협탁의 서랍을 차례대로 열어보곤 놀랐다. 죄다 약이었다. 해열제, 진통제, 소염제. 그중에는 약국에선 구할 수 없는 처방전이 필요한 약품들도 많았다.

응급실에서나 쓸 법한 드레싱 도구과 약, 해열제를 가지고 소파로 돌아갔다. 일형은 그새 눈을 감은 채였다.

수건에 물을 적셔 와 그의 얼굴과 손, 목을 닦아 냈다. 이마가 불덩이였다. 해열제부터 먹여야 할 것 같아 물을 가져와 뺨을 두드렸다.

"일어나. 일형아."

몇 번을 부르고 나서야 일형은 눈을 떴다. 약 두 알을 가져다 입에 넣어 주고 물을 먹였다.

일형은 다시 눈을 감았다가 터진 입술의 피를 닦아 내던 즈음 잠깐 정신을 차렸다. 열 때문인지 멍한 눈으로 한참을 물끄러미 내 얼굴만 응시하던 그가 서서히 아래로 시선을 미끄러뜨렸다.

"……목걸이."

보석 가게에서 가격을 듣고 놀라 빼놓은 목걸이는 아직 주머니 안에 있었다. 텅 빈 내 목에서 눈을 떼지 못한 채로 일형은 말했다.

"버렸구나."

"……."

"잘했어."

칭찬과는 달리, 상처투성이 입가엔 쓴웃음이 내걸렸다. 그 말을 끝으로 일형은 잠에 빠졌다. 나는 아무것도 하지 못한 채 한참을 잠든 일형의 얼굴만 내려다보고 있었다. 그의 뜬금없는 목걸이 타령이 왜 그렇게 마음에 걸렸었는지 그때는 몰랐다. 그가 무슨 마음으로 그런 소릴 했는지도.

목의 상처가 덧나지 않도록 드레싱을 하고, 혹 다른 곳은 다치지 않았는지 옷을 들춰 살폈다. 멍 자국은 별거 아닐 정도로 온몸이 흉터투성이였다. 나는 아문지 얼마 되지 않아 보이는 가슴께의 상처에서 억지로 눈을 떼곤 일어섰다. 메이는 목을 냉수로 적시고 욕실로 가서 세수를 했다.

열이 내린 걸 확인하고 나서도 나는 일형의 곁을 떠나지 못했다. 소파 아래에 쪼그려 앉아 꾸벅꾸벅 졸다가 그대로 잠들었다. 일어났을 땐 침대 위였다.

잠이 완전히 깨지 않은 채로 밖으로 뛰쳐나갔다. 운동장처럼 넓은 거실 어디에도 일형이 없어 걱정하던 찰나, 욕실 문이 열렸다. 평상복 차림의 일형이 젖은 채로 나타났다. 드레싱이 제거된 목의 상처에서 다시 핏방울이 번지고 있었다.

"괜찮아?"

"보다시피."

"너, 목……."

"완전히 깬 것 같은데, 이만 가지?"

마주치기 무섭게 또 가란 소리였다. 고작 하루 병간호를 해 줬다고 해서 일형의 태도가 달라질 거라곤 기대하지도 않았다.

"안 그래도 가려고 했어."

나는 집으로 가기 위해 현관으로 나서다가 되돌아와 식탁에 앉았다. 물을 마시던 일형이 컵을 내려놓고 날 봤다. 나는 보나마나 미친 여자 보듯 날 향하고 있을 그의 눈 대신 맞은편 주방 수납장을 응시하며 말했다.

"배고파. 밥 줘."

대답은 돌아오지 않았다. 당연했다. 나가랬더니 밥 타령이나 하며 주저앉은 내가 어이없겠지. 나도 내가 하고 있는 짓거리가 어이없다는 걸 잘 알았지만 모른 척 버텼다.

"어제 아침 먹고, 종일 굶었어."

드문드문 변명처럼 말을 늘어놓은 내 얼굴로 따가운 시선이 꽂혔다. 가까이 다가오기에, 진짜 쫓아내려나 보네, 체념했다. 제 발로 나갈 수도 있었지만 끌려 나가는 것도 괜찮을 것 같았다. 그러면 네가 조금은 미워지겠지.

그러나 일형은 내가 있는 식탁이 아닌 냉장고로 향했다. 1인용으로 소분된 국과 반찬이 냉장고 밖으로 나왔다. 나는 그가 내 앞에 수저를 놓고 인스턴트 밥을 전자레인지에 돌리는 걸 마술이라도 관람하듯 지켜보았다. 포커페이스를 가장하고 싶었으나 너무 놀라 그게 잘 안 됐다.

얼마 가지 않아 김이 모락모락 나는 아침밥이 내 앞에 세팅됐다. 맑은 소고깃국에 장조림.

일형은 컵에 물까지 따라 내 앞에 내려놓은 뒤 식탁을 돌아 나왔다. 매정한 등을 원망스레 보던 나는 도박을 해 보기로 했다.

"같이 먹어."

조용한 거실에 울리던 발소리가 멎었다. 나는 애꿎은 숟가락만 꽉 쥔 채 마저 말했다.

"너 안 먹으면."

용기를 낸다고 했지만 목소리는 자꾸 작아졌다.

"나도 안 먹어."

"굶든가, 그럼."

망설임이라곤 없는 즉답이었다. 허탈해 웃는 내 등 너머로 방문 닫히는 소리가 났다. 나는 속에서 치받쳐 오르는 뜨거운 덩어리를 입술을 깨물어 삼킨 채, 홀로 밥을 먹기 시작했다.

국과 장조림은 맛있었다. 일형의 솜씨는 아닌 게 분명한 음식들에선 묘하게 낯익은 맛이 났다. 엄마의 고기를 썼기 때문이라고, 단순히 생각했다. 그 이상은 생각할 여유가 없었다.

밥알이 모래알처럼 껄끄럽게 느껴졌지만, 마지막 한 톨까지 전부 입에 밀어 넣었다. 그때까지도 내 온 신경은 저 문 너머에 있을 일형에게 꽂혀 있었다. 여전히 피로가 가시지 않은 듯 까칠한 얼굴과 피가 번져 있던 긴 목에.

엘리베이터를 타고 집으로 돌아오는 길에 김남훈과 마주쳤다. 김남훈은 5층에 사는 내가 7층에서 내려오자 의아해했다.

"왜 거기서 와?"

아직 일형과는 마주치지 않은 모양이었다. 나는 두 사람 중 하나가 여길 떠날 때까지 영원히 마주치지 않기를 바라며 엘리베이터에서 내렸다. 닫히는 문을 다시 연 김남훈이 날 따라 내리며 물었다.

"목걸인 어쨌어? 혹시, 남자 친구랑 헤어졌어?"

"안 헤어졌어."

"그 남자 친구가 혹시 7층 살아?"

생각지도 못한 질문에 가슴이 덜컥했다. 대꾸할 말도, 표정 관리도 하지 못한 나는 말길을 돌리기 바빴다.

"나한테 신경 끄고 가던 길이나 가."

멈춰 있던 엘리베이터가 7층으로 되돌아갔을 거라고는 상상조차 못했다. 그래서 어쩐 일인지 다시 5층에 선 엘리베이터 안의 일형을 봤을 때, 숨이 멎는 줄 알았다.

원래 목적지가 여기였다는 듯 복도로 내려서는 일형의 손에는 내 휴대폰이 들려 있었다.

"혹시 그 남자, 돈 때문에 사귀어? 얼마나 부자기에 집이며 목걸이며 갖다 바치는지는 모르겠는데 그 정도는 나도……."

인기척을 느낀 김남훈이 말을 하다 말고 뒤를 돌아봤다. 잠자코 얘기를 듣고 있던 일형이 그제야 김남훈의 얼굴을 확인하고는 삐뚜름히 웃었다.

"오랜만에 만나니까, 기분 좆같네."

김남훈은 제가 죽여 파묻은 시체가 살아 돌아온 걸 본 사람처럼 희게 질렸다. 어떻게 네가 여기 있느냐는 소릴 하고 싶은 것 같았는데 벌어진 입에서 나온 건 기막힌 탄식뿐이었다.

일형은 굳은 김남훈을 지나쳐 내게로 걸어오더니 휴대폰을 건넸다.

"수법이 구식이야."

"어?"

"사람을 삥이 치게 하려면 속옷 정도는 놓고 가든지."

아침 댓바람부터 하기엔 저질스런 농담이었지만 청순한 얼굴 때문에 그렇게 들리지 않는다는 게 아이러니했다. 나는 얼결에 휴대폰을 받고 고맙단 인사까지 했다. 일형은 가뜩이나 밀착된 거리를 더욱 좁혀 다가오더니 귓가에 속삭였다.

"부자 남자 친구가 있었나 봐. 진작 말하지. 오해했잖아."

낮게 가라앉은 목소리, 귓불을 스치는 따뜻한 숨에 온몸이 굳었다. 나는 뭐라 해명도 하지 못한 채 날 내려다보는 그의 새카만 눈을 멍청히 쳐다보고만 있었다.

용건은 그것뿐이었는지 일형은 먼저 시선을 거두고 돌아섰다. 엘리베이터로 향하는 도중에 이쪽을 보며 서 있던 김남훈과 정면으로 맞닥뜨렸다.

그때까지도 정신을 못 차리던 김남훈이 황급히 손을 들어 제 목을 덮었다. 오랜만에 만난 철천지원수의 피해자 행세에 일형이 어이없다는 듯 웃었다. 김남훈은 뒤늦게 쪽팔린 듯 손을 내리곤 표정 관리를 했지만 굳은 얼굴에 억지로 띄운 미소가 지나치게 인위적이라 안 하느니만 못했다.

"여기 아무나 못 드나드는데 너 같은 게 어떻게……."

"대가리가 있으면 생각이란 걸 해 봐."

"뭐?"

"아버지는 잘 계시지? 잘난 아들 모가지 지켜 주시려면 벽에 똥칠하실 때까지 사셔야 하는데."

얼빠진 김남훈을 지나친 일형이 버튼을 눌러 닫힌 엘리베이터 문을 열었다. 올라타기 전 덧붙인 말엔 장난기가 섞여 있었지만 눈빛은 서늘했다.

"아, 한번만 더 테라스에서 담배 피우면 손가락 잘라 버릴 테니까 그렇게 알아."

문이 닫혔다. 엘리베이터는 6층을 거쳐 7층에서 멈췄다. 멀거니 계기판만 쳐다보고 있던 김남훈이 믿기지 않는다는 듯 중얼거렸다.

"설마, 저 새끼 여기 사는 거야? 7층이면……."

대답을 바라는 듯 김남훈은 날 보았지만 무시한 채 집으로 향했다. 혹시나 붙잡으면 어쩌나 했는데 제 안위 걱정하기에도 바쁜 김남훈에겐 그럴 정신까지는 없었던 모양이었다. 넓

이 나간 채 현관으로 들어선 나는 문이 닫히자마자 바닥에 주
저앉았다.

"부자 남자 친구가 있었나 봐."

키스하는 줄 알았다. 그럴 리 없는데도.

상강(霜降)

　고요한 나날이었다. 혹시나 미쳐 날뛰면 어쩌나 걱정했던 김남훈은 조용했고, 일형과도 마주치는 일 없이 시간은 흘러갔다. 나는 외출을 하고 돌아올 때면 일부러 주차장까지 가서 일형의 차를 확인했고, 집 안에 머무는 동안엔 습관처럼 자주 창밖을 살폈다.

　밖에 나갔다 하면 재수 없게 마주치는 김남훈과는 달리 일형을 보는 건 하늘의 별 따기처럼 힘들었다. 우린 정말 인연이 아닌가, 하는 운명론이 아닌 다른 가능성을 일주일째 일형을 보지 못하고 나서야 알아냈다. 네가 날 피할 수도 있다는 당연한 사실을.

나흘이 지났다. 내 생일 하루 전, 백 관장님에게서 전화가 왔다. 1등으로 생일 축하를 해 주겠다고 호들갑스럽게 노래를 부른 관장님은 엄마가 오지 못할 것 같단 말을 했다.

—몸살이 난 모양이야.

"그러게 무리 하지 말라니까. 많이 안 좋아요?"

—걱정할 정도는 아니야. 그래도 올라가겠다는 걸 겨우 말렸어.

"잘하셨어요."

—줌바인가 뭔가 거기에 빠져 가지고, 하루도 안 빠지고 출석을 하더라니.

"네?"

—늦바람이 무섭다고, 해숙 씨 춤바람 났어. 말려도 안 돼. 아주 그냥, 흔들어 재껴. 어제도 부득불 다녀오더니 저러고 누워 있다.

생전 처음 듣는 엄마의 춤바람 소식에 나는 휴대폰을 든 채 웃었다. 나는 또, 내 생일상 준비한다고 아픈 줄 알았더니.

—참, 전어 좋은 거 얻었는데 좀 부쳐 줄까?

"괜찮아요. 아저씨랑 엄마 드세요."

—너나 일형이 그놈이나 뭘 먹을 줄을 몰라. 가을 전어, 봄 도다리. 남들은 없어서 못 먹는걸.

갑작스레 등장한 일형의 이름에 대꾸할 타이밍을 놓친 사이 백 관장님은 전화를 끊었다. 미역국은 꼭 끓여 먹으란 당부를 덧붙인 후였다. 손님이 왔다는 걸 보니, 아무래도 엄마 가게를 대신 봐주고 있는 모양이었다.

그간 관장님과 통화를 몇 번 했지만 일형의 얘기는 하지 않았다. 할 수 없었다. 어디서부터 어떻게 얘기를 꺼내야 할지도 몰랐을 뿐더러, 알게 된 이후의 후폭풍이 어느 정도일지 예상이 되지 않아 겁이 났다. 상처받는 걸 보고 싶지 않았다. 관장님도, 일형이도.

종일 공부를 한답시고 집에만 처박혀 있다 해가 저물고 나서야 밖으로 나섰다. 버튼을 누르자 1층 로비에 있던 엘리베이터가 올라오기 시작했다. 내가 있는 5층을 지나 7층에 멈춘 계기판을 보며 나는 주먹을 꽉 쥐었다. 내린 걸까, 탄 걸까. 후자였으면 좋겠다는 생각을 하며 요동치는 가슴을 애써 진정시켰다. 그러나 문이 열린 후 마주친 사람은 의외의 인물이었다.

"아주머니?"

"어? 선생님."

이틀 만에 만난 내게 아주머니는 반갑게 인사했다. 나는 고개 숙여 답을 하며 엘리베이터에 올랐다.

"밤늦게 어디 가, 우리 선생님?"

"약속이 있어서요."

"어디 좋은데 가나 보다. 오늘따라 더 예쁘네."

긍정도 부정도 않은 채 웃고 있었지만, 머릿속엔 의문이 가득한 상태였다. 서서히 줄어드는 계기판 숫자에 초조해진 나는 다급히 물었다. 그런데, 왜 7층에서 내려오시냐고.

"어, 그게 말이야."

아주머니는 도둑질이라도 하다 들킨 사람마냥 눈에 띄게 당황해했다.

"내가 정신이 없어 가지고, 버튼을 잘못 눌렀지 뭐야, 나이들면 이렇다니까. 7층이고 5층이고 구분이 안 돼."

하하하. 이어지는 웃음소리가 어색했다. 거짓이란 걸 알았지만 캐물을 수는 없었다. 내 궁금증을 풀자고 아주머니를 난처하게 만들고 싶진 않았다. 그 사이 엘리베이터는 1층에 도착했고, 아주머니는 다급히 내려서며 손을 흔들었다.

"선생님 내일 생일이라며? 내가 미역국 맛있게 끓여 줄 테니까 기대해요. 내일 봐요."

그녀는 뒤 한번 돌아보지 않고 자동문을 통과해 빌라 밖으로 나갔다. 닫히는 엘리베이터 문을 다시 열 타이밍을 놓친 채 나는 생각했다.

나는 아주머니에게 생일을 알려 준 적이 없다.

그런데 그녀는 내일이 내 생일이라는 걸 어떻게 알았을까.

"선생님은 도다리 쑥국 잘 먹네. 우리 총각은 입에도 안 대는데."

언젠가, 흘리듯 아주머니가 했던 말이 이제야 마음에 걸렸다. 오늘 아침, 아저씨가 통화 중에 했던 이야기도.

"생각이 나서 하는 말이지만 일형이 그놈은 도다리라면 아주 질색을 했다니까. 맛도 없고, 눈이 오른쪽으로 몰린 게 마음에 안 든다나 뭐라나. 먹기 싫으니 별 핑계를 다 대지. 사내자식이 까탈스러워 가지고는."

지하 주차장에 도착한 엘리베이터 문이 열렸다. 6309. 이젠 입에 붙은 번호판을 단 일형의 차를 나는 한참 동안 바라보고 서 있었다.

근 석 달 만에 만나는 동기 모임이었다. 다들 공부하랴 실습하랴 바쁠 텐데도 내 생일을 잊지 않고 챙겨 주는 게 고마웠다. 하필 생일 파티를 한답시고 정한 장소가 클럽인 건 마음에 들지 않았지만.

다들 내일 없이 부어라 마시고, 백 관장님식대로 말하면 흔들어 재꼈다. 생일 당사자는 내버려 둔 채 신이 난 그들을 보면서 사실은 내 생일은 핑계였을 뿐 다들 그저 놀고 싶었던 게 아닐까, 확신했다.

평소에는 입에도 안 대던 술을 못 이긴 척 마셨다. 아주머니를 만난 후, 해결되긴커녕 점점 몸집을 부풀리기 시작한 의심 때문에 머리가 터질 것 같았다.

아주머니가 말한 우리 총각이 일형이라면. 다시 말해 아주머니가 일형과 우리 집, 두 집 일을 모두 하고 있는 거라면. 가사 도우미가 한 집 일만 해야 한다는 법은 없으니 당연히 그럴 수 있었다.

문제는 그녀가 그 사실을 숨기려 했다는 것. 그리고 내 생일까지 언질해 준 일형은 이 모든 걸 이미 알고 있었다는 것.

여기까지 와서도 혼자 틀어박힌 내가 마음에 들지 않았던지 동기 하나가 날 테이블 밖으로 끌어냈다. 무당이 내림굿하듯 춤추는 걸 받아 주느라 잠깐이나마 그 일은 잊었다. 2차 가자는 주정뱅이들을 강제로 돌려보내고 헤어졌을 땐 새벽 1시였다.

심야 버스가 다니는 정류장을 찾아 걷는다는 게 골목 깊숙이 더 들어와 버렸다. 사방이 술집에 클럽이었는데, 분위기가 달랐다. 주변에 주차된 차들을 보고 알았다. 돈깨나 있는 집자식들이 드나드는 곳이라는 걸.

내 기억력보단 데이터를 믿는 게 나을 것 같아 휴대폰 지도 앱을 켰다. 위치 검색을 하는 도중에 뒤쪽 클럽 주차장에서 날카로운 소음이 들렸다. 엮여서 좋을 건 없다는 걸 본능적으로 알았다. 그런데도 굳이 그곳으로 향했던 건, 열아홉 그때의 기억 때문이었다.

그날 최상우와 일형이 맞고 있었던 그때, 경찰에 신고만 하고 방관했던 걸 내내 후회했다. 그러지 않았다면 나는 김남훈이 모범생을 가장한 쓰레기 새끼였다는 걸 좀 더 빨리 알았을 것이다. 일형과 김남훈이 깊게 엮이지 않았을 것이고, 최상우는 죽지 않았을 것이며, 결론적으로 일형이 누명을 쓰는 일도, 제 손에 만년필을 꽂는 일도 없었을 것이다. 그럼 넌, 지금쯤 다른 인생을 살고 있었을 텐데.

정신을 차리고 보니 어느덧 소음의 진원지에 가까이 가 있었다. 여차하면 신고하려고 휴대폰을 쥐고 있던 나는 버튼을 누르지도 못한 채 얼어붙었다. 기껏해야 몸싸움 정도겠지 했던 내 예상은 완전히 빗나갔다.

이미 쓰러져 있는 사람을 상대로 남자는 계속 발길질 중이었다. 손에 쥐고 있던 물건이 거추장스러웠는지 내던지고 나서도 폭행은 계속됐다. 뒤에서 들이치는 헤드라이트 불빛에 그게 칼이라는 걸 뒤늦게 깨달았다. 시커먼 아스팔트 위로 검붉은 피가 번지기 시작했다. 취기가 완전히 달아났다.

"까불면 뒤진다고 했지. 죽여 버리겠다고."

여기서 벗어나야 한다고 생각했지만 몸이 움직이지 않았다. 바닥에 누워 사람은 이미 의식이 없는 상태였다. 겨우 정신을 차리고 뒷걸음질을 치려던 순간, 고개를 든 남자와 눈이 마주쳤다. 동공이 거대한 홀처럼 커져 있었다. 약을 한 것 같았다.

갓 입학한 순진한 후배들을 놀려먹길 좋아하는 짓궂은 선배들은 실습, 그중에서도 응급실에서 겪었던 일들을 무용담처럼 떠벌리곤 했다. 새로 태어나야 한다면서 제 친구 피부를 다 벗겨 놨더라니까. 미친 또라이 새끼.

공포 영화 속 주인공들이 왜 머저리처럼 움직이지 못한 채 굳어 있었는지 지금에서야 이해할 수 있었다. 남자가 바닥의 칼을 집어 듦과 동시에 내가 112에 전화를 하려고 키패드를 누르려던 순간, 누군가 내 입을 틀어막곤 어깨를 껴안아 그곳을 벗어났다.

있는 대로 발버둥을 쳤지만 힘을 당해낼 순 없었다. 개처럼 손을 깨물고 팔을 휘둘러도 등 뒤의 상대는 꼼짝도 하질 않았다. 주차장에서 한참이 떨어진 대로변에 가까워지고 나서야 남자는 날 껴안은 팔을 풀었다. 그 때를 틈 타 도망치려 했으나, 한 걸음도 못 가 붙잡혀 벽에 처박혔다. 어떻게든 살아 보겠다고 비명을 지르려는 내 입을 커다란 손이 다시 틀어막았다.

"제발, 입 좀 다물어."

귓가에 떨어지는 낮은 목소리가 익숙했다. 공포를 누른 채 고개를 든 나는 며칠째 보고 싶었던 얼굴을 거기서 마주하고 눈을 의심했다.

긴장이 풀려 주저앉으려는 날 일형이 안아 부축했다. 나는 아직도 진정이 되지 않아 떨리는 손을 거머쥐고 물었다.

"네가 왜……."

"그건 내가 묻고 싶은 말이야. 너야말로 여기 왜 있어? 뭐 하러 거기까지 기어가서 그딴 걸 보고 있어?"

새카만 눈동자가 무섭게 굳어 있었다.

"사람이 다쳤잖아."

"그게 너랑 무슨 상관인데?"

"어떻게 상관이……."

"없어. 있어도 하지 마. 의사 선생질은 병원에서나 해."

입을 다문 채 자신만 보고 있는 나를 일형은 택시 정류장 쪽으로 데려갔다. 뒷좌석 문을 열고 태우려는 걸 버티고 서 물었다.

"너는?"

일형은 대답하지 않았다. 힘으로 날 밀어 넣은 채 문을 닫고, 기사님께 수표를 건네며 빌라 이름을 댔다. 문을 열려고 했지만 그가 힘을 주고 버티는 통에 소용없었다. 급하게 창을 열고 손을 뻗어 그의 팔을 붙잡았다.

"가지 마."

"출발하세요."

"아까 거기 가는 거지? 너 그 남자랑 무슨……."

얼굴이 가까워진다 싶더니 입술이 부딪혔다. 짧게 내 입술을 머금었다 떨어진 일형은 당황해 굳어 버린 날 보며 웃었다.

"이제야 좀 조용하네. 말 잘 들으면 나머진 나중에 해 줄게."

길을 막고 비키지 않은 차에 차례를 기다리던 택시들이 클랙슨을 울려 댔다. 차가 출발하자, 일형은 웃으며 손을 흔들다 돌아서기 무섭게 표정을 바꿨다.

　휴대폰 키패드를 띄워 숫자 1을 두 번 누른 나는 마지막 버튼 2를 차마 누르지 못했다. 모르는 사람의 목숨보다 일형의 안위가 먼저였다. 경찰은 일형의 편이 아니었다. 7년 전이나 지금이나.

　택시를 타고 빌라 주차장에 내린 나는 거기서 꼼짝도 않은 채 일형을 기다렸다. 쪼그려 앉아 무릎에 얼굴을 박고 있다가, 주차장 입구에서 헤드라이트 불빛이 들이칠 때면 혹시 일형의 차인가 싶어 고개를 들고 주변을 살폈다.

　일형은 새벽 3시가 훌쩍 넘어서야 나타났다. 다른 차들을 일형의 차로 착각해 일어섰다 앉았다를 반복했던 나는 정작 일형의 차가 들어왔을 땐 눈치조차 채지 못한 채 넋을 놓고 있었다.

　구둣발 소리에 고개를 들자 일형은 이미 코앞까지 다가와 있었다. 튕기듯 일어난 나는 쉽게 중심을 잡지 못한 채 휘청거렸다. 그는 나를 한 팔로 붙들곤 한숨 쉬듯 말했다.

　"말 진짜 안 듣지. 서영오."

　품에 안기다시피 한 나는 일형의 무사 귀가에 반가워할 새도 없이 얼어붙었다. 코끝에 풍기는 비릿한 냄새.

피비린내였다.

나는 일형의 가슴팍을 밀어내고 떨어졌다. 몸 여기저기를 황급히 살피기 시작했다. 걱정과는 달리 그는 멀쩡했다. 재킷은 어디 갖다 버렸는지 셔츠 차림의 그의 옷 어디에도 피가 묻은 곳은 없었다. 그럼 대체,

"그렇게 보면 흥분된다니까."

"손."

"뭐?"

"손 내놔 봐. 왜 가리고 있어?"

"아주 오늘은 여기저기서 사람을 개새끼 취급이네."

피로에 잠긴 목소리로 일형은 작게 웃었지만 끝내 손을 내주진 않았다. 검은 셔츠라 처음엔 몰랐는데 자세히 보니 보였다. 소매에 번진 짙은 색의 얼룩들.

"죄송하지만 내 주인은 따로 있거든요. 피곤하니까 입씨름 그만하고 가시죠?"

먼저 지나쳐 가는 걸 팔을 잡아채 막았다. 나 같은 건 한 손으로도 떼어 낼 수 있었겠지만 일형은 잠자코 나를 내버려 뒀다. 그제야 나는 일형이 숨기고 있던 손의 상태를 확인했다. 붕대를 두를 여유도 없었는지 헐겁게 손수건이 감긴 손바닥이 피범벅이었다.

자상이었다. 자로 대고 그은 것처럼 완벽하고 흔들림 없는 상처. 싸우다 생긴 것이었다면 피부 조직이 이렇게 균일하게

컷팅될 수 없었다.

포기한 듯 오른 손을 내주고 선 일형에게 물었다.

"왜, 그랬어?"

"양아치가 칼부림하다 다친 게 뭐 대수라고. 자, 오른손 구경했으니 왼손도 봐야지?"

"내가 머저리로 보여?"

장난스레 왼손을 가져다 오른손 옆에 내밀던 일형이 의아한 듯 날 봤다. 왜 내가 화를 내는지 전혀 이해하지 못하는, 순수한 궁금증이 가득한 눈빛에 헛웃음이 터질 지경이었다.

"자해가 취미야?"

큰 소리가 나가려는 걸 참고 읊조리듯 말했다. 매끄러운 호선을 그리고 있던 일형의 입술이 그 말에 굳어졌다.

"왜 자꾸 자기 몸에 상처를 내? 왼손에 구멍 낸 걸로도 모자라서 이젠 멀쩡한 오른손까지 걸레 만들려고? 그래서 네가 얻는 건 뭔데? 대체 뭐 때문에……."

감정을 이기지 못해 점점 격앙되는 내 말을 듣기만 하던 일형이 대답했다.

"적어도 그때처럼 공짜는 아니지."

"무슨."

"집, 차, 그리고……."

시선이 잠깐 내 목에 머물렀다가 다시 위로 올라와 나와 눈을 맞췄다.

"기타 등등?"

무미건조한 목소리였다. 나는 충격에 말문이 막혀 아무런 대꾸도 하지 못했다. 나도 모르게 차오른 눈물을 숨기느라 고개를 돌렸지만 그래 봤자 일형의 시야 안이었다.

더 해 줄 말도 생각나지 않았을 뿐더러, 해 봤자 어차피 일형은 듣지도 않을 것이다. 결국 나만 아파하고 걱정하고 상처받을 것 같아서 침묵한 채 돌아섰다.

그 순간, 여태껏 단 한 번도 날 잡은 적 없던 일형이 날 붙잡았다. 피투성이 오른손이 아닌 왼손이었다. 부자연스럽게 구부러진 약지에서 손등까지 이어진 흉터가 눈을 찔렀다.

"너만 괜찮으면 난 아까 하던 거 마저 하고 싶은데. 어때?"

잔뜩 젖어 엉망일 내 얼굴을 내려다보며 일형은 말했다. 자초지종이야 어찌됐든 살벌한 상황에서 돌아온 사람이라고 하기엔 지나치게 상큼한 표정이었다.

"아니면, 그것보다 더 좋은 거 할까?"

나는 일형의 집까지 따라갔다. 그보다 더 좋은 거 하자는 말이 농담이었는지 일형은 5층에서 내리지 않는 나를 의아하게 쳐다봤지만 그뿐이었다. 그렇게 나는 그의 집에 입성했다. 두 번째였다.

처음 왔을 땐 정신이 없어 미처 인식하지 못했던 집 안의 풍경이 오늘에야 눈에 들어왔다. 혼자 살기엔 지나치게 넓은 집이었다.

펜트 하우스라 면적이며 층고가 다른 층의 두 배인 데다, 꼭 필요한 가구나 가전제품들 말고는 흔한 장식용 액자 하나 걸려 있지 않았다. 취향이라기 보단 성의의 문제였다. 하룻밤 묵을 호텔 인테리어에 손님이 신경을 쓰지 않듯, 그도 그랬다. 집주인의 애정이나 취향 따윈 전혀 반영되지 않은, 당장 내일 버리고 떠난 대도 미련이 없을, 머무는 것보단 떠나기에 최적화된 집.

거실에 우두커니 서 있자니 현관 화장실에서 피 묻은 손을 씻은 일형이 밖으로 나왔다. 그는 곧장 협탁으로 가더니 그새 새로 생긴 구급상자를 가져와 내가 있는 소파 앞 탁자에 전부 쏟아 부었다.

소파에 걸터앉은 일형이 고개를 들어 나와 눈을 맞췄다.

"병원 놀이하려고 따라 오신 거 아니에요?"

존대였지만 상대를 존중하는 느낌 따위는 하나도 들지 않는 말투였다. 그러나 그의 얘기가 틀린 것도 아니어서 나는 다가가 곁에 앉았다.

손바닥을 내밀자 기다렸다는 듯 제 오른손을 건네는 일형은 그의 식대로 말하자면 개새끼처럼 얌전했다. 핀셋을 든 나는 소독약을 퍼 부은 솜으로 상처를 먼저 닦아 냈다. 상처가 깊어 통증이 꽤 있을 텐데도 그는 신음 한 번 흘리지 않았다. 이 정도 아픔 따위는 익숙한 듯. 그 사실이 날 화나게 했다.

조심스럽던 내 손길이 거칠어지자 일형이 항의했다.

"지금 일부러 아프게 하시는 거 같은데요. 선생님."

"꿰매야 할지도 몰라. 아침에 병원 가."

"선생님은 꿰맬 줄 몰라? 무슨 의사가 그래."

지혈과 소독을 끝으로 붕대를 감던 나는 여태 숙이고 있던 고개를 들어 일형을 마주했다.

"너, 내가 의대 다닌다는 거 어떻게 알았어?"

마주한 눈에 당혹감이 서렸지만 찰나였다.

"그냥, 직감?"

"우리 집에 오시는 아주머니, 너희 집 일해 주시는 분이랑 같은 분이지?"

"그런가? 몰랐네."

연기가 수준급이었다. 속아 주지 못해 안타까웠지만.

하나부터 열까지 따져 묻고 싶은 게 많았으나 그런 날 이미 눈치챈 일형이 먼저 일어서 자리를 피했다.

"놀이는 끝났어. 이만 가."

"하던 거 마저 하자며?"

침실로 향하던 일형이 날 돌아봤다. 내 입에서 나온 소리를 믿을 수 없다는 듯 굳은 표정이었다.

"더 좋은 거 해 주겠다며? 난 그래서 따라왔는데."

키스하고 섹스하자는 말을 비장하게 하는 나를 일형은 잠시 보고 섰다. 그의 시선이 내 손으로 향하고 나서야 내가 주먹을 쥐고 있다는 걸 알았다.

"노력은 가상한데 표정 연기에서 탈락이야."

남은 필사적이건만 일형은 시신인 줄 알았던 물체가 실은 쓰레기봉투란 걸 확인한 사람처럼 긴장이 풀린 낯으로 웃었다.

"아무 짓도 안 했는데 그런 얼굴이면 무서워서 손을 어떻게 대?"

"만지고 싶긴 하단 소리네."

"저기요, 서영오 선생님. 지금 취해서 제정신이 아니신가 본데, 다른 새끼들 앞에서 그딴 소리 하면 큰일⋯⋯."

일어나 일형에게 다가간 나는 발꿈치를 들고 입 맞췄다.

사람을 희롱할 땐 언제고 사춘기 여동생 대하듯 설교하며 물러서는 그가 마음에 들지 않았다. 그때도 너는 그랬다. 먼저 손을 잡아 놓고선 널 좋아하지 않는다 가슴에 비수를 박곤, 제멋대로 입을 맞추더니 미련 없이 자리를 떴다. 한 걸음 다가갔다 싶으면 그만큼 멀어져 거리를 둬. 그리고 끝내는 사라져 버렸지. 말 한마디 없이.

저돌적으로 입술을 들이댈 땐 언제고 혀 한 번 집어넣지 못한 채 입술만 붙이고 있던 날 일형은 조심스레 밀어냈다. 나는 질끈 감고 있던 눈을 그제야 뜨곤 앞을 봤다.

"적선이면 고맙게 받겠는데, 후회 안 하겠어?"

너는 검게 가라앉은 눈으로 내 사랑을 적선이라 폄하했다.

나는 아무 말 없이 널 바라보기만 하고, 그게 답이라도 된 듯 너는 내 뺨을 감싸 쥔 채 입을 맞췄다. 입안으로 거칠 게 파고 드는 네 혀를 버겁게 받아 내며 생각했다. 적선은 내가 아니 라 네가 하고 있지 않느냐고.

그래도 상관없어.

구걸해서라도 네 곁에 있을 수 있다면, 나야말로 적선이라 도 고맙게 받을게.

스물여섯에 하는 첫 섹스였다. 그간 남자를 만날 기회는 여 럿 있었지만 마다했다. 소개팅을 주선하는 족족 차 버리는 내 게 다들 눈이 얼마나 높은 거냐고 농담했고, 그때마다 내 눈 은 백두산 꼭대기에 달려 있으니 포기하라는 말로 받아쳤었 다. 당시엔 우스갯소리로 한 말이었는데 일형과 재회하고 나 서 알았다. 이 얼굴이 첫사랑인데 다른 남자가 눈에 찰 리 없 지.

이만큼 가까이서 일형의 얼굴을 볼 수 있을 거라곤 꿈에도 생각 못했다. 속눈썹이 길구나. 눈동자 색이 정말 까맣네. 눈 아래 점은 좋지 않다던데 빼는 게 낫지 않을까. 나는 뭐에 홀 린 사람처럼 내 위의 일형을 멍청히 보다가 그 역시 날 내려 다보고 있다는 걸 깨닫고 현실로 돌아왔다.

"무슨 생각해?"

"어?"

"내가 너무 다정했나."

무슨 소리냐고 되물을 새도 없었다. 일형은 내 가슴을 터뜨릴 듯 쥐고 다리를 벌리게 했다. 그는 거칠게 내 안을 뚫고 들어왔다. 그의 손이 닿는 것만으로도 이미 젖어 있던 나는 예상보다는 쉽게 그를 받아들였지만 처음 느끼는 고통을 상쇄할 만큼은 아니었다.

미처 내뱉지 못한 숨이 목구멍에 걸려 터져 나오질 않았다. 희게 질려 헉헉거리는 내 입술에 그의 입술이 겹쳐졌다. 일형은 숨이 멈춘 사람에게 인공호흡을 하듯 내게 키스했다. 나는 그의 입술이 아니면 당장 죽기라도 할 사람처럼 그에게 매달려 혀를 섞고 숨을 받았다.

키스로 긴장이 풀린 틈을 타 그는 더 깊이 들어왔다. 벌어진 입술에서 비명인지 신음인지 모를 소리가 자꾸만 흘러나왔다. 소리를 죽이려고 노력할 때마다 일형은 내 허리를 당겨 안고 거칠게 내 안을 파고들었다. 혀 위에서 뭉개진 신음은 아픔은커녕 조르는 것처럼 들렸다.

내 몸이 내 몸이 아닌 것 같았다. 아파서 죽을 것 같았는데, 동시에 죽을 것처럼 좋았다. 머릿속이 엉망진창이었다.

상처투성이인 일형의 오른손이 내 가슴에서 어깨로, 어깨에서 다시 목을 훑으며 올라왔다. 그는 커다란 손으로 내 목을 가볍게 감싸 쥔 채 키스로 젖어 부풀어 오른 내 아랫입술을 물듯 키스했다. 나는 너른 등을 껴안고 허리에 다리를 감

았다. 고통과 쾌감으로 젖어 든 시야 너머로 일형의 얼굴이
보였다.

늘 나른하고 여유롭던 눈매가 이지러져 있었다. 사람 같지
않게 메마른 얼굴에도 생기가 돌아 이제 좀 살아 있는 것 같
았다. 그런데 열기 섞인 네 눈동자는 여전히 어둡기만 해서
무슨 생각을 하고 있는지 전혀 알 수가 없다. 내 손은 널 끌
어안고 있는데, 왜 나는 허상을 쥔 사람마냥 불안하고 초조한
건지도.

"후회 돼? 아직 시작도 안 했는데."

낮게 갈라진 목소리로 일형은 물었다. 싸늘한 조소를 머금
은 입술과는 달리 내게 닿은 몸은 화산처럼 뜨거웠다. 나는
대꾸 없이 일형의 왼손을 찾아다 쥐었다. 손가락 하나하나를
벌려 네 손가락 사이사이에 끼워 넣곤 깍지 껴 쥐었다. 네 약
지에서 전해지는 거친 흉터의 감촉.

후회해.

7년 전 너한테 제대로 고백하지 않은 걸. 그날 널 막지 못
한 걸. 널 놓친 걸 7년 동안 후회했어.

다시 후회할 걸 알면서도 나는 그 말을 차마 하지 못한 채
고개를 들어 네 입술에 키스했다. 짧게 입술을 맞췄다 뗄 때
마다 네 표정은 굳어지고, 그때마다 심장이 쿵쿵쿵 바닥으로
곤두박질치는 것만 같았다. 마지막 키스를 하고 떨어지려는
내 턱을 일형이 거칠게 거머쥐었다.

"후회할 거야."

내 눈이 아닌 그 너머를 보며 그는 말했다. 텅 빈 시선으로, 자조하듯이.

"후회하게 될 거야, 오늘 일."

양 손이 틀어 잡혀 일으켜 세워진다 싶더니 몸이 뒤집혔다. 베개에 처박힌 얼굴이 아프진 않았지만 숨을 쉬기가 너무 힘들었다. 그 후부터 섹스하는 내내 일형은 단 한 번도 날 마주하지 않았다. 울고, 애원하고, 빌다 지친 내가 정신을 놓을 때까지.

그래서 알 수 없었다. 그가 어떤 얼굴을 하고 있었는지.

햇살 대신 비가 쏟아져 내리던 아침, 눈을 뜬 내 곁엔 아무도 없었다.

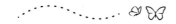

처음엔 잠시 어딜 갔겠거니 했다. 그러나 30분이 한 시간, 한 시간이 세 시간이 될 때까지 일형은 돌아오지 않았다. 나는 주인 없는 넓은 집에 홀로 우두커니 앉아 일형을 기다렸다. 그 사이 엄마에게서 전화가 왔다. 미역국은 챙겨 먹었냐는 말에 오늘이 내 생일이라는 걸 새삼스레 상기했다.

점심때가 지날 무렵, 도어 록 열리는 소리가 났다. 종일 주인을 기다리던 개처럼 나는 맨발로 현관으로 뛰쳐나갔다. 그

러나 들어온 사람은 일형이 아니라 다른 사람, 그것도 내가
아는 사람이었다.

"총각. 왜 이렇게 전화를 안 받아? 아랫집 아가씨 말이야.
생일상 차려놓고 기다렸는데도 영 소식이 없어서 일단은 그
냥……. 아이고, 놀래라. 아가씨가 왜 여기 있어?"

나를 본 아주머니는 귀신이라도 목격한 사람처럼 기겁하며
뒤로 물러섰다. 의심이 현실로 닥치자 석연치 않던 모든 게
이해됐다. 익숙한 음식 맛. 언급하지도 않았던 내 생일을 아
주머니가 알고 있었던 것. 그리고 도다리 쑥국.

나는 집주인이라도 되는 것처럼 냉장고에서 사과 주스 꺼
내 소파에 앉은 아주머니에게 가져갔다. 내려놓기 무섭게 아
주머니는 주스를 들이켜곤, 손수건으로 식은땀을 닦았다.

"아니. 나는, 일부러 속이려고 그랬던 건 아니고, 아니지.
속이려고 그랬던 건 맞는데. 어쨌든 간에 처음부터 총각이 절
대, 절대로 아가씨한테는 들키면 안 된다고 그래서."

"처음부터라면."

"애초에, 그걸 조건으로 계약한 거야."

"그럼 고용주가 새봄이 어머님이 아니란 말씀이신가요?"

의문 가득한 내 얼굴을 보며 아주머니는 고개를 끄덕였다.

"그래, 어차피 들킨 거 속여서 뭐 하겠어. 총각이 올 봄에
여기 이사 왔으니까, 그때부터 이 집 일했어. 501호 사람들
나가고 아가씨 들어오면서 내가 거기 일도 하게 된 거야. 총

각 부탁으로."

짐작은 하고 있었으나 직접 들으니 충격이 컸다. 그럼 처음부터 일형은 모든 걸 알고 있었단 소린데. 내가 501호에 들어와 산다는 것, 아니 어쩌면.

할 말을 잃고 얼어붙은 나를 아주머니는 위로했다.

"이제야 하는 얘기지만, 아가씨. 그렇게 나쁘게 생각하지는 말아. 속인 건 잘못했지만, 총각이 다 아가씨 생각해서 한 일이잖아. 세상에 어느 누가, 월세를 그렇게까지 내면서."

"월세요?"

"501호, 아가씨 사는 그 집 말이야. 월세야. 총각이 그 집 주인이랑 계약하는 거 들었어. 바로 여기 이 집에서."

헛웃음이 터져 나왔다.

"물론, 청소 같은 집 관리는 지금처럼 용역을 쓸 거고요. 선생님 보수도 따로 드릴 거예요."

이제 와 생각하니 처음부터 이상하긴 했다. 아무 쓸모도 없는 사람을 이 좋은 집에 살게 해 주면서 보수까지 준다는 건 애초에 말도 안 되는 일이었다. 대체 일형은 어디서부터 어디까지 관여를 한 거고, 나는 어디부터 어디까지를 믿어야 하는 건지.

"밥 아직이지? 내가 아가씨 미역국 끓이면서 총각도 주려

고 가져왔거든. 금방 차려 줄 테니까 밥부터 먹어. 생일인데
굶으면 안 되지."

밥이 목구멍에 넘어갈 상황은 아니었지만 거절할 정신도
아니어서 잠자코 있었다. 머리가 터질 것 같았다.

그럼 넌 내가 널 마주치기 훨씬 전부터 날 알고 있었던 거
야? 언제부터, 어떻게?

아주머니는 금세 생일상을 뚝딱 차려 냈다. 넓은 식탁 가득
진수성찬이 올라왔다. 홀로 앉아 그걸 꾸역꾸역 전부 먹었다.
이렇게 먹다간 체할 거라는 걸 알았지만 수저질을 멈추지 않
았다.

아주머니가 집을 떠나고, 결국 거나하게 체한 내가 구토하
며 밤새도록 화장실을 들락거릴 때까지도 일형은 돌아오지
않았다. 정신을 차리려고 찬물에 세수를 하다가 할머니의 반
지가 없어졌다는 걸 깨달았다. 가격을 듣고 놀라 목걸이를 뺀
뒤로는 늘 손가락에 끼고 다녔었는데.

"대체…… 어디 간 거야."

물을 잠그지도 않은 채 욕실에 주저앉았다. 무릎에 얼굴을
묻은 채로 소리 죽여 울었다. 예감이 좋지 않았다.

일형의 소식을 들은 건 보름 후였다. 나는 이틀을 주인 없
는 일형의 집에 있다가 사흘째 되는 날 501호로 돌아왔다. 끼
니를 거르다 못해 쓰러졌고, 그런 날 발견한 아주머니에 의해

응급실에 실려 갔다. 병원에서 돌아오는 길에 김남훈을 만났다.

일형을 맞닥뜨린 후 시멘트 반죽처럼 질린 얼굴을 하던 그날과는 달리 김남훈은 혈색이 좋아 보였다. 무시하고 지나치려는 나를 굳이 붙잡은 김남훈은 묻지도 않은 일형의 얘길 꺼냈다.

"어디 아파? 혈색이 별론데. 그러니까 강일형 그 개 같은 놈을 뭐 하러 다시 만나?"

있지도 않는 힘을 쥐어짜 팔목을 비틀었다. 그러나 김남훈은 쉽게 날 놓아주지 않았다.

"봐. 그때 그 일 아니었어도 그 새낀 원래 사고 칠 새끼였어."

"헛소리 말고 이거나 놔."

"설마, 아무것도 몰라? 남자 친구라면서. 거짓말이었구나. 그 말?"

"놓으라니……."

"강일형 그 새끼, 지금 유치장에 있을걸."

"……뭐?"

"그 새끼 사람 죽였대. 내가 아는 선배가 검찰인데, 걔 상해치사로 기소됐다더라. 클럽 주차장에서 사람을 패 죽였다나 뭐라나."

김남훈의 그 말은 내 목을 틀어쥐었다. 희게 질린 얼굴로 숨을 멈춘 내게 김남훈은 신이 나 얘기했다.

"제 손에 구멍 뚫을 때부터 알아봤어. 독종 새끼. 너도 이참에 그런 독종 새끼랑은 인연 끊……, 야, 어디 가? 서영오!"

김남훈의 말이 끝나기도 전에 나는 돌아섰다. 택시를 잡아타고 경찰서로 향했다. 형사과로 찾아가서 쉬고 있는 형사를 무작정 붙잡고 물었다.

"강일형, 아니 클럽 주차장에서 사람 죽였다고 잡혀간 피의자. 그거 걔가 죽인 거 아니에요. 제가 목격했어요. 다른 사람이 죽이는 거. 제가 봤는데 어디서 얘기해야 하죠. 어떻게 해야……."

정신을 놓은 사람처럼 횡설수설하는 나를 형사는 간신히 진정시켜 자리에 앉혔다. 목이라도 축이라고 형사가 가져다 준 차는 한 모금도 입에 대지 못했다. 손이 떨려 종이컵을 쥘 수가 없었고, 갈증 따위는 느낄 새도 없었다.

형사는 자초지종을 듣더니 김남훈과는 다른 이야기를 했다.

"자수했었어요."

"네?"

"잡혀 온 게 아니라 강일형 씨가 자수하러 왔었어요. 사건 이튿날."

그날 그 새벽. 약에 취해 사람을 패 죽이던 젊은 남자. 하필 그 시간에 그곳에 도착했던 일형. 작정하고 낸 듯한 오른

손의 자상. 그리고,

"적어도 그때처럼 공짜는 아니지."

그럼 모든 게 전부.

숨 쉬기가 힘들어지더니 시야가 흔들렸다. 놀란 형사가 다가와 날 부축했다. 병원에 가야 하지 않겠냐고 하는 걸 들은 척도 안 하고 물었다.

"죽인 사람이 따로 있는데 자수했다고 잡아가다뇨. 그런 법이 어딨어요? 제대로 알아보지도 않고 세상에 무슨 법이 그렇게……."

"그러게요. 잘못하면 그럴 뻔했는데."

기절 직전인 나를 걱정스레 보던 형사는 웃으며 대답했다.

"풀려났어요."

"그게 무슨."

"진짜 범인이 잡혔거든요. 검사님이 알아내셨더라고요. 거짓 자백인 걸. 그러니까 죄책감 가지지 않으셔도 됩니다. 걱정 많이 하셨나 봐요. 애꿎은 사람이 살인자 될까 봐."

나는 비틀거리며 경찰서를 나왔다. 날 배웅하던 친절한 형사가 주변을 둘러보며 속삭이던 말이 귓가를 떠날 생각을 하지 않았다.

"어차피 범인은 잡혔으니 어디 가서 그날 일 목격했단 소린 마세요."

"왜죠?"

"범인이 거물이거든요. 국내 굴지의 사채업자 아들. 들어보셨을 걸요. 새싹금융이라고."

사건 담당 검사도 지금 나가리 되게 생겼다고, 법은 아가씨를 보호해 주지 못한다고 형사는 신신당부했다. 그리고 물었다.

"근데 혹시 강일형 씨와는 아는 사입니까."

나는 망설이지도 않고 거짓말을 했다.

"약혼자예요."

형사는 표정이 굳더니 쓰게 웃었다.

"그럼, 절대 말하시면 안 되겠네요. 아가씨뿐만 아니라 아가씨 약혼자도 위험해질 테니까. 아시죠? 강일형 씨, 새싹금융 손필규 회장 수족인 거."

어떻게 돌아왔는지는 기억이 잘 나질 않는다. 정신을 차려 보니 빌라 근처였고, 다시 정신을 놓을 뻔한 걸 보안 요원 고지욱이 발견하고 집까지 데려다 줬다.

날 소파에 앉힌 후 냉수를 갖다 바치고 나서도 고지욱은 쉽사리 자리를 떠나지 않고 머뭇거렸다. 혹시 할 말이 있느냐고 힘없이 물었다. 고지욱은 기다렸다는 듯 다가오더니 뜬금없이 일형의 안부를 궁금해했다.

"701호 형님, 아직 소식 없죠?"

701호 저분이 언제 형님이 되었는지는 의아했지만 따져 물을 기력이 없었다. 나는 그저 왜 그런 걸 묻느냐는 듯 고지욱을 쳐다봤고, 고지욱은 뒷머리를 긁적이더니 말을 늘어놨다.

"아니. 보름쯤 됐나. 그날 이후로 형님이 보이질 않아서. 그날도 되게 이상했거든요. 꼭 다신 안 볼 사람처럼 601호 그 진상이 누나 못 괴롭히게 봐 달라고 부탁을 하더라고요. 내 백 마디보다 형님 눈빛 하나가 더 잘 먹힐 텐데 왜 그런 걸 나한테 바라나 했는데."

혹시 소식을 알게 되면 제게도 전해 달라는 당부를 남긴 채 고지욱은 집을 떠났다. 덩그러니 남은 나는 테라스 창 너머의 하늘이 검게 물들 때까지 소파에 우두커니 앉아 있었다.

누명을 쓰지 않았다니 다행인데, 그럼 너는 지금 대체 어디에 있는 건지. 왜 또 사라져서 나타나질 않는 건지.

7년 전처럼 피범벅이 되어 있던 일형의 손이 내 숨을 틀어

막기 시작했다.

아무리 기다려도 일형은 돌아오지 않았다. 떨어지는 낙엽과 함께 달력 한 장을 넘겼을 무렵, 새봄이에게서 전화가 왔다. 취했는지 혀가 꼬인 채였다.

연락이 너무 늦었다고, 미안하다고 사과한 새봄이는 영국에서 제가 얼마나 멋진 시간을 보내고 있는지, 새로 사귄 영국인 남자 친구가 얼마나 잘생겼는지를 얘기하느라 열변을 토했다. 나는 기계적으로 맞장구를 치다가 작별 인사를 하기 전에 물었다.

"새봄아, 그때 네가 준 목걸이 말이야."

취한 새봄이는 알아서 모든 걸 실토했다.

―아, 그거. 7층 오빠가 준 거예요. 자기가 주면 절대 안 받을 거라고. 나보고 전해 달라고 해서. 근데 그 오빠 요즘 연락 안 되죠? 엄마가 걱정하던데. 월세는 꼬박꼬박 들어오는데 사람이 전화를 안 받는다고.

한 치의 오차 없이 예상대로 맞아떨어진 얘기에 나는 놀라지 않았다. 새봄은 내가 대꾸를 하든 말든 혼자 샐샐 웃으며 말했다.

―근데 선생님, 그 오빠랑 무슨 관계예요? 그 오빠 되게 잘생기고 섹시하지 않아요? 남자 친구예요? 우리 선생님 되게 능력 좋다.

나는 일형 대신 덩그러니 서랍 안에 남은 목걸이를 보며 언젠가 일형과 맞닥뜨렸던 날을 올렸다.

"부자 남자 친구가 있었나 봐."

답을 재촉하는 새봄이에게 뒤늦게 말했다.
"맞아. 남자 친구. 다들 아는 걸, 나만 몰랐네."

찬바람에 입김이 쏟아지기 시작하던 초겨울, 7층에 새로운 사람이 이사 왔다. 나는 새집을 구해 새봄의 집을 나왔다. 관리비 명목로 꼬박꼬박 돈이 들어오던 통장은 진즉에 없앤 후였다. 일형이 제 몸을 걸레짝으로 만드는 대가로 얻은 돈은 받을 수도, 쓸 수도 없었다.

복학을 했다. 병원과 학교를 오가며 가끔 빌라를 지나치거나, 사채업자가 쓰기엔 지나치게 으리으리한 새싹금융 빌딩을 볼 때면 일형이 떠올랐다. 당장이라도 쳐들어가서 일형이 있는지 확인하거나, 없으면 지금 어디 있느냐고 따져 묻고 싶은 마음이 굴뚝같았지만 그럴 수 없었다.

"그럼, 절대 말하시면 안 되겠네요. 아가씨뿐만 아니라 아가씨

약혼자도 위험해질 테니까. 아시죠? 강일형 씨, 새싹금융 손필규 회장 수족인 거."

1년이 흘렀다. 응급의학과로 전공을 정하면서 나는 응급실에 상주하다시피 했다. 여기저기 다치고, 피를 흘리며 들어오는 사람을 매일같이 상대하며 그때마다 네 생각을 했다.

해가 바뀐 1월, 겨울 중 가장 춥다는 소한이 이틀 지난 새벽이었다.

"이상하다. 오늘 왜 이렇게 한산해."

눈치 없는 누군가가 그 말을 입 밖으로 낸 순간부터, 환자가 쏟아져 들어오기 시작했다. 음식을 잘못 먹고 식중독으로 계속 토하는 환자. 귀에 들어간 면봉을 빼지 못해 부모가 데리고 온 어린이 환자. 교통사고로 사지 중 하나가 절단된 환자. 취중 싸움으로 뒤통수가 터져서 온 환자. 응급실은 토요일 새벽 지구대처럼 정신없고 부산스러웠다.

생리 중 복통으로 기절 직전인 학생에게 링거를 놔 주곤, 개에게 물려 왔다는 남자에게로 향했다. 상처에 드레싱만 하고 파상풍 주사만 놓으면 되니 다른 환자보다 수월할 거라 생각했는데, 한겨울에 민소매 차림인 남자의 팔에 그려진 용 문신을 보고는 그게 오산임을 깨달았다.

"뭐가 이렇게 따가워. 좀 살살해. 일부러 아프게 하는 거야, 뭐야."

사람의 기억이란 애초에 잊히지 않는 걸지도 몰랐다. 그렇지 않다면 비슷한 말 한마디에 이렇게 쉽게 그날 일을 떠올릴 순 없을 텐데.

"지금 일부러 아프게 하시는 거 같은데요. 선생님."

나도 모르게 웃음이 났는데, 그 웃음이 사달이었다. 피할 새도 없이 머리채가 잡혔다. 놀란 사람들이 달려와 남자를 뜯어말리고 나서야 겨우 풀려났다. 빨리 치료해 주질 않는다며 메스로 위협당한 일도 허다한 마당에 새삼스럽지도 않았다.

그럼에도 동료들은 내 정신적 충격을 조금이라도 완화해 주려 애썼다. 일손도 모자랄 텐데 잠시 바람이라도 쐬고 오라며 등을 떠미는 통에 밖으로 나왔다.

빽빽이 들어찬 침대를 가로 지르는 도중에 커튼 너머로 튀어나온 손 하나를 봤다. 상처가 많고 피가 묻어 있었지만 예쁘고 단정한 손이었다. 크기나 피부를 보면 분명 젊은 남자 손인데, 약지에 푸른 옥반지를 끼고 있었다.

특이한 취향이네.

이상하게 자꾸 시선이 가는 걸 애써 거두곤 화장실로 향했다. 개싸움을 한 것처럼 엉망이 된 머리를 다시 묶고 세수를 했다. 성질이 그 모양이니 개한테 물리지. 개만도 못한 새끼. 미처 못 했던 욕을 하곤 물이 흐르는 턱을 닦아 냈다. 시선은 늘 그렇듯 목걸이에 고정한 채였다.

응급실에서 구르며 걸치기엔 지나치게 값어치가 나가는 목걸이에 누가 준거냐고, 애인 생겼냐며 귀찮게 하는 사람들이 많아졌지만 뺄 순 없었다. 문득, 1년 전 잃어버린 후 도무지 행방을 알 수 없는 할머니의 반지가 떠올랐다. 난 뺀 적이 없는데 대체 어디로…….

나는 얼굴을 마저 닦지 못한 채 화장실을 뛰쳐나왔다. 자동문을 통과해 응급실로 들어가 아까 스쳐 지났던 그 침대로 향했다. 무례하다는 걸 알면서도 커튼을 젖혔지만 남자는 이미 사라져 있었다.

마침 지나가던 박 간호사 선생님에게 물었다.

"여기 앉아 있던 환자 어디 갔어요? 치료 끝났어요?"

"아, 그 자상 환자요?"

"자상이요?"

"네. 복부에 칼 맞아서 왔던데."

"그럼 지금 수술 들어갔어요?"

"아뇨. 그 정도로 깊이 들어간 건 아니라 소독하고 봉합만 하면 됐는데. 그게…… 사라졌어요."

"사라져요?"

박 간호사는 정말이지 황당하다는 듯 고개를 끄덕였다.

"네. 치료 대기 중에 나오더니, 아까 서 선생님 머리채 잡았던 그 환자 있죠. 갑자기 그 환자 멱살을 쥐고는 주먹을 날

리는데. 난리도 아니었어요. 다행히 취하거나 한 건 아니라 말리니까 금방 떨어지긴 하더라구요. 그러고는 치료도 안 받고 사라졌어요. 이런 말 하면 좀 그렇지만, 완전 속 시원했어요. 서 선생님도 그걸 봤어야 했는데. 하필 자리 비웠을 때."

나는 입구 쪽으로 발길을 틀었다. 박 간호사는 그런 내 팔을 붙잡더니 비밀 얘기라도 하듯 속삭였다.

"그 사람 되게 잘생겼었거든요. 자상만 아니었어도 반할 뻔했다니까. 그런데 서 선생님도 아시다시피 위험한 남자는 제 취향이 아니라서. 외모 지상주의지만 안전이 제일."

엄지를 치켜드는 그녀에게 마음이 급해 대꾸도 해 주지 못한 채 뛰기 시작했다. 입구를 통과해 밖으로 나와 주변을 살폈다. 한참을 샅샅이 뒤졌지만 어디에도 일형은 없었다.

망연자실해 우두커니 선 내 눈에 삐딱하게 선 차 한 대가 보였다. 짙푸른 색의 세단은 만석인 주차장에 빼곡히 찬 차들의 앞을 막은 채 제멋대로 주차되어 있었다. 일형의 차와는 모델도, 색도 달랐지만 어째서인지 나는 그 차에서 눈을 떼지 못했다.

주인을 확인해야겠다는 생각에 걸음을 떼자마자 일형이 나타났다. 응급실이 있는 E병동이 아닌 외래센터 B병동 입구 쪽이었다. 옆구리를 쥔 채 느리게 걷던 일형이 어느 순간 걸음을 멈춘 채 고개를 들었다. 눈이 마주쳤지만 찰나였다. 그는 나 같은 건 애초에 보지도 못한 사람처럼, 시선을 거두고 차로 향했다.

달려가 차 앞에 선 일형을 붙잡았다. 팔이 잡히고 나서야 그는 날 돌아봤다. 낯선 이를 보듯 차가운 시선. 가슴이 죄여들었다.

"얘기 좀 해. 아니, 치료만 받고 가."

애원하듯 말하는 날 가만히 보던 일형은 자신을 잡은 내 손부터 떼어 냈다. 매정한 손길보다 차가운 체온에 심장이 덜컥했다.

"혹시, 애라도 생겼어?"

"……뭐?"

"아님, 돈이 필요한가."

핏기 없는 입술에서 나온 생각지도 못한 말에 나는 멍청히 굳었다. 일형은 차에 기대선 채 내 목의 목걸이를 보더니 웃었다. 입술이 한쪽만 올라가 있었다.

"설마 그것 때문에 착각한 거야?"

"……"

"목걸이 따위에 의미 둘 만큼 멍청하진 않은 줄 알았는데."

그가 내뱉는 가시 돋친 말들보다 무생물 보듯 무감한 눈동자가 날 상처 입혔다. 입을 다문 채 저만 보고 있는 날 뒤로한 채 일형은 운전석 문을 열었다.

"돈을 퍼부어 대던 부자 남자 친구가 섹스 다음 날 사라졌으면 뻔하지. 따먹은 게 니 맛도 내 맛도 아니었거나, 아니면,

새로운 게 생겼거나."

차에 타기 전 마지막으로 눈을 맞추며 그는 충고랍시고 그런 말을 했다.

"앞으론 공부만 하지 말고 남자를 좀 만나요, 서 선생님. 섹스하다 기절 안 하게 체력도 좀 기르시고."

젖어 드는 눈시울과는 달리 벌어진 입술에선 헛웃음이 흘러나왔다.

일형은 미련 없이 차에 올라타 문을 닫았다. 아슬아슬하게 내 곁을 스쳐 지난 차는 병원을 빠져나가기 무섭게 속도를 높였다.

숙인 고개 너머로 보이는 검은 아스팔트가 물방울 모양으로 젖어 있었다. 피였다. 꼴사납게 울고 싶지 않았던 나는 웃었다. 이 와중에도 그의 걱정으로 어쩔 줄 모르는 내 짝사랑이 대단해서, 그의 아픈 말들이 거짓이라고 생각하면서도 확신하지는 못하는 스스로가 머저리 같아서.

종내에는 임신이라도 했었다면 넌 나를 봐줬을까. 몸으로라도 그를 붙잡을 걸 그랬나 생각하는 스스로가 역겨워서.

가늘게 머리칼을 적시던 빗방울이 금세 장대비로 변해 온몸을 때리기 시작했다. 나는 그 빗속에 서서 일형이 서 있던 바닥을, 그가 남기고 간 핏자국이 빗물에 지워지는 걸 하염없이 보고 있었다.

"후회할 거야."

매일 밤, 너의 그 마지막 말을 생각해.

"후회하게 될 거야, 오늘 일."

너는 날 다시 만난 걸, 후회했을까.

3장

서른하나, 겨울 _ 강일형

대설(大雪)

남들은 인생에 사계가 있다는데 해동을 떠난 뒤 내 인생은 줄곧 겨울이었다.

고등학교를 중퇴한, 그것도 소년원에서 갓 나온 열아홉짜리 사내새끼가 먹고 살기 위해 할 수 있는 일이라곤 시급이 쥐꼬리만 한 비정규직 아르바이트나 몸 쓰는 막일뿐이었다. 그나마 전과 기록이 남지 않아 다행이었지만, 이력서를 내야 하는 곳 어디든 학력란을 읽곤 내 얼굴을 다시 봤다. 열 곳 중 아홉은 퇴짜를 맞았다. 제 밥그릇은 달고 태어난다던 옛 사람의 말들이 개소리라는 걸 그때 실감했다.

일을 가릴 처지가 아니었던 터라 돈 되는 일이라면 닥치는 대로 했다. 물류 센터, 공사장, 술집, 편의점. 몸이 편한 곳은 상대해야 하는 사람들이 개같았고, 그 반대인 곳은 몸이 개같이 힘들었다. 하루 24시간 중 잠자는 시간만 빼고 일했다.

그렇게 해동을, 해동의 사람들을, 해동에서 있었던 일들을 잊으려 애썼다.

시간이 갈수록 요령이 생겼다. 그 요령 중엔 내 반반한 얼굴을 이용하는 법도 포함됐다. 운 좋게 백화점 안에서 마네킹처럼 선 채 시향지를 나눠 주는 아르바이트를 하게 됐고, 그러다 지금의 내 인생을 만든 영감, 손필규를 우연히 만났다.

손필규의 약쟁이 아들 손지수는 그날 백화점 명품관에서 직원을 성희롱하고 있었다. 직원이 항의하자 폭행했고, 말리는 직원들에게 패악을 부리며 물건을 부쉈다. 그 약쟁이가 국내 굴지의 사채업자 손필규 회장의 외동아들이라는 걸 알 리 없는 나는 어째서인지 전전긍긍하고 서 있는 보안 요원 대신 녀석을 반쯤 죽여 놓았다. 그리고 그 길로 경찰서에 끌려갔다.

죄를 짓는 놈을 때리는 것도 죄고, 돈 없는 놈이 돈 있는 놈을 때리면 그 죄가 갑절이 된다는 걸 김남훈의 일로 이미 체득한 나는 별 억울함도 없이 경찰서에 앉아 있었다. 그맘때쯤의 난 인생을 사는데 별 미련이 없었다. 어차피 합의해 줄 돈도 없으니 몸으로 때우자는 심정이었다.

그런데 어쩐 일인지 손지수는 날 고소하지 않았다. 정확히는 그의 아버지 손필규가 날 풀어 줬다. 경찰서에서 나온 내 앞에 검은 세단이 섰다. 뒷좌석의 차창이 열리더니 노인네 하나가 내게 손짓했다.

"니 내 밑에 들어오믄, 인형처럼 서가 종이 쪼가리 나눠 주는 일 안 하게 해 주꾸마. 돈을 그 종이 쪼가리 쓰듯 쓰게 해 줄기라."

제 자식새끼 얼굴을 걸레짝으로 만들어 놓은 놈 어디가 마음에 들었는지 당시에는 몰랐으나 나중에 비서를 통해 알게 됐다. 그는 이미 내 뒷조사를 전부 끝낸 뒤였고, 그가 가장 마음에 들어 한 건, 스스로의 손등을 찔러 자해할 만큼 내가 독종이라는 사실도.

백화점의 VVIP를 생중계로 절단낸 비정규직 아르바이트생인 나는 이미 잘린 후였다. 이래도 사는 게 개같고, 저래도 개같다면, 돈을 종이 쪼가리 쓰듯 쓰는 개가 낫겠다는 생각을 했다. 나는 미련 없이 손필규의 세단의 올라탔다. 그렇게 손필규의 개가 됐다.

사람들의 등골을 빼먹고, 손에 피를 묻히고, 손지수의 개망나니짓을 수습하고, 때론 그 죄까지 뒤집어쓰며 6년을 살았다. 내 피보다 다른 사람의 피를 묻힐 때가 더 좆같았지만 견딜 만했다. 서영오를 다시 만나기 전까진.

개천에서 난 용이 되기 위해 의대에 갔다는 서영오가 여전

히 그 돈 때문에 살기가 엿같다는 걸 5층 꼬맹이를 통해 알게
됐다. 처음엔 그저 남아 돌다 못해 처박혀 있는 돈으로 몰래
도움이나 줄까 싶었다.

애초에 같은 공간을 들락거리면서 영원히 모를 거라 생각
했던 내가 등신이었다. 책 쪼가리에서나 나올 법한 키다리 아
저씨 흉내 따위는 나랑 맞지 않다는 걸 너무 늦게 알았다.

나는 6개월 반 만에 서영오와 마주쳤다. 기억력이 좋은 서
영오는 단번에 날 알아봤다. 모른 척 무시하려 했건만 서영오
의 아버지란 인간이 상황을 틀어지게 만들었다.

어차피 이렇게 된 거 적당히 즐기자는 생각도 없지 않아
있었다. 매일 만나는 인간 군상이라곤 눈물 없인 볼 수 없는
구구절절한 사연을 가진 신용 불량자와 돈 때문에 가족을 팔
아먹는 인간 같지도 않은 놈들, 보증을 잘못 서 나 같은 새끼
한테 협박당하는 무고한 사람들과 사람 죽이는 걸 파리 잡듯
하는 손필규 영감뿐이었다.

서영오는 당시 내 근처에 있는 인간들 중 가장 멀쩡한 인
간이었고, 그 곁에 있으면 나 또한 멀쩡한 인간인 것 같은 기
분이 들게 했다.

그게 문제였다.

짐승이 인간이라고 착각하게 만든 것.

"니 요새 뭐 하는 기고? 돈 못 받아 오면 손모가지라도, 그것도 안 되

면 배때지라도 쑤셔서 내장이라도 파내 오라고 그 자리 앉혀 놨더니만, 와 남의 돈으로 자선 사업을 하고 자빠졌노. 봐라. 니가 봐준 이 종간나 새끼가 결국 무슨 짓을 했는지. 날도 더운데 모가지에 구멍 뚫릴 뻔하니 시원하드나?'

피가 겨우 멈춘 내 목을 보며 영감은 혀를 찼다. 나는 입을 다문 채 침묵했다. 괜한 말로 영감의 비위를 거스르고 싶지도 않았고, 그럴 기운도 없었다. 피로했다.

"사시미 내리고 돌아서믄 그 사시미 쌔벼다가 등을 찌르는 게 인간이다. 내는 개새끼는 믿어도 사람 새끼는 안 믿는데이. 내 말 무슨 뜻인지 알제?'

당한 만큼 되갚으라고 할 줄 알았더니, 영감은 상냥하게도 그놈의 목을 내 앞에서 직접 땄다. 얼굴에 튄 미지근한 피를 닦아 내자니 자꾸 웃음이 났다. 진동하는 피비린내에 새삼스레 올라오는 구역질을 참으며 서영오를 탓했다.

이게 다 너 때문이다. 네 집을 구하고, 목걸이를 사고, 가사 도우미를 구하느라 물처럼 써 재낀 돈이 실은 피 웅덩이에서 건져 낸 썩은 내 나는 돈이라는 걸 자각하게 하는 너 때문에. 살아남겠답시고 남을 짓밟고, 쓰레기에게 기생해 죄를 뒤집어쓰는 것도 마다않는 스스로를 쪽팔리게 하는 너 때문에.

그럼에도 이 구린내 나는 세상에서 잘 처먹고, 잘 자고, 잘 사는 날 역겹게 느끼게 하는 너 때문에.

나는 요즘 사는 게 뒈지는 것보다 힘들었다. 그래서 널 떠났다. 이제 그만 힘들고 싶어서.

그러나 네가 곁에 없어도 내 인생은 여전히 뒈지고 싶을 만큼 힘들었고, 여기서 무얼 해야 편해지려나 고민했더니, 방법은 두 가지였다.

하나, 7년 동안 했던 개짓거리를 그만둔다. 둘, 뒈진다.

둘 모두를 실행하면 금상첨화지 싶었다. 그래서 여전히 내 모가지를 쥐곤 놓지 않으려는 손필규부터 물어뜯었다. 어차피 뒈질 거 다 같이 뒈지자는 심정이었다. 영악하고 명줄 긴 영감이 순순히 제 목을 내어 주진 않았지만.

칼까지 맞아 죽으려나 싶은 그 순간 어째서 네가 떠오른 건지 모르겠다. 뒷조사로 알고 있던 네 병원 응급실에 앉아 널 한 번만 보고 갈 생각이었는데, 자꾸만 살고 싶어졌다.

네 목에 걸린 목걸이가, 나 같은 새끼가 뭐 그리 그립다고 신발이 벗겨지는 것도 모르고 쫓아 나온 네 다리가, 내게 상처받아 젖은 네 눈이 날 살고 싶게 했다.

개가 검찰에 물어다 준 증거 따위는 손필규 명성에 상처 하나 내지 못했다. 주인을 배신한 개를 영감이 내버려 둘 리 없었다. 그렇게 나는 도살장에서 도망쳐 나온 짐승처럼 4년을 떠돌며 살았다.

그쯤 되면 놓아줄 만도 한데 악착같이 나를 찾아낸 손필규의 부하들은 더는 이 짓을 반복하고 싶지 않다는 듯 작정하고 나를 찔렀다. 산꼭대기 달동네까지 찾아올 거라 생각 않고 있던 나는 미처 피하지 못한 채 무방비 상태로 칼을 맞았다. 벌써 몇 번째 맞는 칼빵인지, 다트판이 따로 없다고 생각하면서 날 찌른 놈을 가까스로 걷어차 떼어 냈다.

한 시간을 주변을 돈 끝에 겨우 따돌렸다. 병원 응급실엔 확인 사살을 준비 중인 손필규의 부하들이 깔려 있을 게 뻔해서 야매 성형을 해 주는 단골 불법 시술소에서 대충 상처만 꿰매고 밖으로 나왔다. 상처에 고작 바늘 몇 번을 꽂아 넣는데 3백이나 썼건만, 30분도 안 돼 피가 배어 나오기 시작했다.

정말이지 웃긴 일이었다.

너 따윈 잊었다고 생각했는데, 뒈지기 직전엔 왜 자꾸 네가 보고 싶어지는 건지.

더는 도망칠 곳도, 숨을 곳도 없고, 혹시나 돌아가면 네 소식이라도 알까 봐 찾아온 이곳 해동엔 꿈처럼 네가 있다. 이기적인 나는 잠시나마 네 곁에 머물기 위해 그간의 내가 한 짓들은 모두 잊어버린 백치처럼 웃는다.

"오랜만이야. 누나."

내 겨울이 네 봄을 집어삼킬지도 모른다는 걸 알면서도 이렇게.

눈을 떴을 땐 병원이었다. 칼 맞고 도망쳐 온 깡패 새끼를 병원에 대담하게 입원시킬 만큼 서영오는 바보가 아니었다. 그럼 일부러 그랬다는 건데. 내가 그렇게 미운가. 잡혀가 되지라고 기원할 만큼.

쓴웃음을 흘리며 일어나려다 옆구리의 통증에 터지는 비명을 삼켰다. 허리를 굽히고는 어쩔 줄 모르고 있자니 병실의 누군가가 충고했다.

"아이고, 움직이면 안 돼. 아가. 의사 선상님이 아가, 좆 떼야 한댔어."

마지막 말에 귀를 의심한 채 고개를 들자마자 네 명의 할머니와 마주쳤다. 좆을 떼다니. 황당해 되묻지도 못하자 다른 할머니가 처음의 할머니 등을 때리며 단어를 정정했다.

"좆 떼긴 뭘 좆을 때. 좆 떼는 게 아니라 절대 안정. 절대 안정 몰러?"

"그게 그 소리 아녀. 좆 떼야지."

"아이고, 총각. 총각이 이해해. 이이가 좀 오락가락혀."

"아, 네."

그제야 주변을 둘러본 나는 이곳이 보통의 병원이 아니라는 걸 깨달았다. 요양 병원이었다. 그것도 여성용 병실. 서영오는 역시 머리가 좋았다. 깡촌 요양 병원의 할머니들 병실에 내가 있을 거라곤 아무리 정보력이 좋은 손필규도 생각지 못할 것 같았다.

긴장이 사라지자 통증이 심해졌다. 요의를 느껴 화장실에 다녀오다가 몇 번을 멈춰 섰다. 혹시나 잘못 꿰맨 건 아닌가 싶어 상의를 들췄지만 상체를 뒤덮듯 감아 놓은 붕대 때문에 확인하지도 못했다.

살 만해지니 담배가 당겼다. 그러나 돈이라곤 땡전 한 푼 없었고, 있었대도 살 수 있는 곳이 없었다. 창밖으로 보이는 건 수확을 끝내 텅 빈 배추밭과 푸른 바다뿐이었다.

"감방이 따로 없네."

"감방보다야, 백배 천배 낫지."

불현듯 끼어든 목소리가 익숙했다. 고개를 돌린 나는, 머리가 희끗한 백 관장과 조우했다.

"이 상놈의 자식아. 망할 놈의 새끼. 말 한마디 없이 사라지더니 어디서 뭘 하고 살았기에 몸은 그 꼴을 해 가지고. 빌어먹을 놈. 도다리 대가리보다 못한 놈아. 이걸 그냥! 환자라서 쥐 패지도 못하고."

그는 도다리처럼 맑은 눈에 눈물을 달고는 거대한 주먹으로 내 등을 후려쳤다. 환자라 힘 조절을 한 것 치고는 억 소리가 날 정도였다. 나는 부러 오버해 허리를 굽히고 배를 잡았다. 놀란 백 관장이 손을 떼곤 다급하게 물었다.

"괜찮냐? 터진 건 아니지?"

"터진 것 같은데."

"어디 봐."

"많이 늙으셨어. 우리 백만수 씨."

"뭐?"

"근육이 물러 터졌네. 요즘 운동 안 하셔?"

상체를 세우고 웃자, 구겨졌던 얼굴이 그제야 활짝 펴진다.

"이놈의 자식이! 어른을 놀려!"

"노인이지. 어른은 무슨."

"아직 이팔청춘이야! 노인이라니. 여기 있는 누나 형님들 들으면 너 그 조동아리 아작 나니까 말조심해라."

자그마치 13년이 흐른 뒤인데도 백 관장은 아침에 만난 아들을 저녁에 보듯 날 대했다. 아무렇지 않은 척 잔소리하는 목소리 끝이 뭉개져 있었다.

"너 이틀이나 잤어, 인마. 혼수상태인 줄 알고 기겁했는데, 수면 부족이라대. 참 가지가지한다."

그는 혀를 차곤, 의사부터 만나야 한다며 링거 폴대를 붙들고 날 이끌었다. 나는 못 이긴 척 끌려갔다. 열여덟 그때에는 태산처럼 컸던 백 관장의 등이 13년 만에 반으로 줄어들어 있었다.

복부 자상 환자를 수술할 인력이 이곳 해동, 그중에서도 가장 변두리인 서영오의 보건소와 가까운 요양 병원에 있었다니, 천운이라고 백 관장은 말했다.

날 수술한 의사이자 병원장은 여기 오기 전 우리나라에서 가장 큰 외상 센터에 있었다고 했다. 의대에서 학생들을 가르치기도 했던 교수였다고, 나중에 같은 병실 할머니들을 통해 들었다. 나는 전국 요양 병원에 그런 의사가 있을 확률을 머릿속으로 계산하다 때려치웠다. 역시 부모님의 운을 빨아 살아남은 놈다웠다. 죽을 만하면 어떻게든 악착같이 살아남으니.

칼은 다행히 장기를 비켜 갔다. 조금만 방향이 어긋났어도 병실이 아닌 장례식장 관짝에 누워 있었을 거라고 병원장은 설명했다.

"다 나으려면 시간이 꽤 걸리겠지만 퇴원은 일주일 후부턴 해도 돼요."

"아니, 그렇게 빨리요? 수술하는데 종일 걸리기에, 적어도 한 달은 있어야 할 줄 알았는데."

백 관장이 환자복으로 가려진 내 배와 병원장을 번갈아 보며 물었다.

"젊고 튼튼하잖아요. 근데 앞으로도 계속 이러고 다니면 젊고 튼튼한 채로 저승 갑니다. 절대 안정하시고요, 그게 안 될 것 같으면 계속 입원해 있는 게 낫죠. 아마 본인이 제일 잘 알 거예요. 그죠? 강일형 씨."

나는 알겠다고 고개를 끄덕이고 진료실을 나왔다. 저승이고 뭐고 다른 건 하나도 귀에 들어오지 않았는데, 절대 안정이라는 네 글자만 잔상으로 남아 헛웃음이 터졌다. 큰일이었다. 이젠 그 말이 좆 떼야지로 들리네.

노인들만 있는 요양 병원 생활은 의외로 할만 했다. 귀청떨어질 만큼 큰 텔레비전 소리나, 날 칭하는 호칭이 총각에서 아가로 다양한 것. 가끔 취미에도 없는 탁구나 화투 같은 것들을 쳐야 하는 걸로도 모자라 좆 떼야 한다던 치매 할머니 말자 씨의 남자 친구 노릇까지 해야 했지만, 그따위 것들은 이전에 내가 해야 했던 일들에 비하면 정말이지 별거 아니었다.

가끔 자식이나 손주들이 노인들을 보기 위해 찾아왔다. 그들과 함께 있을 땐 세상 밝던 노인들의 표정은 병실에 혼자 남게 되자 눈에 띄게 어두워졌다. 내가 참을 수 없었던 건 그런 순간들이었다.

데이트하자며 팔짱을 끼던 말자 씨가 가끔 때리지 말라며 발작하듯 울 때, 어제만 해도 나와 함께 화투를 치던 할아버지가 며칠 뒤 산소마스크를 끼곤 대형 병원으로 실려 갔을 때, 결국 비어 버린 침대와 이젠 그 침대의 새 주인이 될 노인의 어두운 표정을 목격했을 때.

그 순간들을 모른 척하는 게, 나는 칼을 맞고, 사람을 협박하고, 약쟁이 뒤치다꺼리를 하는 것보다 힘들었다. 할머니가 떠올랐다. 못난 손주 뒤치다꺼리만 하다 허무하게 세상을 떠나 버린 우리 할망구.

예정된 닷새보다 열흘을 더 입원해 있다 퇴원했다. 그동안 서영오는 단 한 번도 날 찾아오지 않았다. 병원비는 그녀가 선불로 이미 지급한 후였다. 마치 6년 전 집을 구해 주고 돈을 갖다 바치면서 자신은 모른 척했던 나처럼.

노인들은 내 퇴원을 서운해하는 동시에 기뻐했다. 없는 돈에도 간식을 사 건네거나 꽁쳐 놓은 쌈짓돈을 손에 쥐어 줬다. 그들이 건네는 꾸깃꾸깃한 만 원, 5천 원짜리 지폐를 나는 거절하지 않았다.

퇴원 전 챙길 만한 소지품이라고는 지갑과 시계, 6년 전 잠든 서영오의 손에서 빼 왔던 할머니의 옥반지뿐이었다. 날 보며 울지도 웃지도 못하는 노인네들을 보고 싶지 않아 휴게실에 멀뚱히 있자니 백 관장이 옷가지를 챙겨 나를 데리러 왔다. 10대들이나 입을 법한 패딩에 추리닝이었지만 선택권이 없었다.

"신발은?"

"아, 맞다. 그걸 깜빡했네! 내 정신 좀 봐."

투박한 손이 버리려고 했던 내 슬리퍼를 다시 꺼내 내려놨다. 위는 따뜻하니 아래는 좀 추워도 괜찮다 말하는 백 관장은 털이 부숭부숭한 털 부츠를 신고 있었다.

10여 년 전 그 승합차를 다시 탔다. 샛노란 승합차에는 체육관 이름 대신 낯선 상호가 붙어 있었다. 백만수르. 중동 부자 이름에 본인의 성만 붙인 상호였다.

"업종 바꿨어요?"

"애들이 없는데 체육관이 되겠냐. 바꾼 지 좀 됐어."

"뭐 하는 일인데?"

"고깃집."

누가 봐도 고깃집과는 상관없어 보이는 이름이었지만 그러려니 했다. 나는 차창을 열고 웃으며 덕담했다.

"고기 팔아 언제 만수르 되려나 몰라."

"우리 집 해동 맛집이야. 손님 미어터져."

"그럼 다행이고."

납골당에 들러야겠다는 내 말에 백 관장은 방향을 틀었다. 그는 라디오를 켜며 물었다.

"당분간 여기 있겠다며? 마땅히 갈 데도 없을 거고 일단은 우리 집에……."

"내가 갈 데가 왜 없어? 멀쩡한 우리 집 있는데."

"멀쩡하긴, 개뿔. 가 보고 그런 소릴 해. 아무리 관리해도 사람이 안 사는 집은 낡더라. 천장 내려앉기 직전이야 인마. 당장 전기도 안 들어오는 데서 살긴 어떻게 살아."

사람이 살지 않는 집. 할머니가 몇십 년을 쓸고 닦아 낡긴 해도 아늑했던 집은 주인을 잃으며 세월을 지탱할 힘마저 잃은 모양이었다. 짐작은 했지만 직접 들으니 입이 썼다.

함께 가겠다는 백 관장을 도중에 보내고 버스를 탔다. 교통비랍시고 5만 3천 원을 갈취한 후였다. 택시비 낼 땐 제정신이 아니라 몰랐는데 수중에 돈이라고는 이젠 10만 원 권 수표 세 장, 30만 원뿐이었다. 추적당할 게 뻔해 카드나 계좌를 쓸 수도 없었다.

납골당 입구에 도착했을 땐 정오였다. 살을 에일 듯이 부는 바람을 내리꽂히는 태양이 간신히 밀어내고 있었다.

스물다섯 서영오를 도망치듯 떠난 후 들렀던 게 마지막이었으니 6년 만이었다. 그새 죽어 버리기라도 했는지 새 걸로 갈아 치워진 수목들을 잠시 바라보던 나는 안으로 걸음을 옮겼다.

성묘 철을 지난 납골당은 무덤처럼 고요했다. 예전엔 할머니를 보려면 무릎을 꿇고 앉아야 했지만 이젠 그럴 필요가 없었다. 큰돈을 손에 쥐기 무섭게 할머니 자리부터 밑바닥에서 로열층이라는 눈높이로 옮겼다.

몇 년째 손자는 찾아보지도 않은 할머니의 자리는 먼지 한 톨 없이 깨끗했다. 지문 하나 찍히지 않은 유리문에 가지런하게 장식된 꽃송이와 사진들. 누구의 작품인지 뻔해 웃던 나는 두서없이 붙여진 사진들을 확인하곤 더는 웃을 수 없었다.

6년 사이 늘어난 사진들 속에는 할머니와 백 관장, 아주머니와 서영오, 마지막으로 열여덟 내가 있었다. 앞으로 다가올 인생이 얼마나 엿같을지도 모른 채 멍청하게 웃고 있는 나.

집으로 가는 버스를 탔다. 오전이라 승객이 몇 없는 버스에 앉아 있자니 옛 생각이 났다. 악착같이 날 따라 버스에 올랐던 서영오. 고집스레 내 앞자리에 버티고 앉아 있던 동그란 뒤통수. 그날 그녀에게서 풍기던 샴푸 냄새까지. 10여 년도 지난 일을 마치 어제 본 듯 떠올리는 스스로가 어이없었다. 다 잊었다면서, 별걸 다 기억하네.

백 관장의 말은 거짓이 아니었다. 할머니의 집은 그가 시간을 내 관리한 덕에 깨끗하긴 했지만, 너무 낡아 사람이 살 수는 없었다. 혹시나 싶어 방 안을 살펴봤다. 미처 태우지 못했던 할머니의 물건들은 물론, 내 물건들도 누군가 정리한 듯 텅 빈 채였다.

냉기가 흐르는 집 안에 우두커니 몇 시간을 앉아 있다 밖으로 나왔다. 세월이 흘러 산화된 철제 대문을 고개 숙여 통과하다 습관처럼 아래를 봤다. 질기기도 하지. 한겨울인데도 발밑엔 잡초가 무성했다.

시장은 조용했던 예전과는 달리 북적거리고 활기가 넘쳤다. 근처의 이름 없던 해수욕장이 모 드라마의 촬영지로 유명해지면서 시장도 같이 떠 버렸다는 백 관장의 너스레가 실감 났다.

체육관이 있던 자리는 정말 고깃집이 되어 있었다. 하고 많은 업종 중 왜 하필 고깃집인가 고민하던 나는 맞은편 영오 정육점을 보곤 금세 납득했다. 세기의 사랑이었다.

우두커니 서 있자니 편의점이 눈에 들어왔다. 예전엔 작은 슈퍼가 있던 곳이었다. 담배 생각에 걸음을 옮기는 날 어디서 나타났는지 모를 꼬맹이가 머리로 들이박았다. 하필 옆구리였다. 겉은 아물었을지 몰라도 내장은 아직이었는지, 잠깐이지만 숨을 쉬기가 힘들었다.

겨우 허리춤을 넘는 남자애는 사람을 들이박아 놓고 사과도 없이 지나치려 했고, 나는 애를 상대로 어른이 할 짓이 아니라는 걸 알면서도 녀석을 붙잡아 혼냈다.

"사람을 쳤으면 사과를 해야지."

나름 친절하게 말한다고 했는데 아이의 표정은 눈에 띄게 굳어졌다. 이러다 울리는 건 아닌가, 걱정했지만 기우였다. 아이는 눈을 동그랗게 뜨더니 반박했다.

"아저씨도 사과 안 했잖아요."

"뭐?"

"아저씨도 사과 안 했으면서. 길 한복판에 그러고 서 있어서 전봇대인 줄 알았잖아요."

멀쩡한 사람을 전봇대인 줄 알고 갖다 박았다는 아이는 당당했다. 대체 부모가 누구기에 애가 이렇게 드세나 싶어 머리를 짚는데, 멀리서 애 엄마로 보이는 여자가 달려와 아이를 안았다.

"지오야! 혼자 먼저 가면 어떡해? 같이 가야지."

"나 벌써 열두 살이야. 애기 취급하지 마. 다 컸어."

요즘 애들은 다 이런가. 맹랑한 대꾸에 헛웃음을 흘리며 고개를 든 나는 여자의 얼굴을 보자마자 가슴이 내려앉았다. 열두 살이지만 발육이 느린지 전혀 그래 보이지 않는 남자애의 손을 끌어다 잡기 바쁜 여자는 다름 아닌 서영오였다.

죄송하다는 사과를 하던 서영오가 뒤늦게 날 알아보곤 입을 다물었다. 놀란 서영오의 손에서 힘이 빠진 사이, 아이는 내 뒤의 영오 정육점으로 뛰어 들어갔다.

나는 여기서 서영오를 만났다는 사실보다, 서영오가 저 애의 보호자라는 사실에 충격을 받은 상태였다. 나이고 뭐고 계산할 만한 정신이 아니었고, 그래서 머저리 같은 질문을 했다.

"설마 저 애……."

서영오는 별 개소리를 다 듣겠다는 듯 내 말을 자른 채 곁을 스쳐 지나갔다.

"열두 살이야. 네 애일 리가 없잖아."

차가운 목소리에 굳어진 얼굴. 돌아서는 뒷모습에선 찬바람이 불었다. 찰나 마주친 눈동자가 젖어 드는가 싶었지만, 오랜만이라 잊고 있었다. 인형처럼 차가워 보이는 서영오의 얼굴 중 딱 하나 서정적인 구석이 바로 저 눈이라는 걸.

열여덟 그때에도 쓰레기 보듯 한 건 나뻤었지, 저 눈빛 때문에 시답지 않은 오해를 하는 덜 떨어진 새끼들도 몇 있었다. 김남훈도 그중 하나였다.

나는 점점 멀어지는 서영오에게서 눈을 떼지 못한 채 웃음을 흘렸다.

13년 전이나 6년 전이나, 바보 같은 서영오가 내게서 떨어지길 바라서 그 지랄을 떨었었다. 지금이라도 바라는 대로 됐으니 잘된 일인데, 왜 이렇게 기분은 엿같은 건지.

꼬맹이가 들이박은 옆구리가 쑤셨다. 누가 칼이라도 쑤셔 박은 것처럼.

편의점에서 담배와 라이터를 사고는 인적 드문 시장 바깥 길로 나왔다. 허리춤까지 오는 시멘트 난간 너머로 곧게 뻗은 방파제가 보였다. 겹겹이 쌓인 테트라포드 위로 파도가 부딪치며 흰 포말을 흩뿌렸다. 나는 깊이를 알 수 없는 바다에 시선을 둔 채 담배를 물고 불을 붙였다.

그럼 걘 대체.

그 와중에도 머릿속엔 서영오와 그 아이 생각뿐이었다.

애가 열둘이라면, 늦어도 13년 전에 생겼다는 건데, 그때는 서영오가 열아홉, 내가 열여덟이었다. 그 해에 생겼을 법한 아이는 내가 아는 한 하나뿐이었다.

서영오의 아버지. 그의 내연녀가 가졌다는 아이.

"허."

기막힌 탄식을 연기와 함께 토해 내는 순간, 누군가 거세게 내 등을 후려쳤다. 물고 있던 담배가 튕겨 나가 바닥을 굴렀다. 놀라 돌아보자 익숙한 얼굴이 내 뺨을 양 손으로 감싸 쥐곤 내 이름을 불렀다.

"어머, 이게 누구야. 일형이잖아? 아줌마는 헛 걸 본 줄 알고, 세상에. 얼마만이야. 도대체."

서영오의 어머니는 집 나간 아들 보듯 날 반가워했다. 서영오를 닮은 두 눈에 눈물이 글썽했다. 아무래도 서영오는 어머니에게 내 얘긴 전혀 하지 않은 것 같았다.

괜찮다는 날 아주머니는 부득불 시장으로 데려 갔다. 동네 백수 같은 내 꼴을 살피던 그녀의 눈은 슬리퍼에서 떠날 줄을 몰랐다. 해명해야 하는데 마땅히 할 말이 생각나질 않아 망설이는 사이, 그녀의 오해는 확신으로 변했다.

도착한 곳은 시장 근처의 스포츠 브랜드 매장이었다. 아주머니는 그중 가장 비싼 운동화를 고르더니 내게 건넸다. 됐다고 손사래를 치고, 내가 계산하겠다고 해도 막무가내였다.

"대체 뭘 하고 살았기에, 10여 년 만에 잘생긴 거지가 되어 돌아와서는."

돈 많은 저질 깡패 새끼보단 잘생긴 거지가 나을 것 같아 반박하지 않았다.

매장을 나온 후엔 정육점으로 끌려갔다. 자리를 비운 아주머니를 대신해 가게를 보고 있던 서영오가 날 보곤 표정을 굳혔다.

"영오야. 내가 누굴 데려왔는지 좀 봐봐."

호들갑스런 아주머니의 목소리에 가게 내부의 방에서 꼬맹이, 내 짐작이 맞다면 서영오의 아버지 서기섭의 아들 서지오가 튀어나왔다.

"큰엄마!"

"어이쿠, 그래. 우리 지오. 누나랑 같이 왔어?"

"큰엄마랑 저녁 먹으려구요."

서지오의 말에 그제야 확인한 시계는 벌써 오후 4시를 가리키고 있었다. 뒤늦게 생긴 늦둥이를 달래던 아주머니가 서영오를 재촉했다.

"고기만 썰지 말고, 내가 누구 데려왔는지 좀 보래도."

"봤어."

"봤어? 못 알아본 거 아니고? 일형이잖아. 어제만 해도 방에 처박혀서 그놈의 쇳덩이를 님이라도 된 양 마르고 닳도록 보고 또 보고, 나중에는 울기까지 하더니."

"내가 언제? 엄마 요즘 정신없나 봐. 헛 걸 다 보고."

"이 계집애가 진짜. 너 그 쇳덩이들 신줏단지 모셔 놓듯 가져다 놓고선 비가 오나 눈이 오나 들여다보는 거, 이 엄마가 모를 줄 알아? 요즘 들어 더 심해져서는 잠꼬대로 일형이……."

"손님도 없는데 엄마가 지오 봐."

서영오는 아주머니의 말을 끊은 채 도망치듯 카운터 밖으로 나갔다. 아주머니가 서영오를 붙잡은 것과 백 관장이 가게 안으로 들이닥친 건 거의 동시였다.

"해숙 씨, 오늘 저녁에 시간 있으면 다 같이 저……, 뭐야, 나 빼고 벌써 다들 모여 있네."

타이밍을 놓치는 바람에 미처 묻지 못했다. 서영오가 넋 보 듯 했다는 그 쇳덩이가 대체 나와 무슨 관계가 있다는 건지.

정확히 한 시간 반 뒤 우리는 백 관장의 고깃집 만수르의 홀에 다 함께 둘러앉았다. 주말이라 장사가 피크일 텐데도 백 관장은 문밖에 임시 휴무란 간판을 내걸었다. 영오 정육점에 서 직유통된 삼겹살과 목살, 소고기 채끝살이 테이블에 올라 왔다. 상추는 옥상의 텃밭에서 따 왔다. 장소만 다르고 꼬맹 이만 추가됐을 뿐, 언젠가 봤던 광경이었다.

대화는 늘 그랬듯 백 관장과 아주머니가 주도했다. 서지오 는 아주머니와 서영오가 주는 쌈이나 고기를 받아먹으며 가 끔 날 뚫어져라 쳐다봤다. 제 아버지 얼굴을 하나도 안 닮아 다행이란 생각이 들었지만, 그 말은 절 버리고 간 엄마를 닮 았단 뜻이니 그건 그것대로 문제였다.

이제야 기억이 나 하는 말인데, 나는 과거에 서지오를 만난 적이 있다.

5년 전, 손필규 영감의 아들 손지수의 누명을 뒤집어쓰는 데 실패한 내가 서영오 곁을 떠난 지 한 달쯤 됐을 무렵이었다. 서영오의 아버지 서기섭이 회사로 날 찾아왔다. 우스갯소리로 돈 필요하면 날 찾으라고 했지만 정말 올 줄은 몰랐다.

그는 다짜고짜 1억이 필요하다고 했다. 채무자가 어디에 돈을 쓰든 알 바 아니었으나 서영오의 아버지라 궁금해서 물었다. 사업 자금이라는 그의 개소릴 믿는 척 5천을 현금으로 내줬다. 손필규의 돈이 아닌 내 돈이었다. 차용증과 신체 포기 각서를 함께 썼다. 그는 두말없이 사인을 하고 지장을 찍었다.

버린 돈이라 생각하고 이자도 내지 않는 걸 내버려 뒀다. 그런데 한 달도 되지 않아 서기섭은 다시 날 찾아왔다. 나머지 5천도 꿔 달라기에 그것도 빌려줬다. 미끼였다. 돈 1억이 얼마나 큰 대가를 요구하는지 알려 줄 참이었다. 이따위 인간도 애비라고 둔 서영오가 불쌍해서라도.

늦은 밤, 뒷조사로 알아냈던 서기섭의 집에 찾아갔다. 그때쯤 서기섭은 내게서 빌려 간 1억을 죄다 불법 토토와 주식에 꼬라박은 후였다. 문을 따고 들어간 10평 남짓한 원룸텔에는 부모는 어디가고 고작해야 대여섯으로 보이는 애새끼만 홀로 숨어 있었다. 그게 서지오였다.

서지오는 돌보는 이가 없었는지 더러운 데다 그맘때 아이들 같지 않게 삐쩍 곯아 있었는데 눈빛만큼은 당당했다. 시커먼 사내들이 네댓은 들이닥쳤는데도 쫄지 않은 척했다. 피도 안 섞인 남매가 닮았을 리 없건만 나는 그 모습에 서영오를 떠올렸다.

서기섭은 금세 나타나지 않았다. 나는 애들을 보내고 홀로 그 집에 남았다. 집구석 어디를 둘러봐도 먹을 거라곤 없었고, 서지오는 아사 직전이었다. 하는 수 없이 근처 야식집에서 눈에 띄는 메뉴를 닥치는 대로 주문했다. 서지오는 잠깐 경계하는가 싶더니 내가 관심을 끄자 음식을 입에 쓸어 담기 시작했다.

서기섭은 새벽이 다 되어서야 돌아왔다. 서지오는 갑작스런 과식으로 토악질을 해 대더니 겨우 잠이 든 후였다. 나는 취미에도 맞지 않는 애 보기에 지치고 짜증이 난 상태였다.

"뭐야, 왜 문이 열려 있어, 아후 씨. 깜짝이야. 나는 또 누구라고. 우리 강일형 부장님 아니십니까. 누추한 저희 집에는 어쩐 일로."

술에 취한 서기섭은 제 집에 우두커니 앉은 날 보고 잠깐 놀란 듯했지만 그뿐이었다.

"근데, 가능하면 돈 좀 더 빌릴 순 없을까. 3천, 아니 천이라도."

나는 대꾸 없이 서기섭을 데리고 집을 나왔다. 그는 나들이라도 간다 생각했는지 얌전히 차에 따라 탔다. 영감이 작업장이라고 부르는 폐공장 안으로 들어서고 나서야 서기섭의 표정이 바뀌었다.

"술이랑 도박은 손모가지를 잘라도 못 고친다는 말, 들어는 보셨죠?"

고작 그 말 한마디에 서기섭은 내 앞에 무릎을 꿇더니 손이 발이 되도록 빌었다. 빌린 돈 때문에 그런 거라면, 무슨 수를 써서라도 최대한 빨리 갚겠다고. 그 연좌제 같은 게 있지 않느냐고.

"내가 자식이랑 마누라를 팔아서라도."
"자식이라면 누구? 댁네 여섯 살 난 애새끼, 서지오?"
"아니, 어린애 팔아 봤자 얼마나 하겠어. 걔 말고, 부장님도 알잖아. 내 딸. 서영오."

웃음이 터졌다. 미친놈처럼 큭큭거리는 나를 빤히 보던 그가 날 따라 웃었다. 비굴한 웃음이었다.

"부장님도 우리 영오한테 마음 있는 거 아니었어? 어렸을 때도 그렇고, 전에 보니까 요즘도 만나는 것 같던데."
"서영오가 왜 당신 딸이야?"

"이혼을 했어도 아버지는 아버지……."

"언제는 누구 씨인 줄도 모르는 년 데려 오는 게 아니었다며?"

내가 거기까진 모를 거라 생각했던지 당황해 얼굴을 굳히던 서기섭은 이내 덧붙였다.

"그, 그때는 내가, 너무 화가 나서 말이 헛나온 거고. 내 호적에 올랐으니 내 딸이지. 막말로 걔가 의대까지 간 거 그거 누구 덕분이겠어? 다이 애비가, 뒤에서 밀어준 덕분 아니겠어? 그러니까 영오는 자랑스러운 내 딸……."

"아, 너무 자랑스러우셔서 대로변에서 딸 머리채를 잡고, 드잡이를 하셨구나?"

"그건 부장님도 아시다시피 술이 너무 취해 가지고 내가 제정신이."

"목걸이 가격 알아볼 정신은 있으셨던데?"

나는 서기섭 앞에 마주 앉아 재킷 안주머니에서 나이프를 꺼냈다. 계속되는 추궁에도 받아치던 그가 드디어 입을 다물었다. 피곤했다. 이따위 인간이랑 입씨름을 하느니 빨리 끝내고 돌아가 한숨이라도 더 자는 게 이득이었다.

칼날을 빼내자 서기섭은 언젠가 날 마주친 김남훈이 제 목부터 감싸 보호하려고 했듯 손부터 숨기려고 했다. 취했는데도 움직임이 얼마나 날래던지. 나는 웃으며 그의 오른손을 붙잡아 바닥에 내리눌렀다.

　"자, 한 번만 설명할 테니까 잘 들으세요."

　"……."

　"아저씨, 나한테 1억 빌리셨지? 이자는 안 받고 딱 원금 1억만 받을게. 곧 죽어도 돈 나올 구멍이 안 보이니 어떡해? 다른 걸로 받아가야지."

　"그, 그럼?"

　"손가락 하나당 천? 어때? 이만큼 남는 장사도 없는 것 같은데. 누가 아저씨 같은 쓰레기새끼 손가락을 개당 천이나 쳐 줘요?"

　"아니, 나 말고, 영오. 영오는 어떠냐니까. 보아하니 그년 여태 공부하느라 남자도 안 만난……."

　더 들을 필요도 없었고, 듣고 싶지도 않았다. 나는 입을 다문 채 그의 새끼손가락에 나이프를 내리 찍었다. 고작 마디 하나가 잘려 나갔을 뿐인데, 서기섭은 오줌까지 싸며 벌벌 떨었다.

　"도박을 하려면 하고, 술도 맘껏 처드세요. 대신 뒈지려면 혼자 뒈져. 자식새끼들이랑 마누라 끌어들이지 말고. 내 말, 무슨 뜻인지 이해하시죠?"

비스듬히 열린 공장 문 너머로 해가 들이치고 있었다. 손가락 열 개가 다 잘리긴 싫었던지 서기섭은 미친 듯이 고개를 끄덕였다.

그를 내버려 둔 채 일어나 공장을 나가려던 나는 문득 멈춰 섰다. 언제 일어났는지 모를 서기섭이 내 뒤를 쫓고 있었다. 내 뒤통수라도 깰 모양이었던지 손엔 공장 구석에 방치되어 있던 각목을 든 채였다. 노인네가 참, 질기기도 하시지.

노력은 가상했지만 서기섭은 내 몸에 손끝 하나 대지 못했다. 방금 전 당당했던 기세는 어디 갔는지 다시 비굴해진 그를 보던 나는 마음을 바꿔 전화했다. 10분도 되지 않아 덩치서너 명이 들이닥쳤다.

"홀딱 벗겨서 대로변에 갖다 버려."

애원하는 서기섭을 거들떠도 보지 않은 채 공장을 나왔다.

돌아오는 길에 사람을 시켜 서기섭와 그 부인을 아동 학대 및 방치로 신고했다. 근처에 차를 대고 서 있다 서지오가 경찰과 함께 집을 나오는 걸 확인하고 자리를 떴다. 남의 집 아이의 거취에 신경을 쓸 만큼 살가운 성격은 아니라 그 이후론 생각도 않고 살았다. 그런데 그 꼬맹이를 여기서 보게 될 거라곤.

서영오와 아주머니는 서지오의 입에 번갈아 고기쌈을 넣어 주고 있었다. 착한 건지, 속이 없는 건지. 나는 고의는 아니었지만 결론적으로 서영오와 아주머니의 발목을 잡아 버린 내 선택을 지금에서야 후회 중이었다.

애는 죄가 없지. 그럼 서영오와 아주머니는 무슨 죄가 있어서.

탐탁지 않은 눈길로 서지오를 바라보던 나는 곧 서영오와 눈이 마주쳤다. 서영오는 아이를 그 따위로 바라보는 내가 마음에 들지 않았나 보다. 찰나 풀어졌던 표정을 굳히고 정색했다. 길고 연약한 목엔 아무것도 걸려 있지 않았다.

새어 나오는 쓴웃음을 막느라 나는 소주를 들이켰다. 부모님의 죽음의 이유를 알게 된 그날부터 술 따위는 거들떠보지도 않으리라 다짐했었는데 결국은 이 모양이었다.

변명 같지만 취하지 않으면 견딜 수 없을 때가 있었다. 그날들 중엔 서영오와 관련된 순간도 많았다. 널 모른 척하고, 상처 주고, 밀어내고, 그것도 모자라 네 마음을 칼날 같은 말들로 도려냈던.

"앞으론 공부만 하지 말고 남자를 좀 만나요. 서 선생님. 섹스하다 기절 안 하게 체력도 좀 기르시고."

그런 날들.

"집에 가 봤더니 어때? 사람 살 곳이 아니지? 어쩌겠어.

이번에도 이 백만수가 하해와 같은 마음으로 널 거둬 주는
수……."

"어머, 일형아. 그리고 보니 너 지낼 데가 마땅치 않구나."

선심 쓴다는 듯 건네는 백 관장의 말을 아주머니가 치고
들어왔다.

"백 관장님 댁 말고 우리 집은 어떠니? 다락방 하나 남는
거 있거든. 지금은 정리가 안 돼서 좀 그래도, 꽤 넓고 좋아.
일형이 너만 괜찮으면……."

"백 관장님이 거둬 주신다잖아."

이번엔 서영오가 아주머니의 말을 잘랐다.

"그 코딱지만 한 집구석에 사람 들일 데가 어딨어?"

"우리 집도 코딱지만 해."

"얘가 요즘 왜 자꾸 태클이야? 세상도 위험한데, 집에 남자
하나 있음 좋지 뭘 그래."

서영오는 대거리하지 않고 날 봤다. 세상보다 쟤가 더 위험
하단 말을 하고 싶은 것 같았지만 입을 다문 채 젓가락을 놓
고 가게를 나갔다.

"지오는 엄마가 데리고 와."

"쟤가 정말……. 밥은 마저 먹고 가!"

서슬 퍼런 딸의 기색에 아주머니는 잠시 당황한 듯했으나
그뿐, 곧 안정을 찾곤 날 설득했다. 잠자코 있던 백 관장도 아
주머니의 말을 거들었다. 군식구를 밀어내려고 했다기보단

아주머니 집에 시도 때도 없이 드나들 핑계로 내가 딱이었기 때문이었다.

앞에선 서지오가 누나의 심기를 불편하게 만든 장본인인 날 노려보고 있었다. 나는 못 이긴 척 그러겠다 했다. 늘 그랬듯 서영오의 의사 따윈 중요하지 않았다. 내가 무슨 짓을 해도 좋아했던 예전처럼, 지금의 넌 내가 무슨 짓을 하더라도 날 싫어할 테니까.

식사 후엔 가게 뒷정리를 돕고 저녁때쯤 아주머니, 서지오와 함께 서영오의 집으로 향했다. 현관에 가지런히 놓인 신발을 보아 서영오는 방에 있는 게 분명한데도 밖으로 나오지 않았다.

"들어가 보면 알겠지만 청소는 하고 써야 돼. 오늘은 일단 지오 방에서 자고."

"나 이 아저씨랑 자기 싫어."

"어이고, 지오야. 누가 아저씨랑 자래? 큰엄마랑 자면 되지."

여태 굳게 닫혀 있던 서영오의 방문이 그 순간 열렸다.

"지오 내가 데리고 잘게."

"그럴래?"

서영오는 눈앞의 나는 보이지도 않는 사람처럼 굴었다. 열여덟, 처음 제 집에서 묵게 된 나를 거실에서 맞닥뜨렸던 그때처럼.

"일형이 너도 피곤하겠다. 갈아입을 옷이랑 이부자리 가져다 줄 테니까 씻고, 편히 쉬어."

서영오가 서지오를 데리고 돌아서자마자 아주머니가 내 등을 밀었다. 감사하다는 인사를 뒤늦게 하는 내게, 그녀는 웃으며 속삭였다.

"너무 신경 쓰지 마. 저거 얼마 안 가. 영오 쟤가 겉은 싸해도 속은 물러 터졌잖아. 그건 일형이 네가 제일 잘 알지?"

이번엔 아주 오래갈 거라고, 그리고 그건 물러 터진 아주머니 딸의 마음을 내가 손쓸 수 없을 만큼 짓밟았기 때문이라고 말할 수 없었던 나는 그저 웃었다.

잠을 설쳤다. 새벽녘 일어난 나는 담배를 피운다는 핑계로 옥상에 올라가 있다가 출근하는 서영오를 목격했다.

7시 반. 버스를 타면 15분밖에 걸리지 않는 보건소에 가기엔 이른 시간이었다.

대문을 나가던 서영오가 문득 멈춰서 위를 올려다봤다. 나는 마주치는 시선을 피하지 않은 채 인사했다.

"출근 일찍 하시네요. 서 선생님."

서영오는 대꾸 없이 돌아서 걸었다. 고집스레 앞만 보고 가는 동그란 뒤통수에서 네가 무슨 짓을 해도 돌아보지 않겠다는 의지가 느껴졌다. 나는 서영오가 점이 되어 사라질 때까지 보고 있다가 아주머니의 부름에 집으로 내려왔다.

서지오와 아주머니는 이미 식탁에 앉아 있었다. 밥을 먹고, 됐다는 아주머니를 설득해 설거지를 한 다음에는 다락방을 정리했다. 두 시간 반에 걸친 짐 나르기와 청소를 하는 동안 서지오는 집요한 감독관처럼 날 힐끔거리며 감시했다. 어제만 해도 적의에 가득 차 있던 시선이 묘하게 유해져 있었다.

그 이유를 외출을 위해 집을 나서던 순간 알았다. 옷이 없어 하는 수 없이 백관장이 사 준 추리닝에 패딩 차림으로 운동화를 신는 날 서지오가 따라 나와 물었다.

"아저씨, 그때 그 아저씨 맞죠? 나 어렸을 때, 배고팠을 때, 밤에 우리 집에 와서 볶음밥이랑 치킨이랑 피자 사 준 아저씨."

기억해 준 걸 황송해해야 하나, 잊지 않은 걸 안쓰러워해야 하나. 나는 잠시 고민하다, 그 질문에 대답은 않은 채 손바닥을 내밀었다.

"돈 있으면 좀 빌려주라. 아저씨가 너무 부자라 수표밖에 없어서."

저금통이라도 털어 온 건지 꾸깃꾸깃한 지폐와 동전을 안겨 주는 걸 2천 5백 원만 받고 돌려줬다. 서지오도 서영오처럼 은근히 맹한 구석이 있었다. 먹을 거 좀 사 준 게 뭐라고 저금통까지 털어 줘.

그까짓 도시락 하나 먹이겠다고 날 졸졸 따라오던 열아홉 서영오가 떠올랐다. 집에 가라는 내 말에도 정류장에서 하염

없이 날 기다리던 서영오. 스물여섯이 됐는데도 여전히 나만 생각하던 서영오. 쾌락 따위 배제된 거칠기만 한 섹스에도 비명 한번 지르지 않던, 상처받는 데는 도가 텄지만 주는 법은 없던 바보 서영오. 서지오에겐 못했던 말을 서영오를 만나면 해 주고 싶었다.

'네 아버지 손가락을 잘랐어.'

그럼 지금 날 보는 무표정한 네 얼굴이 조금은 흔들리지 않을까.

백 관장의 집은 만수르의 3층이었다. 예전 체육관이 있던 자리. 코딱지만 한 체육관을 하면서 교육비 따위 받지 않고 날 키워 주질 않나, 원생 늘릴 생각은 않고 심심하면 아주머니만 쫓아다니기에 돈은 언제 버나 했더니, 건물이 본인 거였다. 물론 시골 촌구석이라 값도 크게 나가진 않고 세를 주는 것도 아니었기에 수입은 안 되지만 적어도 먹고 살 걱정은 안 해도 되었던 모양이다.

벨을 눌렀지만 답은 없었다. 기다려야 하나, 말아야 하나 망설이던 찰나 계단참 구석에서 낯익은 화분을 발견했다. 심어진 식물은 달랐지만 화분은 13년 전과 똑같았다. 혹시나 싶은 마음에 화분을 들춰 아래를 확인했다. 열쇠가 있었다. 열여덟 그 시절 늘 있던 그 자리에, 늘 보던 그 열쇠가.

문을 따고 안으로 들어갔다.

해가 중천인데도 백 관장은 취침 중이었다. 언젠가 그가 그랬듯 배를 밟아 깨울까 싶었지만 그러다 노인네 내장이라도 상할까 어깨를 흔들었다. 대체 무슨 꿈을 꾸는지 내 목을 끌어안고 난리를 치던 백 관장은 눈을 떠 내 얼굴을 보더니 기겁을 하곤 일어났다.

"네가 왜 여기에, 어? 어떻게 들어왔어?"

"열쇠 위치는 왜 안 바꿨어요?"

"너 이렇게 들어올까 봐."

"그게 대체 뭔 소리야."

비몽사몽인 그에게서 신분증과 차 키, 신용 카드 한 장을 갈취했다.

"어디다 쓰려고?"

"휴대폰 하나 뚫으려고."

"네 건?"

"있어도 못 써."

왜라고 물으려던 그가 입을 다물고 날 봤다. 자다 일어나 부은 얼굴이 점점 심각해지는 걸 보고 돌아섰다. 모른 척 현관을 나서는 날 뒤따라온 백 관장이 소리쳤다.

"사려면 최신식으로다가 사. 그 정도는 내가 해 준다."

"안 그려도 그러려고 했어. 난 싸구려 안 쓰거든."

"하여튼 일관되게 배은망덕한 자식. 야, 100만 원 이상은 안 돼! 듣고 있냐!"

말이야 그렇게 했지만 실은 그의 돈으로 살 생각도 없었다. 아마 그도 알고 있었을 것이다. 다만 심각한 분위기를 내가 바라지 않는다는 걸 알고 맞장구 쳐 준 것뿐.

백 관장의 낡은 승합차를 끌고 터미널이 있는 시내로 향했다. 터미널 주변은 다른 대도시와 다를 게 없이 개발이 된 상태였다. 유동 인구가 많지 않아 유령 도시 같다는 게 흠이었지만.

주변을 둘러본 끝에 전당포를 발견했다. 선녀 전당포. 새 건물들 사이에 홀로 낡은 전당포 건물은 생각보다 눈에 잘 띄었다.

두 층을 걸어올라 들어간 3층 전당포에는 고작 해야 나보다 대여섯 살이 많이 보이는 젊은 여자가 앉아 있었다. 감옥만큼 견고하게 둘러진 쇠창살 안에서 립스틱을 바르는 중이던 여자는 내가 시계를 풀어 건네고 나서야 고개를 들어 날봤다.

"천 5백만 원."

돋보기는커녕 안경도 쓰지 않은 채 시계를 대충 훑어본 여자가 단호하게 말했다. 반이 넘게 후려쳐진 가격에 나는 어이가 없어 따졌다.

"그거 3천 2백만 원 주고 산 건데."

"그럼 다른 데 가서 팔아."

"다이아야. 누나."

"그래. 다이아. 근데 이게 누구한테 약을 팔아! 누나는 개뿔. 반반한 낯짝 믿고 헛소리 씨부릴 거면 시계 들고 꺼져."

손만 들어갈 방탄유리 밖으로 무당 방울이 달린 호신용 곤봉을 휘두르는 걸 피해 서 있다가 진정이 되고 난 후에야 다가섰다. 다른 델 헤매기도 귀찮고 무엇보다 흥정할 기력도 더는 없어서 천 5백에 시계를 팔았다. 5만 원 권으로 한 줌밖에 안 되는 지폐를 패딩 안주머니에 집어넣은 채 전당포를 나서는 날 여자가 다시 불렀다.

"내가 그때 살 끼었다고 했지. 온갖 살 다 처맞고 다니니 배때지에 구멍이 뚫리지. 피가 달면 구더기가 꼬이는 법이야. 살 다 파먹히고 난 후에 후회해 봤자 늦어. 그러니까 지금부터라도……."

"굿하라고?"

그녀가 바로 할머니와 절친하게 지냈던 이 보살이라는 걸 그제야 알아챈 나는 웃으며 말했다.

"투잡 뛰는 무당, 뭘 믿고 굿을 해?"

"굿하란 소리가 아니라, 앞으로도 조심……."

"내 앞가림은 내가 알아서 할 테니까, 시간 있으면 우리 할망구 명복이나 빌어 주시든지. 갑니다."

공짜 부적 써 줄 테니 들고 가라는 걸 못 들은 척 밖으로 나왔다. 문이 닫히기 직전 다급히 넘어온 목소리가 젖어 있었다.

"할머니 제사는 내가 매해 지내고 있으니 걱정 마."

우리 박순자 씨는 복도 많지. 제사 지내 주는 사람이 또 있고.

백 관장 명의로 휴대폰부터 개통하고, 근처 매장으로 들어가 옷가지들과 신발을 샀다. 사는 김에 백 관장과 아주머니, 서영오와 서지오 것도 함께 샀다. 카드가 아닌 현금 다발을 꺼내 계산하는 나를 직원은 놀랍고 귀찮은 눈으로 봤다.

새로 산 옷으로 갈아입은 다음 패딩과 추리닝은 종이 가방에 넣어 따로 챙겼다. 해동의 겨울이 춥다고는 하지만 온몸을 감쌀 만큼은 아니었다. 움직이기에 거치적거리는 것보단 추운 게 나았다.

이것저것 하다 보니 어느덧 점심때라 근처 편의점에서 끼니를 때웠다. 배는 크게 고프지 않아 우유와 빵 쪼가리 하나를 먹은 다음, 백 관장의 차에 올랐다.

휴대폰 개통을 위해 확인 전화를 했을 때, 백 관장은 볼일이 끝나면 싸돌아다닐 생각 말고 당장 들어오라고 했다. 심심하면 자기 가게에 나와 일이나 도우라고. 나도 그럴 생각이었다. 괜히 돌아다니다가 재수 없게 손필규 끄나풀에게라도 걸리면 피곤해졌다.

그러나 나는 곧장 시장으로 가는 대신 도중에 멈춰 섰다. 화매 보건소. 서영오가 보건의로 일하는 곳이었다.

보건소에서 눈에 띄지 않는 뒷길에 차를 대고 걸어 나왔다.

200년이 넘었다는 팽나무 아래 정자에 앉아 도로 건너 보건소를 지켜봤다.

한 시간에 많으면 서너 명, 적으면 한두 명씩 사람들이 오갔다. 몇몇 사람들의 손에는 잘 익은 사과 광주리나 고구마 같은 것들이 들려 있었다. 서영오는 바깥까지 나와 그들을 배웅했다. 나는 그녀의 입술에서 퍼져 나오는 입김만큼 새하얀 얼굴을 훔쳐보느라 시간 가는 줄도 몰랐다.

오후가 될수록 환자는 줄어들었다. 해와 기온이 함께 떨어지고 산 너머로 노을마저 사라진 저녁. 보건소의 진료 시간인 6시가 훌쩍 지났음에도 서영오는 퇴근하지 않았다. 새로 산 휴대폰이 울려 확인했더니 백 관장이었다.

—너 이 자식, 여태 뭘 하기에 감감무소식이야?

"금방 간다니까, 거 되게 보채시네."

—너는 일곱 시간이 금방이냐?

"그걸 또 세고 계셨어?"

—헛짓거리 말고 빨리 와. 사내새끼가 조신하지 못하게 시간이 지금 몇 신데 아직까지 밖에서 나돌고 말……

걱정해서 하는 소리란 걸 알면서도 귀찮아 끊어 버리곤 전원을 껐다. 어울리지도 않는 청승은 그만 떨어야지 싶어 막 일어나던 참이었다. 도로 건너 보건소 앞에 택시 한 대가 섰다. 바쁘게 운전석에서 내리는 기사의 얼굴이 낯익다 했다.

"아까 지나가믄서 봤을 때 설마 했더니, 맞네. 어쪄? 배에 구멍 난 건 좀 괜찮어?"

나를 터미널에서 이곳 보건소까지 데려다 준 기사였다. 고개를 숙여 인사하고 가려는 날, 그가 소리쳐 불렀다.

"호떡 사 왔어! 별일 없으면 보건소 들어와서 같이 먹고 가."

호떡 따윈 관심도 없었지만 못 이긴 척 그를 따라나섰다. 궁금했다. 이곳에서 서영오는 어떤 모습일지.

문을 열고 들어서기 무섭게 따뜻한 공기가 훅 들이쳤다. 간호사와 얘기 중이던 서영오가 일어났다.

"지난주에 오신다면서요? 오셨어야 하고요. 혈압 약은 하루라도 안 드시면 안 된다고 말씀드렸죠? 자꾸 이러실 거예요?"

얼굴을 보지도 않은 채 잔소리부터 하는 걸 보니 진료 시간이 끝났는데도 당당하게 들이닥친 환자가 누구인지 그녀는 이미 알고 있는 것 같았다.

"먹고 살기 바쁘다 보니까, 시간 맞추기가 힘들더라고. 일단 호떡부터 좀 먹고."

"이런 거 안 사다 주셔도……."

뒤쪽의 내 존재는 전혀 눈치채지 못하던 서영오는 간호사가 팔꿈치로 옆구리를 찌르다 못해 고갯짓까지 하고 나서야 고개를 돌려 날 봤다. 옅은 웃음기가 배어 있던 입술이 순식간에 굳어졌다. 반기지 않을 거라 예상은 했지만 저 정도로 정색할 거라곤 생각 못했다. 산소가 부족할 때처럼 죄여 드는 심장을 무시한 채 웃었다.

"저, 황 기사님. 죄송한데 같이 오신 뉴 페이스분은 대체 누구신지……."

침묵을 깨뜨린 이는 간호사였다. 나를 본 서영오의 반응에 당황해하던 황 기사가 기다렸다는 듯 날 소개했다.

"아, 그때 박 간호사는 여기 없었지? 내가 이짝 생명의 은인이여. 다 죽어 가는 걸 내가 이 보건소에 데려와 가지고 살렸다니까."

"그러셨, 근데 이상하다. 왜 이렇게 낯이 익지?"

기계적으로 고개를 끄덕이던 박 간호사가 내게서 눈을 떼지 못한 채 물었다.

"아니, 이런 얼굴을 자주 봤을 리도 없고, 분명 어디서 본 것 같은데. 혹시 저랑 만나신 적 없으세요?"

"글쎄요."

"아니야. 분명 어디서, 어, 맞다! 서 선생님. 이분 그때, 선생님 머리채, 그 환자 죽빵. 복부 자상!"

알 수 없는 단어들을 늘어놓던 박 간호사는 서영오의 어깨까지 흔들며 동조를 구했지만 돌아온 반응은 차가웠다.

"진료할게요. 황 기사님 진료실로 들어오세요."

"서 선생님, 정말 기억 안 나요? 안 나면 안 되는 얼굴인데 진짜."

　나와 진료실을 번갈아 보며 안타까워하던 박 간호사는 자신을 부르는 서영오의 목소리에 마지못해 진료실 안으로 들어갔다.

　빈 대기실에 홀로 남은 나는 의자에 앉아 주변을 둘러봤다. 별 다를 것 없는 평범한 보건소였다. 서영오가 여기서 일한다는 것만 빼면.

　얼마 지나지 않아 황 기사가 나왔다. 다음엔 꼭 날짜 맞춰 오시라는 서영오의 당부에 하늘이 두 쪽이 나도 오겠다고 약속하던 그가 불현듯 날 가리켰다.

　"참, 이짝도 온 김에 진료 봐야지. 그때 다쳤던 그 배 말여. 온 김에 보고 가는 게 낫지 않었어?"

　"아뇨. 그건 여기 말고, 수술했던 병원에서 진료 보셔야죠."

　서영오는 단칼에 거절했다. 여전히 내 쪽은 거들떠보지도 않는 차가운 눈이 마음에 들지 않았다. 그래서였다. 굳이 할 필요도 없는 진료를 받겠다고 나선 건.

　"제가 거기까진 갈 시간이 없어서요. 요즘은 보건소도 진료 거부하나."

　그제서야 그녀는 날 마주했다. 황 기사를 향할 땐 따뜻하기만 했던 시선이 위협을 당한 고양이처럼 날카로워졌다.

　"들어와."

돌아선 서영오가 진료실로 들어갔다. 코앞에서 소리 나게 닫히는 문을 물끄러미 보던 나는 그녀를 따라 안으로 들어섰다. 등 뒤에서 황 기사와 박 간호사가 속삭였다.

"박 간. 아무래도 두 사람 아는 사이 같지?"

"아는 사이 그 이상 같은데요. 그럼, 그때도……. 어쩐지!"

진료실은 작지만 아늑했다. 책상 한구석에 놓인 가족 사진에서 서영오와 아주머니, 서지오가 웃고 있었다. 피 따윈 하나도 섞이지 않는 이들이건만, 거짓말처럼 닮아 있어 신기했다.

"윗옷 올려 봐. 왼쪽이지?"

서영오는 사적인 감정은 전혀 담기지 않은 기계적인 목소리로 말했다. 나는 앞머리 사이로 드러난 그녀의 동그란 이마를 물끄러미 보다 상의를 올렸다. 멀찍이 떨어져 있던 서영오가 의자를 끌고 다가왔다. 거리가 좁혀졌다. 히터가 내뿜은 따뜻한 공기에 서영오의 향기가 섞여 났다.

붕대 대신 덮인 밴드를 조심스레 뗀 서영오가 상처를 확인했다.

"잘 아물고 있으니 걱정 안 해도 돼. 절대 안정은 못하더라도 무리는 하지 마."

소독 솜으로 상처를 닦아 내는 손길이 퍽 조심스러웠다. 그녀가 내뱉은 절대 안정이라는 말에 나도 모르게 피식 웃자, 새 밴드로 상처를 덮던 서영오가 움찔 몸을 굳혔다.

팔을 뻗으면 안을 수 있는 거리였다. 그런 서영오에게 손을 대지 않는 건, 엄청나게 힘든 일이었다. 충동이 인내심을 이기기 직전에 서영오는 치료를 끝내고 내게서 떨어졌다. 아쉬움에 이는 갈증을 해결할 방법이 없어 타는 목을 숨기느라 나는 쓴웃음을 삼켰다.

"통증은 없어?"

"어."

"그럼 약 처방은 안 할게."

"어."

"됐어. 나가 봐."

"목걸이, 진짜 버렸나 보네."

모니터만 응시한 채 키보드를 두드리던 서영오가 동작을 멈췄다.

"어. 네 말대로 이젠 그깟 거 지키느라 애 안 쓰려고."

속은 몰라도 겉은 동요 없는 목소리였다. 나는 대답도 않고, 일어서 나가지도 않았다. 서영오는 잠시 뜸을 들이더니 덧붙였다.

"왜? 이제 와 생각하니 아까워? 그러게 적선도 적당히 하지 그랬어. 진료 끝났으니까 이만 나가 줄래? 나 퇴근 준비……."

"아깝진 않은데, 서운하긴 해."

책상 곳곳에 널려 있던 차트와 서류를 정리하던 서영오가

260

고개를 들어 날 봤다. 나는 오늘 처음으로 똑바로 본 서영오의 얼굴에서 시선을 떼지 않은 채 말했다.

"가는 게 있었으면 오는 것도 있어야지. 피 묻은 돈 펑펑 쓰던 부자 남자 친구가 땡전 한 푼 없는 거지새끼로 돌아왔다고 해서, 거들떠도 안 보는 건 너무하잖아. 적선 좀 해. 돈도 좋고, 다른 건 더 좋고."

장난스런 내 말에 무표정하던 서영오의 눈가가 점점 일그러졌다. 애정과 증오는 한 끗 차이라던데. 사랑받을 수 없다면, 미움이라도 상관없었다. 무관심보다는 나았다. 적어도 날 증오할 때 넌, 나만 생각할 테니까.

"넌 대체 날 뭐로……."

"속물 의사 선생님?"

"뭐?"

"농담이야. 서른이 넘었는데 아직도 숙맥이야, 우리 서 선생님."

각 티슈가 날아왔다. 고개를 틀어 피하자, 이번엔 쿠션이, 다음엔 볼펜이 날아들었다. 나 같은 새끼가 지껄이는 개소리가 뭐라고 상처받아 젖은 네 눈이, 죽일 듯 날 노려보면서도 타격 없는 물건들만 던지는 네 배려가 자꾸 날 기대하게 한다.

내 존재가 네게 아무것도 아닌 건 아니구나. 네게 상처를 줄 만큼은 되는구나.

쓴웃음을 삼키며 진료실을 문을 당겨 열자, 박 간호사와 황 기사가 쏟아져 들어왔다.

"아이고, 깜짝이야."

갑자기 그렇게 문을 열면 어떡하냐고 적반하장으로 퉁을 주던 두 사람은 나와 서영오를 번갈아 보더니 더듬거리며 변명했다.

"뜨거울 때 먹어야 맛나는디 다 식도록 나오질 않으니께, 대체 뭣들 허나 궁금혀서 쬐금, 아주 쬐금 들었어."

"맞아요. 진짜 쬐금, 엄청나게 쬐금 들었어요. 더 식기 전에 호떡 드세요. 여기 호떡 진짜 맛있거든요."

서영오는 5분도 안 돼 짐을 챙겨 나왔다. 황 기사와 박 간호사가 붙잡았지만 소용없었다.

"미안한데 문단속은 박 선생님이 좀 해 주세요."

그 와중에 쥐여 준다고 호떡은 들고 가는 게 서영오다웠다. 나는 박 간호사가 건네는 호떡을 마다한 채 서영오 뒤를 따랐다.

정류장으로 가려는 걸 앞을 막아섰다.

"차 들고 왔어. 타고 가."

"됐어."

"버스 내려서 또 걸어야 하잖아. 밤길에 위험하게 그러지 말고."

"지금 내 앞에 깡패 새끼인 너보다 위험한 게 어딨어?"

서영오는 고작 그 말을 내뱉고는 아차 싶었는지 입술을 꽉 깨물었다. 살면서 들었던 욕들 중 가장 타격감 없는 말이었는데도 불구하고 나는 상처받았다. 어처구니가 없어 헛웃음이 터졌다.

헤드라이트 불빛과 함께 버스가 들어섰다. 서영오는 날 지나쳐 버스에 올라탔다. 나는 원래 그러려고 했던 사람처럼 서영오를 쫓아 버스에 탔다. 서영오의 뒷자리에 앉아 서영오를 지켜봤다. 묶었다 푼 탓에 자국이 남은 긴 머리칼. 크림색의 스웨터 위로 드러난 곧은 목. 식어 빠진 호떡을 꾸역꾸역 씹어 삼키느라 다람쥐처럼 부풀었다 줄어드는 뺨 따위를.

정류장에서 내려 집으로 향하는 서영오를 뒤따라 걸었다. 처음으로 서영오의 등을 제대로 봤다. 작고 연약한 등. 그날이 떠올랐다. 껌딱지처럼 날 따라오던 서영오를 매몰차게 밀어냈던 그해 여름, 그날.

끝내 뒤돌아보지 않았던 나와

"할 말이 있어."

그럼에도 불구하고 지금 뒤돌아 날 마주보는 너.

"어디서 무슨 사고치고 여기까지 온 건진 모르겠는데, 되도록이면 빨리 떠나 줘. 나 혼자 엮이는 건 상관없는데 우리 가족까지 엮여서 위험해지는 건 사양이니까."

작은 주먹을 피가 통하지 않을 정도로 쥔 서영오는 대문을 앞에 두고 말했다. 편리한 뇌를 가진 나는 다른 단어들은 죄다 흘려버린 채, 나 혼자 엮이는 건 상관없다는 그 말에 꽂혀 있다.

"말없이 사라지는 거 네 특기잖아."

네 목소리. 날 보는 눈빛. 돌아서는 등까지 싸늘하기 그지 없어서 정말 다행이었다. 앞으로도 넌 날 거들떠보지도 말고, 신경 쓰지도 말았으면 좋겠다. 벼랑 끝에 선 내가 헛소릴하고 개처럼 매달려도 지금처럼 날 밀어내기를.

같잖은 희망 따위는 품지도 못하게.

그러나 바보 같은 서영오는 오늘도 내가 비집고 들어갈 만한 틈은 남겨 둔 채였다. 닫히기 직전 대문을 잡아 막는 네 손짓 하나가 모른 척 날 네 집 안으로 들어서게 만든다.

가끔 서지오와 놀아 준답시고 거실에 있는 날 볼 때면 무방비 상태로 누그러지던 네 표정이, 손마디가 아프다는 아주머니를 대신해 칼을 쓸 때마다 구부러진 내 왼손 약지에서 떠날 줄 모르던 네 눈이, 자꾸만 날 네게로 이끌어.

죽기 직전의 추위에 내몰린 인간에게는 쌓인 눈도 따뜻하게 느껴지는 법이었다.

손만 닿으면 녹아내릴 무른 속내를 숨기느라 눈처럼 싸늘한 날을 세우는 너는 내겐 언제나 봄이었다.

그대로 파묻혀 죽어도 좋을 차가운 봄.

아무것도 모르는 아주머니는 우리가 같이 들어온 걸 반가

위했다. 방에 틀어박혀 나오지 않을 줄 알았던 서영오는 웬일로 식탁에 앉아 함께 저녁을 먹었다.

설거지를 하겠다는 날 아주머니는 더 이상 말리지 않았다. 그래, 가족인데 그 정도는 도와야지. 등 뒤에서 서영오의 시선이 느껴졌다. 너는 날 어떤 눈으로 쳐다보고 있을까. 정신을 딴 데 판 덕분에 접시 하나를 깨 먹었다.

화목하고 평범한 가족처럼 거실에 앉아 과일을 먹고 있을 때쯤, 백 관장이 들이닥쳤다. 그는 당연한 듯 날 밀어내고 소파 한구석을 차지하더니 잔소리부터 퍼부었다.

"야, 너는 받지도 않을 전화를 왜 샀냐? 어 왜 샀어?"

"어? 일형이 휴대폰 개통했니? 아줌마도 번호 알려 줘."

그제야 꺼낸 휴대폰엔 부재중 전화가 서른 통이나 와 있었다.

"아니, 안 받으면 담에 하면 되지. 무슨 빚쟁이도 아니고 전화를 서른 통이나 했대? 이 아저씨는."

아주머니가 질린 듯 백 관장에게 한 소릴하고, 백 관장이 그게 아니라며 변명을 시작하는 사이, 서지오가 제 휴대폰을 내밀었다.

"나도 알려 줘요. 아저씨 번호."

나는 서지오의 폰에 내 번호를 찍으며 여태 궁금했던 걸 물어봤다.

"근데 왜 누나는 누나고, 나는 아저씨야? 내가 네 누나보다

한 살이나 어린데."

"그거야, 누나는…… 누나고, 아저씨는 아저씨니까?"

서지오의 동문서답에 서영오가 바람 소리를 내며 웃었다. 서영오는 내 번호를 묻지 않았지만, 나는 서지오의 휴대폰에 있는 그녀의 번호를 내 휴대폰으로 전송했다.

졸지에 나 같은 새끼와 함께 살게 된 서영오는 생각보다 괜찮아 보였고, 괜찮은 줄 알았다.

그게 순전히 내 착각이었다는 걸 그날 새벽 깨달았다.

다락방은 아늑했고, 아주머니가 새로 사다 준 이불은 구름처럼 보드라웠다. 그런데도 쉽게 잠이 오질 않았다. 서너 시간을 뜬 눈으로 천장만 바라보고 있다 목이 말라 아래층으로 내려왔다. 마지막 계단을 남겨 뒀을 때 인기척이 들렸다. 화장실 쪽이었다.

열린 문틈으로 빛이 새어 나오고 있었다. 서영오는 변기를 붙잡은 채 토하는 중이었다. 원래도 하얀 얼굴이 백짓장처럼 창백했다. 겨우 일어나 세면대 앞에 서서 입을 헹구고 세수를 하던 서영오가 찰나 휘청했다. 저러다 쓰러지는 건 아닌가 싶어 안으로 들어가려던 나는 걸음을 멈춘 채 그 자리에 섰다.

흐르는 물소리 사이로 흘러나오는 흐느낌.

욕실 바닥에 주저앉아 무릎에 얼굴을 파묻은 채 서영오는 울었다. 혹시나 소리가 밖으로 새어 나가 누군가를 깨울까, 숨을 죽인 채로 어깨를 떨면서. 세상이 무너진 사람처럼.

나는 문밖에 선 채 한참 동안 네 울음소리를 듣고 있었다. 후회 따윈 소용없을 만큼 거지 같은 인생이라 뒤 따윈 돌아보지 않고 살아왔건만, 처음으로 후회했다.

나는 이곳에 오지 말았어야 했다. 너를 보지 말았어야 했다. 널 보면 쉽게 떠날 수 없게 될 거라는 걸 그때는 몰랐다. 이렇게나 살고 싶어질 거라곤 상상조차 못했다.

그렇게 하루, 이틀, 벌써 스무날이 됐다. 내일이라도 당장 떠나면 되겠지만 나는 그러지 않을 것이다.

아직은 아무도 위험하지 않으니까. 며칠은 괜찮겠지 자위하면서.

"개새끼……, 나쁜 새끼. 쓰레기 자식."

송곳처럼 날카로운 네 말들보다 젖은 네 울음소리가 가슴에 박혀 속을 후벼 팠다. 이 감정이 사랑이라는 걸, 실은 열여덟 그때부터 알고 있었지만 모른 척했다. 앞으로도 그럴 거다.

네 말대로 난 구제 불능 쓰레기 새끼니까.

적당히 머물다가 때가 되면 사라질게.

네가, 네가 사랑하는 사람들이 위험해지기 전에.

소한(小寒)

　보건소 근처에 버리고 온 백 관장의 승합차를 가져와야 한
다는 핑계로 출근하는 서영오와 함께 길을 나섰다. 우리는 같
은 버스를 타고, 같은 곳에서 내려, 같은 방향으로 움직이다
보건소 앞에서 헤어졌다. 수고하라는 내 말에 서영오는 대꾸
하지 않았다. 가뜩이나 칭칭 감아 놓은 목도리 안에 고개를
파묻었을 뿐.

　비슷한 날들이 계속됐다. 나는 일방적으로 서영오에게 다
가가고, 서영오는 그런 나를 무시하는.

　집구석에서 마냥 놀 수도 없고, 그렇다고 다른 일자리를 구
하는 것도 마땅찮았던 나는 만수르에서 아르바이트를 시작했

다. 손님이 많아 봤자 얼마나 많겠냐고, 시답지 않게 생각한 나를 비웃듯 만수르는 밀물처럼 밀려드는 사람들로 주말마다 인산인해였다.

사람들은 배가 터지도록 고기를 먹은 후엔 꼭 백 관장과 사진을 찍었다. 이유를 알 수 없지만 나와 사진을 찍으려는 사람들도 종종 있었는데, 내 띠꺼운 표정을 보고는 나들 알아서 카메라를 거뒀다.

손님이 비교적 적은 평일 저녁엔 보건소 직원들이 가끔 회식을 하러 왔다. 서영오는 불편한 기색이 역력했지만, 나 때문에 늘 오던 백 관장의 가게에 발길을 끊을 수는 없는 일이었다.

김남훈을 만난 건, 겨울비가 내리던 수요일 저녁이었다. 비가 몰고 온 해무로 바다가 보이지 않을 지경이었고, 덕분에 가게엔 손님이 없었다.

8시쯤 가게 전화를 받은 백 관장이 부산해졌다. 10여 명의 단체 손님이 10분 뒤에 도착할 테니 텐 미닛 안에 준비를 끝내야 한다며 그는 날 독촉했다.

멍청히 앉아 창밖의 비만 쳐다보고 있던 나는 귀찮음을 마다하고 일어서 백 관장을 도왔다. 10분 뒤에 온다던 단체 손님은 30분이 지나서야 나타났다.

주차 안내차 밖으로 나가 있던 나는 막 차에서 내리던 김남훈과 마주쳤다. 뒤따라 나온 백 관장이 그제야 단체 손님의 정체를 알아채곤 얼굴을 일그러뜨렸다. 저 새끼한테는 안 팔 테니 그냥 보내라는 걸, 저런 새끼 돈을 안 뜯으면 누구 돈을 뜯냐는 말로 설득했다.

날 맞닥뜨린 김남훈은 잠깐 표정을 굳혔지만 그뿐, 크게 놀라진 않았다. 일전의 재회를 떠올리면 장족의 발전이라 비웃고 넘겼지, 거기에 다른 이유가 있을 거라곤 생각지 않았다. 이 새끼는 이미 내가 여기 돌아와 있다는 사실을 한참 전부터 알고 있었다는 걸.

너무 오래되어 잊고 있었다. 옆집 개의 출산 소식이 이튿날이면 백 리 너머 다른 마을까지 전해지는 곳이 바로 이곳 해동이었다.

테이블 넷이 손님들로 가득 찼다. 몇몇은 낯익은 듯 백 관장에게 인사를 했다. 군청 사람들이라고 했다.

최고급 한우가 테이블마다 세팅됐다. 백 관장은 제가 하겠다며 테이블에 나가려는 날 말렸으나 무시한 채 김남훈에게로 향했다. 내 손에 들린 가위를 본 김남훈의 낯빛이 창백해졌다.

지금 내가 자르고 싶은 건, 죽은 소가 아니라 살아 있는 김남훈의 목이었다. 그러나 이번에도 상상만 할 뿐, 실제로 김남훈의 목에 가위를 꽂진 않는다. 그래 봤자 변하는 건 아무것도 없을 테니까. 내 주변 사람들만 불행해질 뿐.

도시로 출가한 도련님이 명절도 아닌데 왜 여기까지 와 있나 했더니 선거 때문이었다. 나이가 많은 김남훈의 조부는 군수직에서 이미 내려온 지 오래고, 지난 군수 선거에선 김남훈의 아버지가 당선되었으며, 올해도 출마할 예정이라는 걸 그들의 얘기를 듣고 알았다.

아주 대대로 해동을 말아 처드시네.

웃고 떠들어 대는 소리가 거슬려 가게 밖으로 나왔다. 차양 아래 쪼그려 앉아 평소 아르바이트를 할 땐 손에 대지도 않던 담배를 꺼내 물었다. 여느 때였다면 등짝을 치고 잔소리를 퍼붓던 백 관장도 오늘은 날 내버려 뒀다.

막 라이터를 켜 불을 붙이고 한 모금을 머금었을 때, 서영오는 등장했다. 등 뒤엔 늘 그렇듯 보건소 식구들을 자매품처럼 매단 채였다. 그래 봤자 박 간호사 하나였지만.

"식품 위생법에 위반되게 가게 앞에서 웬 담배야."

날 지적한 건 어째서 두 사람과 매번 같이 다니는지 모를 이 보살이었다. 나는 담배를 바닥에 눌러 꺼 쓰레기통에 버리곤 일어났다.

"요즘 회식이 잦으십니다? 이쯤 되면 나 보러 오는 건가 싶어."

서영오는 말없이 우산을 접고 먼저 가게로 들어갔다. 이 보살이 제 우산을 접으며 내게 빗물을 털었다. 날 생각하는 건 박 간호사뿐이었다.

"어떡해요? 다 젖었네. 근데 젖어도 잘생겼다. 어쩜 얼굴이 그래요. 일형 씨는."

우산꽂이를 가져와 벽에 세워 둔 우산들을 정리한 다음 뒤따라 들어갔다. 예상외의 인물을 만났으니 놀라야 정상이건만, 서영오는 김남훈을 보고도 전혀 동요하지 않았다. 마치 녀석이 이곳 해동에 머물고 있다는 걸 아는 사람처럼.

김남훈이 데려온 군청 사람들과 서영오의 식구들이 인사를 나누었다. 김남훈은 바에서 술을 건네며 작업하듯 서영오의 테이블로 한우 3인분을 주문해 건넸다. 너나 처먹으라고 거절할 줄 알았는데 서영오는 말없이 불판에 고기를 올렸다.

"아, 서 쌤. 나 저 사람 진짜 마음에 안 든다니까요. 대단하신 군수 아드님이라면서 고기도 3인분이 뭐야, 누구 코에 붙여?"

"내가 말했지. 강일형이는 인생에 살이 끼었다면, 저 새끼는 존재 자체가 살이라고. 가까이 두지 마. 근데 고기는 한 번만 뒤집어."

빈 테이블에 앉아 대화를 듣고 있자니 심심하진 않았다. 그 사이 서영오는 구운 고기를 박 간호사와 이 보살의 앞 접시에 공평하게 나눠 담았다.

"나는 어때요?"

한우 먹기에 바쁜 이 보살에게 서영오가 물었다.

"꽃에는 벌이 꼬인다잖아요. 근데 파리만 꼬인다는 건, 내가 구려서겠죠?"

"원래 보물에는 개잡놈들이 다 꼬이는 법이야."

우문현답이었다. 서영오는 뭐에 얻어맞기라도 한 사람처럼 멍해 있더니 작게 웃었다. 그게 내가 개잡놈 취급을 당하고도 기분이 나쁘지 않은 이유였다.

"공짜로 받기엔 점괘가 너무 좋은데. 복채는 한우로 대신 하겠습니다."

추가 주문한 한우와 소주를 테이블에 가져갔다. 평소 회식을 할 때면 술은 입에도 안 대던 서영오는 오늘따라 자꾸 술을 마셨다.

취해 고꾸라지는 걸 잡았더니 집에 가겠다고 했다. 언제 일어났는지 모를 김남훈이 서영오의 손에서 계산서를 가져갔다. 서영오는 부득불 우겨 제가 계산했고 데려다주겠다는 김남훈을 마다했다.

"난 취한 인간 차 안 타. 음주 운전 질색이야."

취한 인간 차에 목숨을 달리한 건 내 부모인데, 왜 네가 질색을 하는지 모르겠다고 생각하면서도, 나는 그 말 한마디에 유치하게 또 의미를 둔다.

그새 우산꽂이에서 용케도 제 우산을 찾아 쓴 서영오는 홀로 가게를 나섰다. 따라가려는 김남훈을 이 보살이 발을 걸어 막았다. 용케 중심을 잡고 일어서는 김남훈의 가슴팍에 이번엔 박 간호사가 양념 갈비를 엎었다. 나는 이미 앞치마를 풀고 밖으로 나선 후였다.

그새 굵어진 빗줄기에 몸이 젖어 들었지만 상관없었다. 나는 휘청거리는 서영오를 붙잡지도, 놓치지도 않은 채 천천히 뒤따라 걸었다. 그녀가 오른쪽으로 가면 오른쪽, 왼쪽으로 가면 다시 왼쪽으로 방향을 바꿔 가면서.

생전 처음 보는 골목길을 빙빙 돌아 집 앞에 도착했을 땐 벌써 한 시간이 지나 있었다.

벨을 눌러 대문을 연 서영오가 안으로 들어섰다. 문을 닫으려는 손길이 어째서인지 도중에 멈췄다. 뒤를 돌아보지 않은 네가 집 안으로 들어간 지 한참이 지난 후에도 나는 네가 열어 놓은 그 대문 밖에 서 있었다.

비를 맞은 건 나인데, 감기에 걸린 건 너였다.

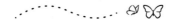

고작 감기에 서영오는 사경을 헤맸다. 하필 정육점에 고기가 들어오는 날이라 아주머니는 가게를 비울 수가 없었다. 아픈 딸을 두고 나가야 하는 아주머니가 걱정 가득한 목소리로 괜찮냐 물을 때까지만 해도 괜찮다 웃으며 답하던 서영오는 현관문이 닫히기 무섭게 끙끙 앓았다.

이마 위 물수건이 미지근해져 갈아 주려는 내 손을 서영오는 힘없이 쳐냈다. 나가라는 말을 하고 싶은 것 같았는데 달싹거리는 입술에서 나오는 건 더운 숨뿐이었다.

"나 꼴 보기 싫은 거 아는데 오늘만 참아."

반항이 소용없다 생각했는지 서영오는 고개를 모로 틀고 눈을 감았다. 찬물에 다시 적신 물수건을 이마에 올려 주곤 뺨에 손등을 가져가 체온을 확인했다. 여전히 뜨거웠다. 아주머니가 해열제는 먹였다고 했는데, 아무래도 약만으로는 안 될 모양이었다.

"우리 누나, 많이 아파요? 얼마나 아파요? 병원 안 가도 돼요?"

감기 옮으니 제 방에 들어오지 말라는 서영오의 말을 지키느라 서지오는 방 밖에 서서 발만 동동 굴렀다. 피 따위 전혀 섞이지 않은 남남인데도 피 섞인 남매보다 애틋했다. 기린처럼 빼고 있는 목이 저러다 똑 떨어질까 싶어 들어가 보라고 했다.

"누나가 들어오지 말라고 했는데."

"누나는 기억도 못할걸?"

"그래도."

"그럼 말든지."

통화를 위해 방 밖으로 나오며 문을 닫으려 하자 서지오는 잽싸게 내 허리춤을 통과해 방 안으로 들어갔다. 침대맡에 동그마니 선 작은 뒷모습을 확인하곤 거실로 나왔다. 백 관장에게 전화부터 했다.

"여긴 서영오말고 다른 의사는 없어?"

―아침부터 웬 의사 타령이야?

자다가 깬 듯 발음이 새는 목소리로 투덜거리던 백 관장은 서영오가 아프다는 말에 소리쳤다.

―뭐? 영오가 왜? 어디가 아픈데?

"감기야. 걱정할 정도는 아닌데."

―걱정할 정도는 아닌데 왜 의사를 찾아?

"모르는 것 같으니까 끊을……."

―한 사람 있잖아. 너 치료해 준 그 요양 병원장.

못 오겠다고 하면 강제로라도 데리고 올 생각이었는데 병원장은 순순히 왕진을 와 주겠다고 했다. 30분이 되지 않아 집 앞에 차 한 대가 섰다.

누나와 떨어지지 않으려는 서지오를 설득해 거실로 내보내고 병원장과 함께 서영오의 방으로 들어갔다. 체온을 재고 청진기로 이곳저곳을 살핀 그녀는 서영오의 마른 팔목에 링거를 놓았다.

"열은 금방 떨어질 거예요. 몸살감기라 잘 먹고 잘 쉬면 금방 나으니까, 걱정 말고."

"감사합니다."

그제야 나는 한시름 놓았다. 가져온 물건들을 다시 가방에 챙겨 넣던 병원장은 뒤늦게 생각났다는 듯 내 안부를 물었다.

"수술한 덴 괜찮아요? 통증 없고?"

"네."

"그래도 혹시 모르니까 나중에 병원에 한 번 와요. 잘 아물고 있는지 확인은 해야지."

"네."

"그리고, 이건 굳이 안 해도 되는 말인데."

병원장의 시선이 침대맡에 우두커니 선 나를 거쳐, 누워 있는 서영오에게로 향했다. 링거액이 들어가자 좀 괜찮아진 모양인지 서영오의 표정이 한결 편안해 보였다.

"그쪽 배에 구멍 뚫려서 우리 병원에 실려 오던 날, 서 선생이 걱정 많이 했어요. 눈물범벅이 되선 손을 덜덜 떨며 부탁하기에 대체 무슨 사인가 했는데……."

뒷말을 삼킨 채 다시 날 보는 병원장의 표정이 의미심장했다. 그녀가 무슨 생각을 하던 오해가 분명했지만 해명할 필요성을 느끼지 못해 모른 척 넘겼다.

집을 나서는 병원장을 차까지 배웅했다. 운전석에 올라타던 그녀가 깜빡했다는 듯 덧붙였다.

"참, 병원에 오려면 한 달 내에 와요. 그 후엔 문 닫을지도 모르거든."

멀쩡한 병원이 갑자기 문 닫을 일이 뭔가 싶었으나 집 안에 있을 서영오와 서지오가 걱정돼 묻지 않고 돌아왔다. 만화를 보는 중이던 서지오는 그새 소파에 누워 잠이 든 모양이었다. 혹시나 깰까 이불만 가져와 덮어 주곤 서영오의 방으로 향했다.

서영오는 깊게 잠든 채였다. 숨소리도 안정적이었고, 열도 완전히 내려 있었다. 안심하고 돌아서려던 참에 발끝에 무언가 걸렸다. 시선을 내리자, 책상 맨 아래 서랍 틈으로 삐죽이 튀어나온 끈이 보였다. 푸른색 바탕에 물결 프린트.

무례한 줄 알면서도 서랍을 열어 확인했다. 혹시 내가 생각하고 있는 게 맞나, 아니겠지. 그게 여기 있을 리가 없잖아. 그깟 게 대체 뭐라고 빨라지는 심장을 내리누르면서.

그러나 서영오는 늘 내 기대 그 이상을 충족시켜 줬다. 옛집 어디에서도 찾아볼 수 없었던 메달들을 서영오의 서랍에서 되찾은 나는 눈을 떼지 못한 채 굳어 있었다. 서랍 구석에는 내가 아래층 꼬맹이를 통해 선물했던 목걸이 케이스도 가지런히 놓여 있었다.

"이 계집애가 진짜. 너 그 쇳덩이들 신줏단지 모셔 놓듯 가져다 놓고선 비가 오나 눈이 오나 들여다보는 거, 이 엄마가 모를 줄 알아? 요즘 들어 더 심해져서는 잠꼬대로 일형이……."

그럼 아주머니가 말하던 그 쇳덩이가.

언제 깬 건지 모를 서지오가 급하게 뛰어 들어왔다. 고사리 손이 내 손의 금메달을 빼앗아 서랍에 넣고는 잽싸게 닫았다. 앞을 막아서는 녀석의 표정이 적군을 만난 장군처럼 결의에 차 있었다.

"여긴 마음대로 열면 안 돼요. 우리 누나 보물 상자란 말이야."

"보물, 상자?"

"나도, 큰엄마도 못 건드리게 한단 말이에요."

앞을 막는 걸로는 모자랐는지 서지오는 양손으로 날 붙잡고는 밖으로 떠밀었다. 의사 선생님도 왔다 가셨으니 이젠 누나 자게 내버려 두라면서. 열두 살 꼬맹이를 떼 버리는 건 숨 쉬는 것만큼 쉬운 일이었지만 못 이긴 척 끌려 나왔다.

"아저씨는 아저씨 보물 아무나 건드리면 좋겠어요?"

소파에 앉아 서지오의 설교를 듣고 있자니 웃음이 샜다. 주인도 버리고 간 물건을 굳이 가져와 신줏단지 모시듯 모아 놓은 서영오가 너무, 그러니까 너무.

바보 같아서.

"아저씨, 울어요?"

"그래, 울어. 우니까 말 시키지 마."

"무슨 어른이 그래."

서지오는 남자는 우는 거 아니라며 고개 숙인 날 달래더니 서영오의 방에서 무언가를 가져와 내 손에 쥐여 줬다. 메달이었다. 금메달.

"누나 보물이라며?"

황당하기도 하고, 귀엽기도 하고, 어이가 없기도 해서 물었다. 서지오는 아무도 들을 사람이 없건만 내 귀에 입술을 가져다 대고 작게 속삭였다.

"너무 많아서 하나는 없어져도 모를 거예요. 아저씨도 그때 나 도와줬으니까."

어린 나이에도 은혜는 갚을 줄 아는 도덕성과 그게 누나의 보물이라도 하나쯤은 슬쩍할 수 있는 담대함이 날 웃게 했다. 서기섭 그 개자식한테서 어떻게 너 같은 게 나왔을까. 나는 서영오를 닮아 고양이처럼 새초롬하지만 눈동자는 강아지처럼 까만 서지오의 눈을 바라보며 말했다.

"그럼 이거 말고, 다른 걸로 바꿔 와. 목걸이. 생명의 은인인데 그 정도는 줘야지. 아저씨는 짜가는 별로라."

그날 서지오는 날 도둑놈 보듯 하더니 제 방으로 들어갔다. 생명의 은인에게 많이 실망한 것 같았지만 메달을 도로 **빼앗**아 가진 않았다. 서영오는 밤새 앓은 게 무색하게 이튿날 멀쩡하게 일어났다. 서지오의 말처럼 메달 하나쯤은 없어져도 전혀 눈치채지 못한 것 같았다.

별 다를 것 없는 일주일이 흘렀다. 다시 금요일, 나는 아침나절부터 울린 백 관장의 전화에 잠에서 깼다. 전날 늦게 잠든 탓에 한참을 뭉그적대다 집으로 갔더니, 백 관장이 통장 네 개와 체크카드 하나를 대뜸 내밀었다.

"위에 세 개는 정리해서 가져오고, 제일 아래 거는 네 월급 통장. 나중에 공짜로 부려먹었단 소리 듣기 싫어서 증거 남기는 거니까 딴소리 말고 그거 써."

아무것도 설명하지 않았건만, 백 관장은 가끔 모든 걸 다 아는 것처럼 굴었다. 생전의 할머니가 표정과 말투만으로 내 상태를 알아챘듯이.

아버지도 아니면서 아버지처럼 구는 그가 가끔 부담스러울 때도 있었지만 실은 고마웠다. 죽은 아버지가 살아 있대도 당신처럼 할 순 없을 거라고 늘 생각했다. 그러나 배은망덕한 나는 낯간지럽다는 이유로 감사 인사 한번 제대로 하지 않았다. 지금도 마찬가지였다.

"고깃집 시급이 만 5천 원이면 공짜로 부려먹는 수준이지."

"이 자식이. 만 5천 원이 어떻게 공짜야? 땅 파 봐라. 10원짜리 한 장 나오나."

"근데 이게 다야?"

"뭐 또 있어?"

"심부름을 시키려면 심부름 값을 주셔야죠."

"심부름 값 같은 소리하네. 이게 지오로도 모자라 내 돈까지 갈취하려고! 거기 서, 이 자식아! 거기 안 서?"

슬리퍼를 들고 쫓아오는 걸 현관문을 닫아 막고 계단을 뛰어내려 왔다. 때리지도 못할 걸 문밖으로 나와 시늉만 하는 백 관장에게 손을 흔들며 돌아섰다. 고맙단 소리조차 못해 미운 말만 늘어놓는 날 그는 뭐가 예쁘다고 아들처럼 위하는 건지. 자꾸 미련 남게.

썩어 빠진 승합차는 또 고장이라 버스를 타야 했다. 반시간이 걸려 시내에 도착하자마자 은행으로 향했다. 백 관장의 통장 정리부터 하곤 시계를 팔고 남은 돈을 월급 통장에 입금했다. 갑작스레 입금된 거액의 돈에 놀랐는지 백 관장에게서 전화가 왔다.

—너 이 돈 어디서 났어? 가진 건 몸뚱이밖에 없는 놈이 이렇게 큰돈이 어디서 생겼냐 대체? 생각해 보니 지난번에 나가서 옷 쫙 빼입고 돌아왔을 때도 이상했어. 무슨 돈으로 우리 선물을 사 왔나 싶었는데.

"어떻게 아셨어? 가진 게 몸뚱이뿐이라 몸 좀 팔았습니다."

—이 자식이 그걸 말이라고.

"걱정 마세요. 피 묻은 돈 아니니까."

—아니, 내 말은 그런 뜻이 아니라.

"서운하네. 관장님한테는 내가 그런 새끼인가."

—이 상놈의 새끼야. 사람 말은 끝까지 들어. 남의 피 아니라 네 피 묻힌 걸까 봐! 어디 나가서 지난번처럼 배때지에 구멍이라도 뚫려 오면 어쩌나 걱정돼서 그런다! 걱정돼서!

슬리퍼를 3층 아래로 내던질 때는 언제고 백 관장은 또 내 걱정이었다. 예상치 못한 말에 말문이 막힌 내게 그는 당부하듯 덧붙였다.

—혹시 돈 필요하면 내가 가게를 팔아서라도 대줄 테니까 허튼 짓 하지 말고, 무슨 일 있으면 혼자 해결할 생각 말고 꼭 나한테 말하고, 마지막으로 이건 제일 중요한 건데.

　　"……."

　　—올 때 딸기 사 오는 거 잊지 마라. 우리 해숙 씨가 딸기를 좋아하잖아. 역시 예쁜 사람은 과일도 예쁜 것만 좋아해. 그치?

　　쑥스러운지 말을 돌리는 그를 모른 척 맞장구쳐 주었다.

　　"여태 고백 안 하고 뭐 하셨어? 그렇게 좋아하면서 벌써 몇 년째 짝사랑이야?"

　　—했는데?

　　"뭐요?"

　　—했어. 우리 사귀는 사이야. 네 글자로 줄이면 애, 인, 사, 이.

　　당황한 나는 아랑곳하지 않은 채 백 관장은 전화를 끊었다. 나는 요 근래 목격했던 백 관장과 아주머니를 떠올리며 의아해했다. 내가 눈치가 없는 건지, 두 사람이 잘 숨기는 건지. 하긴, 사람 사이의 일은 부모라도 모르는 법이었다. 서영오와 나, 우리 둘 사이에 어떤 일이 있었는지 그들은 전혀 알지 못하는 것처럼.

　　은행에서 정류장으로 가는 길에 금은방이 하나 있었다. 지난 번 전당포에서 시계를 팔고 나오자마자 이걸 보곤 얼마나 황당했는지 모른다. 그날 내 꼴을 생각하면 장물로 오해해 경찰에 신고당했을 게 뻔하다고 위안 삼긴 했지만, 홀린 듯 들어가 반지를 고르고 계산하자니 어쩌면 내 손에 더 떨어졌을지도 모를 차액 때문에 속이 쓰렸다. 불과 몇 개월 전, 돈을 물 쓰듯 써 댈 때는 느끼지 못했던 아쉬움이었다. 최상의 환경에 적응한 인간은 최악의 환경을 쉽게 잊는다.

그날 샀던 선물들은 밤새 보건소 근처에 주차된 차에 처박혀 있다가, 다음 날 각자 주인을 찾아갔다. 아주머니, 서지오, 백 관장에겐 전했지만 서영오에겐 전해 주지 못했다.

반지라니. 너랑 내가 무슨 사이라고. 얼토당토않은 선물이지.

습관처럼 안주머니에 지니고 다니는 반지 케이스를 매만지며 나는 쓰게 웃었다.

버스를 타고 보건소에서 내렸다. 1시. 점심시간이 막 끝날 시간이었다. 보건소 앞에 웬 차 한 대가 서 있었다. 여기에선 보기 힘든 고급 차종에 석연치 않단 생각이 들긴 했다. 얼마 지나지 않아 운전석에 앉은 이가 김남훈, 창에 대고 대화 중인 사람이 서영오라는 걸 알게 됐다. 각목에 뒤통수라도 맞은 기분이었다.

왜. 네가, 저 새끼랑.

짧지도 길지도 않은 대화 끝에 김남훈이 차를 빼고 도로로 빠져나갔다. 서영오는 그 자리에 선 채 멀어지는 차를 한동안 보고 있었다.

박 간호사가 나와 서영오를 불렀다. 그제야 시선을 거둔 서영오가 등을 돌리다 말고 멈춰 섰다. 눈이 마주쳤다. 얼굴이 제대로 보이기엔 먼 거리였지만 그녀가 당황하고 있다는 건 알 수 있었다.

황급히 보건소 안으로 들어가려는 서영오를, 도로를 무단 횡단해 가며 붙잡았다.

"저 새끼가 왜 여기 있어?"

"볼일이 있어서 들린 거야."

"무슨 볼일?"

최대한 억눌렀지만 말투는 까칠하게 나갔다. 서영오가 다른 남자를 만났다면 이 정도로 불안하진 않았을 것이라고 찰나 생각하다가 깨달았다. 그녀가 다른 새끼를 만났어도 마찬가지였을 거라는 걸.

그러니까 나는 지금 질투란 걸 하고 있었다. 서영오가 저런 쓰레기 새끼와 엮여 상처받을지도 모른다는 걱정만큼이나 초조하고 화가 났다. 혹시 저 새끼한테 마음을 줄까 봐.

스스로의 감정에 당황한 내 손에서 힘이 빠져나갔다. 서영오는 서둘러 붙잡을 땐 언제고 알아서 떨어져 나간 내 손에 시선을 둔 채 말했다.

"차 원장님한테 들었어. 상처 다 나았다며?"

"어."

"그럼 더더욱 여기 있을 필요는 없겠네."

그 말을 하며 서영오는 내 눈을 똑바로 쳐다봤다. 늘 다가오는 건 너, 그런 널 밀어내는 건 내 전문이었는데, 이제 우리는 정확히 그 반대 위치에 있다. 미안한데, 나는 네 차가운 표정과 말을 면죄부 삼아 조금 더 버틸 예정이다.

"왜 필요가 없어, 네가 여기 있는데."

내게서 등을 돌리던 서영오가 뒤늦게 나온 내 대답에 멈칫 멈춰 섰다. 돌아서 나를 봐줬으면 하지만 서영오는 이번에도 고집스레 내게 등을 진 채다. 사랑하는 아내를 죽음에서 구하기 위해선 절대 뒤를 돌아봐선 안 되는 오르페우스처럼. 물론 서영오와 나는 눈이 마주치면 돌이 된다는 메두사 쪽이 훨씬 가깝겠지만.

"맞아. 넌 꼭 네가 필요할 때만 날 받아 줬어."

빈 웃음이 꽃처럼 붉은 서영오의 입술에서 한숨처럼 부서졌다.

"그런데 일형아, 이제 난 네가 필요 없어. 양아치랑 엮여 봤자 내 인생만 피곤해질 뿐이라는 걸 누구 덕분에 정말 잘 알았거든."

서영오가 점점 내게서 멀어지는 데도 나는 아무것도 하지 못한 채 우두커니 서 있다. 언젠가 내 입에서 나와 널 찔렀던 말이 이젠 내 가슴을 짓이겼다. 자업자득이라고, 네가 이제라도 정신을 차려서 다행이라고 생각하면서도.

나는 왜, 네가 사라진 이곳을 떠나지 못하나.

마을에 소문이 돌기 시작했다. 정육점 딸 서영오가 군수 아들 김남훈과 그렇고 그런 사이라는. 작은 마을에 그 소문은 쥐 떼가 페스트를 나르듯 순식간에 퍼져 나갔다.

시장 사람들은 실컷 떠들어 대다가, 서영오나 서지오, 아주머니가 나타나면 언제 그랬냐는 듯 입을 다물었고, 서영오는 그걸 알면서도 모른 척했다.

뒤늦게 소문을 듣게 된 백 관장이 노발대발하며 국숫집 김씨의 멱살을 잡았고, 아주머니는 백 관장의 편을 드느라 국숫집 김씨 아내의 머리채를 뜯었다. 나는 그들을 말리느라 새로 사 입은 티셔츠의 목이 다 늘어났다.

30여 분의 드잡이 후에 그들은 싸움을 멈췄다. 조금 전까지만 해도 죽이니 살리니 하더니만, 화해는 순식간이었다.

"미안혀, 영오 엄마. 나는 사람들이 다들 그러길래 진짜인 줄 알았지. 그리고 그게 뭐 흠이람. 다 영오가 너무 잘나서 그런 거 아녀. 개나 소나 군수 아들이랑 소문 나? 아니잖어. 다 우리 보건소 서 선생이 너무 잘나고 예쁜데 아직까지 결혼일랑 안 하고 혼자니까."

"아, 됐어. 1절만 해. 나는 군수 할애비가 와도 싫어. 돈만

287

많으면 뭐 해. 대가리에는 똥만 들어차 가지고. 군청 쪽으로
는 머리도 안 두고 자."

"아니 그래도, 이번에 선거 운동한다고 돌아댕기는 거 보
니까 그 아들이 솔찬히 괜찮던디. 얼굴도 반반허고, 성격도
싹싹허……."

김남훈 칭찬을 늘어놓은 김씨 아저씨의 말을 흥분한 백 관
장이 가로막았다.

"싹싹? 싹싹이라고 했냐, 지금? 싹싹한 사람 다 뒈졌어?
그놈이 싹싹하게? 그 썩을 놈의 새끼가 어떤 놈인 줄 알아?
멀쩡한 우리 일형이 누명……."

이젠 마을 사람 대다수 잊어버린 내 얘기가 그의 입에서
나오려던 순간이었다. 퇴근한 서영오가 나타나 인사하며 대
화는 일단락됐다.

"안녕하세요."

"어, 그려, 영오 왔어? 우리는 이만 가 봐야 쓰겄다."

"그려그려, 가야지. 국수 반죽도 해야 되고."

국숫집 김씨 부부가 황급히 자리를 떴다. 아주머니는 사랑
하는 딸이 왔는데도 거들떠보지도 않더니, 서영오가 드잡이
로 산발이 된 머리를 지적하자 싸늘한 눈으로 그녀를 불렀다.

"너 잠깐 나 좀 보자."

"아이고, 해숙 씨. 본데없이 지껄이는 사람들이 문제지, 우
리 영오가 뭔 잘못이라고."

"백 관장님은 빠져요."

서영오는 말없이 정육점으로 따라 들어갔다. 나는 구박 받아 기가 죽은 백 관장과 함께 만수르로 돌아왔다. 하필 그때 누나와 큰엄마를 보러 온 서지오가 말릴 새도 없이 정육점으로 뛰어 들어가더니 금세 밖으로 튀어나왔다.

녀석은 가게 밖에 나와 서 있던 나를 보자마자 달려와 안겼다.

"아저씨, 큰엄마가 누나 혼내요. 누나가 울어요."

영오가 혼난단 소리에 백 관장이 정육점으로 뛰어갔다. 서지오의 얼굴이 닿은 셔츠가 눈물로 젖어 들었다. 소리도 못 내고 끅끅거리는 서지오를 달래는 동안에도 내 시선은 정육점에 꽂혀 있었다.

다치는 일이 잦아졌다. 장애물을 못 보고 부딪치는 건 일상, 불판에 데는 건 다반사, 그나마 멀쩡한 손가락을 자를 뻔한 적도 한두 번이 아니었다.

오전내 내린 눈으로 손님이라곤 없던 저녁이었다. 삽으로 만수르 앞 거리를 치우고 있자니, 이 보살과 박 간호사, 황 기사가 들이닥쳤다. 서영오의 부재를 눈치채고 의아해하자마자 이 보살이 설명했다.

"서 선생은 약속 있어서 빠졌어."

"그 인간 만나서 갔어요. 군수 아들. 김남 뭐시깽이."

주차를 하고 온 황 기사가 박 간호사의 말을 듣고 물었다.

"그럼 그 소문이 사실이여? 서 선상이랑 군수 아들내미 랑."

"아, 무슨 황 기사님은 개코같은 소릴 하고 그래요. 오늘도 무슨 공양미 3백 석에 팔려 가는 심청이 같은 얼굴로 차에 타 던데."

"그렇게 싫어하는데 뭐 땜시 저녁을 같이 먹어?"

"그러니까요. 혹시, 서 선생님 그 사람한테 돈 빌린 건 아 니겠죠?"

자리에 앉아 메뉴판을 훑으며 박 간호사는 심각하게 얘기 했다. 그 곁에 앉아 듣기만 하던 이 보살이 흘리듯 대꾸했다.

"모르지. 협박이라도 당했는지."

주문을 위해 곁에 선 나를 향한 눈빛이 평소와 다른 빛을 띠었다.

무속 신앙이며 풍수지리 신봉자였던 할머니와는 달리 나는 무당은 고사하고 하느님이며 부처님도 믿지 않았다. 억울해 죽은 원혼이 서렸다는 폐가보다는 돈이 무서웠고, 뒈져서 갈 지옥보다는 지옥 같은 현재가 두려웠다.

신이 있다면, 할머니가 아니라 김태석을 데려갔을 거라고, 평범한 인간인 나도 아는 권선징악을 모르는 신 따위는 개만 도 못하니 엿이나 처드시라고 비웃었다. 근데 이따금 이 보살 을 보면 신은 몰라도 귀신은 있을지도 모른다는 생각이 든다.

평범한 얼굴로 가끔 저렇게, 인간 같지 않은 눈을 할 때면.

손님이 없는 틈을 타 백 관장이 한 자리를 차지하고 앉았다. 주인이 꼈으니 고깃값은 깎아 주냔 황 기사의 말에 그는 소주 뚜껑을 열며 오늘 먹는 건 전부 공짜라고 했다.

"어차피 장사도 안 되는데, 오늘은 그냥 문 닫고 우리끼리 먹자. 뭐 해, 이놈아. 너도 얼른 앉아."

나는 관심도 없는 얘기들이 오갔다. 산 너머 마을을 넘어온 소가 주인을 찾아갔는데 그 주인이 자신의 사돈의 팔촌이라는 황 기사의 얘기, 복채 대신 복어를 내고 갔다는 진상 손님에게 대머리 기원 저주를 했다는 이 보살의 신세 한탄, 미용실 아주머니가 앞머리를 개떡같이 잘라 놔서 우울하다는 박 간호사의 넋두리까지. 이럴 바에 집에 들어가서 서지오와 레고 조립이라도 하는 게 낫다는 후회가 들 무렵, 황 기사가 처음으로 내 흥미를 끌 만한 말을 했다.

"백 관장은 그 얘기 들었어? 요 위에 요양 병원 싹 밀고 리조트 들어선다는 얘기."

"리조트? 리조또도 아니고 리조트가 거기 왜 들어서?"

"그 병원, 그게 반 국립이긴 해도 땅은 전 군수 거잖어."

"그래서?"

"팔아 넘겨 부렸나 보지. 돈이 안 되서. 그 어디라더라. 싹수, 뭐시기랬는데."

서영오 간호를 하느라 흘려들었던 병원장의 말이 새삼스레 생각났다. 병원 문 닫기 전에 오라던 말이 그 뜻이었나. 고작 한 달이라 정 따윈 들 새도 없었다고 자신했는데, 낯익은 얼굴들이 떠올라 마음이 안 좋았다.

"싹수는 뭔 싹수? 그런 데가 어딨어?"

"있다니까. 싹수, 싹……."

"새싹이요? 새싹금융?"

빈 소주잔을 쥔 손에 힘이 들어갔다. 황 기사는 맞다고 박수를 쳤고, 정답을 맞춰 기분이 좋아진 박 간호사가 신이 난 듯 말했다.

"새싹금융! 그 사채 회사. 그러고 보니, 그 군수 아들도 그런 소릴 했던 것 같아요."

"뭔 소리?"

"정확히는 잘 모르겠는데, 서 선생님이랑 얘기할 때 새싹금융 어쩌고, 내 목이 아니라 그 새끼 목이……, 잠깐. 우리 서 선생님 설마, 사채를?"

말을 하다 보니 뭔가 이상했는지 희게 질린 박 간호사의 말이 끝나기 전에 자리를 박차고 일어났다. 다들 어디 가냐고 소리쳐 날 붙잡는 가운데 이 보살만이 고요히 침묵했다. 마치 내가 어디로 갈지 아는 사람처럼.

휴대폰에 저장해 놓고는 단 한 번도 걸지 않은 서영오의 번호로 전화를 했다. 낯선 번호라서인지, 나인 줄 알아서인지 서영오는 전화를 받지 않았다. 집으로 향했다. 서영오는 아직 돌아오지 않은 채였다. 금방 들어와 놓고 어디 가느냐는 아주머니와 서지오의 물음에 답하지 못한 채 집을 나섰다.

터미널 근처에 도착해 닥치는 대로 주변을 뒤졌지만 서영오는 머리카락 한 올 보이질 않았다. 세 시간쯤 그 짓을 한 뒤에는 서지오에게 전화해 서영오가 여전히 귀가하지 않았음을 확인했다.

6년 전만 해도 서영오가 어디 있는지 무얼 하는지 손바닥 뒤집듯 알 수 있었는데, 지금의 나는 아무것도 알 수가 없었다. 여태 서영오를 안다고 자만할 수 있었던 건, 서영오가 제 속을 숨기지 않고 훤히 드러내 보였기 때문이라는 걸 이제야 깨달았다.

망연자실 앉아 있다 마지못해 버스를 탔다. 집 근처 정류장에서 내리고 난 후에도 나는 쉽게 그곳을 떠나지 못했다. 몇 번이고 서영오에게 전화하고 싶었지만 참았다. 내 전화라 받지 않는다는 걸 확인 사살당하면 견딜 수가 없을 것 같았다.

11시. 막차를 앞둔 버스가 내 앞을 지나쳤다. 주인을 기다리느라 집 앞을 지나는 모든 이의 발소리를 쫓는 개처럼 신경을 곤두세우고 있던 나는 반사적으로 일어났다 실망해 주저앉았다. 엉망인 머릿속에선 내가 상상할 수 있는 최악의 시나리오가 영상화되어 펼쳐지고 있었다. 휴대폰을 쥔 손에 점점 힘이 들어가고, 더는 참을 수 없어 서영오에게 전화를 하려던 순간이었다. 밤길이라 서행하던 버스가 우뚝 멈춰 섰다.

열린 뒷문에서 서영오가 내렸다. 어두워 얼굴이 잘 보이진 않았지만 실루엣만으로도 알 수 있었다. 걸음걸이가 불안했다. 나는 당장이라도 달려가고 싶은 걸 누른 채 일어나 걸었다. 귀가 얼어붙을 만큼 차가운 바람에 옅은 술 냄새가 풍겼다.

아버지란 인간 때문에 술이라면 질색을 하는 서영오는 요즘 자주 주정뱅이가 됐다. 그게 나 때문이라는 걸 알았지만 꺼져 줄 수는 없었다. 네가 나 때문에 아파하고, 힘들어하고, 상처받을 때마다 안심됐다. 네 속에서 아직 살아 있는 날 확인하는데 미쳐서, 내 존재가 당장 네게 위협이 되고, 위험이 될 거라는 걸 미처 생각 못했다.

땅만 보고 걷던 서영오는 내 가슴팍에 머리를 박고서야 걸음을 멈췄다. 사과와 함께 고개를 든 그녀가 내 얼굴을 확인하고 입을 다물었다. 도망치듯 물러서려는 걸 팔을 붙잡아 막았다.

"어디 갔다 와?"

대답은 기대하지도 않았다. 그래서 서영오가 모르는 사람처럼 날 밀어내고 가 버리려고 했을 때도 아무렇지도 않았다. 그런데도 내 손은 다시 널 붙잡고, 내 눈은 다시 널 쫓는다. 그러니까 이건 본능이었다. 네가 멋대로 내 인생에 끼어든 열여덟 그 시절부터, 나도 모르게 몸에 각인되어 버린 본능.

"놔."

"내 말에 대답하면 놓아줄게."

"놓으라니까."

"김남훈, 그 새끼랑 있다 왔어?"

추위에 창백해진 낯으로 날 표독스럽게 노려보던 서영오의 눈이 순간 흔들렸다. 사람의 눈은 생각보다 많은 말을 하고, 대개 혀보다 정직했다.

고집스런 서영오는 기어이 팔목을 비틀어 내게서 벗어났다. 집이 아닌 반대 방향으로 걷기 시작하는 등에 대고 이번엔 다른 걸 물었다.

"부자 남자 친구가 새로 필요하셨나 봐요, 우리 서 선생님. 그렇게 안 봤는데 순 속물이네. 여태까지 뭐 하다 왔어? 몸이라도 바치고 왔나? 역효과 날 텐데. 너 섹스할 때 완전 나무토막……."

총이라도 맞은 것처럼 찰나 멈춰 섰던 서영오가 돌아와 내 뺨을 쳤다. 조금만 힘을 주면 바스라트릴 수 있을 것 같은 작은 손이 아파 봤자 얼마나 아플까 했는데, 아팠다.

"그래, 몸 주고 왔다. 나 좋다기에 불쌍해서 적선 좀 해 주고 왔어. 그러면 안 돼?"

악에 받친 목소리완 달리 눈은 젖어 있었다. 어깨가 떨릴 정도로 분해하고 있는 서영오에게 나는 애써 태연한 척 말했다.

"어, 안 돼."

"안 돼? 네가 뭔데 안 돼? 네가 뭐라고, 넌 나한테……."

"알아. 아무것도 아니지, 난. 그래서 안 돼. 적선한답시고 자꾸 봐주면 나 같은 거지새끼들은 거머리처럼 달라붙어 떨어질 생각을 안 하니까."

날 올려다보는 서영오의 얼굴에 서서히 불안이 들어찼다.

"동정이든, 협박이든 눈길 주지 말고, 마음도 쓰지 말고. 어디 가서 나가 뒈지든 말든 신경 꺼."

"대체 무슨 소릴……."

"똑똑한 서 선생님께서 왜 자꾸 멍청한 척을 하시나."

나는 서영오의 뺨을 양손으로 감싸 나를 보게 했다.

영오야, 난 항상 너를 불안하게 하고, 걱정하게 하고, 힘들게 했지. 그동안 미안했다는 사과 대신 얼음장 같은 입술에 입을 맞추고 웃었다.

"쓰레기는 이만 네 인생에서 꺼져 줄 테니까, 다른 쓰레기한테 휘둘리지 말라고."

먼 도로에서 헤드라이트가 들이쳤다. 막차였다. 착해 빠진 서영오가 정신을 차리고 날 붙잡기 전에 정차한 버스에 올라탔다. 뒤는 돌아보지 않았다. 돌아봤다 눈이 마주치면, 난 머저리 같은 오르페우스처럼 널 다시 지옥 불구덩이 속에 처넣고 말 테니까.

영오야.

"다신 만나지 말자. 우리."

휴대폰이 울려 확인했더니 서영오였다. 포기를 모르는 서영오는 내가 받지 않는데도 계속해서 전화를 걸었다. 눈길도 주지 말고, 마음도 쓰지 말라니까. 바보 같이.

무시했더니 이번엔 백 관장에게서 전화가 왔다. 그 다음엔 아주머니, 서지오. 메시지가 연달아 도착하는 걸 확인하지 않고 전원을 꺼 버렸다. 그들을 위해선 당장이라도 해동을 떠나야 했지만 아직은 해야 할 일이 남아 있었다.

터미널에 내려 잠을 잘 곳부터 찾았다. 편의점부터 옷가게, 부동산에 스크린 골프장까지 별의별 게 다 있는 거리엔 아이러니하게도 모텔이나 여관은 없었다. 하긴, 있다 해도 머물지는 못할 것이다. 수중에 있는 거라곤 백 관장 명의의 체크카드 달랑 하나 뿐인데, 내가 결제를 하면 백 관장에게 메시지가 갈 테고, 그는 당장이라도 고물차를 끌고 날 찾으러 올 테니까.

길바닥에서 노숙이라도 해야 하나 고민하던 차였다. 그리 멀지 않은 건물 외벽에 익숙한 간판 하나가 요요히 빛나고 있었다. 선녀 전당포. 나는 고민하지 않고 안으로 들어갔다.

"오늘 영업 끝났습니다, 내일……."

"하룻밤만 재워 주라."

두터운 철문을 안에서 걸어 잠그던 이 보살은 심드렁한 얼굴로 날 맞이했다.

"생각보다 일찍 왔네."

좁디좁은 전당포 안엔 문 하나가 달려 있었다. 보나마나 쪽방이겠지 생각한 날 비웃듯 내부는 저택을 방불케 할 정도로 넓었다.

"신령님 노하시니까 들어왔으면 씻어."

"미안한데, 몸은 안 팔아."

"걸레는 나도 사양이야."

"신 내린지 오래 되서 그런가, 신발이 별로네. 나는 쓰레기 쪽이지 걸레는 아니거든. 신령님이 그런 건 안 가르쳐 줘?"

"변명은 서 선생한테나 해. 난 네가 걸레든 쓰레기든 상관없고, 내 눈엔 걸레나 쓰레기나 도긴개긴이니까."

수건과 종이 가방이 날아왔다. 잡아채 봤더니 남자 속옷에 옷이었다. 신령님 거냐고 물었더니 생각도 못한 대답이 날아왔다.

"서 선생이 주더라. 너 터진 배때기 나아서 퇴원하던 다음날. 샀는데 필요 없어졌다고, 줄 사람 있으면 주라고. 이런 날이 올 줄 알았나? 서 선생이 나보다 용하네. 영입이라도 해야겠어."

치성을 드릴 시간이라며 이 보살은 구석방으로 들어갔다. 잡지에 실릴 법한 아기자기한 집에 어울리지 않은 제단이 열린 방문 너머로 잠깐 보였다가 사라졌다.

샤워를 한 후엔 이 보살이 정해 준 잠자리인 소파에 누웠다. 서영오가 줬다는 옷은 솜처럼 부드러웠고, 소파는 웬만한 매트리스보다 푹신했지만 잠이 오질 않았다.

서영오가 자꾸 생각났다. 보고 싶었고, 목소리를 듣고 싶었다. 휴대폰 전원을 켜 전화를 걸기면 하면 넌 기다렸다는 듯 날 받아 주겠지. 액정이 꺼진 휴대폰을 가만 보던 나는 자리에서 일어났다. 베란다로 가 창을 열고 휴대폰을 내던졌다. 귀퉁이가 날아간 휴대폰을 마침 지나가던 오토바이가 밟아 산산조각 냈다.

"뭐야? 무슨 소리야?"

치성 중이던 이 보살이 휴대폰 박살나는 소리에 놀라 밖으로 나왔다. 날 옆으로 밀어내곤 창밖의 휴대폰 잔해를 확인한 그녀가 날 칭찬했다.

"아주 지랄을 해라. 자꾸 서 선생 생각하는 네 머리를 어쩔 것이지, 애꿎은 휴대폰은 왜 박살을 내고 지랄이야, 지랄이."

"부적 하나만 써 줘."

"기억 지우는 부적 같은 건 없으니까 아서라."

"아니. 그거 말고. 서영오한테 더는 개잡놈들 안 붙는 부적."

나도 포함해서.

밤을 샜다. 씻고, 냉장고에서 사과 한 알을 꺼내 먹은 다음, 이 보살에겐 미안하지만 제단이 있는 방에 들어가 5만 원권 몇 장도 슬쩍 했다. 최대한 소리 죽여 밖으로 나서는데, 아까까진 분명 자고 있던 이 보살이 그새 전당포에 나와 있었다.

"진짜 쓰레기였구만."

내 손에 들린 돈을 본 이 보살이 욕을 했다.

"잠깐 쓰고 갚아 줄게."

"언제? 너 그 돈 못 갚아."

"금방 갚아. 안 되면 몸이라도 팔게요. 선녀님."

서슬 퍼런 기세로 붙잡기에 억지로라도 뺏으려나 싶었는데, 이 보살은 되레 내게 무언갈 쥐여 줬다. 시계였다. 천 5백에 내가 팔아넘긴 시계.

"부적이야."

"부적?"

"서영오가 아니라 너한테 개잡놈들 안 붙는 부적."

"노잣돈은 아니고?"

농담으로 던진 말에 이 보살의 낯빛이 굳어졌다.

"뭐야? 나 진짜 죽나?"

"쌉소리 말고 시간 있으면 서영오한테나 가 봐. 걔네 집 지금 난리 났어."

"그렇겠지."

"너 말고, 다른 개잡놈 때문에."

잠긴 전당포 철문을 열다 말고 의아한 듯 돌아보는 내게 이 보살이 말했다.

"서영오 양아버지."

손가락 마디 하나 자른 걸로는 갱생이 될 거라 생각진 않았다. 근데 여기까지 찾아와 깽판을 칠 거라고도 생각 못했다. 서영오네 식구들을 생각하면 당장이라도 돌아가고 싶었지만 그들에게 서기섭보다 위험한 존재가 나였다.

서기섭은 기절시켜 끌어내기라도 할 수 있지, 내게 들러붙은 손필규의 망령은 부적을 쓰고 굿을 해도 떨어지지 않고 죽을 때까지 내 주변을 지옥으로 만들 것이다.

그때, 백화점에서 그 영감을 따라가는 게 아니었는데.

치기 어렸던 내 선택을 후회하는 만큼 결심은 확고해졌다. 나는 서영오의 집이 있는 시장 방향 대신, 터미널 쪽으로 걸음을 틀었다.

"근데 그걸 그쪽이 어떻게 알아? 서영오가 전화해서 일러바칠 타입은 아닌데."

"그러니까 내가 무당이지."

이 보살의 감이 틀렸기를 바라면서.

서영오가 이 보살에게 줬다는 옷은 색이 너무 튀어 입고 돌아다닐 순 없었다. 꽃분홍색의 맨투맨과 청바지. 넌 내게 이런 색이 어울릴 거라고 생각한 걸까. 시궁창 같은 내 인생과는 정반대의 색인데.

터미널 옆 신축 쇼핑몰로 들어가 슈트 한 벌을 사 입었다. 군청에 들어가기 위해선 최대한 남들 눈에 띄지 않을 단정한 옷이 필요했다. 입고 갔던 옷은 점원에게 버려 달라고 건넸다가 다시 돌아와 하루만 맡아 달라고 했다. 어리둥절해했지만 어쨌든 알겠다며 고개를 끄덕이는 점원을 뒤로 한 채 쇼핑몰을 나왔다.

이 보살에게 돌려받은 시계를 차고, 늘 지니고 다니던 반지 케이스는 안주머니에 챙겨 넣었다. 이젠 영원히 전해 주지 못하겠네. 어울리는지 보고 싶었는데. 쓴웃음을 삼키며 도로로 내려가 택시를 잡아탔다.

"아침부터 쫙 빼입고 어딜 가?"

친근한 물음에 의아해 앞을 봤더니, 황 기사가 운전석에 앉아 있었다. 하고 많은 택시들 중 하필 또 이걸 잡아탈 건 뭔지. 기막힌 우연에 헛웃음을 흘리는 날 백미러로 살피던 황 기사는 기다렸다는 말을 걸어 왔다.

"어제 그렇게 뛰쳐나가서 뭔 일 난 줄 알았는데 것도 아닌가 벼."

"출발해요. 해동 군청."

"아침부터 군청엔 왜? 아, 거기 그 밥맛 떨어지는 놈, 운전 기사 새로 뽑는다더니 그것 때문에 가는 거여?"

하긴, 고깃집 일이 고되긴 하다고. 근데 그 싸가지 없는 군수 아들내미 운전기사 하러 가는 거면은 백 관장이 보통 노동 착취를 한 게 아닌가 보다고. 내가 훈수 둘 입장은 아니지만, 그놈 운전기사 할 바엔 나처럼 택시를 모는 건 어떠냐고.

90%의 쓸모없는 말을 들어주는 대가로 나는 10%의 필요한 정보를 우연히 얻을 수 있었다.

내 반응이 신통치 않은데도 황 기사는 열심히 떠들어 댔다. 그중엔 서영오 소식도 있었다.

"참, 오늘 아침에 시장 지나는 길에 국숫집 사장한테 들었는데, 어제 새벽에 서 선생 그 주정뱅이 애비가 찾아와서 난리도 아니었다더만. 이쪽 재개발헌다는 소리는 어디서 주워들었는지, 이 집이랑 가게 반은 자기 거 아니냐고 지랄 염병을 했다대, 백 관장이 있었기에 망정이지……."

황 기사에게 그 얘길 들은 순간부터, 아니 실은 이 보살이 서영오 얘기를 꺼냈던 아침부터 머릿속엔 내내 그 생각뿐이었다. 돈에 미친 애비한테 또 머리채를 잡히진 않았는지. 감당하지도 못할 거면서 악다구니를 쓰다 다치진 않았는지. 아주머니와 서지오, 백 관장은 괜찮은 건지. 후회가 막심했다.

그때 손가락이 아니라 목을 잘라 버렸어야 했는데.

당장이라도 차를 돌려 서영오의 집으로 가고 싶어 하는 날 저지하듯 차는 어느새 군청 앞이었다.

"저기서 세우세요."

"어, 어. 알았어."

이 보살에게 갈취한 5만 원 권 중 하나를 건네고 차에서 내렸다. 문을 닫고 군청으로 향하는 나를 차창을 연 황 기사가 소리쳐 불렀다.

"야, 일형아!"

고개를 돌려 자신을 보는 나를 향해 그는 황급히 덧붙였다.

"지금이라도 마음 바꾸면 안 되겠어? 아무리 노동 착취를 당하드라도 백 관장 고깃집이 낫지. 아님 택시 해. 이 아저씨가 하나부터 열까지 고급 정보로다가 알려 줄랑께."

안 지 얼마 되지도 않은 사람들이 어쩌면 이렇게 내 속을 들여다본 것처럼 구는 건지 알 수 없었지만, 나쁜 기분은 아니었다. 나는 웃음으로 답을 때우곤 돌아섰다.

"추운데 겉옷도 안 입고! 이거라도 입고 가! 지금 기온이 영하인디, 멋 부리다 얼어 뒈져, 이눔아! 저 싸가지 없는 눔, 뒤도 안 돌아보는 거 봐라."

자꾸만 느려지려는 걸음을 애써 빨리했다. 여기서 멈추면 정말 돌아가고 싶어질까 봐. 오지도 않을 봄을 기다리는 둥신 짓거리는 나와는 어울리지 않았다.

돈을 곳곳에 처바른 군청은 공공 기관이라기엔 지나치게 번쩍거렸다. 로비에 걸린 대형 텔레비전엔 봉사 활동 중인 김남훈의 아버지와 김남훈의 모습이 연달아 영상으로 재생 중이었다. 두 분 다 연기를 어찌나 잘하시는지 표정만 보면 마더 테레사가 따로 없었다.

감탄에 웃음을 터뜨리던 나는 어느 순간부터 더 이상 웃을 수 없었는데, 영상이 촬영된 장소 때문이었다. 요양 병원. 바람둥이 말자 할머니는 그새 남자 친구를 갈아 치웠는지 천진난만한 얼굴로 김남훈의 팔짱을 끼며 좋아하고 있었다.

김태석 해동 군수와 김남훈 정책 보좌관.

선거 운동만 해 주는 줄 알았더니 직함도 하나 다셨네. 나는 영상 아래 뜬 두 사람의 이름을 새기듯 응시하다, 도착한 엘리베이터를 타고 지하 주차장으로 향했다.

일일이 뒤질 필요도 없었다. 주차장에도 서열은 있기 마련이니까. 지하 1층 입구 쪽 가장 가까운 곳에서 익숙한 차를 발견했다. 요 근래 보건소를 번질나게 드나들던 김남훈의 차.

잔뜩 긴장한 기색의 남자가 막 운전석에 올라타려 하기에 확인차 물었다.

"김남훈 보좌관님 수행 비서 되십니까?"

"네, 그렇습니다만."

"보좌관님 곧 나오십니까?"

"네. 5분 안에 나오실 거라 군청 정문에서 대기……, 근데 누구시죠?"

악의는 없었지만 목적을 위해 어쩔 수 없이 기절시켰다. 엘리베이터 근처 화장실 안에 다소곳이 모셔 두곤 차 키만 빼앗아 차로 돌아왔다.

주차장을 빠져나와 군청 입구에 차를 세웠다. 통화를 하며 밖으로 나온 김남훈은 의심이라곤 없이 차에 올라탔다. 나는 곧장 차를 출발시켰다.

"네. 아버지께서 선물 잘 받았다고 전해 달라십니다. 물론이죠. 병원은 조만간에 폐업할 겁니다. 리조트든 뭐든 원하시는 대로 하세요. 흉물 치워 주신다니 저희야 환영이죠. 네, 네. 그럼 오후에 뵙겠습니다."

돈 빼곤 아무것도 없는 깡패 새끼들이 허세는. 전화를 끊자마자 김남훈은 짜증스레 욕부터 씹어뱉었다. 쓰레기들끼리는 서로 끌어당기는 인력이라도 있는 모양인지, 김남훈의 애비 김태석과 새싹금융 손필규 회장 사이엔 벌써 모종의 커넥션이 구축된 것 같았다.

"서영오 그 계집애만 아니었어도 강일형 그 새끼 진작 불어 버리는 건데. 근데 이걸 까 버리면 서영오를 협박해 휘두를 방법이 없고. 그 거지새끼한테도 준 몸, 나한테도 한 번 주면 어때서 튕기기는 더럽게 튕겨요."

앞에 그 거지새끼가 있을 거라고 꿈에도 생각 않는 김남훈은 가감 없이 개소릴 지껄였다. 나는 쉴 새 없는 주둥이를 닥치게 하기 위해 핸들을 꺾어 방향을 틀었다. 안전벨트를 하지 않고 있던 김남훈이 한쪽으로 나동그라졌다.

"썅, 전에 있던 새끼 거지 같아서 잘랐더니 어디서 더 거지 같은 게 들어와서는. 야, 운전 똑바로 안 해?"

대꾸하지 않은 채 도로를 벗어나 갓길로 들어섰다. 그제야 뭔가 이상함을 느꼈는지 김남훈이 의아한 듯 물었다.

"뭐야? 이 길이 아니잖아. 길을 모르면 내비게이션을……."

백미러로 눈이 마주쳤다. 기세등등할 땐 언제고 희게 질린 김남훈을 보며 나는 늦은 인사를 했다.

"반가워. 선배님. 아니 이젠 보좌관님이라고 불러야 하나?"

어차피 차 안이라 도망칠 곳이라곤 없는데 김남훈은 어떻게든 빠져나가려 발버둥이었다. 뒤에서 내 목이라도 조를 작정이었는지 팔을 뻗었지만 그때마다 내가 차를 트는 바람에 헛손질이었고, 그렇다고 해서 밖으로 뛰어내릴 용기는 또 없는 모양이었다.

그렇게 나는 쉽게 김남훈을 이곳으로 끌고 올 수 있었다. 10년 전만 해도 갓 잡은 생선들을 팔던 공판장이었으나 이젠 흉물이 되어 버린 공터.

"왜 하필 끌고 와도 이런 델, 아, 냄새."

상황 파악을 못했는지 그 와중에도 생선 비린내에 질겁을 하며 코를 막던 김남훈은 어디서 고였는지 모를 물이 바짓단에 튈까 걱정을 했다.

"네가 왜 이러는지 대충은 알겠는데, 그래 봤자 달라지는 건 아무것도 없어. 사채업자한테서 도망친 깡패 새끼 말을 누가 믿는다고."

"그렇겠지."

"그치? 그러니까 괜히 힘 빼지 말고 여기서 그만하자. 나 없어진 거 알면 사람들 금방 찾으러 올걸. 나도 새싹금융에 네 존재 더 이상 어필 안 할······."

"쉽게는 못 찾을 테니 걱정 마."

"뭐?"

"원래 바다에 빠진 시체 찾는 게 좆 빠지게 힘든 법이거든."

"무슨······."

주정뱅이나 노숙자들이 침실로 자주 이용하는 모양인지 공터 곳곳엔 빈 술병들이 아무렇게나 구르고 있었다. 나는 그중 하나를 쥐고 끝을 깨뜨려 깼다.

그제야 내가 무슨 짓을 할지 예감한 듯 김남훈이 날 밀치고 뛰기 시작했다. 생각보다 도주가 너무 쉽다는 생각까지 하지 못한 녀석은 공판장 문 앞에 다다라 빈정거렸다.

"별것도 아닌 새끼가 허세는. 그렇게나 좋아하는 감방 또 보내 줄 테니까 기대해라."

그러나 김남훈의 바람과는 달리 문은 열리지 않았다. 두드리고 발로 차도 마찬가지였다.

"뭐야, 이거 왜 이래!"

멀찍이 선 채 그 꼴을 지켜보던 나는 녀석의 의문에 답을 해 줬다.

"왜겠어? 여긴 닫히면 안에서 못 열어. 문짝이 누구처럼 썩어 빠진 지 오래라."

김남훈은 태세 전환이 빨랐다. 독 안에 든 쥐가 되자, 금세 표정을 바꾸더니 날 설득하기 시작했다. 시선이 소주병을 깨뜨려 쥐느라 피가 난 내 오른손에 가 있었다.

"일단 진정해. 진정하고. 다 예전 일이잖아. 재회하곤 별거 없었는데 갑자기 왜……. 설마, 서영오 때문에 그래? 나 걔랑 아무 일도 없었어. 너도 알다시피 그 계집애 완전 철벽이잖아. 그냥 밥 먹고 차 마신 게 다야. 손도 한번 못 잡아 봤다니까. 너무 뻗대니까 한번 꺾어 보고 싶어서 그런 거지. 남자들 다들 그렇잖아? 너도 그래서 서영오 따먹고 버린……."

더 들을 가치도 없을 것 같아 대답 대신 날카로운 병 귀퉁이를 모가지에 겨누었다. 유리 조각이 닿은 목에서 피가 배어 나오자 기겁한 녀석의 얼굴이 시멘트 반죽처럼 푸르게 질렸다.

그래. 너 같은 새끼 죽여 봤자 바뀌는 건 아무것도 없겠지.

근데 두 쓰레기가 사라지면 서영오 인생이 조금은 편해질 거야.

이럴 때마다 곧잘 튀어나와 날 말리는 같잖은 도덕심을 누르곤 손에 힘을 주던 순간이었다. 철옹성 같던 철문이 힘겹게 열리더니 짙은 그림자 하나가 들이쳤다.

"거지 같은 문짝, 뭐가 이렇게 안 열려! 이야, 이게 누구야? 내가 찾는 두 분이 다 여기 계셨네. 오토바이 훔쳐다가 쫓아온 보람이 있어!"

서영오의 아버지 서기섭이었다. 아침 댓바람부터 술을 마신 건지 서기섭은 꽤 취한 채였다. 당황한 내 손에서 힘이 빠진 사이, 김남훈은 다시 도주를 시도했지만 문을 막고 선 서기섭 때문에 실패했다.

"비켜!"

"못 비켜. 내가 군수 아드님한테 물어볼 게 있는데, 이 근방 재개발된다며? 그거 사실이야?"

헛웃음이 터졌다. 김남훈도 황당하긴 마찬가지인 것 같다. 목숨에 위협을 느껴 도망가야 할 상황에, 저러고 서기섭을 쳐다보고 있는 꼴을 보면.

"기다 아니다 말만 해 줘. 그래야 내가 그 여편네한테 집을 뜯든, 정육점을 뜯든 하지. 그리고 씨발. 너 이 새끼. 너 내 손가락 자른 거 이거 어쩔 거야? 이 마디 하나 잘린 걸로 내가 어딜 가나 병신 소릴 듣고 산 걸 생각하면……."

말을 하면서도 억울한 듯 서기섭은 부르르 떨었다. 잘린 손가락이 아니라, 제 정신 상태가 문제라는 걸 깨닫는 일은 죽어서도 불가능할 것 같았다.

"듣자 하니, 영오 그년이 네가 어떤 새끼인 줄도 모르고 집 구석에 들였다며? 그래서 내가 알려 줬다. 네가 얼마나 악랄한 인간인지. 그깟 돈 때문에 네 애비 손가락을 자른 놈이라고."

그가 뭐라 지껄이든 아무렇지도 않았는데, 그 입에서 서영오의 이름이 나오는 순간, 가슴이 덜컥했다.

"표정이 아주 볼만하더구만."

김남훈은 제 처지는 잊고 나와 서기섭을 번갈아 봤다. 뒤가 궁금해 잠을 못 이루게 하는 막장 드라마라도 보는 듯한 얼굴이었다. 그때까지도 기세등등하던 서기섭은 내 입술에서 웃음이 흘러나오자 표정을 굳혔다. 김남훈도 마찬가지였다.

"잘하셨네. 안 그래도 언제 말해 줘야 하나 고민이었는데."

제정신이 아닌 건 마찬가지인 주제에, 그들은 날 미친놈 보 듯 했다. 그게 또 우스워서 참을 수가 없었다.

"왜 그렇게들 봐? 재밌지 않아? 쓰레기들이 알아서 쓰레 기장에 모인 게. 일부러 모으려고 해도 이렇게는 못 모을 텐데."

한참을 큭큭거리던 나는 겨우 웃음을 멈추곤, 그들에게 다가갔다. 당당하게 들어와 깽판을 칠 때는 언제고 도망치려는 듯 돌아서는 서기섭을 김남훈이 발을 걸어 넘어뜨렸다. 문은 고작 한 사람이 빠져나갈 만큼만 열려 있었다. 김남훈이 나가려는 순간, 이번엔 서기섭이 김남훈의 바짓단을 붙잡았다. 육탄전이 벌어졌다.

나는 우두커니 선 채, 뒤엉킨 두 진상을 기막힌 듯 바라봤다. 둘이 서로의 머리채를 잡는 순간 복수할 의욕은 사라졌다. 사과를 놓지 못해 상자 속 구멍에서 손을 빼지 못하는 원숭이처럼, 차례로 나가면 될 걸 먼저 나가겠다고 저러고 있는 모습을 보고 있자니.

"지랄들 하고 있네."

더 기다리는 것도 시간 낭비인 것 같아 쥐고 있던 소주병을 바닥에 내던졌다. 콘크리트에 부딪친 병이 깨지는 소리에 둘은 그제야 동작을 멈추고 날 쳐다봤다. 깨져 박살 난 병 조각 중 하나를 쥔 채 그들에게 다가갔다. 유리 조각이 파고든 손에서 흘러내린 핏방울에 그들은 벌써 기함한 눈을 했다.

바닥에 뒤엉킨 채 굳어 있는 그들 앞에 무릎을 굽히고 앉았다. 손바닥이 짓이겨지던 말든 쥐고 있는 유리 조각 덕분에 오른손은 이미 피투성이였다. 그 잘난 혓바닥을 더는 놀리지 못하게 유리를 쑤셔 넣고 싶은 걸 간신히 참은 나는, 피범벅인 손가락을 김남훈의 입꼬리로 가져갔다.

"한 번만 더 서영오 괴롭히면, 주둥이를 찢고 혀를 자를 거야."

김남훈에게 물었는데 고개는 서기섭이 끄덕였다.

"뭣하면 지금 잘라 줄까. 그게 낫겠지?"

시퍼렇게 질린 김남훈은 뒤늦게 고개를 끄덕이다가 놀라 다시 저었다. 코미디가 따로 없었다. 그래, 인생은 멀리서 보면 희극이고, 가까이서 보면 비극이라지.

이런 새끼들 약속은 저 좋을 대로라 믿을 게 못 됐다. 어차피 좆 난 인생 지금 잘라 버리고 끝내는 게 낫지 않나 진지하게 고민하던 참이었다. 육중한 소음과 함께 철문 양쪽이 열어젖혀졌다. 뒤를 돌아봤다.

"그만하면 됐다. 날궂이도 그만큼 했으면 이만 돌아가야제. 개새끼는 주인한테나 예쁘지, 남들 눈엔 짐승 아이가? 내 많이 봐줬다. 이제 그만 가자. 일형아."

손필규가 지팡이를 짚고 서 있었다. 뒤엔 친애하는 제 개떼들을 데리고.

수십 명을 상대로 맨손으로 이길 수 있을 거라 생각도 안 했지만 약을 쓸 줄은 몰랐다. 목에 주사기가 꽂히는 순간, 반항을 포기했다. 누가 약쟁이 애비 아니랄까 봐.

정신을 차렸을 땐 바닥에 무릎이 꿇린 채 등 뒤로는 손목이 묶여 있었다. 서기섭이야 그렇다고 쳐도 어째서인지 김남훈도 함께 포박된 채였다.

기침을 하며 피를 토해 내자, 시선이 몰렸다.

"일어났나? 내 머리는 때리지 말라 그랬더니, 새끼들이."

멀리 서 있던 손필규가 다가와 앉았다. 아들이라도 보듯 걱정하는 꼴이 역겨워 웃음이 터졌다.

"우리 영감님, 노망 나셨나 봐. 돼지라고 배에…… 칼 꽂으실 때는…… 언제고."

"그거야, 혼 좀 내 줄라고 그런 거지, 죽일라고 했으면 니 벌써 저승 갔다."

"그럼 그냥…… 죽이시지. 왜 좆같은…… 성인군자 흉내를 내고 그러시나. 토 나오게."

"내가 니한테 투자한 돈이 얼만데. 내는 장사치 아니가, 아까워서라도 그냥은 못 죽이제."

"아."

그제야 납득이 됐다. 하긴, 나같이 싸고 탈 없는 희생양 찾기도 힘들지. 집도, 가족도 없고. 그러니 어디 가서 돼진대도 뒤끝도 없고.

말을 할 때마다 기침이 터지고 핏방울이 튀었다. 아무래도 맞으면서 갈비뼈도 나간 것 같았다.

숨을 쉴 때마다 가슴께가 뻐근했다. 자꾸만 흐려지는 시야 너머로 언뜻 아는 얼굴이 보였다. 창고 뒤쪽의 유리창 너머였다. 하얗고 조그마한 얼굴이 서영오인 것 같기도, 이 보살인 것 같기도 했다.

죽을 때가 다 됐나. 헛 게 다 보이게.

"쓸데없이 고집 말고, 가자. 일형아."

"그전에…… 궁금한 게, 있는데."

"쯧. 자꾸 말하면 힘들다. 나머지는 가서 얘기……."

"군수한테 돈 처먹이면서까지…… 이 깡촌 땅을 끌어 모으는 이유가 뭐야?"

"니는 내 밑에 그렇게 오래 있었으믄서, 아직도 세상 물정을 그리 몰라서 되겠나. 이쪽에 곧 열차 들어설 기다."

하루에 몇 억씩 써도 다 쓰지도 못하고 죽을 돈을, 손필규는 더 가지지 못해 안달이었다. 굶주려 죽은 귀신이 들러붙기라도 한 것처럼.

대답 없는 나를 손필규의 수족들이 일으켰다. 나는 양팔이 잡힌 채 얌전히 일어나다가 문득 생각나 물었다.

"근데 저 인간들은 대체…… 왜…… 데려온 건데?"

"다 쓸 데가 있어서 데려온 기다. 하나는 협박용."

손필규의 눈이 김남훈 쪽을, 다음엔 서기섭 쪽을 향했다.

"다른 하나는 본보기용."

좋지 않은 예감이 뇌리를 스치기 무섭게, 손필규의 수하 하나가 김남훈을 앞으로 데려왔다. 손필규는 제 휴대폰을 던져주고 말했다.

"네 애비한테 전화해가, 말해라. 아들 살리고 싶으믄 처먹은 만큼 내놓으라고. 인간이 양심이 있어야지. 처먹기만 하니까, 봐라. 배탈 난다 아이가."

통화가 시작됐다. 스피커 모드라 부자의 대화는 공판장 안의 모든 이들에게 생중계 됐다. 초반엔 아버지, 하며 예의를 갖추던 김남훈은 김태석이 제 말을 제대로 이해하지 못하자 반항기에 접어든 10대처럼 욕을 하며 떼를 썼다.

"귀 먹었어? 왜 사람 말길을 못 알아 듣냐고!"

—말더듬이처럼 버벅거리지 말고 처음부터 다시 설명해 봐. 손 회장이 널 납치를 해? 네가 돈 필요해서 거짓말하는 건 아니고? 애초에 말이 되는 소리를 해야 이해를⋯⋯.

"이해고 자시고 돈부터 보내라고! 지금 아빠 때문에 내가 뒈지게 생겼다니까! 손 회장한테 얼마 먹었는데? 먹은 만큼 줘. 아니 더 줘. 나보고 양아치처럼 굴지 말라고 그 지랄을 하더니 아빠는 왜 깡패 새끼들이랑 어울려서⋯⋯. 씨발. 잘못한 건 아빤데 왜 내가 씨발. 이 지랄 맞은, 씨발. 일을 당해야 하는데. 씨발. 진짜."

—손 회장 바꿔.

서른 넘는 사내새끼가 서너살 아이처럼 눈물 콧물 짜며 우는 촌극이 벌어졌다. 손필규는 질질 짜는 김남훈을 썩은 두부 보듯 하더니 손가락 두 개로 휴대폰을 건네받았다. 거래는 5분도 안되어 성사됐다. 20억. 김태석이 지금껏 처드신 손필규의 돈이 10억이란 의미였다.

다음은 서기섭 차례였다. 나는 입안에 고인 피를 뱉어 내고 시선을 바로 했다. 진작부터 정신을 놓고 싶었는데 서기섭이 마음에 걸려 그럴 수가 없었다. 멍한 머리통을 굴려 가며 몇 번을 곱씹어 봐도 도저히 알 수가 없었다. 손필규가 일개 채무자인 서기섭을 굳이 잡아 올 이유가.

"일형이 니가 이 버러지를 뭐 한다고 그리 봐주나 했더니, 니 좋아하는 그 가시나 애비대? 내도 상식은 있는 사람이라 죄 없는 가시나 해코지할 맘은 반 푼어치도 없고, 근데 니 버르장머리는 고쳐야겠고. 그래서."

서영오 얘기에 머리끝까지 차올렸던 피가 순식간에 다시 발치로 쏟아졌다. 어지럼중에 치미는 구역질을 혀를 깨물어 참았다. 그 사이 김남훈을 제자리에 돌려놓은 수하 둘이 서기섭을 앞으로 끌어내 일으켜 세웠다. 상황을 인지한 서기섭이 사시나무처럼 떨며 빌었다.

"제, 제발 살려만 주세요. 빌린 돈은 어떻게든 갚겠습니다. 제가 안 갚으려고 안 갚은 게 아니라……."

"니 내 안 따라가면 이 버러지는 죽는 기다. 선택해라. 어쩔 건지."

내 손에 피를 묻히지 않고 서기섭을 죽일 수 있다니, 고마워해야 마땅할 일인데 왜 이렇게 기분은 엿같은 건지.

나는 약기운 탓인지 자꾸만 처지는 고개를 가까스로 들어 올려 손필규를 마주봤다.

"머리 울려 뒈지겠는데…… 말 더럽게들 많네."

김남훈이 제 애비와 생쇼를 하는 동안 주운 유리 조각으로 자르기 시작한 손목의 끈은 거의 다 잘린 채였다. 되는대로 그어 댄 손바닥이 피투성이가 됐지만 고통 따윈 느껴지지 않았다. 유리 조각이야 손으로 감싸 숨겼는데, 아쉽게도 흐르는 피는 감출 수가 없었다.

눈치 없게 바닥에 떨어진 핏방울 위로 손필규의 탁한 눈동자가 머물렀다. 영감의 눈이 날 타고 올라 시선이 마주치기 직전에 끈은 끊어 냈으나, 그의 말이 더 빨랐다.

"처리해라."

칼이 들어왔다. 내 쪽이 아닌 서기섭 쪽이었다. 모르겠다. 살아 있을 가치 따윈 없다고 생각한 서기섭에게 왜 몸을 날렸는지. 선뜩한 칼날이 살갗을 뚫고 들어오는 순간, 서영오가 떠올랐다.

그래, 서영오 때문이다. 여기서 이 인간이 이렇게 뒈져 버리면 서영오가 상처받을까 봐. 아니, 날 미워할까 봐. 그게 무서워서.

내가 이럴 거라곤 생각 못했는지 다들 놀란 표정이 재밌어서, 숨통이 끊어질 것 같은데도 웃음이 터졌다. 흐려지는 시야 너머로 마지막으로 본 건, 여기 있을 리가 없는 서영오의 창백한 얼굴.

양 뺨을 눈물로 적신 서영오가 내게로 달려왔다. 그게 환영이라는 걸 알면서도, 나는 널 조금 더, 조금만 더 오래 보려 노력했지만, 결국 감기는 눈을 이기지는 못했다.

이럴 줄 알았으면 진작 얘기할 것을.

영오야.

"다신 만나지 말자. 우리."

나는 늘 네가 보고 싶었어.

그래서 살았어.

널, 보려고.

4장

서른셋, 봄 _ 서영오

입춘(立春)

초희 언니에게서 전화가 온 것은 이른 아침이었다. 밤새 사라진 일형을 수소문하랴, 몇 년 만에 취해 들이닥친 인간 말종 아버지를 상대하랴 진이 빠져 있던 나는 보건소에 도착해 일할 준비를 하다 전화를 받았다.

—어젯밤에 일형이가 날 찾아 왔었어.

갈 곳이 없다기에 재워 줬다는 말에 안심한 것도 잠깐, 이어지는 언니의 이야기는 날 보건소를 박차고 나가게 만들었다.

—아무래도 감이 안 좋아. 혹시나 해서 시계에 위치 추적기 붙여 놓긴 했는데, 자꾸 외딴 곳으로 가. 좀 전에 황 기사님 전

323

화 왔었는데 군청에 내려 줬대. 이 미련한 놈이 무슨 짓을 할지 모르니 경찰에 연락하긴 그렇고, 나라도 가 봐야 할 것 같은데. 어떡할래. 넌?

어떻게든 가야겠는데 택시는커녕 버스조차 보이질 않았다. 발을 동동 구르고 있자니 간호사 규은이가 출퇴근용 스쿠터를 탄 채 내 앞에 나타났다.

"타요, 서 쌤. 빨리요!"

꽃분홍색 스쿠터는 웬만한 바이크보다 빨리 달렸다. 군청에 도착했더니 초희 언니가 차에 기대선 채 휴대폰을 들여다보고 있었다.

"공판장이야. 빨리 가자."

초희 언니의 레이싱이 시작됐다. 우리는 30분이 걸릴 거리를 10분 만에 주파했고, 신호 위반을 다섯 번이나 했으며, 도중에 주변을 순찰하던 경찰차까지 따돌려야 했다. 액션 영화라도 촬영하는 것처럼 신나 있던 규은이는 막상 공판장 앞에 도착하자 겁을 먹었다.

"일형 씨, 군수 아드님 조지러 간 거 아니었어요? 이 차들은 대체 뭐야?"

상황을 알 수 없는 우리는 일단 뒷문 쪽으로 가서 안을 살피기로 했다. 뒷문 역시 굳게 잠긴 채였지만, 유리창이 있어 염탐이 가능했다. 높이가 높아 그대로는 볼 수 없어 옆에 드럼통을 가져와 밟고 올라섰다. 뒤통수만으로 일형을 찾아냈다.

그러나 전혀 반가울 수 없는 몰골이었다.

흐느낌도 비명도 아닌 내 신음에 규은이와 초희 언니가 날 따라 올라섰다. 피투성이인 일형을 확인한 두 사람의 입에서 나와 똑같은 소리가 흘러나왔다.

"저 할아버지는 뭐 하는 사람인데? 조직 폭력배, 뭐 그런 거예요? 왜 사람을 고문하고 지랄이야."

"피는 피를 부른다더니. 일부러 그런 거였네. 다 알고 그런 거였어. 미련한 놈."

나는 드럼통에서 내려왔다. 무기로 쓸 만한 게 있나 주변을 살핀 끝에 생선을 다듬을 때 쓰는 녹슨 식칼 하나를 찾아냈다. 손에 쥔 채 닫힌 뒷문을 발로 차 열려는 나를 두 사람이 말렸다.

"기다려 봐요. 서 쌤. 지금 들어가면 위험해요!"

"안 들어가면? 봤잖아. 저러다 일형이 죽어!"

"너 들어가면 일형이 더 힘들어. 도움은 못 돼도, 짐은 안 돼야지. 영오야."

그를 구하지도 못하면서 지켜보는 건 더 힘들어서, 듣지도 보지도 않으려 했다. 그런데 낡은 공판장 벽을 뚫고 들리는 그의 힘겨운 목소리가, 자꾸 날 창으로 이끌었다.

초희 언니가 휴대폰 녹음 기능을 켰다. 풍문인 줄만 알았던 군수, 사채업자의 커넥션이 진실로 밝혀지는 순간이었다. 규은이가 경찰에 신고를 하고 구급차를 불렀다.

얼굴은 본 적 없지만 저 사람이 그 사람이란 걸 알았다. 일형이 주인이라고 일컫던, 돈을 쥐어 주는 대신 일형을 개처럼 부리던 인간.

그의 수하들이 일형을 일으킨 순간, 무슨 일이 일어나리란 걸 직감했다. 아버지와 김남훈이 함께 있었다는 것도 그제야 알았다.

아버지를 향한 칼날이 일형의 등을 꿰뚫었다. 다들 놀라워했지만 나는 놀라지 않았다. 열여덟, 그때에도 김남훈의 목을 찌르지 못해 제 손등에 구멍을 냈던 너였다.

창고 뒷문을 온 힘을 다해 걷어차 열고 그에게로 달리면서 무서워서 울고, 살려 달라고 빌고, 그를 여기까지 몰아온 세상을 원망했다. 그 사이 심장은 한계치까지 뛰어 대고 있었다.

의식을 잃은 일형을 어쩔 줄 몰라 하며 붙들고 있는 아버지를 밀어내고 그를 끌어안았다. 정신을 차리라고 뺨을 두드리고 이름을 불렀다. 벌어진 입술에 귀를 대 확인했다. 호흡은 있었지만 미약한 수준이었다.

덜덜 떨리는 손으로, 끊임없이 피를 뿜어내고 있는 그의 상처부터 막았다. 응급실에 있을 땐 기계적으로 해 왔던 모든 일이 단 한 가지도 떠오르지 않아, 머릿속을 뒤집어야 했다.

"이러니까, 니는 안 되는 기라. 니 등을 거기다 와 갖다 대노, 저 새끼 등을 방패로 써야제. 내가 그렇게 가르쳤는데."

새빨갛게 마비됐던 머릿속이 그 말에 찬물을 끼얹은 것처럼 차가워졌다. 악에 받쳐 고개를 들자, 인간미라곤 없는 눈이 우리를 내려다보고 있었다. 마치 신이라도 되는 것처럼.

미처 벗지 못해 입고 온 가운 주머니 안엔 상처 치료용으로 쓰는 메스가 있었다. 살상용은 못되지만 아무래도 상관없었다. 가슴에 구멍을 내는 것쯤은 싸구려 볼펜으로도 가능했으니까.

"죽진 않을 겁니다. 아가씨가 의사니께 더 잘 거 아입니까. 저노마 저거, 목숨 줄이 질기가, 어지간해선 안 죽더라고."

웃음기 섞인 그 목소리가, 고깃덩이라도 보듯 일형을 향한 그 시선이 날 분노하게 만들었다. 메스를 쥔 채 일어나려는 내 소매를 누군가 붙잡았다. 시선을 내리자 보이는 피투성이 손, 익숙한 옥반지.

"나부터 좀…… 어떻게…… 안 되나, 이번엔 진짜…… 너무 아픈……."

희미하게 뜬 눈. 힘겹게 벌어진 그의 입술에서 핏덩이가 울컥 토해져 나왔다. 힘이 풀린 내 손에서 빠져나간 메스가 바닥을 굴렀다. 상황을 눈치챈 영감의 부하들이 날 붙잡으려 했지만, 창고에는 황 기사님의 연락을 받은 개인택시 연합 기사님들이 들이닥친 후였다.

찰나였을 뿐, 일형은 다시 의식을 잃었다. 호흡이 없었다. 나는 그를 바닥에 눕힌 채로 피로 물든 셔츠를 뜯고, CPR을 시작했다. 사이렌이 울리고, 경찰과 구급대가 도착하는 것도 모른 채 그의 가슴을 부술 듯 압박하던 나는 초희 언니가 고함을 치고 나서야 그에게서 떨어져 나왔다.

구급차는 한 시간이 걸리는 군내의 대형 병원 대신 5분 거리의 요양 병원으로 향했다. 기다렸다는 듯 차 원장님이 달려 나왔다. 그때까지도 일형은 의식이 없었다.

수술실 안으로 들어서는 침대 아래로 쳐져 있던 네 손 끝. 마지막으로 붙잡았던 네 그 손이 얼음장처럼 차가워서, 나는.

"되도록이면 빨리 떠나 줘."

숨을.

"말없이 사라지는 거 네 특기잖아."

쉴 수가······.

"영오야, 다신 만나지 말자. 우리."

일주일이 지나도록 일형은 의식이 없었다. 그 시간 동안 나는 해동에 돌아왔던 그와의 순간순간을 수백 번 곱씹었다. 그때 내가 했던 말들, 날 보던 네 표정. 네 목소리. 네게서 풍기던 차가운 바람 냄새까지. 사진처럼 박힌 잔상들은 매순간 날 괴롭혔고, 후회하게 했다.

처음엔 기적처럼 나타난 네가 반가웠고, 아무 일도 없었다는 듯 웃을 땐 바보가 된 기분이었고, 나쁜 말들로 개소릴 지껄이던 순간엔 미웠고, 다정하게 굴 때면 원망스러웠다.

어차피 넌 나를 떠날 텐데. 따뜻하고 안전한 이곳에서 겨울을 나고 날아가 버리는 저 새들처럼. 찰나를 머물고, 또 영원을 기다리게 하겠지.

나는 더 이상 그럴 자신이 없었다.

"그 새끼 이번에 잡히면 정말 죽을걸. 새싹금융 손 회장 요즘 땅 문제 때문에 자주 오가니까 눈에 띄지 않으려면 빨리 떠나는 게 상책이야. 마음 같아선 당장 불어 버리고 싶은데 너 봐서 함구하는 거야. 내 말, 무슨 뜻인지 알지?"

어떻게 알았는지 김남훈이 널 빌미로 날 협박했을 땐, 그래, 이게 모두를 위해서 좋은 일이라고 자기 합리화를 하며 너를 밀어냈다. 네게 상처를 주는 게 내가 상처받는 것보다 힘들다는 걸 그때 알았다.

나는 더 이상 네가 필요 없다 막말을 하고는 돌아서 속을 끓이고, 날 쫓느라 비를 맞은 네가 아플까 밤새 걱정하다 되레

내가 앓고, 떠나라 종용하고는 혹시 네가 진짜로 가 버렸을까
봐, 매일 새벽 닫힌 네 방문을 초조하게 살피곤 했었다.

넌 몰랐겠지만.

알았다면 이런 일은 없었을까.

그때 김남훈의 협박에 놀아나지 말고, 그 자식 목에 메스를
찔러 넣었다면. 돈에 미친 아버지를 진즉에 없애 버렸다면. 공
판장 밖에서 기다리지 않고 달려가 손필규의 배에 칼을 꽂았
다면.

요즘 나는 너 때문에 머릿속에서 자꾸 사람을 죽인다. 널
깨어나게 할 수만 있다면, 무슨 짓이든 할 수 있을 것 같은데.

"수술은 잘 됐어. 벌써 일어나야 하는데 계속 자는 걸 보면
많이 고단했나 보다. 너무 걱정은 말아. 실컷 자고 나면 깨어
날 거야."

보건소에서 일하는 시간 빼고는 병실에 살다시피 하는 날
달래듯 차 원장님은 말했다. 나는 그 말을 믿으려 애썼다. 그
러지 않으면 도저히 견딜 수가 없었다. 내 아버지가, 아니 내
가 아니었다면 네가 이렇게 다칠 일은 없었을 거란 생각 때문
에.

일형아.

우린 정말 만나지 말아야 했을까.

김남훈과 그의 아버지 해동 군수 김태석, 새싹금융 회장 손

필규는 현장에서 검거됐다. 죄목은 각각 뇌물 수수와 공급 횡령, 살인 교사 등이었다. 언론은 앞다투어 사건을 보도했지만 실제로 그 죄만큼 판결을 받을지는 미지수였다.

그나마 확실한 건, 그들이 당분간 이곳 해동에 발 디디지는 못할 거라는 것. 적어도 일형에게 이곳은 안전 지대였다.

"저 놈들이 우리 아가 죽일라고 헌 그놈들이여. 개쌍놈의 새끼들. 저런 새끼들은 도다리 껍데기 뱃기듯 홀딱 뱃겨서 남문 사거리에다가 매달아 놔야 하는디."

"그려, 얘길 들어 보니께 군수 저 새끼가 이 병원 밀어 버리고 여기다 그 뭐냐, 리조랄인가 그거 만들려고 했다잖어."

휴게실의 대형 텔레비전에 대문짝만하게 뜬 그들의 얼굴에, 할아버지 할머니들은 쌍욕을 퍼부었다.

나는 그들이 내뱉는 괄목한 만한 욕설보다 배에 칼이나 맞고 다니는 일형을 아가라고 칭하는 데에 놀랐다. 어울리지 않게 손주 노릇을 했을 그를 생각하면 웃음이 나오다가도, 맞아 넌 원래 그런 사람이었지, 납득했다. 자기밖에 모르는 척, 남의 일 따위엔 관심 없는 듯 무심하게 굴어도, 맞고 있는 같은 학교 아이 하나를 지나치지 못해 그 지옥에 발을 디딘 너니까.

주말을 앞둔 오늘은 다들 시간을 내 병문안을 왔다. 엄마와 지오가 먼저 왔다갔고, 다음엔 황 기사님과 규은이가, 마지막엔 초희 언니가 다녀갔다. 그녀는 도통 일어날 생각을 않는 일형에게 죄책감을 느끼고 있었다.

"네 말대로 내 신발은 진즉에 다 떨어졌나 보다. 그날 널 잡았어야 했는데. 못 가게 막았어야 했어. 할머니 때도 그렇고. 이젠 이 짓도 그만해야 하려나 봐."

그러면서도 그녀는 일형의 침대에 붙이라며 작게 접은 부적 하나를 내 손에 쥐여 줬다.

"혹시나 모르니까, 그래도 안 하는 것보다는 낫지 싶어서."

지푸라기라도 쥐고 싶어 하는 그녀의 마음을 누구보다 잘 알아서, 침대 발치의 네임 택을 떼어 부적을 집어넣었다. 그 장면을 뿌듯하게 보던 언니는 내게도 하나를 내밀었다.

"무슨 부적이기에 나도 줘요?"

"비밀. 말해 놓고 효과 없으면 쪽팔리잖아."

됐다는 언니를 병원 앞까지 바래다주고 돌아오는 길이었다. 스테이션의 간호사가 날 불렀다. 혹시나 일형의 상태가 나빠진 건 아닐까, 차 원장님 말대로 시내의 병원으로 옮길 걸 그랬나, 짧은 순간 최악의 가정들이 머릿속을 오갔다. 그러나 바쁘게 뛰어간 내게 간호사는 평온한 얼굴로 바구니 하나를 내밀었다.

"보호자 분이 가져가셔야 할 것 같아서요."

일형의 소지품이었다.

저녁 시간이 지나 텅 빈 휴게실로 바구니를 가지고 나왔다. 사람들 눈에 쉽게 띄지 않는 구석 자리에 앉고 나서야 바구니를 살폈다. 흘린 피로 당시 일형이 입고 있던 옷은 처분된 후라 바구니 안의 물건은 얼마 안 됐다. 지갑, 시계, 할머니의 옥반지.

초희 언니는 이 시계가 몇 천이라 했다. 등록금을 벌자고 종일 과외를 하고, 캔 커피 하나를 사 먹는 것도 조심스러웠던 그때에는 돈만 있으면 행복할 거라고 생각했었는데. 일형이 집을 구해 주고, 가사 도우미를 대 주고, 관리비라며 몇 백의 돈을 통장에 꽂아 준 후에도 나는 그다지 행복하진 않았던 것 같다. 그저 일형과 재회해서 좋았던 것뿐.

오만일지도 모르겠지만 값비싼 차를 타고, 시계를 차고, 슈트를 몸에 두른 너 역시 전혀 행복해 보이지 않았다. 돈을 물 쓰듯 펑펑 쓰던 스물다섯의 너보다, 할머니 병원비 걱정을 하던 열여덟 네가 행복해 보였다고 말하면, 넌 순진하다 나를 비웃을까.

지갑 속엔 지폐 몇 장 뿐 다른 건 없었다. 일형이 지오에게 2천 5백 원을 빌렸단 소리를 들었을 땐 정말이지 황당해 소리 내 웃었었는데. 아이에게 돈을 뜯은 그보다 만난 지 얼마 안 된 낯선 사람에게 선뜻 저금통을 털어 준 지오가 신기했었다. 남매라 사람 보는 눈도 닮는 건지.

작은 비닐에 든 할머니의 옥반지를 주머니에 챙겨 넣고 일어서려던 참이었다. 아까 그 간호사가 주변을 두리번거리더니 날 발견하곤 달려왔다.

"강일형 씨 보호자 분!"

"네."

"죄송해요. 하나 빠뜨렸어요. 귀중품이라 따로 챙겨 둔다는 게 깜빡했네. 저는 호출이 있어서 이만 가 볼게요!"

어리둥절한 내 손에 그녀는 손바닥만 한 상자를 꼭 쥐여 주곤 달려갔다. 붉은 융단 같은 질감의 상자 모서리에 꽃잎처럼 번진 핏물. 반지 케이스였다.

이튿날 밤, 백 관장님이 찾아왔다. 그가 왔는지도 모르고 침대 맡 의자에 앉아 잠든 일형을 내려다보고 있던 나는 곧 병실에서 쫓겨났다.

"얼굴이 그게 뭐야. 일형이 이놈 지키다가 너도 입원하겠다. 가서 눈 좀 붙여. 오늘은 내가 여기서 잘 테니까."

데려다 주겠다는 걸 택시를 부르겠다 말리고 밖으로 나왔다. 그러나 내 걸음은 병원 밖 도로가 아닌 정원 구석의 벤치로 향했다. 조명이라곤 달랑 가로등 하나뿐인 벤치는 어두컴컴하고 으슥했다. 숨어서 울기에 딱 좋은 장소였다.

눈이 내릴 모양인지 희뿌연 밤하늘엔 별이라곤 보이지 않았다. 뺨에 닿는 바람이 잘 벼린 칼처럼 날이 서 있었다. 벤치에 앉아 한참을 덜덜 떨던 나는 망설임 끝에 코트 주머니 속으로 손을 넣었다. 추위에 얼어붙은 손끝에 딱딱한 반지 케이스가 만져졌다.

받은 건 어제였지만 아직까지 열어 보지 못했다. 이 안에

든 게 뭔지, 그게 뭘 뜻하는지, 그걸 본 내가 어떻게 반응할지 뻔했다. 그래서 주머니 속에 숨겨 둔 채 모른 척했었는데, 더 이상은 그럴 수 없었다.

큰일을 앞둔 사람처럼 심호흡을 하고 케이스를 꺼냈다. 손가락이 굳은 탓에 몇 번을 헛손질하다 케이스를 열었다.

익숙한 반지였다. 터미널 근처 보석상 쇼윈도에 진열되어 있던, 거기선 가장 고가라 하던 반지.

규은이의 생일 선물로 귀걸이를 사러 들어갔다가 옆 손님과 사장님이 하는 대화를 들었었다. 생각보다 가격이 너무 비싸서 잊으려야 잊을 수도 없었다. 저런 걸 대체 왜 여기서 파나. 살 사람이 있나 싶었는데.

"빈털터리에, 열두 살 먹은 어린애한테 삥이나 뜯는 주제에. 돈이 어디서 나서……."

아직도 차를 옷 바꾸듯 갈아 치우던 부자인 줄 아느냐고, 고깃집 서빙하면서 시급 얼마나 받는다고. 일형은 듣지도 못하는 혼잣말을 하면서 어떻게든 참으려 했지만, 자꾸만 목이 멨다.

머뭇거리다 왼손 약지에 천천히 끼어 본 반지는 빈틈없이 딱 맞았다. 시야가 젖어 들었다. 참을 새도 없이.

의지와는 상관없이 차오른 눈물은 닦아 내고, 또 닦아 내도 끊임없이 흘러나왔다. 영화에서였다면 칼이 일형의 등이 아니라 반지 케이스를 뚫었을 텐데. 왜 일형에겐 그런 운도 없는 건지. 주지도 못할 걸 들고 다닌 보람도 없게.

흐느낌을 참으려 입술을 깨물면서, 신을 탓했다. 핏물에 더러워진 케이스와는 달리 반지는 먼지 하나 없이 깨끗해서 더 눈물이 났다. 나는 더 이상 울음을 참는 걸 포기했다. 꽁꽁 언 얼굴이 흘린 눈물로 뜨거워질 때까지 통곡했다.

이러다 기절하는 건 아닌가, 싶었을 때 할머니는 나타났다. 순간, 돌아가신 일형의 할머니인가 했지만, 환자복 차림을 보고 아니라는 걸 알았다. 그녀는 새빨개진 얼굴로 놀라 울음을 멈춘 나를 잠시 들여다보더니 곁에 앉았다.

조말자. 환자복 상의엔 유치원생들처럼 이름표가 달려 있었다.

"사람 사는 게 다 좆같은 겨. 너만 그런 것 같지? 다들 그려."

차 원장님에게 들었다. 이곳에는 치매 환자들이 많고, 그들을 관리하기 위해 연락처가 인쇄된 이름표, 위치 추적을 위한 팔찌까지 해 두고 있다고. 나는 가느다란 할머니의 팔목에서 쉽게 팔찌를 찾아냈다. 그러니까 내 앞의 조말자 씨는 치매 환자였다.

"그치만 마냥 좆같은 것도 아니여. 좆같은 일이 있으면, 꿈 같은 일도 있는 거제. 그러니까 다들 뒈지지 않고 악착같이 사는 거 아니겠어."

고개를 돌려 날 보는 눈빛은 총기가 있었고 온화했다. 그녀

가 지금 제정신이든, 제정신이 아니든 중요치 않았다. 세상에
늘 제정신인 사람은 아무도 없었다.

"그놈은 니가 꿈이었나 부다."

아무 말 않는 내 손을 끌어 잡은 말자 씨가 날 보곤 웃으며
말했다. 모든 걸 다 아는 혜안을 가진 신 같은 눈빛으로.

"남들 같았으면 벌써 염라대왕이랑 겸상을 여러 번 하고도
남았을 것을 악착까지 목숨 줄 붙들고 있는 걸 보믄. 니가 꿈
이었나 벼."

가까스로 멈췄던 눈물이 다시 흘러나왔다. 무너지는 나를,
말자 씨가 껴안아 달랬다.

얼마나 울었는지, 말자 씨의 환자복이 내 눈물로 온통 젖어
버린 무렵이었다. 뒤늦게 그녀의 이탈을 알아낸 간호사가 달
려와 말자 씨를 데려갔다.

"출입구 잠가 놨는데 어떻게 열고 나오셨어? 내가 정말 못
살아. 밤늦게 돌아다니시면 위험하다니까."

간호사와 함께 병원 안으로 들어가며 말자 씨는 손을 흔들
었다. 나도 따라 손을 흔들었다. 택시를 불러 곧장 집으로 돌
아갔고, 오랜만에 깊은 잠을 잤다.

반지가 사라졌다는 걸 다음 날 알았다. 범인은 말자 씨고,
젊은 시절 그녀의 전직이 소매치기였다는 것 역시. 간호사의
서슬에 마지못해 반지를 돌려주며 그녀는 아쉬움과 분노를 감
추지 못했다.

"내 것이 아니라고? 그럼 나 두고 바람핀 겨? 저 벼락 맞아 뒈질 놈. 역시 얼굴 잘난 놈들은 얼굴값을 한다니께! 너도 꿈 깨라. 한번 핀 놈은 또 펴. 근디 정말 내 것이 아니여? 딱 맞던 디, 내 손가락에."

지난한 나날들이 지났다. 나는 여전히 보건소와 일형이 입원해 있는 병원, 그리고 집. 세 곳을 착실히 오갔다.

손필규 회장과 김태석 군수 일로 참고인 조사차 이틀을 해동을 떠나 있었다. 일형의 상태가 궁금해 한 시간에 한 번 전화를 걸었다. 여섯 번째까지도 참아 주던 백 관장님은 일곱 번째 전화를 거는 순간, 날 혼냈다.

—바깥에 나간 양반은 바깥일을 해. 여기는 우리가 알아서 할 테니까.

어째서인지 목소리가 밝게 들렸는데, 내 착각인가 했다.

일요일 밤, 버스를 타고 해동으로 돌아왔다. 병원에 들르겠다는 나를 백 관장은 부득불 막았다.

—집에 가서 쉬고 내일 와. 우리 영오가 자꾸 들락거리면 이 아저씨가 잠을 못 자요.

나는 전혀 피곤하지 않았지만, 아저씨가 피곤하다고 하니 참을 수밖에 없었다.

지오는 요즘 얼굴 보기가 하늘에 별 따기인 나를 보려고 새벽 일찍 일어나 있거나 밤늦게까지 깨어 있곤 했다. 오늘도 마찬가지였다. 졸린 눈을 비비는 녀석에게 요즘 누나가 신경을 많이 못 써 줘서 미안하단 사과를 했다. 해를 거듭할수록 쑥쑥 자라는 지오는 누나야말로 걱정이라는 어른스런 말로 날 감동시켰다.

"큰엄마도 걱정해."

"걱정 마. 누나가 이래 봬도 몸 하나는 튼튼하잖아."

"근데 누나 목걸이 했네? 예쁘다. 반지도 달려 있고."

눈썰미가 좋은 지오는 못 보던 물건이 새로 생기면 금방 알아챘다. 서랍에 고이 모셔 놓았던 목걸이에 일형이 사 놓았던 반지를 끼워 건 것이 사흘 전이었다.

"어울려?"

"응, 잘 어울려. 엄청."

평소와 다르게 지오는 뭔가 하고 싶은 말이 더 있는 것 같았지만, 피곤하니 얼른 씻고 자라는 엄마의 서슬에 미처 묻지 못하고 방으로 들어왔다.

그러고 보니 다들 얼굴빛이 평소보다 좋았다. 오직 일형에게만 신경이 몰려 있던 나는 전혀 눈치채지 못했지만.

어울리지 않게 늦잠을 잔 탓에 곧장 보건소로 출근해야 했다. 퇴근까지 전전긍긍하다 6시가 되자마자 병원으로 향했다. 택시에서 내리기 무섭게 뛰는 나를 병원 마당에 산책 나온 말자 씨가 붙잡았다.

"어디 가? 인사도 않고."

"잘 지내셨어요? 말자 씨. 제가 지금 좀 바빠서."

"내가 말했쟈."

"네?"

"좆같은 일이 있으면 꿈같은 일이 있는 법이제."

반짝거리는 눈빛이 내 목걸이와 거기 걸린 반지를 훑기에 나도 모르게 목걸이를 쥐었다.

"이건 제 거예요."

"누가 뭐려. 바쁘다며? 안 가 봐?"

민망해 웃음을 지으며 돌아서는 내 등 뒤에서 말자 씨가 중얼거렸다.

"······눈치가 아주 백단이로구만. 저것은 포기해야겠어."

병실 앞에 도착했을 땐 숨이 턱 끝까지 차 있었다. 잠든 일형은 보지도 못할 텐데, 산발이 된 머리를 정리하고 구겨진 옷을 폈다. 그러나 문을 열고 확인한 병실은 텅 빈 채였다.

심장이 곤두박질쳤다.

상황을 인지하고 싶지 않았지만 이런 일에 익숙한 머리는 이미 결론을 내는 중이었다. 의식이 없던 환자가 병실에 없다면 경우의 수는 둘이었다.

깨어났거나, 아니면······.

왔던 길을 되돌아가기 시작했다. 바쁘게 걷던 다리는 어느새 또 달리고 있었다. 휴게실 맞은편 데스크의 간호사에게로 향하던 나는 다음 순간 걸음을 멈췄다. 바깥 산책이 버거운 노인들을 위해 만들어 놓은 통 유리창 너머로 이질적인 뒷모습 하나가 보였다.

"강일형 씨 보호자 분? 왜 이제 오셨어요. 드릴 말씀이……."

뒤늦게 나를 알아본 간호사가 반갑게 인사하며 말을 걸었지만 대꾸할 정신이 없었다. 나는 귀신에 홀린 사람처럼 휴게실을 지나쳐 병원 밖으로 나왔다. 코끝을 스치는 찬바람에 묻어나는 담배 연기. 바다를 훌쩍 넘어온 해가 환자복을 입은 남자의 등까지 붉은 그림자를 드리우고 있었다.

금연 구역에서, 그것도 환자 주제에 뻔뻔하게 담배를 피우고 있던 남자가 뒤돌아 나를 봤다. 뭣 같은 일이 일어나면 꿈 같은 일이 일어날 거라는 말자 씨의 말이 이런 뜻이었을까. 나는 여태껏 잠들었던 것치곤 지나치게 멀쩡해 보이는 일형을 마주한 채 우두커니 섰다.

잠든 그에겐 쉴 새 없이 조잘거렸던 나는 정작 그가 깨어나자 어떤 말도 할 수가 없었다. 지금 내 눈앞에 벌어진 이 일이 너무 꿈같아서 날 바라보는 일형의 눈이 전과는 다른 빛을 띤다는 것조차 눈치채지 못했다.

담배를 꺼 근처 휴지통에 내버린 일형이 다가왔다. 대체 언제 일어난 거냐고, 몸은 괜찮은 거냐고, 물으려던 나는 입을 벌린 채로 얼어붙었다. 마치 모르는 사람을 대하듯 나를 스쳐 지나가 버린 일형 때문에.

뒤늦게 팔을 붙잡고 나서야 일형은 멈춰서 나를 봤다. 할 말을 찾지 못해 자신만 올려다보고 있는 나를 잠자코 지켜보던 그가 의아한 듯 물었다.

"왜 그렇게 봐요? 혹시 나 아는 사람인가?"

생각지도 못한 말에 발밑이 무너졌다. 울고 싶은 걸 애써 참은 나는 가까스로 웃었다. 지금 이 상황이야말로 꿈이라고, 말도 안 되는 일이라고 부정하면서.

"장난치지 마. 재미없어."

지나치게 새카만 일형의 눈동자가 내 얼굴을, 그리고 내 목의 목걸이와 거기 걸린 반지를 차례로 훑었다.

"말 까는 걸 보니 절친한 사람 같은데, 설마, 누나예요?"

"너 진짜."

"아니면, 여동생?"

무감한 눈빛으로 일형이 헛소리를 지껄일 때마다 심장이 바닥으로 내려앉았다. 그간 그가 겪은 일들을 생각하면 차라리 다 잊어버리는 게 낫지 싶다가도, 혹시 다른 걸 다 기억하고 나만 잊어버린 건 아닌가. 그럼 안 되는데. 짧은 순간, 수만 가지 생각이 머릿속을 난도질했다.

"이것도 아닌가 보네. 그럼……."

"약혼자."

그 말은 기다렸다는 듯 튀어나왔다. 6년 전 형사에게 했던 거짓말을 여기서 또 할 줄은 나도 몰랐다. 일형이 굳은 얼굴로 나를 봤다. 정말 놀란 건지 방금 전까지 하던 존대는 어느새 토막 나 있었다.

"뭐라고?"

되묻는 일형에게 대꾸하지 않은 채 한 손으론 링거 폴대를, 다른 한손으론 그의 손을 붙잡아 끌었다. 기억을 잃어 바보가 된 거라면 이참에 그냥 데리고 사는 것도 나쁘지 않겠다 자위하며, 젖어 드는 눈가를 무시했다.

"일단 원장님부터 만나. 만나서 상태부터 확인하고 그때."

잠자코 나를 따라오던 일형이 우뚝 멈춰 섰다. 당겨지는 링거 줄에 놀란 나는 급히 따라 멈췄다.

"갑자기 그렇게 멈추면 다친……."

"순 바보네."

"무슨."

"네 인생에서 꺼져 주려고 이렇게 애쓰는데, 왜 그걸 발로 차?"

"너."

"모른 척했어야지. 모른 척하고 내빼야지. 약혼자라니. 대체, 무슨 생각으로."

화가 나야 할 상황인데 전혀 화나지 않았다. 짧은 찰나 천국과 지옥을 수십 번 오가고, 안 그래도 뭉개진 속이 썩어 문

드러졌는데도. 검게 가라앉은 네 눈이, 한숨처럼 무거운 음성
으로 말을 늘어놓는 네 입술이, 오로지 날 향해 있었기 때문
에.

"이럴 줄 알았으면 진작 칼 맞을 걸 그랬나. 사경을 헤매니
까 호박이 덩굴째……."

그걸 지금 말이라고 하는 거냐고 따지고 싶었지만 벌어진
입에선 어떤 소리도 나오지 않았다. 목석처럼 선 채 미동 없는
날 가만히 보던 일형이 따라 입을 다물었다. 어느새 차오른 눈
물이 뺨을 타고 흘러내리기 전에 일형을 붙잡고 있던 손을 놓
고 돌아섰다.

나오는 족족 닦아 냈지만 한 번 터진 눈물은 쉽게 멎을 생
각을 하지 않았다. 갈피를 잡지 못한 채 무작정 병원 밖으로
나가려는 나를 일형은 금세 쫓아와 잡아챘다. 고개를 모로 튼
채 놓으라고 팔을 비틀어 대던 나는 일형의 손을 보고 동작을
멈췄다. 억지로 링거 바늘을 뽑아낸 손등에서 피가 방울져 흐
르고 있었다.

"내가 말했었나."

비슷한 말을 들었던 것 같은 기시감에 나는 고개를 들었다.
기다렸다는 듯 마주한 일형의 얼굴을 보고 기억해 냈다. 네가
날 처음 떠났던 열여덟, 그때에도 같은 말을 했었다는 걸. 지
금처럼 상처받은 눈으로 그린 듯한 미소를 지으면서.

"나는 너 안 좋아한다고."

"좋아한다고."

지금 네 입에서 나오는 말을 믿을 수가 없어 나는 멍청히 너만 보고 있다. 질 나쁜 장난은 이제 제발 그만하라고 화를 내고 싶지만, 장난이라도 원하는 말을 들은 심장은 튀어나올 것처럼 뛰어 댔다.

"보고 싶었어. 하루에도 몇 번씩 뒈지고 싶었는데, 그때마다 네가 보고 싶어서. 네 얼굴 한 번 더 보려고 살았어."

애절한 고백과는 달리 고저 없는 목소리는 여전히 냉정했다. 그러나 도망이라도 갈까, 아프도록 내 팔을 쥔 네 손은 데일 것처럼 뜨거워서.

"어떡할까. 나 더 살아도 되겠어? 살려 줄래? 죽은 듯 살게."

힘을 주느라 손등이 피범벅이 되는데도 너는 날 잡은 손을 놓지 않는다.

나는 피투성이인 네 손을 보다가, 유리알처럼 인간미 없는 눈동자에 가려진 네 상처투성이 속내를 보다가, 고통을 참느라 깨물어 짓이겨진 네 입술을 보다가.

발꿈치를 들어 입 맞췄다.

찰나 입술만 붙였다 뗀 가벼운 입맞춤에 넌 꿈이라도 꾸듯 날 바라보다 젖은 내 뺨을 붙들고 다시 키스했다.

차가운 입안을 거칠게 파고드는 네 뜨거운 혀.

심장이, 타들어 가는 것 같다.

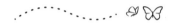

모두가 작당을 해 나를 속였다는 걸 이튿날 알았다. 당장 해동으로 내려오려는 날 백 관장님이 부득불 말렸던 이유도, 돌아와 지오와 대화하려는 날 엄마가 방으로 떠밀어 넣었던 것도. 다 일형이 깨어났다는 사실을 숨기기 위해서였다는 걸.

일형이 내게 기억 상실증 흉내를 낼 거라곤 생각지 못했기에 동조했겠지만 서운은 했다. 그저 서프라이즈 파티겠거니 해서 그랬다는 백 관장님의 말엔 영혼이 없었고, 엄마는 백 관장님의 편을 들며 되레 날 나무랐다.

"오늘내일하던 놈이 일어났는데, 나 같으면 좋아서 춤이라도 추겠다. 여자가 배포가 커야지. 좀생이처럼 굴면 못 써. 어머, 쌌네 쌌어. 관장님은 어쩜 화투도 그렇게 못 쳐요? 이 보살은 혹시 신령님이 패라도 알려 주는 거 아니야?"

"설마요. 요즘은 신발이 예전 같지 않아 내 인생도 한 치 앞을 모르겠는데."

"근데 어떻게 찍는 것마다 점수가 나?"

"얘가 가르쳐 주잖아요."

"일형이? 뭐야, 너 이 자식 사채꾼도 모자라 도박도 했냐?"

"도박꾼 손목은 잘라 봤죠."

"하긴 그렇긴 하겠……."

찰나 모두가 일형을 쳐다봤지만 잠시뿐, 아무것도 듣지 못한 척 다시 화투에 집중했다.

퇴근하자마자 들른 일형의 병실에선 모두가 모여 화투판을 벌리고 있었다. 흔치 않게 병실 바닥도 온돌이겠다, 보일러도 빵빵하게 돌아가겠다, 귤이며 간식까지 까 먹으며 화투를 치고 있는 그들을 말릴 만한 여력이 내겐 없었다.

체념한 채 침대에 걸터앉았다. 초희 언니에게 훈수를 두고 있던 일형이 일어나 곁에 앉았다. 침대에 내려놓은 손가락 끝에 일형의 손끝이 닿았다. 나는 의식하지 않으려 애쓰며 아까부터 보이질 않는 지오의 행방을 물었다.

"지오는?"

"말자 씨랑 탁구."

"상처는 어때?"

"한 달은 더 있어야 한다는데."

"생각보다 오래가네."

"아쉬워?"

"뭐가."

"나랑 섹스 못해서."

"뭐?"

예상치 못한 말에 큰 소리가 나갔다. 동시에 이건 사기라며 패를 섞어 버리던 백 관장님과 이러는 게 어딨냐며 화를 내던 규은이, 무표정한 얼굴로 떨어진 지폐를 주머니에 넣던 초희 언니와 귤 어디서 샀냐고 맛있다 칭찬하던 황 기사님, 드라마 할 시간이 됐다며 텔레비전을 켜던 엄마까지 한꺼번에 날 쳐다봤다.

다들 무슨 일이냐는 듯 날 보는데 설명할 길은 없고, 정작 이 일의 원흉인 일형은 아이처럼 천진난만한 눈으로 그들을 향해 어깨를 으쓱할 뿐이었다. 어이없고 민망해진 나는 지오를 찾으러 간다는 핑계로 병실을 나왔다.

나이가 몇인데, 고작 섹스라는 단어에 그리 과민 반응을 한 스스로가 당황스러웠다. 진작에 볼 장 다 본 사이건만, 왜 일형의 손끝만 닿아도 가슴이 뛰는 건지.

지오는 1층 체육실에서 노인들과 젠가 중이었다. 그중엔 말자 씨도 있었다. 다들 손주 보듯 지오를 예뻐했고, 지오는 보답하듯 그들에게 손주처럼 살가웠다. 분위기를 깨고 싶지 않은 마음에 병원 밖으로 나왔다. 들이치는 칼바람에 머플러라도 할 걸 후회했지만 다시 돌아가진 않았다.

가까운 벤치로 향하던 나는 이미 자리를 차지하고 앉은 익숙한 옆모습을 보고 멈춰 섰다. 발소리를 들은 건지, 땅이 꺼져라 바닥만 보고 있던 남자가 내 얼굴을 확인하곤 급히 일어났다. 옆에 놓인 화려한 과일 바구니와는 어울리지 않는 단출한 차림새와 세월의 흔적을 지울 수 없는 주름진 얼굴.

"영오야."

무시한 채 가던 걸음을 세운 건, 그간 못했던 말들을 쏟아 붓기 위해서였다. 왜 또 나타난 거냐고, 뜯어먹을 게 아직도 남았냐고. 이젠 더 가져갈 것도 없다고, 아버지 노릇 따위 바란 적 없으니까, 제발 우리 좀 그만 괴롭히라고.

그러나 가로등 아래 선 그를 본 나는 아무 말도 하지 않았다. 여태 제대로 마주할 새도, 그럴 마음도 없어 몰랐다. 그는 이젠 그럴 가치도 없을 만큼 나약해져 있었다. 하긴 그러니 며칠 전 땅 운운하며 들이닥쳤을 때 엄마의 물벼락 한 번에 떨어져 나갔겠지.

"그⋯⋯, 걔는 괜찮냐?"

망설이듯 그가 물었다. 그제야 나는 저 과일 바구니의 주인이 일형임을 알았다. 손가락을 잘랐어도 생명의 은인은 은인인가 보다. 그래도 염치는 있는 걸 감사해야 할지, 이따위 것 필요 없으니 들고 가라고 해야 할지, 갈피를 잡을 수 없어 나는 또 침묵했다.

"뭘 좋아하는지 몰라 과일을 사 왔는데. 너도, 지오도 과일은 좋아하잖아. 네 엄마도 그렇고. 걔도 좋아하는지는 모르겠는데, 어쨌든."

그 침묵을 메우는 사람은 이번에도 그였다.

"시간이 늦어서 난 이만 가 봐야겠다. 추운데 감기 조심하고."

그는 죄인처럼 내 얼굴을 쳐다보지도 못한 채, 뜸을 들이다 돌아섰다.

"⋯⋯미안했다."

그간 단 한 번도 한 적이 없는 사과와 과일 바구니만을 남긴 채로.

점점 멀어지는 그의 굽은 등과 온통 해진 운동화 밑창을 노려보던 나는 과일 바구니를 집어 들었다. 먹지도, 전해 주고 싶지도 않아 쓰레기통에 처박으려 했지만 차마 그러지 못해 억울했다.

이러지도 저러지도 못한 채 우두커니 선 내 옆으로 언제부터 있었는지 모를 일형이 다가와 섰다.

"버려 줘?"

모든 걸 다 목격한 사람이라기엔 지극히 가벼운 말투였다.

"깨 부시고 버리는 거 내 특기잖아. 내놔 봐."

커다란 손이 금방이라도 낚아챌 듯 바구니로 다가왔다. 나는 반사적으로 바구니를 품에 안아 감싸곤 스스로의 행동에 놀랐다. 그러나 일형은 전혀 놀란 기색이 아니었다. 마치 내가 이럴 줄 알았다는 듯이.

"늦었어. 다들 간대. 너도 가. 사람 고문하지 말고."

"고문?"

"나는 너랑 섹스 못해서 무지 아쉬운 인간이거든."

일형은 잊고 있었던 말을 재차 꺼내 날 당황하게 하곤, 얼빠진 내손에서 과일 바구니를 빼앗아 갔다.

"사과는 잘 먹겠지만 사과는 안 받겠다고 전해."

우악스럽게 바구니의 비닐을 찢어발기는 손길과는 달리 사과를 깨무는 얼굴은 상큼했다.

"그건 받는 인간 마음이라고. 그치?"

대꾸 없이 날 보던 일형이 장난스레 웃었다.

심심해 나와 봤다는 말과는 다르게 일형은 카디건 하나 걸치지 않은 얄팍한 환자복 차림이었다. 추위에 빨갛게 언 그의 귀가, 우두커니 선 내 손을 잡아끄는 그의 차디찬 손이, 평소와 다름없는 담담한 목소리가 날 울린다.

젖어 드는 눈가를 바람이 때린 따귀 때문이라고 우기며 나는 부지런히 그를 따라간다. 가지런한 손가락과는 달리 상처로 거친 그의 손을 놓칠 세라 꼭 잡은 채. 딱 한 번 뒤를 돌아봤다.

멀리 도로 초입에 아버지가 서 있었다.

우수(雨水)

시간은 부지런히 흘렀다. 봄을 앞둔 2월 중순이었지만 추위는 여전했다.

사유화로 문을 닫을 뻔했던 요양 병원은 다시 군 소유로 바뀌었다. 김남훈의 아버지 김태석과 새싹금융 회장 손필규는 검찰에 구속됐지만, 재판은 여전히 진행 중이었다. 있는지도 모르던 작은 시골에서 터진 과격한 사건에 언론은 앞다투어 자극적인 기사를 내보냈으나 그것도 한때였다.

그 사이에도 사람들은 갖가지 이유로 죽어 갔고, 정치인들은 제 배 불리기에 바빴으며, 기자들은 돈을 받고 사건을 부풀리거나 덮었고, 판사들은 AI보다 못한 판결들을 내놓았다. 그러니 일형의 일 따위는 잊히는 게 당연했다.

김남훈은 아버지가 억울한 누명을 썼다며 노인들을 상대로 구명 운동을 했지만, 효과는 신통치 않았다. 한 날은 시래기로 얻어맞는 걸 봤다고 규은이는 신이 나 말을 전했다.

오늘은 일형이 퇴원하는 날이었다. 검사 결과를 확인한 원장님은 보름 정도 더 있길 권했지만 일형은 막무가내였다.

어젯밤 병원에 들러 미리 얘기했다. 우리 집으로 가면 되니 허튼 생각은 하지 말라고. 일형은 가라고 등을 떠밀어도 이젠 갈 곳이 없다며 웃었다. 이 보살의 집은 제단에서 돈을 훔치는 바람에 살 맞을까 무서워서, 백 관장의 집은 아저씨 잠꼬대가 심해 수면 부족으로 골로 갈까 봐 가지 못한다 했다.

어쩌자고 그 말을 아무 의심 없이 믿었을까.

이른 퇴근을 하고 도착한 병실에는 아무도 없었다. 전화를 해 보았지만 새로 개통한 일형의 휴대폰은 꺼진 채였다. 지나가던 말자 씨가 허탈해 문 앞에 덩그러니 선 나를 보며 혀를 찼다.

"어딜 가는지 쫙 빼입고 가드라고. 나간 지 얼마 안 됐으니께, 잡을라믄 지금이라도 눈썹 빠지게 달려 보든가."

오갈 데 없는 일형이 해동 어딘가에 숨을 리는 없으니 짐작가는 곳은 하나뿐이었다. 할 말이 있다며 날 붙잡는 원장님에게 키를 갈취하다시피 해 차를 몰고 터미널로 향했다. 신호 따위 무시한 채 내달렸다. 도덕적 결벽증은 그를 놓칠지도 모른다는 조바심에 일찌감치 날아갔다.

터미널은 주말을 맞아 평소보다 북적였다. 개찰구 안으로 뛰어 들어갔다. 버스는 몇 대 없었지만 쓸데없이 부지를 넓혀 놓은 승강장을 10분이 넘도록 헤매야 했다.

일형은 6년 전 우리가 재회했던 도시로 향하는 버스 앞에 서 있었다. 턱 끝까지 찬 숨을 고르지도 못한 채 달려가 붙잡았다. 팔이 잡힌 일형이 날 돌아봤다. 죽을힘을 다해 여기까지 오느라 쓰러지기 직전인 나와는 달리, 그는 평온한 표정이었다.

"아직 일할 시간 아……."

졸지에 뺨을 맞은 일형이 놀란 듯 날 봤다. 놀라긴 때린 나역시 마찬가지였지만, 아무렇지 않은 척 주먹을 꽉 쥐었다.

"비겁한 새끼."

"퇴원 축하빵치곤 너무 아픈데."

터진 입술을 닦아 낸 일형이 장난스레 눈가를 찌푸렸다. 매끈한 뺨이 순식간에 빨갛게 달아올랐다. 이 와중에도 맞은 곳이 많이 아프진 않을까 걱정하는 스스로가 바보, 등신, 머저리 같았다.

너도 이런 내가 바보, 등신, 머저리 같겠지. 그러니까 이렇게 제멋대로.

"왜 울어?"

"꺼져."

"영오야."

"가 버려. 가서 다신 돌아오지 마."

"서영오."

욕이라도 퍼부어 주고 싶은데, 벌어진 입술에서 나오는 내 목소리는 물 먹은 솜처럼 매가리가 없다. 팔을 붙잡는 일형의 손을 억지로 털어 내 보려고 했지만, 내 힘으로는 역부족이었다. 타격감 없는 주먹질을 포기하지 못하는 내 다른 손을 일형은 마저 붙들더니 날 끌어안았다. 한참을 버둥거리던 나는 결국 반항을 멈췄다. 부서져라 날 안은 일형의 품이 지나치게 따뜻해서 억울했다.

이럴 거면 고백은 왜 했어? 왜 살려 달라 붙잡았어? 평생 짝사랑만 하다 죽어 버리게 놔두지, 왜.

속에서 치밀어 오르는 말들은 많았지만 정작 입 밖으로 나온 건, 젖은 흐느낌뿐이었다. 가지 말라고 붙잡을까. 그럼 너는 내 곁에 있어 줄까. 너른 등을 손톱이 파고들도록 거머쥔 채로 나는 차오르는 눈물을 삼켰다.

"누나?"

낯익은 목소리가 등을 타 넘어온 건, 그즈음이었다. 온 신경을 오로지 일형에게 꽂고 있던 나는 뒤늦게 고개를 들고 뒤를 살폈다.

"큰엄마, 진짜 누나예요. 우리 누나. 누나!"

지오가 달려왔다. 상황 파악을 할 새도 없이 엄마와 백 관장님이 그 뒤를 따랐다. 손엔 음료수와 과자, 계란 따위를 든 채였다.

"보건소는 어쩌고 왔어? 근데 너, 울었어?"

"진짜네. 영오야. 왜 울었어? 일형이 저놈 자식이 너 울렸냐? 그래?"

백 관장님이 일형을 추궁했다. 일형은 부어오른 뺨을 매만지며 투정했다.

"따귀 맞고 울고 싶은 건 난데. 억울하네."

"세상에, 일형아. 그거 영오가 그런 거니? 아니 애가 가뜩이나 아픈 일형이 따귀는 또 왜 때렸어?"

다들 부산스레 떠들어 대는 가운데, 나 홀로 멍청히 서 있었다. 대체 무슨 상황인지, 어떻게 다들 여기…….

넋이 나간 나를 벨 소리가 흔들어 깨웠다. 차 원장님이었다. 차 절도라는 큰 죄를 지은 나는 얌전히 전화를 받아 사과부터 했다.

"죄송해요. 원장님. 차는 곧바로 돌려드릴……."

—그게 중요한 게 아니라 서 선생. 가도 사람 말은 듣고 가야지.

"네?"

—백 관장님하고 서 선생 어머니께서 일형 씨 퇴원 도와주셨어. 일형 씨가 위쪽에 갑자기 볼일이 생겨서 잠깐 다녀온다고 다들 터미널로 갔거든. 서 선생 진료 중일 때 연락하는 거

싫어한다고 나보고 전해 달라고 했는데, 알다시피 서 선생이 틈도 안 주고 가 버리는 바람에. 근데 어딜 그렇게 급하게 간 거야? 무슨 일 있어?

어리둥절해하는 원장님에게 얼버무림과 동시에 재차 사과를 하곤 통화를 종료했다. 사실을 알고 나니 모든 게 이해됐고 여러 가지가 보였다. 승강장 대부분의 사람들이 흥미진진한 영화를 관람하듯 우리 쪽을 보고 있다는 것. 아마 그들은 내가 일형의 뺨에 따귀를 날린 순간부터 지금까지의 모든 과정을 목격했을 거라는 것. 그중에는 날 알거나, 백 관장님을 알거나, 엄마를 아는 사람이 분명 있을 거라는 것.

쥐구멍이라도 있다면 숨고 싶었다. 왜 나는 일형의 일만 관련되면 미친 사람처럼 이성을 잃는 건지.

엄마가 일형의 부푼 뺨을 살피는 사이, 조용히 승강장을 빠져나가려고 했다. 날 버리고 떠나는 게 아니라 잠시 어딘가에 다녀오는 거라면, 다녀와서 얘기를 해도 늦지 않았다. 무엇보다 너무 쪽팔렸고 미안해서 일형의 얼굴을 마주할 자신이 없었다. 그러나 눈치 빠른 일형은 내가 걸음을 떼기도 전에 날 붙잡아 막았다.

"어디 가?"

"갑자기, 급한 일이 생각나서."

"죄 없이 뺨 맞은 애인 달래는 것보다 급한 일이 어딨어?"

중간 광고가 끝나고 다시 시작한 드라마에 집중하듯 딴짓 중이던 사람들의 시선이 다시 우리에게 몰렸다. 그중에는 엄마와 지오, 백 관장님도 있었다. 일형의 입에서 나온 애인이라는 단어에 셋 중 누구도 놀라는 사람이 없다는 게 놀라웠다.

"참 내 딸이지만, 성격이…… 날 닮았어. 나도 불같은 편이거든요. 백 관장님."

"해숙 씨는 불보다는 화재 쪽, 아니 나쁜 뜻이 아니라 화통해서 좋단 소리예요."

나는 그들의 대화를 애써 외면한 채 목소리를 낮췄다.

"미안해. 오해했어."

"사과가 너무 성의 없는데."

"진짜 미안해. 나는 네가 또 말없이 떠날까 봐……."

"겁났어?"

되묻는 일형의 눈동자가 들떠 있었다. 그는 자신 때문에 내가 이 난리를 친 게 기쁘고 반가운 것 같았다.

세상에 종말이 닥쳐 홀로 살아남아도 아무렇지 않을 것 같은 일형은, 가끔 이렇게 애정이 결핍된 아이처럼 굴 때가 있었다. 사람들의 관심을 받기 위해 자해를 서슴지 않는 뮌하우젠 증후군 환자처럼, 그는 내가 만든 제 뺨의 상처 따위는 전혀 신경 쓰지 않은 채 오로지 내 대답에 집중해 있었다.

내 짝사랑에만 바빴던 나는 네 사랑엔 관심이 없었다. 그래서 몰랐다. 언젠가부터 네가 날 이런 눈으로 보고 있었다는 걸.

"어, 겁났어. 무서웠어. 또 혼자 남겨지면 그때는 정말 다시는 너 안 보려고……."

말이 끝나기도 전에 일형은 내 뺨을 감싼 채 입술에 키스했다. 눈 깜짝 할 새에 붙었다 떨어진 입맞춤이었지만 예상치 못한 일이라 놀랐다. 엄마와 백 관장님도 마찬가지였다. 어른들은 죄다 목석이 되어 있는데, 지오만이 핫도그를 먹으며 천진난만한 눈을 별처럼 빛냈다.

"말했잖아. 꺼지라고 등 떠밀어도 이젠 비빌 구석이 없다고."

"그……."

그래도 그렇지, 이렇게 사람들 많은 데서 그런 짓을 하면 어떡하냐고 따지고 싶었지만, 벌어진 입에선 숨조차 제대로 나오지 않았다. 어딜 봐도 다른 사람들과 눈이 마주칠 것 같아 새빨개진 얼굴로 저만 보고 있는 내 손을 일형이 잡아끌었다.

"같이 가. 안 그래도 혼자 다녀오기 심심했는데."

얼결에 그를 따라 버스에 올랐다. 순간, 사람들의 시선에서 벗어나 다행이라고 생각했으나 착각이었다. 급히 시선을 돌리며 헛기침을 하는 기사님. 내 생쇼를 구경하느라 창가에 몰려서 있던 승객들이 급히 제자리를 찾아 앉았다.

나는 고개를 숙여 얼굴을 가린 채 일형을 따라 자리에 앉았다. 우리를 따라 이동한 엄마와 백 관장님, 지오가 창 너머에서 손을 흔들어 인사했다. 버스가 출발하고도 한동안 고개를 들지 못하던 나는 뒤늦게 생각이 나 물었다.

"내 표 안 끊었잖아."

"끊었어."

빼려는 내 손을 다시 끌어다 깍지 껴 잡으며 일형이 심상한 듯 말했다.

"난 원래 누가 곁에 앉는 거 싫어해. 그래서 두 자리 끊고 옆은 늘 비워 두는데."

앞을 향하던 그의 시선이 돌아와 날 봤다.

"그게 네 자리였나?"

답을 요구하듯 그는 장난스레 웃었지만 나는 창밖으로 시선을 돌린 채 대꾸하지 않았다. 귓가에 떨어지는 낮은 웃음소리. 겹쳐진 손이 뜨거웠다.

버스는 네 시간을 달려 목적지에 도착했다. 나는 세상모르고 잠들었다가 날 깨우는 일형의 목소리에 일어났다. 벌써 밤 10시가 넘어 있었다.

터미널 밖으로 나오기 무섭게 메마른 공기가 폐부에 들어찼다. 한밤중임에도 번쩍거리는 빌딩숲과 도로를 점령하고 있는 차들이 새삼 낯설었다. 우리는 정류장에 대기해 있던 택시에 올라탔다. 일형은 언젠가 들어 본 적 있는 달동네 이름을 말했다.

"어디 가는 거야?"

"우리 집."

쫓기듯 살아왔을 일형이 번듯한 곳에서 지냈을 거라곤 생각지 않았지만 이 정도로 삭막하게 생활했을 거라고도 예상 못했다. 반 시간이 더 걸려 발 디딘 그의 집은 방이라기보단 창고에 가까웠다. 누가 뒤지기라도 한 듯 초토화된 단칸방 안엔 살림살이라고는 플라스틱 소재의 조악한 옷장과 침구가 다였다. 말문이 막혀 하는 내게 일형은 농담했다.

"꼴은 이래도 잠은 잘 오더라. 100평 빌라보다 훨씬."

그는 옷이 몇 벌 들지도 않은 옷장을 손쉽게 밀어내더니 그 뒤의 창틀에 손을 집어넣었다. 차 키 두 개와 지갑이 달려 나왔다. 차 키에 박힌 엠블럼이 익숙했다. 6년 전 일형이 옷 바꾸듯 갈아 치우던 차들과 같은 문양이었다.

차는 그의 집에서 10분 거리의 폐공터에 있었다. 아는 사람이 아니고서야 찾기 힘든 위치였다. 이상하리만치 먼지가 쌓이지 않은 차 커버를 벗겨 내자 멀끔한 차가 모습을 드러냈다. 전시장에서 금방 나왔다고 해도 믿을 정도로 깨끗했다.

차를 빼고 나오는 도중에 미친 박사 같은 모습의 아저씨를 한 명 만났다. 아저씨는 도둑질이라도 하듯 주변을 둘러보며 공터 안으로 들어오다가 일형이 켠 헤드라이트에 놀라 멈춰 섰다.

"아재가 여긴 웬일이야? 설마, 내 차 안부 확인하러 오셨나."

"아후, 씨발, 깜짝, 뭐야. 너, 살아 있었어?"

죽은 사람이 돌아오기라도 한 듯 질겁하는 아저씨를 일형은 반갑게 반겼다.

"그럼 뒈졌을 줄 아셨습니까? 하긴, 3백이나 처드시고 배에 오버로크를 그따위로 박았으니 놔뒀으면 뒈졌겠지."

"에헤이, 내가 그땐 일부러 그런 게 아니라, 급박한 상황이다 보니까 손이 헛나가서. 근데 이제 더는 도망 안 다녀도 되는 거야? 뉴스에서 그 영감 잡혀간 거 보긴 봤는데."

"왜? 아쉬워요? 주인 뒈진 차 어떻게 해 보려고 했는데 살아 돌아와서?"

"떼끼, 아무렴 사람 목숨보다 차가 중할까."

한동안 방치되어 있던 일형의 차가 어떻게 이렇게 깨끗할 수 있었는지 그제야 이해됐다. 말과는 달리 어쩐지 씁쓸해 보이는 아저씨에게 일형은 나머지 차 키 하나를 꺼내 흔들어 보였다.

"그럼 이건 필요 없겠네."

"당연히 필요 없, 뭐야? 지금 그거 나 준다고?"

"나 때문에 병원 문 닫았다면서? 아주머니들이 그러던데, 그 새끼들한테 죽을 만큼 맞아도 안 불었다고."

"그거야 의리가 있으면 그러면 안 되는, 아니 그래도 이렇게 큰 걸 막 받아도 되긴, 하겠지?"

입은 거절했지만 아저씨의 손은 이미 차창까지 다가와 있어 속으로 좀 웃었다. 일형은 고이 모은 그의 두 손에 차 키를 놓고는 인사했다.

"명의 변경해 줄 테니까, 내일 오전에 J호텔로 찾아와요. 갑니다."

차는 공터를 빠르게 빠져나왔다. 사이드 미러로 춤추듯 손을 흔드는 아저씨가 보였다.

"현재 진행형인 거지가 하는 보답치곤 통이 너무 큰 거 아니야?"

나는 마음에도 없는 말로 일형을 구박했다. 대답은 금방 돌아왔다.

"덕분에 만났잖아."

"뭘?"

"널."

시내로 들어선 차는 익숙한 듯 도시에서 가장 큰 호텔의 지하 주차장으로 미끄러져 들어갔다. 좀 전의 일형과 아저씨의 대화로 알고 있던 목적지였고, 얼결에 그를 따라 버스에 타면서부터 오늘 안에 돌아가는 건 무리라 생각했기에 놀라진 않았다.

호텔이래 봤자, 값비싼 잠자리 중 하나일 뿐인데 별다를 게 뭐 있겠냐고 넋을 놓고 있던 나는 로비에 도착하고 나서야 비로소 긴장이 되기 시작했다. 그도 그럴 것이 프런트에서 체크인을 하고 온 일형의 손에 들린 카드 키가 하나였다.

"여기까진 예상 못했단 표정이네."

멀뚱히 카드 키만 보고 있는 내 눈 앞으로 일형의 얼굴이 불쑥 들어왔다. 놀라 물러서는 내 허리를 그가 당겨 안았다.

"나도 여기까진 예상 못해서. 뭣하면 내가 화장실에서 잘게."

진지함이라곤 없는 말투로 일형은 가볍게 말했다. 그제야 정신을 차린 나는 그의 가슴을 밀어내곤 품에서 빠져나왔다.

"지키지 못할 약속은 하지 말지?"

심장은 터질 것 같은데 여유로운 척 대꾸하곤 마침 도착한 엘리베이터에 냉큼 올라탔다.

일형은 22층을 눌렀다. 라운지를 제외한 최상층이었다. 엘리베이터는 소음 없이 빠르게 상승했다. 곧 열린 문 밖으로 내린 일형의 걸음은 디럭스룸이 늘어선 복도를 지나 제일 끝에 위치한 스위트룸 앞에서 멈췄다. 이 호텔에서 단 두 곳뿐인 룸이었다. 스위트룸 중에서도 가장 비싼.

저택을 방불케 하는 거대한 문과 그 앞에 선 일형의 늘씬한 뒤태가 그림처럼 잘 어울렸다. 세상의 풍파란 풍파를 다 겪은 일형은 여전히 손에 물 한 방울 묻히지 않고 자란 도련님처럼 귀티가 나서, 언젠가 취한 아버지가 했던 말마따나 재벌 3세라고 해도 위화감이 없었다. 그러나 모든 걸 다 아는 나는 당황해서 물었다.

"돈이 어디서 나서."

"과자 값."

"뭐?"

"영감이 그간 까까 사 먹으라고 준 돈 모았더니, 이 정도는 되네."

"장난치지……."

"취향 아니면 아까 그 단칸방으로 다시 갈까?"

캐물어 봤자 더는 알려 주지 않을 것 같고, 다시 돌아가는 것도 돈이건 시간이건 낭비하는 것 같아서. 아니, 실은 내가 언제 이런 곳에서 한번 자 볼까 싶어서 못 이긴 척 일형이 여는 문 안으로 들어섰다.

내부는 고급 저택 하나를 옮겨 놓은 것처럼 넓고 휘황찬란 했다. 당장 입구에서 보이는 문이 몇 개인지 세어 보던 나는 굳이 룸을 두 개 잡을 필요가 없다는 걸 깨달았다. 침실만 두 개였다.

나를 지나쳐 거실로 들어선 일형이 답답한 듯 외투를 벗었다. 천장에 달린 요란한 전등에 시선을 빼앗긴 날 소파에 기대 앉은 그가 불렀다.

"목 빠지겠다. 그게 맘에 들어?"

"피곤해. 씻고 잘래."

평소와 다름없이 행동하려고 애쓰고 있건만 목소리는 눈치 없이 딱딱하게 나왔다. 시계를 풀어 탁자에 내려놓은 일형의 눈이 내게로 향했다. 분위기를 풀려는 듯 고개를 갸우뚱 기울이는 모습이 귀여웠지만 내겐 툭 불거진 목젖과 오늘따라 유독 붉은 입술만 보였다.

"너 아까 거기서 한 걸음도 안 움직인 거 알아?"

"침실이 어디야?"

동문서답을 한 나는 일형이 알려 주기도 전에 먼저 움직였다. 팔다리가 로봇처럼 동시에 나가지 않도록 조심하느라 그가 뒤따라오고 있다는 것도 몰랐다.

가장 가까이 있는 문을 열었는데 다행히 침실이었다. 침대가 두 개였다. 운이 좋네. 애써 입꼬리를 올려 긴장을 풀려고 노력했다. 뒤늦게 내 표정이 걱정됐다. 죽을상을 하고 있는 건 아니겠지. 싫은 게 아닌데 단지…….

"같이 잘까?"

머리 위에서 떨어지는 낮은 목소리. 고개를 돌리자 일형의 얼굴이 거기 있었다. 당황해 굳은 내 허리를 긴 팔이 조르듯 휘감아 왔다. 벗어날 수 없었지만 벗어나고 싶은 마음도 없었다.

"침대 하나에 하나씩."

이성적인 말과는 달리 일형의 손은 어느덧 내 코트를 비집고 들어와 니트를 들추고 있었다. 무방비한 피부 위로 차가운 손끝이 닿자 절로 몸이 움츠러들었다. 나는 반사적으로 일형의 손목을 붙잡아 막았다가,

"아님, 지금이라도 화장실로 꺼질까."

조르듯 찌푸리는 표정에 힘을 뺐다. 연기라는 걸 알면서도 가슴이 덜컥한 걸 보면 병은 병이었다.

커다란 손이 배를 타고 올라 가슴으로 향했다. 나는 상처로 거친 손등에 내 손을 겹친 채 고개를 꺾어 일형의 입술에 짧게 입 맞췄다.

"지키지 못할 약속은 하지……"

타깃을 정한 사냥개처럼 동요 없이 날 내려다보는 검은 눈.

"말……라니까."

입술만 뭉근히 붙었다 떨어지는 내 턱을 일형은 다급히 잡아 키스했다. 꺾인 목이 부러질 것 같아 나는 몸을 돌려 그를 마주봤다. 옷깃을 붙잡아 버텨 보지만 힘에 밀린 나는 자꾸 뒤로, 뒤로 물러날 수밖에 없었다. 입술이 물리고 혀를 뒤섞는 것뿐인데 잡아먹히기라도 할 것처럼 오싹한 소름이 등 뒤를 내달렸다.

허벅지 아래 뭔가가 걸려 주저앉고 나서야 겨우 멈춰 섰다. 넘어지지 않기 위해 손에 잡히는 물건을 무작정 잡아 쥔 내게 그제야 입술을 뗀 일형이 물었다.

"설마 그걸로, 나 내려치게?"

키스 하나에 넋을 놓은 나는 그 말에 아래를 봤고, 내가 지금 탁자에 걸터앉은 채이며, 쥐고 있는 건 철제 지지대가 화려한 무드 등이라는 걸 알았다. 비싸 보였다. 깜짝 놀라 조심스럽게 등을 탁자에 내려놓는 날 일형이 물끄러미 내려다봤다.

내 침으로 젖은 입술이 비죽이 휘어져 있었다.

"왜…… 웃어?"

"질투 나서."

"어?"

"나보다 소중하게 다루니까, 질투 나네."

"말이 되는…….."

"부숴 버릴까."

말투는 장난인데, 표정은 그게 아니라서 순간적으로 움찔했다. 대꾸 없이 굳어 버린 날 보던 일형이 드러난 내 목을 아프지 않게 깨물었다.

"그렇게 반응하면 자꾸 놀리고 싶잖아."

욱한 마음에 주먹을 휘둘렀다. 일형은 피할 수 있는 걸 일부러 맞고는 아프다 칭얼거렸다. 화가 나야 마땅한데, 코앞에 있는 얼굴을 보면 거짓말처럼 짜증이 사그라들었다. 성의라곤 없이 자신을 밀어내는 내 손을 일형은 가볍게 잡아챘다.

"환자잖아요. 소중히 다뤄 주세요. 선생님."

닿을 듯 말 듯 입술 위에서 중얼거리는 그의 입술에 집중한 사이, 코트는 물론이고 상의까지 벗겨진 후였다. 공기는 충분히 따뜻했지만 의식을 하고 나니 몸이 절로 굳었다.

흉이 진 게 아까울 정도로 예쁜 손가락이 브래지어 위로 가슴을 쥐었다. 그리 센 힘이 아닌데도 지레 놀라 신음이 터졌다. 일형이 고개를 들고 나를 봤다. 나는 어쩔 줄을 모르겠는데 동요 없는 그 눈이 원망스럽고 오싹하기도 해서 자연스레 시선을 피하는 내 턱을 그가 붙잡아 고정했다.

"나랑 처음도 아닌데 왜 이렇게 수줍어해?"

그때는 수줍어할 만한 상황이 아니었다고, 말이 섹스지 실은 섹스도 뭣도 아니었다고. 내가 얼마나 아프고 무서웠는지 아냐고 따지고 싶었지만 말은 나오지 않았다. 갑작스런 과거 회상에 불현듯 서러워진 나는 목이 멨고, 내 턱을 붙든 일형의 손을 쳐 냈다. 아이들도 웃을 만큼 미약한 힘이라 별 효과는 없을 줄 알았는데, 일형은 충격이라도 받은 것처럼 잠시 멈춰 있다 사과했다.

"미안. 그때는 내가 잘못했어."

"……"

"반성하는 의미로 수절할까. 네가 허락할 때까지."

목소리는 진정성 있었지만 표정은 그 반대였다. 그 사이에도 허리를 타고 내려와 버클을 푸는 손이 어이가 없어 웃음이 샜다.

일형은 그 틈을 놓치지 않고 키스했다. 미동 없는 내 혀를 휘감는 그의 혀는 뜨겁고 거칠었다. 숨이 넘어갈 때쯤 떨어진 입술은 쇄골로, 어깨로, 가슴으로 차례로 이동했다. 보드라운 입술이 삼킨 가슴에서 따뜻한 점막이 느껴졌다. 나는 그의 어깨를 쥐고 신음을 참았지만 오래가지 않았다. 어느새 하의가 벗겨져 드러난 팬티 안으로 긴 손가락이 침입해 들어왔다.

"아."

애태우듯 주변만 빙빙 맴도는 손가락에 나도 모르게 칭얼거리는 소리가 났다. 젖어 든 손가락이 내는 천박한 소리에 귀를 막고 도망치고 싶다가도, 한편엔 다리를 벌리며 매달리고 싶은 내가 있다.

"벌써 젖었네. 아직 시작도 안 했는데."

귓가에 떨어지는 일형의 목소리가 놀라울 만큼 낮았다. 귓불을 스치는 숨결이 데일 만큼 뜨거워 안심했다. 나만 흥분하고 애달아 하는 건 아니구나. 너도 나만큼.

흐물거리는 뇌로 보채듯 그의 손을 붙잡아 보지만 일형은 보란 듯이 손가락을 뺐다. 나는 아쉬움에 몸을 떨며 어쩔 줄 몰라 하다 무심코 무드 등을 다시 붙잡았고, 놀라 손을 뗐다. 일형은 그런 날 보고 웃으며 키스했다. 가볍게 아랫입술을 물었다 놓은 그가 아주 천천히 내 앞에 무릎을 꿇고 앉았다.

"뭐 하는…… 거."

상황 파악을 하지 못해 물으려던 말은 중간에 삼켜졌다. 내 허벅지를 붙잡아 벌린 일형이 기대와 흥분으로 들뜬 내 눈을 마주보곤 웃었다.

그토록 소중하게 여겼던 전등은 어느 순간 바닥을 나뒹굴고 있었다. 누구 손에 밀쳐져 저 꼴이 됐는지 기억조차 나질 않았고, 기억할 정신도 없었다. 침대 시트와 이불은 솜털처럼 가볍고 보드라웠지만, 나는 내 위에 겹쳐진 일형의 뜨겁고 끈적한 몸이 좋았다.

여태 포커페이스를 유지한 게 무색하게 퓨즈가 나간 일형은 짐승처럼 거칠었다. 전희로 느물느물해진 나는 비교적 쉽게 그를 받아들였지만, 그가 움직일 때마다 터지는 비명을 참을 수 없었다.

숨이 넘어갈 것 같은 섹스를 하는 와중에도 내 몸에 입을 맞추고 만지는 일형의 손길은 깨진 도자기를 다루듯 다정해서, 나는 그만하라고 애원하다가, 좋다고 매달렸다가, 끌어안고 신음을 터뜨리길 반복했다.

흉터투성이인 그의 배와 상처 하나 없이 매끄러운 내 배가 다시 맞닿았다. 그즈음 나는 온몸이 성감대가 된 것처럼 뜨거웠고, 숨결이라도 닿을라 치면 소스라쳤다.

한계치에 다다랐다 생각했는데 일형은 그 너머까지 날 몰고 갔다. 숨이 꼴딱 넘어가기 직전까지 날 몰아붙였다가 달래는 얼굴이 악마처럼 섹시해서 영혼을 꺼낼 수 있다면 씹어 먹으라고 건네주고 싶을 지경이었다.

그런 와중에도 나는 집요하게 일형의 눈을 쫓고, 그의 입술에 매달렸다. 내 위에서 보기 좋게 날렵한 눈매를 일그러뜨리며 젖은 숨을 내뱉는 이가 그라는 걸 내 안에 각인시키려는 것처럼, 몸을 빈틈없이 붙이고 그의 허리에 조르듯 다리를 휘감았다.

더는 흥분할 수 없다고 느꼈던 내 안의 그가 더 흥분하는 게 느껴졌다. 이대로 죽어도 상관없을 것 같다고, 나는 울음 섞인 신음을 내뱉으며 그를 껴안았다.

"사랑해, 영오야."

젖은 내 얼굴에 키스한 일형이 속삭였다.

"아주 오래전부터 이 순간을, 머리가 돌 만큼 상상했어."

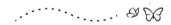

잠결에 침대를 더듬어 살핀 나는 옆자리가 비었다는 걸 깨닫고 황급히 일어났다. 비몽사몽인 상태로 방 안을 둘러봤지만 일형은 없었다. 두드려 맞은 것처럼 쑤시는 몸을 억지로 일으켜 바닥으로 내려섰다. 방문을 열고 거실로 나오며 이름을 불렀다. 지나치게 넓은 거실엔 타인의 기척은 없고 내 목소리만 공허하게 울렸다.

주방, 서재, 욕실, 침실, 테라스. 룸 곳곳을 이 잡듯 뒤졌다. 어디에도 일형은 보이질 않았다. 잠깐 자리를 비운 거겠지. 날 두고 가 버렸을 리는 없다고, 머리는 충분히 이해하는 일은 마음을 쉽게 받아들이지 못해 불안했다.

초조하게 입술만 물어뜯으며 거실을 오가던 나는 뒤늦게 휴대폰을 떠올렸다. 침실의 휴대폰을 가지고 나와 전화를 걸며 현관으로 향했다. 연결음이 울리는 그 찰나가 몇 시간처럼 길게 느껴졌다. 지금 내 꼴이 어떤지조차 인식하지 못한 상태로 문을 열어젖히자마자 일형이 전화를 받았다.

—일어났어?

"지금 어디……."

내 앞에서.

"너야말로 그 꼴로 어디 가려고? 우리 선생님 노출증 있으신가 봐요?"

"너."

"혹시 아플까 봐. 약국 다녀왔어."

문밖에 선 일형이 손에 든 약국 봉투를 들어 보이며 웃었다. 자신이 자리를 비운 그 짧은 시간 동안 내가 어떤 극단적인 생각을 하며 스스로를 괴롭혔는지 전혀 알지 못하는 표정이었다.

긴장이 풀리자 온몸에 힘이 빠졌다. 갑자기 허물어지는 나를 일형이 급하게 잡아채 안았다.

"괜찮아?"

"안 괜찮아."

"아파? 병원 갈까?"

"걱정했어."

"날?"

"아니."

서운한 듯 눈가를 구기는 일형에게선 포근한 비누 냄새가 났다. 젖은 머리칼 아래 상기된 얼굴이 열여덟 그때처럼 뽀얗다.

그때. 네가 할머니의 협박에 못 이겨 탐탁찮은 듯 고개 숙여 내게 인사했을 때. 망설임 없이 내 대신 뺨을 맞았을 때. 취해 풀린 눈으로 바보처럼 웃으며 헛소릴 했을 때.

"난 네가…… 그렇게 싫진 않은데."

실은, 운동을 끝내고 집으로 돌아가던 너와 스치듯 마주쳤던 아주 예전부터 난 너를 좋아했었는데.

눈치 없는 넌 내가 충동적으로 입을 맞추기 전까진 내 마음을 몰랐지. 어른이 된 너도 눈치 없긴 마찬가지라, 말하지 않으면 타들어 가는 내 속을 모를 것 같은데. 같은 말을 또 하면 내게 질릴까 봐 차마 입을 떼지 못하는 날 너는 죽어도 모르…….

물끄러미 절 올려다보고 있는 날 일형이 고쳐 안았다. 등을 끌어안은 힘이 너무 강해 숨 쉬기가 버거울 지경이지만 나는 그를 밀어내지 않았다.

"그거 알아?"

목에서 부서지는 네 더운 숨.

"엿같은 엘리베이터가 하필 지금 고장 나서, 여기까지 뛰어 올라왔어."

두터운 샤워 가운 너머로도 전해지는 네 손의 열기가,

"혹시 정신 차린 네가 나 버리고 도망가는 건 아닌가, 불안해서."

너도 나와 같은 마음이라고 얘기하고 있어서.

하나부터 열까지 다른 너와 나는 어쩌면 이렇게 똑같이 바보 같은지, 방금 전 초조와 불안은 어느새 잊어버린 채 나는 웃고 만다.

애절하게 날 껴안고 있던 일형이 내 웃음소리에 고개를 들고 날 마주했다.

"진짜 괜찮은 거 맞아?"

눈빛에 의아함과 걱정이 뒤섞여 있었다. 그럴 만도 했다. 고작 몇 분 사이에 기분이 바닥으로 꺼졌다 하늘로 솟구치는 내가 나도 이상한데, 너는 더하겠지.

스릴이 싫어 놀이 기구며 공포 영화 따위는 거들떠보지도 않는 나였다. 그런 내가 하고 많은 남자들 중 하필 일형을 좋아하게 되고 나선, 하루 24시간이 스릴러였다.

어렸던 10대 시절에는 내 마음을 혹시 네게 들킬까 봐, 그 와중에 널 몰래 훔쳐보느라고. 스물여섯에 재회하고 나선 네가 어디서 피투성이가 되어 돌아올까 봐 걱정돼서. 올 겨울 기적처럼 네가 날 찾아왔을 땐 말없이 또 사라질까 봐, 날 두고 영영 떠나 버릴까 봐 무서워서.

그리고 지금은.

"왜 그렇게 봐?"

너무 행복해서. 네가 나 때문에 불안해하고 초조해하고 걱정하는 이 순간이,

"그렇게 보면, 흥분된다니까."

꿈같아서.

나는 말없이 일형의 목을 아래로 끌어당겨 키스했다. 일형은 기다렸다는 듯 내 입술을 삼킨 채, 여태 열려 있던 룸의 문을 당겨 닫았다. 아침부터 날 걱정시키면서까지 사 왔다는 약봉투는 이미 바닥에 내팽개친 후였다.

고작 한 꺼풀뿐인 샤워 가운의 끈을 푸는 순간, 나는 실오라기 하나 걸치지 않는 알몸이 됐다. 수치심보다는 기대와 흥분감이 컸다. 내가 이렇게 밝히는 인간이었다는 걸 일형과 자고 나서야 알았다. 온몸을 훑듯 매만지는 네 손과 뒤엉킨 다리 사이에 느껴지는 네 흥분.

머리가, 어떻게 될 것 같아.

생각지도 않은 섹스 후 두어 시간을 다시 잠들었다가 일어났다. 아침나절 자리를 비운 게 마음에 걸렸던지 일형은 여전히 침대, 내 옆자리를 지키고 있었다.

"언제 일어났어?"

"안 잤어."

"왜?"

"너 도망갈까 봐."

너나 도망가지 말라고 대꾸하며 이불을 걷어 냈다. 아닌 척
했지만 나쁜 기분은 아니라 몰래 웃었다. 너도 이런 날 알고
그런 말을 하는 건지.

"씻겨 줘?"

"혼자 씻을 수 있어."

"안 될 텐데."

호기롭게 침대 밖으로 발을 내딛기 무섭게 다시 주저앉았
다. 섹스 몇 번에 일어나지도 못하는 내 체력이 기막혀서 멍청
히 앉아 있자니 어느새 앞으로 다가온 일형이 내 허락도 없이
날 안아 들었다.

"뭐 하는 거야. 혼자 씻을 수 있다니까."

"어느 세월에."

"아, 정말……."

"주제 파악 좀 하세요, 선생님. 못 걸어요. 집에 안 갈 거
야?"

떼쟁이 애처럼 굴던 나는 그 말에 반항을 멈췄다. 섹스보다
이게 쪽팔리다니. 나도 참 나였다.

욕조까지 데려다 줬음 그만 가면 될 걸, 씻겨 주겠다고 소
매를 걷는 걸 반협박을 해 내보냈다.

"씻기기만 한다고 약속하면."

"알았어. 주제 파악 할게."

아쉬운 듯 돌아서는 등이 얄미워서 발로 차 주고 싶었지만 그럴 힘도 없었다.

온수를 채운 욕조에 한참을 앉아 있었다. 지하 몇백 m에서 끌어올렸다는 온천수는 뜨거웠고 특유의 냄새가 났지만, 피로를 풀기엔 좋았다. 덕분에 목욕을 끝낸 후엔 꽤 살 만해졌다. 안겨 들어가선 두 발로 걸어 나온 나를 일형은 부활한 예수 보듯 과장된 리액션으로 맞았다.

아침 겸 점심은 룸서비스를 주문해 먹었다. 성인 다섯 명은 족히 먹을 만한 과도한 양에 넋을 놓고 있자니 일형이 잘게 썬 스테이크를 내 입에 밀어 넣었다.

"이걸 누가 다 먹어?"

"너."

"못 먹어."

"그럼 남겨."

나는 보답으로 익은 아스파라거스를 포크에 찍혀 일형의 입가에 가져갔다. 가져다 준 성의가 있어 그냥 먹을 만도 한데 그는 냉정했다.

"안 먹어."

"한 입만."

"키스해 줘도 안 먹어. 섹스면 몰라."

야릇하게 눈을 뜨는 일형을 무시한 채 천대받은 아스파라거스를 입에 넣고 씹었다. 일형은 아쉬운 듯 날 보더니 제 포크로 아스파라거스를 찍어 먹었다. 나는 기가 막혀 물었다.

"안 먹는다며?"

"혹시나 했지."

어이가 없어 벌어진 내 입가에 묻은 소스를 닦아 낸 일형이 아이처럼 소리 내 웃었다.

먹은 음식보다 남은 게 더 많았다. 이젠 쓰레기통행일 게 분명할 음식들을 보며 나는 어제 미처 묻지 못했던 걸 물었다.

"모은 돈이 있다 해도 이제 백수잖아. 이렇게 막 쓰면……."

"누가 그래? 백수라고?"

너무 당당해서 찰나 어디에 취직이라도 했나 고민했다. 그러나 아무리 생각해도 그럴 겨를이 없었다. 칼 맞고는 병원에 내내 입원해 있었지. 퇴원하자마자 이곳으로 왔지. 그 사이에 취직할 틈이 있을 리가.

"내가 밤낮없이 도망 다니고, 병원에 박혀 있는 동안에도 얘는 일하더라고."

일형이 휴대폰을 액정을 켜 내밀었다. 주식 앱이었다. 수익률 1363%. 공이 몇 개인지 세다가 포기했다.

호텔에서 나오기 전 뒤늦게 보건소를 무단결근했다는 사실이 떠올랐다. 규은이에게 급히 전화를 걸어 사과를 하며 상황을 물었다.

—걱정 마요. 오늘은 차 원장님께서 대신 봐주시기로 했으

니까!

"어떻게?"

—어젯밤에 아주머니께서 미리 연락해 주셨어요. 오늘 서 쌤 출근 못할 것 같다구.

"점심 이후엔 도착할 수 있을 것 같아."

—피곤할 텐데, 그냥 쉬시지.

"아니야, 일단 도착해서 연락할게."

지하 주차장에서 빠져나온 일형의 차가 코앞에 섰다. 조수 석에 올라타 벨트를 매자, 일형이 말했다.

"터미널까지 데려다 줄 테니까, 먼저 가. 나는 할 일이 좀 남아서."

전혀 예상 못한 전개라 당황했다.

"무슨 일인데?"

"최씨 아재 차 명의 이전도 해 줘야 하고."

"같이 가, 그럼."

"피해자 진술 때문에 검찰청에도 들러야 해."

검찰 이야기가 나오자마자 표정이 굳었다. 솔직히 별의별 생각이 다 들었다. 괜히 진술했다 같이 말려들어 가는 건 아닌 가. 손필규인지 뭔지 하는 영감 면상이나 여태 한 짓들을 봐선 그러고도 남을 것 같았다. 일형이 그런 내 속을 읽은 듯 장난 쳤다.

"옥바라지 할까 봐, 되게 걱정 되나 보네."

"그래."

"나 생각만큼 개쓰레기같이 살진 않았으니까 걱정 안 해도 돼."

"그렇겠지."

"진짠데. 왜 안 믿지?"

네가 아니라 다른 사람을 못 믿어서 그렇다는 말은 하지 않았다. 그도 알고 있을 테니까.

차는 정체 없이 터미널에 도착했다. 그때까지도 나는 입을 꾹 다문 채 창밖만 바라보고 있었다. 속이 상하긴 하는데 원망할 사람은 여기 없고, 죄 없는 일형에게 화를 낼 수도 없었다. 나도 모르게 꽉 쥐고 있는 주먹 위로 일형의 손이 겹쳐졌다.

"사지 멀쩡하게 돌아갈 테니까, 한 번만 봐주세요. 선생님."

대꾸 없이 안전벨트를 풀고 차에서 내렸다. 따라 내린 일형이 차마 날 붙잡지 못한 채 내 등에 대고 소리쳤다.

"7시에, 보건소에서 봐! 그때까지 갈게!"

얼굴을 보면 검찰청이든 지옥이든 쫓아가고 싶을 것 같아 외면한 채 터미널 입구로 향했다. 그러나 결국 자동문을 통과하지 못하고 돌아섰다.

"혹시 늦으면……."

변명하듯 말을 덧붙이던 일형이, 달려가 안기는 날 받아 냈다.

"늦지 마. 늦으면 죽여 버릴 거야."

"네 손에 죽는 건 환영인데, 죽기엔 못해 본 게 너무 많으니까 안 늦을게."

"1분도 용납 안 해."

"알았어."

고작 몇 시간 떨어지는 것뿐인데, 어째서 10년은 헤어져 있을 사람마냥 애가 타는 건지. 품에 안겨 떨어질 생각을 않는 내 이마에 일형이 가볍게 입술을 붙이며 웃었다.

"30분까지는 좀 봐주면 안 되나?"

해동에 도착했을 때는 점심때가 조금 지난 1시였다. 엄마와 일형에게 차례로 전화해 안부를 전하고는 곧장 보건소로 향했다.

막 점심을 먹고 오후 진료를 준비 중이던 차 원장님과 규은이, 그리고 요즘 보건소에 상주하다시피 하는 선녀보살 초희 언니가 꽃 본 듯 날 맞이했다.

"진짜 지금 왔네. 대타해 준다고 오늘 하루는 쉬라니까."

"내 말이요. 쓸데없이 부지런해. 서 선생님은."

코트를 벗고 그들이 둘러앉은 테이블에 나란히 앉았다. 초희 언니가 잔에 차를 따라 건네며 물었다.

"깡패는 어쩌고 혼자 와?"

"볼일이 있대."

"백수가 무슨 볼일이 그렇게 많아서."

일형의 휴대폰에서 봤던 숫자들이 떠올랐지만 시끄러워질까 말을 꺼내진 않았다. 그 사이 아침에 진료 보러 왔던 감나무 집 할머니가 가지고 왔더라며 규은이가 군고구마를 내왔다.

"오랜만에 도시 나들이는 어땠어요? 좋았어요?"

단순히 묻는다기엔 눈빛이 불순했다.

"그냥 그랬어."

"그냥 그런 얼굴이 아닌데. 하룻밤 사이에 엄청 예뻐졌는데 우리 서 선생님. 그죠, 차 원장님?"

"원래 연애하면 남자나 여자나 얼굴 좋아지더라고."

"전 원래 예뻤어요."

아무렇지 않은 척 받아쳤지만 속으로는 민망하고 부끄러워 죽는 줄 알았다. 평온한 척 차를 벌컥 마셨다가 뜨거워 뱉을 뻔한 나를 지켜보던 초희 언니가 탐스럽게 껍질을 깐 고구마를 내밀며 뜬금없이 말했다.

"걔 걸레 아니래."

밤고구마였다. 꼭꼭 씹어 삼켜도 모자랄 걸 놀라 그냥 삼켜 버리는 바람에 숨 막혀 죽는 줄 알았다. 컥컥대며 가슴을 두드리는 내게 규은이가 급히 컵을 내밀었다. 뜨거운 차였다. 차 원장님이 정수기의 물을 받아 손에 쥐여 줬고 그걸 마시고 나서야 겨우 살았다.

"지금 일부러 그런 거지?"

"아니."

"설마요. 그럴 리가."

두 사람은 부정하고 한 사람은 웃었다. 나는 남은 냉수를 모두 마시고, 초희 언니를 추궁했다.

"걸레라니. 무슨 말을 그렇게 해?"

"그러게. 난 얼굴값 하느라 걸레처럼 살았을 거라고 생각했는데 아니라대. 신령님도 그러더라."

"여기서 신령님이 왜 나와?"

"사주에 여자가 없더라고. 얼굴은 도화상인데 도화살이 없어. 희한해."

처음엔 듣는 둥 마는 둥 했는데 듣다 보니 어느덧 집중을 하고 있었다. 이제 돈복이 있을 거란 소리에 뜨끔해하는 날 보며 초희 언니는 웃었다.

"그 부적은 이제 필요 없으니까 태워 버려. 걔한테도 이제 버리라고 해."

"왜?"

"화합 부적이거든. 둘이 붙어먹었으니까 이제 필요 없지."

"뭐?"

"더 지니고 있다간 너 잡을라. 일형이 걔 완전⋯⋯."

무슨 말이 나올까 두려워진 나는 초희 언니의 입을 막았다.

규은이가 궁금한데 왜 그러냐고 날 떼어 냈고, 원장님은 복채 낼 테니 자기한테도 부적 하나 써 달라며 지갑을 꺼냈다. 우리의 몸싸움은 배추밭 할아버지가 오고 나서야 멈췄다.

"여전히 다들 사이가 좋구먼. 이거 우리 할망구가 만든 배추전인디 한 입씩들 하고 싸워. 근데 그 부적, 나한테도 한 장 써 주면 좋겠구만."

하얗게 샌 할아버지의 머리 위에 그보다 더 하얀 눈송이가 쌓여 있었다.

오전내 고생한 원장님을 보내 드리려 했지만 그녀는 부득불 진료실에서 버티다 6시가 되어서야 자리를 떴다. 규은이와 초희 언니도 마찬가지였다. 날도 추운데 같이 시내에 가서 어묵탕에 소주나 한잔 하자는 걸 볼일이 있다고 버텼다.

"무슨 볼일이요?"

눈치 없이 물은 건 규은이고, 당연한 듯 대답한 건 초희 언니였다.

"무슨 볼일이겠니. 불청객은 가자."

"뭐야, 뭐야. 그런 거야? 서 선생님은 좋겠다. 예쁜 사랑하세요."

초희 언니에게 붙잡혀 보건소 밖으로 끌려 나갈 때까지 규은이는 난리였다.

다들 떠나고 나서야 보건소는 고요해졌다. 나는 들어가지 않고 밖에 잠시 섰다. 몇 시간 전부터 내리기 시작한 눈이 도무지 그칠 기미를 보이질 않았다. 버스가 지나는 도로를 제외한 바닥은 그 사이 쌓인 눈으로 온통 뒤덮인 채였다.

걱정은 됐지만 운전 중에 방해가 될까 전화는 하지 않았다. 보건소 안으로 들어가 대기실에 걸린 텔레비전을 켰다. 10년이 넘게 기다렸는데 이 정도도 못 기다릴까. 무릎을 끌어 앉은 채로 텔레비전에 시선을 고정했다.

깜빡 잠이 들었다가 지오의 전화에 깼다. 아까 도착했다면서 언제 집에 오는 거냐고, 지오는 오랜만에 아이처럼 떼를 썼다.

"누나 금방 갈 거야."

—금방?

"응, 금방."

—근데 아저씨도 같이 오는 거지?

"글쎄."

—큰엄마가 같이 온다 그랬는데.

"지오, 아저씨 별로 마음에 안 들어 하는 거 아니었어?"

—아니. 나 아저씨 좋아하는데. 아저씨는 내 롤 모델이야.

"어?"

—나는 커서 아저씨처럼 될 거야.

"아니, 지오야."

그건 좀 그렇다고 말하려다가, 뭐가 그러냐고 물으면 할 말도 없고, '그래'라고 산뜻하게 대답하기엔 또 마음에 걸려서 망설이는 사이 통화는 종료됐다.

요상하게 잠든 탓에 저리는 다리를 내려 신발을 신고 시간을 확인했다. 6시 50분이었다. 텔레비전을 끄고 전등을 소등했다. 코트를 입고 밖으로 나오기 무섭게 구둣발이 눈에 파묻혔다. 보기에도 확연히 굵어진 눈송이는 잠깐 사이에도 내 머리와 코트를 희게 물들였다.

벨이 울렸다. 이번엔 엄마였다.

—언제 와? 눈 많이 오는데.

"일형이 곧 도착할 거야. 같이 갈게."

—그래, 조심해서 와. 엄마가 오랜만에 솜씨 발휘를 좀 했으니까, 저녁은 들어와서 먹고.

"알았어요."

7시가 됐다. 1분도 늦지 않겠다던 일형은 아직 소식이 없는데 이상하게 불안하지는 않았다. 추운데 안에서 기다릴 걸 그랬나. 버스가 지나친 저 먼 도로를 보며 차가워진 손을 비볐다.

일형은 30분이 지나서 나타났다. 눈보라가 몰아치는 시골길을 걷기엔 얄팍한 차림으로 눈길을 헤치면서. 나는 놀라 달려갔다.

"뭐야, 차는 어쩌고."

"오다가 빌어먹을 밭두렁에 빠졌어."

"뭐?"

"얼어 뒈지는 줄 알았네."

더 이상은 설명할 힘도 없다는 듯 일형은 쓰러지듯 내게 안 겼다. 뺨을 스치는 입술이 얼음장처럼 차가워서 깜짝 놀랐다.

"얼마나 걸은 거야?"

"글쎄. 한 시간쯤?"

"전화를……."

"기다리게 하기 싫어서."

30분쯤 걸으면 도착할 줄 알았는데 미친 길이 가도 가도 끝이 없더라고 말하는 일형은 웃었지만 나는 웃을 수가 없었다.

대답 없는 내가 이상한 듯 일형이 고개를 들어 날 봤다.

"우는 거야?"

"아니."

"우는 거 같은데?"

"아니야."

"늦어서 미안해. 잘못했어."

일형은 얼어붙은 손끝으로 젖은 내 눈가를 닦고는 사과했다. 나는 내 뺨을 감싸 쥔 일형의 손을 겹쳐 쥐고 말했다.

"30분쯤은 봐줄게."

눈길을 헤치고 달려온 버스가 정류장 근처 도로로 진입했다. 눈부신 헤드라이트 불빛 위로 춤을 추는 눈송이들.

이 버스를 놓치면 한참을 기다려야 하고, 그 사이 꽁꽁 언

네가 정말 얼어 죽기라도 할까 봐, 나는 네 손을 잡고 죽어라 뛴다. 긴 다리로 금세 날 따라잡은 네가 찰나 날 돌아보며 웃는다.

싸늘한 눈매와 굳게 다문 입술. 꽁꽁 얼어붙은 눈처럼 인간미 없는 네 얼굴이 날 볼 때마다 봄꽃처럼 화사하게 핀다는 걸 너는 알까.

영원할 것만 같던 네 겨울이 드디어 끝났다.

거짓말처럼 곧, 봄이다.

종장

3월, 매화가 지천에 깔린 해동은 축제가 한창이다. 요즘은 거주하는 사람보다 놀러 온 상춘객들 수가 많아 어딜 가도 사람, 사람, 사람뿐이었다. 시장의 공영 주차장엔 관광버스가 쉴 새 없이 드나들었다. 금요일인 오늘이 저 정도니, 주말인 내일은 생각하고 싶지도 않았다.

보건소까지 서영오를 바래다주고, 출근했다. 백 관장의 고깃집 만수르의 2층에 체육관을 차린 지 한 달째건만 원생은 단두 명뿐이었다. 다들 차린 지 얼마 되지도 않았고, 영업을 할새도 없었으니 당연한 거라고 날 위로하는 가운데 이 보살만이 바른말을 했다.

"수요도 없는 체육관을 차렸으니 망할 만하지. 차라리 적성과 특기에 맞는 심부름센터를 해. 떼인 돈 받아 드립니다."

개소리라도 들은 듯 무시했지만 속으론 진심으로 고민했다.

오늘은 단둘 있는 꼬마 원생들마저도 개인 사정상 오지 못한다고 연락이 왔다. 나는 텅 빈 체육관에 홀로 뻗어 잠을 자다가, 얼결에 백 관장에게 끌려갔다. 정신을 차렸을 땐 만수르 앞이었고, 허리엔 앞치마가, 눈앞엔 카페에서나 볼 법한 매대가 있었다.

"자자, 싸고 맛 좋은 매실 주스 한 잔씩들 하고 가요. 한 잔에 단돈 천 원. 그럼요. 커피도 있고, 에이드도 있지."

그렇게 내 노동력은 착취당하기 시작했다.

고깃집은 축제 기간 한정 카페가 됐다. 지나가는 아주머니, 아저씨들을 붙잡고 호객을 하는 건 백 관장이었지만 팔목이 빠져라 음료를 만드는 건 나였다. 심드렁한 얼굴로 성의 없이 만 매실 주스가 맛있을 리도 없건만, 손님들은 끊임이 없었다.

"새 적성을 찾은 거야? 나도 한 잔 줘."

백 관장에게 서비스하는 사람 표정이 왜 그 따위냐는 잔소리를 듣고 억지웃음을 짓는 내 앞에 이 보살이 나타났다.

"에이드도 있네. 그럼 나는 매실 에이드로."

나는 그녀가 무척이나 반가웠는데, 도무지 벗어날 수 없을 것 같은 이 매실 감옥에서 드디어 탈출구가 보였기 때문이었다.

마침 백 관장은 탄산수가 떨어졌다며 자리를 비운 참이었다. 나는 정성껏 만든 매실 에이드와 벗어 낸 앞치마를 이 보살의 손에 건넸다.

"뭐야, 이건?"

"할 일 없는 것 같은데, 그쪽도 새 적성 찾아보라고."

"야! 이 새끼가 진짜. 너 거기 안 서?"

소리쳐 부르는 걸 무시하고 냅다 뛰었다. 시장 입구에서 돌아봤다. 어처구니없어 하던 이 보살은 손님을 무시하지 못해 제 가게인 양 주문을 받고 음료를 만들고 있었다. 서영오의 절친다웠다. 겉으론 강해 보여도 속은 바보같이 착해 빠진 사람들.

축제 기간 동안 정육점은 쉬겠다 선포한 아주머니는 남의 가게 일을 돕느라 바빴고, 지오는 아직 학교에 있었다. 집에 가면 홀로 편히 쉴 수 있겠지만 나는 보건소로 방향을 틀었다.

오늘부터 왕진이 있다는 소릴 언뜻 들었었다. 거동이 불편한 노인들을 찾아가는 의료 서비스. 취지야 좋은데, 다들 축제라 신난 가운데 일하는 것도, 여자 둘이 인적 드문 산속의 외딴 집까지 찾아가는 것도 신경 쓰였다.

차 키를 가져오지 않은 탓에 버스를 타고 막 보건소 정류장에 내렸을 때였다. 마침 밖으로 나오는 서영오가 보였다. 어째 서인지 박 간호사와 동행하지 않은 혼자였다. 보건소 앞에 선 꽃분홍색 스쿠터를 보고 설마 저걸 타고 가려는 건 아니겠지, 지켜보고 있던 나는 그녀가 헬멧을 챙겨 쓰는 걸 보고 급히 도로를 건넜다.

"박 간호사는?"

턱에 헬멧 버클을 단단히 채우던 서영오가 날 보고 놀라워했다.

"어? 백 관장님 장사 도와주고 있다더니?"

"소식 빠르네."

"그럼 지금 가게는 누가 보고 있어?"

"이 보살."

"뭐?"

황당해하는 서영오를 무시한 채 스쿠터 뒷좌석에 올라탔다. 안 그래도 커진 눈동자가 배는 커졌다.

"뭐 하는 거야?"

"프로 보조가 없으니 야매 보조라도 해 주려고."

"혼자 가도 되는데."

"출발해? 아님 내가 운전해?"

"아냐. 규은이 자기 스쿠터 남의 손 타는 거 싫어해."

서영오는 능숙하게 앞자리에 올라타 시동을 걸었다. 나는 기다렸다는 듯 그녀의 허리를 감싸 안고 어깨에 코를 묻었다. 개

울의 다리를 건너던 스쿠터가 순간 옆으로 기울었다.

"운전을 발로 합니까. 기사님. 놀랐잖아요."

내 타박에 서영오는 반박하지 않고 스쿠터를 세웠다. 보건소로 다시 돌아가기에 화가 났나 싶었지만 손에 들린 여분의 헬멧을 보고 다른 용무가 있었다는 걸 알았다.

"아무래도 쓰는 게 좋을 것 같아."

그녀는 얌전히 내 머리에 헬멧을 씌우고 다시 운전석에 올랐다. 스쿠터는 개울 다리를 건너 골목으로 접어들었다. 아까 까진 스킨십 때문에 놀라서 그랬겠거니 생각하던 나는 그게 내 착각임을 곧 깨달았다. 평지에서도 자꾸만 기울어지는 스쿠터를 보다 못해 물었다.

"너 설마."

서영오는 내 말이 끝나도 전에 자수했다.

"어, 나 오늘 이거 처음 운전해 봐. 걱정 마. 죽기야 하겠어? 헬멧도 썼는데."

놀이동산에 가서 자이로드롭을 타는 것보다 서영오가 운전하는 스쿠터 뒷자리에 앉아 있는 게 10배는 스릴 있었다.

목적지인 석류나무 할머니네에 도착했을 때 나는 기진맥진한 상태였다. 그따위로 운전을 하고도 서영오는 멀쩡했다. 생각보다 담력이 좋네. 할머니가 내민 냉수를 마시며 나는 어이가 없어 웃었다.

서영오가 할머니의 혈압을 재고 검진을 하는 사이, 나는 마당에 보기 싫게 자란 잡초를 베고, 텔레비전 리모컨의 건전지를 갈아 끼웠다.

"그게 고장이 난 게 아니었나 부네."

새 건건지가 약 바구니에 있는 건 어떻게 알았냐며 할머니는 신기해했다.

"제가 좀 똑똑하죠."

젠체했지만 알 수밖에 없었다. 지금은 곁에 없는 우리 할머니도 모든 걸 그 바구니에 넣어 놓곤 했으니까. 그래 놓고는 늘 다른 곳을 찾아 헤매곤 했다. 보다 못한 내가 찾아서 쥐여 드릴 때까지. 가끔은 그게 귀찮을 때도 있었는데.

근처의 세 집을 차례로 돌았다. 대대로 방앗간을 했다 하여 방앗간이라 불리는 할아버지 댁에 도착했을 때는 벌써 점심때였다. 할아버지는 괜찮다고 손사래 치는 서영오와 나를 앉히고는 마루에 상부터 폈다. 갓 딴 상추와 된장찌개, 구운 고등어가 차례로 상 위로 올라왔다. 발밑에선 강아지 두 마리가 드러난 내 발목을 고등어 뜯듯 물어뜯고 있었다.

"테레비 보니까는 우리 강새이들도 접종을 해야 한다 카든데. 서 선상님이 개 주사는 못 맞힐 것 같고."

"네. 저기 동물 병원 가셔야 돼요."

"그치?"

"괜찮으시면 저희가 맞혀서 데리고 올까요?"

서영오가 물었다. 맛있는 반찬을 두고도 밥을 먹는 둥 마는

398

둥 하던 할아버지의 안색이 그제야 눈에 띄게 밝아졌다. 그 사이 내 발목을 아작 낸 강아지 두 놈이 바짓단을 뜯기 시작했다. 하찮은 이로 뜯어 봤자지 비웃었는데 얼마 안 가 구멍이 났다.

"그래 주면 나야 고맙지. 어디 보자, 돈이."

"아뇨. 안 주셔도 돼요. 밥값 해야죠."

점심을 다 먹은 서영오가 할아버지의 검진을 시작했다. 밥상을 치우고, 설거지를 하는 건 내 몫이었다.

싱크대가 따로 있지 않아 마당의 수돗가에서 설거지하는 내 등을 강아지들이 암벽 등반을 하듯 타올라 머리를 쥐어뜯었다. 처음엔 어깨를 털어 떼어 냈는데 그 작은 동작 하나에 나뒹굴어 떨어지는 걸 보고 죄책감이 들어 체념했다.

"그래, 뜯어라. 뜯어."

부엌일을 끝낸 후엔 평상에 올라가 뻗었다. 짧은 다리로 수십 번을 점프해 결국 평상에 오른 강아지들이 내 몸을 타 넘으며 날 씹었다. 그러거나 말거나 나는 휴대폰을 켠 채 며칠 전 반강제로 가입한 SNS를 열었다. 웬 알람이 이렇게 들어와 있나 싶어 확인했더니 친구의 새 게시물 안내였다. 새로운 글 서른다섯 건.

서지오의 얼굴 하나. 백 관장의 매실 축제 홍보 둘. 이 보살의 맞춤형 부적 택배 발송 안내 셋. 박 간호사가 키우기 시작했다는 고양이 사진 넷. 나머지는 내 배에 오버로크는 잘못했지만 의리는 있는 최씨 아재의 차 자랑 게시물들이었다. SNS 따위엔 관심 없는 서영오는 프로필 사진조차 설정해 놓지 않아 놓고선 댓글은 일일이 달아 주고 있었다.

나는 사진 아래 달린 서영오의 댓글만 스토킹 하듯 읽다가 강아지가 귀를 무는 바람에 일어났다.

이 개새끼들이 진짜.

여태껏 당한 것의 10배를 갚아 줄 거라고 강아지 두 마리를 모두 붙잡아 간지럼을 태우고 있자니 어느새 진료를 끝내고 밖으로 나온 서영오가 애잔한 눈으로 날 보고 있었다.

"형제 만나 반가운 마음은 알겠는데, 그만 놀고 가야지."

그 후로도 대여섯 집을 더 돌았다. 서영오가 진료 겸 노인들의 말동무를 하는 동안, 나는 대문의 경첩을 수리하고, 형광등을 갈고, 수도꼭지를 점검했으며 소의 여물을 줬다. 이 보살 말마따나 심부름센터나 할걸 그랬네. 이 나간 경첩 고쳐 드리거나 집 나간 강아지 찾아드립니다.

모든 일정이 끝났을 때는 오후 4시였다. 고맙다며 할머니가 건넨 매실 주스를 마시고 대문을 나오는데 무언가 박살 나는 소리가 났다. 스쿠터 쪽이었다. 급히 나가 확인하자 어디서 나타났는지 모를 경찰차가 스쿠터의 꽁무니를 처박고 서 있었다.

"죄송합니다! 제가 이곳 지리에 좀 서툴러서."

운전석에서 경찰 하나가 급히 나와 사과부터 했다. 당황한 듯 새빨개진 얼굴이 이상하게 익숙하다 했다.

"……혹시, 누나?"

박 간호사의 스쿠터에 스크래치라도 났을까, 심각하게 스쿠터의 상태를 살피던 서영오가 그 말에 고개를 들었다.

"고지욱 씨. 맞죠?"

"맞아요. 고지욱. 진짜 누나네요. 어떻게 여기서 다 만나요?"

"그러게. 신기하다."

멀뚱히 선 나는 아랑곳없이 두 사람은 통성명을 하고 인사를 나눴다. 고지욱이라니 어디서 들어본 것도 같은데. 뻐딱하게 서서 둘을 지켜보고 있자니 고지욱의 시선이 이번엔 날 향했다. 사람을 너무 빤히 보는 게 마음에 들지 않아 한마디 하려는 찰나, 팔이 당겨지더니 껴안겼다.

이게 무슨.

당황해 반항하지도 못하는 날 끌어안은 채 고지욱은 호들갑을 떨었다.

"형님? 전 진짜 형님 그렇게 가고 잘못됐을까 봐 엄청 걱정했는데!"

자꾸 형님, 형님 그러기에, 새싹금융에 있었을 때 날 스쳐 지난 수많은 깡패 지망생 중 하나인가 싶어 머릿속을 더듬었다. 깡패가 경찰이 되는 건 영화에서나 보는 줄 알았는데. 답답한 걸 참지 못하는 나는 거북스럽게 들러붙은 두터운 몸을 밀어내며 물었다.

"누구?"

"A동 보안 요원."

답은 서영오가 했다. 그제야 어렴풋이 기억이 나긴 했다. 어렴풋이.

어중간한 소리를 내는 날 어떻게 이해한 건지, 반갑게 다시 껴안으려는 걸 물러서 거부했다.

"그런데 죄송해서 어쩌죠. 스쿠터."

뒤쪽이 찌그러진 것 빼곤 별 이상은 없어 보였다. 서영오도 같은 의견인 것 같았다. 괜찮다고 서영오가 말하려고 했지만 고지욱이 빨랐다.

"일단은 저희 차 타고 같이 가세요. 스쿠터는 제가 나중에 센터에 맡길게요."

"아니. 그럴 필요까지는……."

"두 분 이렇게 두고 가면 제가 마음이 안 좋아서."

그렇게 우리는 경찰차에 탔다. 방앗간 할아버지가 맡긴 강아지 두 마리와 함께.

모든 게 새로운 듯 경찰차 여기저기를 둘러보는 서영오를 향해 신기하죠? 저도 처음엔 그랬어요, 하고 말을 걸던 고지욱은 팔짱을 낀 채 눈을 감은 내게도 한마디를 했다.

"형님은 제 집처럼 편안해하시네요."

별생각 없이 내뱉어 놓고 아차 싶었는지 황급히 사과하는 얼굴이 군고구마처럼 새빨갰다.

"형님, 다시 말하지만 제 말은 정말 그런 뜻이 아니라……."

"맞아. 내 집처럼 편안해. 졸리네. 너무 편해서."

"편히 주무세요. 도착하면 깨워 드릴게요."

비꼬는 걸 눈치채지 못한 듯 해맑게 웃는 걸 보고 기가 막혀 웃었다. 편히 주무시라는 고지욱의 운전 솜씨는 서영오의 스쿠터 실력과 비등했다.

서영오는 도중에 내려 보건소로, 나는 동물 병원으로 향했다. 가는 내내 떠들어 대는 고지욱의 얘기를 들어주느라 정말이지 피곤했다. 금방 맞추고 나오시면 보건소까지 다시 데려다주겠다는 걸 마다했다. 차라리 개 열 마리에게 물어뜯기는 게 낫지 싶었다.

접종은 순식간에 끝났다. 강아지 두 마리를 바구니에 넣은 채 버스를 기다리고 있으려니 택시 한 대가 섰다. 황 기사였다.

공짜로 태워 주겠다는 말에 선뜻 탔는데 타자마자 후회했다. 종일 혹사당한 탓에 황 기사가 고지욱보다 몇 배로 말이 많다는 걸 잊고 있었다. 황송하게도 황 기사는 할아버지 댁에 강아지를 데려다 주고 나올 때까지 날 기다리고 있었고, 나는 그가 당연한 듯 날 보건소에 내려 주고 떠날 때까지 그의 수다를 들어야 했다.

7시. 진료가 끝난 시간. 서영오는 환자 대기실 테이블에 엎드린 채 잠들어 있었다. 어지간히 피곤한지 죽은 듯 자고 있는 걸 깨우지 않고 내버려 뒀다.

널 늘 마주쳤던 열여덟 그때에는 널 좋아하게 될 거라곤 생각도 못했는데. 네가 내게 이렇게 큰 존재가 될 거라곤, 그래서 우리가 지금처럼 함께 하게 될 거라곤 꿈도 꾸지 않았었다.

하루하루 지옥 같던 내 인생이 지금처럼 행복했던 적도 없는 것 같은데, 가끔 네게 미안하다. 내가 행복한 만큼 네가 희생하고 있는 건 아닌지. 내가 아니었다면 넌 훨씬 행복했을지도 모른다는 생각이.

"언제 왔어?"

자는 와중에도 시선을 느꼈는지 서영오가 눈을 떴다. 자다 깨 부스스한 얼굴도, 헝클어진 머리칼도 귀여워 어쩔 줄을 모르겠다. 사랑이란 감정은 희한해서 잘라내려 하면 할수록, 실험실의 플라나리아처럼 자꾸 증식하기만 했다. 그러니 다 뒈져가는 와중에도 나는 네 얼굴이 보고 싶었던 거겠지.

"금방."

"강아지는?"

"집까지 모셔다 드리고 왔죠."

"잘했어."

서영오는 여전히 엎드린 채 눈만 들어 나를 봤다.

"일어나. 집에 가야지."

"스쿠터 탄다고 너무 긴장해서 그런가, 피곤하네."

"그럼 잠깐 있어. 차 들고 올 테니까."

일어서는 나를 붙잡은 서영오가 고개를 젓고는 몸을 일으켰다.

"뭐 하러. 너도 피곤하잖아. 강아지 접종시키랴, 대문 고치랴."

"알아주시니 감사합니다."

"시급 받고 백 관장님 가게에서 매실이나 말 걸 그랬지?"

"글쎄. 그쪽은 너무 지루해서. 난 스릴 있는 게 취향이거든."

진료실로 향하며 가운을 벗는 서영오를 붙잡아 당겼다. 자다 일어난 그녀는 매가리라곤 없어 단번에 내게 끌려와 안겼다. 그렇게 나를 겪어도 아직 내가 무슨 짓을 할지 모른다는 듯 날 올려다보는 눈이 강아지처럼 순했다. 그래서 가끔은 음험한 충동이 머리를 쳐들었다. 나만 보고, 나만 듣고, 나밖에 모르게 망가뜨리고 싶다는 충동.

가볍게 입술만 붙였다 뗄 생각이었는데, 닿은 순간 주체할 수가 없어졌다. 나는 물러서는 서영오의 허리를 끌어당겨 몸을 붙이고 입술을 삼켰다. 혀를 섞고, 입술을 깨물고, 숨을 쉴 틈조차 없이 밀어붙이는 내 거친 키스를 서영오는 헐떡거리면서도 잘 받아 줬다. 뒤엉킨 몸, 봄옷이라 얄팍한 천들 사이로 서영오의 보드라운 살이 느껴질 때마다 온몸의 세포가 곤두섰다.

허리를 더듬던 내 손이 가슴으로 향하자 서영오는 정신을 차린 듯 내 팔을 붙잡았다.

"안…… 돼. 여기선……."

"뭐 어때. 아무도 없는데."

"그래도…… 혹시 누가 오기라고 하…….."

"잠갔어."

"어?"

"오자마자 문 잠갔다고."

당연한 일을 했을 뿐인데, 날 보는 서영오의 눈초리가 뾰족해졌다. 동화 속 빨간 모자를 속이는 늑대를 목격한 것처럼 미심쩍은 눈빛이었다. 처음부터 이럴 의도는 아니었다고 말하기엔 있지도 않은 양심이 찔렸고, 그렇다고 작정한 건 또 아니라서 매도당하기엔 억울한 면도 없지 않았지만.

"기대에 부응해 주고 싶게 하는 표정이네."

"무슨."

이런 서영오도 나름 놀리는 맛이 있어 그냥 넘어가기로 했다.

"네가 지금 머릿속에서 상상하고 있는 그런 거."

"내가 뭘 상상……."

항의하려고 벌어진 입을 입술로 틀어막고, 반항하는 몸을 들어 테이블에 앉혔다. 무릎까지 오는 스커트가 훌쩍 올라가 허벅지가 보였다. 섹스를 하며 스타킹이나 스커트를 찢어발기는 건 야동을 많이 본 변태 새끼들이나 하는 짓이라고 비웃었는데, 막상 내가 그 상황에 닥치고 나니 그 변태 새끼들의 마음을 조금이나마 알 것 같았다. 급했던 거지. 그저 쑤셔 넣고 싶어서.

서영오와 마지막으로 섹스한 게 언젠가 세어 봤더니 가물가

물했다. 집에는 늘 아주머니와 서지오가 있어서 불가능했고,
섹스 때문에 나가자고 조르기에 서영오는 늘 바빴다.

너와 함께 있고 싶어서 네 집에 살게 됐는데 그게 이런 식으
로 내 발목을 잡을 줄은 몰랐다. 안 보이면 모를까, 눈앞에서
살랑거리는 널 만지지 못한다는 게 얼마나 고문인지 너도 좀
느껴 보라고.

나는 애태우듯 서영오를 만지기만 할 뿐, 진도는 나가지 않
았다. 서영오는 제 옷 위의 가슴과 허벅지 사이를 맴돌기만 하
는 내가 답답한 듯 몸을 붙이고 앓는 소리를 냈다.

"좀 더……."

"좀 더?"

부러 느긋하게 묻지만 부끄러움이 많은 서영오는 쉽게 내가
듣고 싶은 말을 해 주지 않았다. 아무것도 모르겠다는 눈으로
날 보는 서영오의 뒤통수를 당겨 키스했다. 잡아먹을 듯 배려
없는 키스에 내 어깨를 잡은 서영오의 손에 힘이 들어갔다.

그 사이, 나는 내가 늘 욕하던 변태 새끼들처럼 스타킹을 찢
고 그 속으로 손을 쑤셔 넣었다. 실은 다른 걸 먼저 쑤셔 넣고
싶지만, 나만 싸지르고 좋아하는 진짜 변태 새끼가 되고 싶진
않았다.

나는 고고한 네가 흥분해 자지러지는 걸 보고 싶고, 헐떡이
며 매달리는 걸 보고 싶고, 좋아서 어쩔 줄 몰라 우는 걸 보고
싶은 거지, 욕정 푸는 정액 받이처럼 고통스럽고, 무감한 얼굴

따위는 보고 싶지 않았다.

널 괴롭히기에 안달 났던 스물다섯 등신 같은 내가, 막무가내로 널 안았던 그날처럼.

붙이고 있던 입술을 떼자 서영오는 반쯤 풀린 눈으로 날 봤다. 고작 키스 하나에 나른해진 서영오는 손가락 놀림 몇 번에 금세 젖어 들었다. 힘이 풀린 팔로 가까스로 테이블을 짚고 버티던 서영오는 어느새 완전히 누운 채였다. 나는 서영오의 숨이 꼴딱 넘어가기 직전까지 그녀의 속을 손가락으로 헤집어 대다가, 절정의 순간 움직임을 멈추고 그녀의 위로 올라탔다.

세상에서 제일 좋아하는 장난감을 뺏긴 것마냥 안달 난 표정이 귀엽다고 말하면 넌 나를 걷어차겠지.

나는 엉망으로 흐트러진 서영오의 윗옷 사이로 손을, 장난감을 잃어 허전할 그녀의 다리 사이에는 흥분으로 터질 것 같은 내 아래를 밀어 넣었다. 찰나 무방비 상태로 너부러져 있던 서영오가 움찔 몸을 굳히곤 날 껴안았다.

서영오의 안은 입안의 여린 점막처럼 축축하고, 부드럽고, 뜨거웠다. 나는 욕이 나가려는 걸 입술을 깨물어 참고, 더 깊숙이 들어갔다. 알아서 다리를 감고 허리를 조이는 서영오는 제 행동이 날 얼마나 자극하는지 알지 못하는 얼굴이다. 나도 몰랐다. 사시사철 푸른 나무마냥 뻣뻣한 서영오가 이렇게 쾌감에 약할 줄은.

반쯤 벗겨진 옷 사이로 드러난 유두가 흥분에 곤두서 있다.

이미 날 삼키고 있는데도 부족한 듯 허리를 뒤틀어 대는 몸짓이 오늘도 기어이 내 인내를 바닥냈다.

나는 물에 빠진 아이처럼 나를 붙드는 서영오의 손을 끌어다 깍지 끼곤, 신음을 흘리는 입술을 물어뜯듯 삼켰다. 더 들어갈 곳이 없는 데도 깊이, 더 깊은 곳으로 날 쑤셔 박았다, 한계에 다다른 서영오가 고개를 꺾고 울음을 터뜨렸다. 하도 씹어 빨갛게 부어오른 서영오의 입술처럼, 내 머릿속도 새빨갛게 물든다.

쾌락에 젖은 네 눈엔 나밖에 없다.

지금 내 머릿속에 너밖에 없는 것처럼.

세상엔, 우리 둘 뿐이다.

주말은 축제의 피크였다. 나와 서영오는 아침을 먹자마자 각각 아주머니와 백 관장에게 끌려갔다. 남 좋은 일만 하던 아주머니는 나도 나 좋은 일을 해야겠다며 정육점을 열어 고기를 팔기 시작했고, 백 관장은 어제와 다름없이 매실 음료를 팔았다. 큰 길을 사이에 둔 서영오와 나는 마주한 채로 고기를 포장하고, 매실을 말았다.

판매 도중 구명 운동을 하는 김남훈을 우연히 봤다. 눈치와 염치가 둘 다 없는 김남훈은 바쁜 시장 상인들에게 아버지를 도와 달라 서명을 요구했고, 기름집 사장님이 뿌린 깨소금을 맞고 쫓겨났다. 정육점 안에서 숙제를 하고 나온 서지오가 그 장면을 목격하곤 혀를 내밀었다.

"깨소금 맛이다! 쌤통!"

아이를 상대로 싸움이라도 할 모양인지 다가오던 김남훈은 갑작스레 밀려든 관광객 군단에 이끌려 저만치 사라졌다. 흔적만 남은 볼펜과 서명지를 주운 건 순찰을 돌던 고지욱이었다.

"누가 이런 쓰레기를."

나는 주문을 잘못 받아 남은 매실 에이드를 선심 쓰듯 고지욱에게 건넸다. 느린 고지욱이 입을 대기 직전에 불현듯 박 간호사가 나타났다.

"얼굴만 잘생긴 줄 알았는데, 진짜 그러네요. 일형 씨 다른 건 몰라도 매실 마는 솜씨는 영."

"진짜요? 우리 형님이 그럴 사람이 아닌데."

"진짜요. 마셔 봐요. 고 순경님도."

"아, 좀. 그런 것 같기도 하……지만 전 맛있는데요."

날 보는 고지욱이 동공이 속절없이 흔들리고 있었다. 박 간호사는 이런 맛없는 걸로 배 채우지 말고 다른 걸 먹자며 고지욱을 끌고 갔다. 고지욱은 내가 보이지 않을 때까지 '형님, 난 정말 맛있었다'고 소리치며 해명했다.

스쿠터 건으로 몇 번 만났고, 동갑이지만 여전히 존대 중인 두 사람은 뒷모습만 보면 남매처럼 친해 보였다. 나는 고지욱이 차마 들고 가지 못한 에이드를 뒤늦게 맛봤다가 뱉어 냈다. 건너편에서 서영오가 꽃등심 세트의 사은품인 소금 봉지를 흔들어 대며 웃고 있었다. 김남훈에게 한눈을 파느라 설탕 대신 소금을 추가했다는 걸 그제야 알았다.

점심때쯤 겨우 풀려났다. 30분 안에 밥을 먹고 돌아오라는 걸 듣는 척도 안 하고 서영오의 손을 잡아끌었다. 마침 고기 구경 중이던 이 보살이 아주머니의 손에 잡힌 건 운명이었다.

"초희 씨도 고기 보러 왔어?"

"네. 아주머니, 저 이 꽃등심……."

"그래, 그래. 그거 그냥 줄게."

"네? 정말요? 근데 왜."

"당연하지. 나 빈말하는 사람 아니잖아. 그 전에 부탁이 있는데, 잠깐만, 우리 영오 점심 먹는 30분 동안만 나 좀 도와주면 안 될까? 응?"

"아니 그게, 제가 그게, 그럼 딱 30분 동안만."

"역시 우리 해동의 선녀님이야. 너무 고마워. 꽃등심 원하는 만큼 가져가!"

체념한 듯 아주머니 곁에 선 이 보살과 눈이 마주쳤다. 더 보고 있다간 살이라도 맞을 것 같아 급히 모퉁이를 돌았다. 등이 선뜩했다.

사람이 없는 곳을 찾다 보니 시장에서 한참 떨어진 방파제 근처까지 오고 말았다. 다들 축제에 참가하느라 문을 연 식당이 없었다. 다시 돌아갈까, 고민하던 차에 편의점이 보였다.

삼각 김밥과 샌드위치, 사이다를 샀다. 편의점 앞 파라솔을 지나친 우리는 당연한 듯 테트라포드가 늘어선 방파제를 향해 걸었다.

봄의 바다는 파도 없이 잔잔했다. 부서지는 햇살이 바다 위를 은비늘처럼 수놓고 있었다. 드라마 촬영지로 유명해진 곳치고는 소박한 방파제에는 붉은 등대만이 외로이 서 있었다. 서영오와 나는 등대 아래 덩그러니 놓인 벤치에 나란히 자리를 잡고 앉았다.

관광객들이 몰려와 줄까지 서 가며 사진을 찍고 가는 명소이건만, 실상은 갈매기 똥 천지였다. 멀지 않은 곳에서 갈매기 몇 마리가 형형한 눈으로 편의점 봉투를 노리고 있었다.

나는 쓸모없는 눈싸움으로 기력을 소비하며 사이다를 따 서영오에게 건넸다. 사이다를 받은 서영오가 삼각 김밥 포장을 뜯어 먼저 먹으라고 내밀었다. 한 입 베어 문 순간, 입에서 매실 향이 퍼졌다.

"이거 매실이야?"

"매실 장아찌."

"아, 당분간 매실의 '매' 자도 꼴 보기 싫어."

"나는 고기."

질린 듯 서로가 사 온 삼각 김밥과 베이컨 샌드위치를 보던 우리는 누가 먼저랄 것 없이 웃음을 터뜨렸다. 30분은 지난 지

오래였고, 휴대폰이 3분에 한 번씩 진동하고 있었지만 둘 중
누구도 확인하지 않았다.

나는 며칠 전부터 가지고 다니던 반지 케이스를 서영오에게
내밀었다. 사이다를 마시던 서영오가 어리둥절한 눈빛으로 나
를 봤다.

"무슨 반지를 또 줘?"

"내 거야."

"뭐?"

"네가 안 사 주기에 내가 샀는데, 어때?"

대체 무슨 소린지 이해 못하는 표정이라 뚜껑을 열어 보여
줬다. 서영오의 반지를 샀던 보석상에서 얼마 전 구매한 반지
는 사이즈만 다를 뿐, 같은 디자인이었다. 제가 목에 걸고 있는
반지와 케이스 안의 반지를 번갈아 본 서영오는 그제야 모든
걸 알겠다는 얼굴로 웃었다.

나는 옥반지가 사라진 탓에 흉터가 도드라져 보이는 왼손을
서영오에게 내밀었다. 서영오는 손등 위에 장난스레 입을 맞추
더니 보기 싫게 구부러진 약지에 조심스레 반지를 끼워 넣었
다. 마음에 드냐고 묻는 목소리가 마치 제가 사 주기라도 한 것
처럼 당당했다. 나는 짐짓 장단을 맞춰 주며 답했다.

"그저 그래. 누가 산 건지 몰라도 취향이 구리네."

"그건 그래."

"그래?"

"그래."

"그럼 내놔."

"싫어. 내 거야. 말자 할머니한테서 어떻게 지킨 반진데."

서영오는 목걸이를 붙잡으며 사수하고, 나는 그걸 빼앗으려 애쓰는 유치한 실랑이가 잠깐 이어졌다.

뺨 키스 한 번에 서영오는 목을 내줬다. 나는 목걸이를 풀어 빼낸 반지를 서영오의 약지에 끼웠다. 반지는 맞춘 것처럼 딱 맞았다.

허전해진 목걸이엔 가지고 있던 할머니의 옥반지를 끼워 넣었다. 서영오는 내가 목걸이를 편히 걸 수 있도록 머리카락을 한쪽으로 잡고 고개를 숙였다. 나는 목걸이를 걸어 주곤 뼈가 도드라진 목덜미에 키스했다.

10년이 넘는 긴 세월 동안 날 붙잡고 있어 줘서, 버리지 않아서 고맙다고 말하고 싶었다. 하자투성이인 날, 쓰레기 같은 하류 인생만 살았던 날, 받아 주고 구원해 줘서 고맙다고. 그러나 쓸데없이 무겁기만 한 입술은 그 말 대신 오늘도 다른 말만 한다.

"사랑해."

너는 잠자코 내 말을 듣고 있다 고개를 돌려 내 입술에 입을 맞추곤 대답했다.

"내가 말했었나."

마주한 네 눈에 펼쳐진 바다.

"내가 더 많이, 사랑한다고."

답지 않게 긴장한 날 보며 웃는 네 미소에 꽃망울이 터진다. 근처에 있지도 않는 매화꽃 향기가 아찔하게 코끝을 덮치고, 나는 숨을 쉴 수가 없어 널 껴안는다. 너는 내게 가만히 안긴 채 아무것도 하지 않는데, 나는 네가 달아날까 봐 널 안은 팔에 점점 더 힘을 준다.

지긋지긋한 겨울이 드디어 끝났다.

한철이라는 봄,

그러나 겨우내 떨던 잡초는 모가지가 꺾이도록 기다리던 봄이,

지금 내 품에 안겨 있다.

—*fin*

작가 후기

네가 봄이란 걸
너만 모른다.

—김제이 드림.